LAUREN KATE

La última lágrima

———◦◦◦———

Lauren Kate creció en Dallas, Texas. Tras graduarse en la Universidad de Emory, se trasladó a Nueva York y poco después cursó un máster en escritura creativa en la Universidad de California, Davis. Ha escrito varias novelas juveniles, entre ellas las de la exitosa serie Oscuros. Actualmente vive en Los Ángeles con su esposo.

La última lágrima

La última lágrima

LAUREN KATE

Traducción de Noemí Risco Mateo

S

Vintage Español
Una división de Random House LLC
Nueva York

PRIMERA EDICIÓN VINTAGE ESPAÑOL, JUNIO 2014

Copyright de la traducción © 2014 por Noemí Risco Mateo

Información de catalogación de publicaciones disponible
en la Biblioteca del Congreso de los Estados Unidos.

Vintage Español ISBN en tapa blanda: 978-0-8041-7170-0
Vintage Espanol eBook ISBN: 978-0-8041-7171-7

Para venta exclusiva en EE.UU., Canadá, Puerto Rico y Filipinas.

www.vintageespanol.com

Impreso en los Estados Unidos de América
10 9 8 7 6 5 4 3 2 1

Para Matilda

Es tan misterioso el país de las lágrimas…

El principito,
ANTOINE DE SAINT-EXUPÉRY

Prólogo

Prehistoria

Había llegado el momento.

Un atardecer ámbar oscuro. La humedad tirando del cielo apacible. Un coche solitario recorriendo el puente Seven Mile hacia el aeropuerto de Miami, hacia un vuelo que no se cogería. Una ola gigantesca elevándose en el agua, al este de los Cayos, convirtiéndose en un monstruo que desconcertaría a los oceanógrafos en las noticias de la noche. El tráfico detenido en la entrada del puente por unos hombres vestidos de obreros que cortaban de forma temporal la carretera.

Y él: el chico en el barco pesquero robado, a cien metros al oeste del puente. El ancla echada. Los ojos fijos en el último coche al que habían dejado cruzar. Llevaba allí una hora y se quedaría tan solo unos instantes más para observar; no, para supervisar la tragedia inminente, para asegurarse de que en esa ocasión todo iba a ir bien.

Los hombres que se hacían pasar por obreros se llamaban a sí mismos los Portadores de la Simiente. El muchacho del barco también era uno de ellos, el más joven de su estirpe. El coche del puente era un Chrysler K de 1988, color champán, con doscientos mil kilómetros y un espejo retrovisor pegado con cinta adhesiva. La conductora era arqueóloga, pelirroja, madre. La pasajera era su hija, una adolescente de diecisiete años procedente de New Iberia, Luisiana, y el objetivo de los Portadores de la Simiente. Madre e hija estarían muertas en cuestión de minutos… si el chico no lo estropeaba.

Se llamaba Ander. Estaba sudando.

Estaba enamorado de la joven del coche. Así que allí, en aquel momento, con el suave calor de Florida a finales de primavera, las garzas azules persiguiendo a las garcetas blancas por un cielo ópalo negro y el agua en calma a su alrededor, Ander debía elegir entre cumplir con las obligaciones de su familia o…

No.

La elección era más simple que eso: salvar al mundo o salvar a la chica.

El coche pasó el primero de los once kilómetros del largo puente hacia la ciudad de Marathon, en medio de los Cayos de Florida. La ola de los Portadores de la Simiente estaba destinada al kilómetro seis, justo pasado el centro del puente. Cualquier cosa, desde un ligero descenso de la temperatura hasta la velocidad del viento, pasando por la textura del fondo marino, podría alterar la dinámica de la ola. Los Portadores de la Simiente debían estar preparados para adaptarse. Podían hacer algo así: crear una ola en el océano usando un soplo antediluviano para después dejarla caer en un lugar determinado, como una aguja sobre un disco que desatara una música de mil demonios. Hasta podrían salir impunes. Nadie juzgaría un crimen que no supiera que se había cometido.

La creación de olas era un elemento del poder cultivado de los Portadores de la Simiente, el Céfiro. No se trataba de dominar el agua, sino más bien de la habilidad para manipular el viento, cuyas corrientes ejercían una fuerza poderosa sobre el océano. Habían criado a Ander para que venerara al Céfiro como una divinidad, aunque sus orígenes no estaban claros. Había nacido en un tiempo y un lugar que los ancianos Portadores de la Simiente ya no mencionaban.

Llevaban meses hablando únicamente de la certeza de que el viento adecuado bajo el agua adecuada sería lo bastante potente para matar a la chica adecuada.

El límite de velocidad era de sesenta kilómetros por hora y el Chrysler iba a cien. Ander se secó el sudor de la frente.

Una luz azul pálida brillaba dentro del coche. De pie en el barco, Ander no les veía la cara. Tan solo distinguía dos coronillas, unos orbes oscuros apoyados en los reposacabezas. Se imaginó a la chica escribiendo un mensaje a una amiga para contarle las vacaciones con su madre, haciendo planes para quedar con la vecina de las mejillas salpicadas de pecas o con aquel chaval con el que pasaba tiempo y al que Ander no soportaba.

Llevaba toda la semana viéndola leer en la playa el mismo libro de bolsillo descolorido, *El viejo y el mar*. La observaba pasar las páginas con la lenta agresividad de alguien que está sumamente aburrido. Aquel otoño ella cursaría el último año en el instituto y Ander sabía que se había matriculado en tres clases avanzadas; una vez estaba en uno de los pasillos del supermercado y, a través de las cajas de cereales, oyó como la muchacha hablaba con su padre de eso. Sabía lo mucho que ella odiaba el cálculo.

Ander no iba al colegio. Él estudiaba a la chica. Los Portadores de la Simiente le obligaban a hacerlo, a perseguirla. A aquellas alturas, ya era un experto.

A la chica le encantaban las pacanas y las noches despejadas en que podía ver las estrellas. Tenía muy mala postura en la mesa, pero cuando corría, parecía que volaba. Se depilaba las cejas con unas pinzas de brillantitos y en Halloween todos los años se disfrazaba con el viejo vestido de Cleopatra de su madre. Bañaba la comida en tabasco, corría un kilómetro y medio en menos de seis minutos y tocaba la guitarra Gibson de su abuelo, sin técnica pero con mucho sentimiento. Pintaba lunares en sus uñas y en las paredes de su habitación. Soñaba con dejar las aguas pantanosas del bayou por una gran ciudad como Dallas o Memphis, y tocar canciones a micrófono abierto en clubes nocturnos. Quería a su madre con locura, una pasión inquebrantable que Ander envidiaba y se esforzaba por comprender. Llevaba camisetas de tirantes en invierno, iba con sudaderas a la playa, le daban miedo las alturas y aun así adoraba las montañas rusas, y no pensaba casarse nunca. No lloraba. Al reír cerraba los ojos.

Lo sabía todo sobre ella. Bordaría cualquier examen sobre sus complejidades. Había estado observándola desde el 29 de febrero en el que había nacido. Al igual que todos los Portadores de la Simiente. Había estado observándola desde antes de que ninguno de ellos aprendiera a hablar. Nunca habían hablado.

Ella era su vida.

Y tenía que matarla.

La chica y su madre tenían las ventanillas bajadas. A los Portadores de la Simiente no les gustaría. Sabía perfectamente que a uno de sus tíos le habían encargado bloquear las ventanas mientras madre e hija jugaban a las cartas en una cafetería con el toldo azul.

Sin embargo, Ander había visto una vez a la madre de la chica meter un palo en el regulador de tensión de un coche con la batería descargada para arrancarlo de nuevo. Había visto a la joven cambiar un neumático a un lado de la carretera con un calor espantoso sin derramar una gota de sudor. Aquellas mujeres podían hacer ciertas cosas. «Más razón aún para matarla», decían sus tíos, llevándole siempre a defender el linaje de los Portadores de la Simiente. Pero a Ander no le asustaba nada de lo que veía en aquella chica; todo aumentaba su fascinación por ella.

Unos antebrazos bronceados asomaron por ambas ventanillas al pasar por el kilómetro tres. De tal palo tal astilla. Las dos giraban las muñecas al ritmo de la música que sonaba en la radio y que a Ander le hubiera gustado oír.

Se preguntaba cómo olería la sal en la piel de la chica. La idea de estar lo bastante cerca para olerla le bañaba como una ola de placer vertiginoso que se elevaba hasta la náusea.

Una cosa era cierta: jamás la tendría.

Cayó de rodillas en el banco. La embarcación se balanceó bajo su peso, destruyendo el reflejo de la luna naciente. Luego volvió a tambalearse, con más fuerza, lo que indicaba una alteración en alguna parte, en el agua.

Se estaba formando la ola.

Lo único que debía hacer era observar. Su familia se lo había dejado muy claro. La ola alcanzaría el coche y lo haría caer por encima del puente como una flor arrastrada por el desbordamiento de una fuente. El mar se las tragaría hasta sus profundidades. Eso era todo.

Cuando su familia había urdido el plan en el destartalado apartamento de vacaciones de Cayo Hueso con «vistas al jardín» (un callejón lleno de hierbajos), nadie había hablado de las olas subsiguientes que harían desaparecer tanto a la madre como a la hija. Nadie mencionó lo despacio que se descompone un cadáver en el agua fría. Pero Ander llevaba toda la semana teniendo pesadillas en las que imaginaba el cuerpo de la joven tras su muerte.

Su familia dijo que después de la ola se acabaría todo y Ander podría comenzar una nueva vida. ¿Acaso no era eso lo que había dicho que quería?

Simplemente tenía que asegurarse de que el coche se quedara bajo el mar el tiempo suficiente para que la chica muriera. Si por casualidad —aquí los tíos empezaron a discutir— la madre y la hija conseguían liberarse y salir a la superficie, entonces Ander tendría que…

«No», repuso su tía Cora con una voz lo bastante alta para silenciar una habitación llena de hombres. Cora era lo más parecido que Ander tenía a una madre. La quería, pero no le gustaba. «No ocurrirá», había dicho. La ola que Cora provocaría sería lo bastante fuerte. Ander no tendría que ahogar a la chica con sus propias manos. Los Portadores de la Simiente no eran asesinos. Eran los custodios de la humanidad, los que impedían la llegada del Apocalipsis. Estaban generando «un acto de Dios».

Pero sí era un asesinato. En aquel momento la chica estaba viva. Tenía amigos y una familia que la quería. Tenía una vida ante ella, varias posibilidades que se abrían en abanico, como las ramas de un roble hacia un cielo infinito. Poseía un don para hacer que las cosas a su alrededor parecieran espectaculares.

A Ander no le gustaba pensar en el hecho de que algún día la chica pudiera llegar a hacer lo que los Portadores de la Simiente temían que hiciera. La duda le consumía. Conforme la ola se acercaba, consideró dejar que se lo llevara a él también.

Si quería morir, tendría que salir del barco. Tendría que soltar los asideros del final de la cadena soldada al ancla. Daba igual lo fuerte que fuese la ola, porque la cadena de Ander no se rompería; no arrancaría el ancla del fondo del mar. Estaba hecha de oricalco, un antiguo metal considerado mitológico por los arqueólogos modernos. El ancla de aquella cadena era una de las cinco reliquias hechas con la sustancia que los Portadores de la Simiente preservaban. La madre de la chica, una científica poco común que creía en la existencia de cosas que no podía demostrar, habría arriesgado toda su carrera por descubrir tan solo una.

El ancla, la lanza y el átlatl, el vaso lacrimatorio y el pequeño cofre tallado que desprendía una luz verde antinatural era lo que quedaba de su estirpe, del mundo del que nadie hablaba, del pasado que los Portadores de la Simiente tenían como única misión contener.

La chica no sabía nada de los Portadores de la Simiente. Pero ¿acaso conocía sus propios orígenes? ¿Podía retroceder en su linaje familiar tan rápido como él podía recorrer el suyo, retroceder al mundo perdido en la inundación, al secreto al que ambos, ella y él, estaban inextricablemente vinculados?

Había llegado el momento. El coche se acercaba al kilómetro seis. Ander observó como la ola emergía contra un cielo que se iba oscureciendo hasta que su cresta blanca dejó de confundirse con una nube. Vio como se elevaba a cámara lenta, seis metros, diez metros; una pared de agua que avanzaba hacia ellas, negra como la noche.

Su rugido casi ahogó el grito que salió del vehículo. Un alarido que no parecía propio de ella, sino más bien de la madre. Ander se estremeció. El sonido indicaba que por fin habían visto la ola. Las luces de los frenos se encendieron. Después se aceleró el motor. Demasiado tarde.

La tía Cora había cumplido con su palabra: había levantado la ola perfectamente. Esta llevaba un tenue olor a citronela, el toque de Cora para ocultar el hedor a metal quemado que acompañaba a la hechicería del Céfiro. Compacta a lo ancho, la ola era más alta que un edificio de tres plantas, con un vórtice concentrado en sus entrañas y un borde espumoso que partiría el puente por la mitad, pero dejaría intacto el suelo a ambos lados. Cumpliría con su función limpiamente y, lo que era más importante, deprisa. Apenas daría tiempo a los turistas detenidos al principio del puente a sacar los móviles para grabarlo.

Cuando rompió la ola, el tubo se extendió por el puente y volvió hacia atrás para chocar contra la barrera divisoria de la carretera a tres metros delante del coche, justo como estaba planeado. El puente crujió. La carretera se combó. El coche giró hacia el centro del remolino. El chasis se llenó de agua. La ola lo levantó y el vehículo pasó por encima de la cresta para salir disparado hacia el puente por una rampa de mar agitado.

Ander vio como el Chrysler daba una vuelta en el aire hacia la pared de la ola. Mientras bajaba tambaleándose, el chico quedó consternado por lo que vio a través del parabrisas. Allí estaba ella, con su cabello rubio oscuro, extendido hacia fuera y hacia arriba. Un suave contorno, como el de una sombra proyectada por la luz de una vela. Los brazos estirados hacia su madre, cuya cabeza golpeaba el volante. Su grito atravesó a Ander como si fuera cristal.

Si aquello no hubiera sucedido, todo podría haber sido diferente. Pero ocurrió.

Por primera vez en su vida, le miró.

Las manos de Ander resbalaron de los asideros del ancla de oricalco. Sus pies se levantaron del suelo del barco pesquero. Para cuando el coche cayó al agua, el chico ya estaba nadando hacia la ventanilla abierta, luchando contra la ola, sacando las últimas fuerzas antiguas que fluían por su sangre.

Era la guerra entre Ander y la ola. Esta chocaba contra él, le empujaba hacia el banco de arena del golfo, aporreándole las costillas, amoratándole el cuerpo. Ander apretó los dientes y nadó a pesar del dolor, a pesar del arrecife de coral que le rasgaba la piel, a pesar de los fragmentos de cristal y los trozos del guardabarros, a pesar de las gruesas cortinas de algas. Sacó la cabeza a la superficie para coger aire y vio la retorcida silueta del coche, que desapareció bajo un mundo de espuma. Casi se echó a llorar ante la idea de no llegar a tiempo.

Todo se calmó. La ola se retiró, reuniendo los restos flotantes, y elevó el coche a su paso. Dejando a Ander atrás.

Tenía una oportunidad. Las ventanillas estaban por encima del nivel del agua. En cuanto regresara la ola, el coche quedaría aplastado en su depresión. Ander no habría podido explicar cómo su cuerpo se levantó del agua y se deslizó por el aire. Saltó hacia la ola y extendió las manos.

Esta muchacha y cuerpo tan rígido como un palo. Sus ojos oscuros estaban abiertos y el azul se agitaba en ellos. La sangre le resbalaba por el cuello cuando se volvió hacia él. ¿Qué vio? ¿Qué era él?

Esta pregunta y su mirada paralizaron a Ander. En aquel momento de confusión, la ola los envolvió y se perdió una oportunidad crucial: tan solo tendría tiempo de salvar a una de las dos. Sabía lo cruel que era. Pero, egoístamente, no podía dejar a la chica.

Justo antes de que la ola estallara encima de ellos, Ander la cogió de la mano.

«Eureka.»

1

Eureka

En la calma de la pequeña sala de espera beis, a Eureka le pitaba el oído malo. Se lo masajeó, una costumbre desde el accidente, que la había dejado medio sorda. No sirvió de nada. En el otro extremo de la habitación, giraron el pomo de la puerta. Una mujer con una blusa blanca de gasa, una falda verde oliva y un magnífico pelo rubio, recogido, apareció en el espacio iluminado por una lámpara.

—¿Eureka?

Su voz baja competía con el burbujeo de un acuario que tenía dentro un buzo de plástico fluorescente arrodillado en la arena, pero no había señal de que contuviera peces.

Eureka le echó un vistazo al vestíbulo vacío, deseando invocar a una Eureka invisible que ocupara su lugar en ese momento.

—Soy la doctora Landry. Entra, por favor.

Desde que su padre se había vuelto a casar hacía cuatro años, Eureka había sobrevivido a una armada de terapeutas. Una vida controlada por tres adultos que no se ponían de acuerdo en nada resultaba mucho más complicada que una dirigida por dos. Su padre había dudado del primer psicoanalista, un freudiano de la vieja escuela, casi tanto como su madre había odiado al segundo, un psiquiatra de párpados pesados que repartía atontamiento en pastillas. Luego Rhoda, la nueva esposa del padre, entró en escena y lo intentó con el orientador del instituto, con un acupuntor y con clases de control de la ira. Pero Eureka se había puesto firme en la elección de la condescendiente terapeuta familiar, en cuyo despacho su padre nunca se había sentido menos de la familia. En realidad, le había medio gustado el último loquero, que había propuesto un lejano internado en Suiza, hasta que su madre se enteró y amenazó con demandar al padre.

Eureka se fijó en los zapatos marrones, de piel y sin cordones, de su nueva terapeuta. Ella ya se había sentado en el diván enfrente de muchos pares de zapatos similares. Las doctoras tenían aquel truquito: se quitaban sus zapatos planos al principio de la sesión y volvían a ponérselos para indicar que habían terminado. Todas debían de haber leído el mismo artículo aburrido sobre que el Método del Zapato era una manera más delicada de decirle al paciente que se había acabado el tiempo.

La consulta era expresamente tranquilizante: un largo diván de piel granate apoyado contra la ventana de postigos cerrados, dos sillas tapizadas enfrente de una mesa de centro con un cuenco lleno de esos caramelos de café con el envoltorio dorado y una alfombra bordada con huellas de distintos colores. Un ambientador eléctrico hacía que todo oliera a canela, lo que a Eureka no le importaba. Landry se sentó en una de las sillas. Eureka tiró al suelo su bolsa, que cayó con un golpe fuerte (los libros de las clases avanzadas eran ladrillos) y se deslizó en el diván.

—Bonito sitio —dijo—. Debería comprar uno de esos péndulos oscilantes de bolas plateadas. Mi última doctora tenía uno. O tal vez una fuente con grifos para agua caliente y fría.

—Si quieres agua, hay una jarra junto al lavabo. No me importaría…

—No se preocupe.

Eureka ya había dejado escapar más palabras de las que pretendía pronunciar en toda la hora. Estaba nerviosa. Respiró hondo y volvió a levantar sus muros. Se recordó a sí misma que era una estoica.

Landry liberó uno de los pies de los zapatos marrones y luego usó la punta de ese pie enfundado en la media para quitarse el otro zapato por el talón y revelar unas uñas rojas. Con los dos pies metidos bajo los muslos, Landry apoyó la barbilla en la palma de la mano.

—¿Qué te ha traído aquí?

Cuando Eureka se veía atrapada en una mala situación, su mente volaba a destinos disparatados que no intentaba evitar. Se imaginó una caravana pasando por un desfile triunfal en medio de New Iberia, escoltándola a lo grande hasta su terapia.

Pero Landry parecía sensata, interesada en la realidad de la que Eureka ansiaba escapar. Lo que la había llevado allí era su Jeep rojo. El tramo de veintisiete kilómetros entre aquella consulta y su instituto la había llevado allí, y cada segundo llevaba a otro minuto que no estaba en la escuela calentando para la carrera a campo a través de aquella tarde. La mala suerte la había llevado allí.

¿O era la carta del hospital Acadia Vermilion, donde afirmaban que debido a su último intento de suicidio la terapia no era opcional sino obligatoria?

«Suicidio.» Aquella palabra sonaba más violenta que el intento cometido en realidad. La noche antes de que empezara su último año de instituto, Eureka había abierto la ventana y había dejado que las diáfanas cortinas blancas se inflaran hacia ella mientras estaba tumbada en la cama. Había tratado de pensar en algo bueno que le deparara el futuro, pero su mente no dejaba de retroceder a los momentos de alegría perdidos de los que jamás volvería a disfrutar. No podía vivir en el pasado, así que decidió que no podía vivir. Encendió el iPod. Y se tragó las últimas pastillas de oxicodona que su padre tenía en el botiquín para el dolor que le provocaba el disco fusionado de la columna vertebral.

Ocho, quizá nueve pastillas; no las contó mientras descendían por su garganta. Pensó en su madre. Pensó en María, la madre de Dios, de la que había crecido creyendo que rezaba por todas las personas en el momento de su muerte. Eureka conocía las enseñanzas católicas sobre el suicidio, pero creía en María, cuya misericordia era inmensa, creía que entendería que Eureka había perdido tanto que ya no había nada que hacer salvo rendirse.

Se despertó en una fría sala de urgencias, atada con correas a una camilla y atragantándose con el tubo de una bomba estomacal. Oyó a su padre y a Rhoda discutir en el pasillo mientras una enfermera la obligaba a beber un horrible carbón vegetal líquido para que se uniera a los venenos que no habían podido expulsar de su organismo.

Puesto que no conocía las palabras que la habrían sacado de allí antes —«Quiero vivir», «No volveré a intentarlo»—, Eureka pasó dos semanas en un psiquiátrico. Jamás olvidaría lo absurdo que fue saltar a la cuerda junto a una enorme mujer esquizofrénica durante los ejercicios de calistenia, o comer avena con el universitario que no se había cortado las muñecas con suficiente profundidad y que escupía en la cara de los celadores cuando intentaban darle las pastillas. De cualquier modo, dieciséis días más tarde, Eureka caminaba con dificultad hacia la misa de la mañana, antes de la primera clase en el instituto Evangeline Catholic, donde Belle Pogue, una estudiante de segundo procedente de la ciudad de Opelousas, la detuvo en la puerta de la capilla con un «Debes sentirte afortunada por estar viva».

Eureka había lanzado una mirada de odio a los ojos claros de Belle que había hecho que la chica ahogara un grito, antes de persignarse y escurrirse al banco más cercano. En las seis semanas tras su vuelta al Evangeline, Eureka había dejado de contar cuántos amigos había perdido.

La doctora Landry se aclaró la garganta.

Eureka se quedó mirando fijamente el falso techo.

—Ya sabe por qué estoy aquí.

—Me encantaría oírlo con tus propias palabras.

—Por la mujer de mi padre.

—¿Tienes problemas con tu madrastra?

—Rhoda concierta las citas. Por eso estoy aquí.

La terapia de Eureka se había convertido en una de las causas de la esposa de su padre. Primero había sido para enfrentarse al divorcio, luego para llorar la muerte de su madre y ahora para descargar el intento de suicidio. Sin Diana, no había nadie que intercediera en favor de Eureka para hacer una llamada y despedir al matasanos. Eureka se imaginaba a sí misma atrapada en las sesiones con la doctora Landry a los ochenta y cinco años, igual de fastidiada que en la actualidad.

—Sé que ha sido duro perder a tu madre —dijo Landry—. ¿Cómo te sientes?

Eureka se concentró en la palabra «perder», como si Diana y ella se hubieran separado sin querer en medio de una muchedumbre y pronto fueran a reencontrarse, a cogerse de la mano para pasear hacia el restaurante más próximo en el muelle, comer unas almejas fritas y continuar como si nunca se hubieran separado.

Aquella mañana, desde el otro extremo de la mesa del desayuno, Rhoda le había enviado a Eureka un mensaje: «Doctora Landry, 15.00». Había un hipervínculo para que enviara la cita al calendario de su teléfono. Cuando Eureka hizo clic en la dirección de la consulta, un banderín en el mapa marcó la localización de Main Street en New Iberia.

—¿New Iberia? —dijo con voz quebrada.

Rhoda le dio un sorbo a un zumo verde de aspecto repugnante.

—Pensé que te gustaría.

New Iberia era la ciudad donde Eureka había nacido y se había criado. Era el lugar que todavía consideraba su hogar, donde había vivido con sus padres durante el período no hecho añicos de su vida, hasta que se separaron y su madre se mudó, y su padre, que antes caminaba con paso seguro, comenzó a arrastrar los pies hasta parecer uno de esos cangrejos de pinzas azules del Victor's, donde había trabajado como chef.

Eso fue cuando el Katrina, y el Rita vino justo después. La antigua casa de Eureka seguía allí —había oído que ya vivía otra familia en ella—, pero tras los huracanes, su padre no había querido dedicarle el tiempo ni los sentimientos necesarios para repararla. Así que se mudaron a Lafayette, a veinticuatro kilómetros y treinta años luz de casa. Su padre consiguió trabajo de cocinero en el Prejean's, que era más grande y mucho menos romántico que el Victor's. Eureka cambió de colegio, lo que fue un rollo. Antes de que Eureka supiera siquiera que su padre había superado lo de su madre, ya se habían mudado a una casa grande en Shady Circle. Pertenecía a una señora autoritaria llamada Rhoda. Estaba embarazada. La nueva habitación de Eureka se encontraba al final del pasillo, más allá de la habitación del bebé que estaban preparando.

Así que no, Rhoda, a Eureka no le gustaba que aquella nueva terapeuta viviera en New Iberia. ¿Cómo se suponía que iba a conducir hasta la consulta y llegar a tiempo a la carrera?

El encuentro deportivo era importante, no solo porque el Evangeline corría contra su rival, el instituto Manor, sino porque Eureka le había prometido a la entrenadora que ese día decidiría si se quedaba en el equipo.

Antes de que Diana muriera, habían nombrado a Eureka capitana jefe. Tras el accidente, cuando estuvo lo bastante fuerte físicamente, sus amigas le pidieron que corriera unas cuantas carreras en verano, pero la única en la que había participado le había dado ganas de gritar. Los alumnos de cursos inferiores le tendían vasos de agua con lástima. La entrenadora achacó la lentitud de Eureka a las muñecas escayoladas, pero era mentira. Ya no tenía el corazón en la carrera. No estaba con el equipo. Su corazón se hallaba en el océano con Diana.

Después de las pastillas, la entrenadora le había llevado unos globos, que quedaban ridículos en la estéril habitación del ala psiquiátrica. Ni siquiera le habían permitido quedárselos al finalizar las horas de visita.

—Lo dejo —le dijo Eureka. La avergonzaba que la vieran atada a la cama por las muñecas y los tobillos—. Dígale a Cat que puede quedarse con mi taquilla.

La triste sonrisa de la entrenadora sugería que, tras un intento de suicidio, las decisiones de una chica tenían menos peso que los cuerpos en la luna.

—He pasado por dos divorcios y la batalla de una hermana contra el cáncer —explicó la entrenadora—. No estoy diciendo esto porque seas la más rápida de mi equipo. Te lo digo porque tal vez correr sea la terapia que necesitas. Cuando te encuentres mejor, ven a verme y hablaremos de esa taquilla.

Eureka no sabía por qué había accedido a hacerlo. Quizá no quería defraudar a otra persona. Había prometido intentar ponerse en forma antes de la carrera contra el Manor, volver a probar. Antes le encantaba correr. Le encantaba el equipo. No obstante, eso pertenecía al pasado.

—Eureka, ¿puedes contarme algo que recuerdes del día del accidente? —la animó la doctora Landry.

Eureka estudió el lienzo blanco del techo, como si fuera a aparecer pintada una pista. Recordaba tan poco del accidente que no merecía la pena abrir la boca. Un espejo colgaba de la pared al otro lado del despacho. Eureka se levantó y se colocó delante de él.

—¿Qué ves? —preguntó Landry.

Retazos de la chica que era antes: las mismas pequeñas orejas de soplillo detrás de las que se metía el pelo, los mismos ojos azul oscuro de su padre, las mismas cejas asilvestradas si no las domaba a diario… Todo seguía allí. Y aun así, justo antes de aquella cita, dos mujeres de la edad de Diana habían pasado por su lado en el aparcamiento y habían susurrado: «Ni su propia madre la reconocería».

Era una forma de hablar, como el montón de cosas que decían sobre Eureka en New Iberia: «Podría discutir con la muralla China y ganar», «No tiene oído ni para tocar el timbre», «Corre más rápido que una hormiga pisoteada en las Olimpiadas». El problema de aquellas expresiones era lo fácil que salían de la boca de la gente. Esas mujeres no pensaban en la realidad de Diana, que habría reconocido a su hija en cualquier lugar, en cualquier momento, sin importar las circunstancias.

Trece años de escuela católica hicieron creer a Eureka que Diana estaba mirándola desde el cielo y la reconocía en aquel mismo instante. No le importaría la camiseta rota del árbol de Josué debajo de la rebeca del colegio de su hija, las uñas mordidas o el agujero en el dedo gordo izquierdo de sus zapatillas de lona de pata de gallo. Pero puede que le cabreara cómo llevaba el pelo.

En los cuatro meses desde el accidente, el pelo de Eureka había pasado de un rubio oscuro virgen a un rojo chillón (el tono natural de su madre), un blanco de bote (idea de su tía Maureen, propietaria de un salón de belleza) y un negro azabache (que finalmente parecía quedarle bien) y ahora estaba creciendo con un interesante estilo *ombré*. Eureka intentó sonreír a su reflejo, pero se veía la cara rara, como la máscara sonriente colgada en la pared de su clase de teatro el año anterior.

—Cuéntame tu recuerdo positivo más reciente —dijo Landry.

Eureka se puso cómoda en el diván. Debía de ser aquel día. Debía de ser el CD de Jelly Roll Morton que sonaba y ella y su madre cantaban con su horrible tono de voz mientras avanzaban con las ventanillas bajadas por un puente que nunca terminarían de cruzar. Recordaba que se había reído por una letra graciosa mientras se acercaban al centro del puente. Recordaba ver la señal blanca, oxidada, del kilómetro seis.

Después: el olvido. Un enorme agujero negro hasta que despertó en el hospital de Miami, con el cuero cabelludo lacerado, un tímpano reventado que nunca se curaría completamente, un tobillo torcido, dos muñecas gravemente rotas, miles de morados…

Y sin madre.

Su padre estaba sentado en el borde de la cama. Lloró cuando la muchacha volvió en sí, lo que le puso los ojos más tristes. Rhoda le tendió unos pañuelos. Sus hermanastros, de cuatro años, William y Claire, la cogieron de la mano con sus deditos suaves, por la parte que no tapaba el yeso. Había olido a los mellizos incluso antes de abrir los ojos, antes de saber que había alguien allí o si estaba viva. Olían igual que siempre: a jabón Ivory y noches estrelladas.

La voz de Rhoda fue firme cuando se inclinó sobre la cama y se colocó las gafas rojas encima de la cabeza.

—Has tenido un accidente. Vas a ponerte bien.

Le contaron que una ola gigantesca había salido del océano como un mito y había arrastrado el Chrysler de su madre hasta sacarlo del puente. Le dijeron que unos científicos habían buscado en el agua un meteorito que pudiera haber provocado aquella ola. Le hablaron de los obreros y le preguntaron a Eureka si sabía cómo o por qué su coche había sido el único al que habían permitido cruzar el puente. Rhoda mencionó demandar al condado, pero su padre le pidió que lo dejara con un gesto. Le preguntaron a Eureka por su milagrosa supervivencia y esperaron a que despejara las incógnitas sobre cómo había terminado en la orilla ella sola.

Al ver que no podía hacerlo, y le contaron lo de su madre.

No escuchó, la verdad es que no oyó nada de aquello. Agradecía que el tinnitus en el oído ahogara casi todos los sonidos. A veces todavía le gustaba que el accidente la hubiera dejado medio sorda. Se había quedado mirando la dulce cara de William, luego la de Claire, pensando que eso la ayudaría. Pero parecía que tuvieran miedo de ella y eso le dolió más que los huesos rotos. Así que clavó la vista más allá, la relajó sobre la pared blanquecina y la dejó allí durante los siguientes nueve días. Siempre les decía a las enfermeras que su nivel de dolor era de siete sobre diez para asegurarse de que le administraran más morfina.

—Puede que sientas que el mundo es un lugar muy injusto —probó Landry.

¿Seguía Eureka en aquella habitación con esa mujer condescendiente a la que pagaban para que no la comprendiera? Eso sí era injusto. Se imaginó que los gastados zapatos marrón topo de Landry se levantaban mágicamente de la alfombra, flotaban en el aire y giraban como las manecillas de un reloj hasta que se acababa la hora y Eureka salía corriendo hacia la competición.

—Los gritos de ayuda como el tuyo a menudo son el resultado de sentirse incomprendido.

«Grito de ayuda» era un eufemismo para «intento de suicidio». No era un grito de ayuda. Antes de que Diana muriera, Eureka creía que el mundo era un lugar increíblemente emocionante. Su madre era pura aventura. Percibía cosas en un camino normal por el que la mayoría de la gente pasaba miles de veces. Se reía más fuerte y con más frecuencia que nadie que Eureka conociera. Había ocasiones en las que incluso había avergonzado a Eureka, pero en ese momento echaba de menos la risa de su madre más que nada.

Habían ido juntas a Egipto, Turquía y la India, en barco por las islas Galápagos, todo como parte del trabajo arqueológico de Diana. Una vez, cuando Eureka fue a visitar a su madre a una excavación en el norte de Grecia, perdieron el último autobús de Trikala y pensaron que no les quedaba más remedio que quedarse allí a pasar la noche, hasta que Eureka, con catorce años, le hizo señas a un camión de aceite de oliva e hicieron autoestop para regresar a Atenas. Se acordó de que su madre la rodeó con el brazo mientras iban sentadas en la parte trasera del camión, entre las cubas acres y agujereadas de aceite de oliva, y en voz baja murmuró: «Sabrías cómo salir hasta de una madriguera en Siberia, niña. Eres la leche como compañera de viaje». Era el cumplido preferido de Eureka. Pensaba en él a menudo cuando se hallaba en una situación de la que necesitaba escapar.

—Estoy intentando conectar contigo, Eureka —insistió la doctora Landry—. Las personas más cercanas a ti están intentando conectar contigo. Les pedí a tu madrastra y a tu padre que anotaran algunas palabras que describieran los cambios que han notado en ti. —Alargó la mano para coger un cuaderno marmolado de la mesita auxiliar junto a la silla—. ¿Quieres oírlas?

—Claro. —Eureka se encogió de hombros—. Siga jugando.

—Tu madrastra…

—Rhoda.

—Rhoda te llamó «fría». Dice que el resto de la familia va con pies de plomo contigo, que eres «cerrada e impaciente» con tus hermanastros.

Eureka hizo un gesto de dolor.

—Eso no es cierto…

¿A quién le importaba si era cerrada? Pero ¿que no tenía paciencia con los mellizos? ¿Era verdad? ¿O era otro de los trucos de Rhoda?

—¿Y qué dice mi padre? Déjeme adivinarlo… ¿«Distante», «taciturna»?

Landry pasó una página.

—Tu padre te describe como…, sí, «distante», «estoica» y «difícil».

—Ser estoica no es malo.

Desde que había estudiado el estoicismo griego, Eureka aspiraba a controlar sus emociones. Le gustaba la idea de conseguir la libertad mediante el dominio de sus sentimientos, de contenerlos para que solo ella pudiera verlos, como una mano de cartas. En un universo sin Rhodas ni Landrys, que su padre la llamara «estoica» tal vez sería un cumplido. Él también era estoico.

Pero eso de que era difícil le molestaba.

—¿Qué clase de suicida se iba a dejar tratar? —masculló.

Landry bajó el cuaderno.

—¿Has vuelto a pensar en el suicidio?

—Me estaba refiriendo a «difícil» —dijo Eureka, exasperada—. Si fuera una loca suicida no habría… Da igual.

Pero era demasiado tarde. Había dejado escapar la palabra que comenzaba por ese, que era como decir «bomba» en un avión. Había saltado la alarma dentro de Landry.

Pues claro que Eureka seguía pensando en el suicidio. Y sí, había contemplado otros métodos, aunque sabía sobre todo que no podía intentar ahogarse; no después de lo que le había sucedido a Diana. Una vez había visto un programa sobre cómo a las víctimas de ahogamiento se les llenan los pulmones de sangre antes de morir. A veces hablaba del suicidio con su amigo Brooks, la única persona en que podía confiar que no la juzgaría, que no se lo contaría a su padre o algo peor. Se sentaba en silencio a escuchar cada vez que ella llamaba a su línea directa. Le había hecho prometer que hablaría con él en cuanto pensara en ello, así que hablaban mucho.

Pero seguía allí, ¿no? Las ganas de abandonar este mundo no eran tan atroces como cuando se había tragado aquellas pastillas. El letargo y la apatía habían reemplazado el deseo de morir.

—¿Le mencionó mi padre por casualidad que siempre he sido así? —preguntó.

Landry dejó el cuaderno sobre la mesa.

—¿Siempre?

Eureka apartó la mirada. Quizá no siempre. Por supuesto que no había sido siempre así. Había sido alegre algún tiempo. Pero cuando tenía diez años sus padres se separaron y después de eso una no se queda alegre.

—¿Hay alguna posibilidad de que podamos ir directamente a la receta de Xanax? —El tímpano izquierdo volvía a pitarle—. Todo esto me parece una pérdida de tiempo.

—No necesitas fármacos. Necesitas abrirte a los demás y no enterrar esta tragedia. Tu madrastra dice que no hablas con ella ni con tu padre. Tampoco has mostrado interés en conversar conmigo. ¿Y con tus amigos del instituto?

—Cat —dijo Eureka automáticamente— y Brooks.

Hablaba con ellos. Si alguno de los dos estuviera sentado en la silla de Landry, Eureka quizá hasta estaría riéndose en ese momento.

—Bien. —La doctora Landry quería decir «Por fin»—. ¿Cómo te describirían desde el accidente?

—Cat es la capitana del equipo de campo a través —respondió Eureka, pensando en la incontrolada mezcla de emociones reflejadas en el rostro de su amiga cuando Eureka le dijo que lo dejaba y le cedía el puesto de capitana—. Diría que me he vuelto más lenta.

Cat estaría en el campo con el equipo en aquellos momentos. Se le daba bien hacerles repasar los ejercicios, pero no era muy brillante dando ánimos, y el equipo necesitaba motivación para enfrentarse al Manor. Eureka echó un vistazo a su reloj. Si salía pitando en cuanto aquello terminara, quizá llegase al colegio a tiempo. Eso era lo que quería, ¿no?

Al alzar la vista, vio que Landry tenía el entrecejo fruncido.

—Sería un poco duro decirle eso a una chica que está llorando la pérdida de una madre, ¿no crees?

Eureka se encogió de hombros. Si Landry hubiera tenido sentido del humor, si hubiera conocido a Cat, lo habría entendido. Su amiga bromeaba la mayor parte del tiempo. No pasaba nada. Se conocían desde siempre.

—¿Qué hay de… Brooke?

—Brooks —la corrigió Eureka.

También le conocía desde siempre. Se le daba mejor escuchar que a ninguno de los psiquiatras en los que se gastaban el dinero Rhoda y su padre.

—¿Brooks es un chico? —Landry volvió a coger el cuaderno y apuntó algo—. ¿Sois algo más que amigos?

—¿Qué importa eso? —le soltó Eureka.

Antes del accidente habían salido una vez, en quinto curso. Pero eran unos críos. Y ella estaba destrozada porque sus padres iban a separarse y…

—Un divorcio a menudo provoca cierto comportamiento en los hijos que les dificulta continuar con sus propias relaciones sentimentales.

—Teníamos diez años. No funcionó porque yo quería ir a nadar cuando él quería montar en bici. ¿Cómo hemos empezado a hablar de esto?

—Dímelo tú. Quizá puedas hablarle a Brooks de tu pérdida. Parece ser alguien que podría llegar a importarte mucho si te permitieras sentir.

Eureka puso los ojos en blanco.

—Vuelva a ponerse los zapatos, doctora.

Cogió el bolso y se levantó del diván.

—Tengo que ir a correr.

Iba a salir corriendo de aquella sesión. Correría de vuelta al instituto. Correría por el bosque hasta que estuviera tan cansada que no le doliera. Puede que incluso corriera de vuelta al equipo que tanto le gustaba. La entrenadora tenía razón en una cosa: cuando Eureka estaba baja de ánimos, correr la ayudaba.

—¿Te veo el próximo martes? —preguntó Landry. Pero para entonces la terapeuta estaba hablando a una puerta cerrada.

2

Objetos en movimiento

Mientras trotaba esquivando los baches del aparcamiento, Eureka apretó el mando del llavero para abrir a Magda, su coche, y se sentó en el asiento del conductor. Unas currucas amarillas cantaban en un haya, sobre su cabeza; Eureka conocía su canción de memoria. Hacía un día caluroso y soplaba el viento, pero al aparcar debajo de los largos brazos del árbol, el interior de Magda se había mantenido fresco.

Magda era un Jeep Cherokee rojo, heredado de Rhoda. Era demasiado nuevo y demasiado rojo para que pegara con Eureka. Con las ventanillas subidas, no se oía nada de fuera, y se imaginaba que estaba conduciendo una tumba. Cat había insistido en llamar al coche Magda, para que como mínimo el Jeep sirviera para reírse. No era ni con mucho tan guay como el Lincoln Continental azul claro de su padre, con el que Eureka había aprendido a conducir, pero al menos tenía un estéreo de muerte.

Conectó su teléfono y puso la KBEU, la emisora de radio online del instituto. Todos los días, después de clase, pinchaban las mejores canciones de los mejores grupos indie locales. El año anterior, Eureka había colaborado en la emisora; tenía un programa que se llamaba *Aburrida en el bayou*, los martes por la tarde. Le habían guardado el espacio para el nuevo curso, pero ya no lo quería. La chica que solía pinchar el viejo zydeco improvisado y el más reciente mash-up era alguien a quien apenas recordaba, mucho menos intentar volver a ser como ella.

Bajó las cuatro ventanillas, abrió el techo y salió del aparcamiento con el tema «It's Not Fair», de los Faith Healers, un grupo formado por unos chicos del instituto. Se había aprendido de memoria todas las letras. El ritmo alocado le impulsaba las piernas, haciéndola ir más rápido en sus carreras, y había sido el motivo por el que había desenterrado la vieja guitarra de su abuelo. Había aprendido ella sola unos cuantos acordes, pero no había vuelto a tocarla desde primavera. No podía imaginarse la música que haría ahora que Diana estaba muerta. La guitarra estaba acumulando polvo en un rincón de su habitación bajo el pequeño cuadro de santa Caterina de Siena, que Eureka había birlado de la casa de su abuela Sugar después de que falleciera. Nadie sabía de dónde había sacado Sugar el icono. Desde que Eureka tenía memoria, el cuadro de la santa patrona, protectora contra el fuego, había colgado sobre la chimenea de su abuela.

Sus dedos se aferraron al volante. Landry no sabía de lo que estaba hablando. Eureka sentía cosas, cosas como… enfado por haber perdido otra hora en otra monótona consulta terapéutica.

Y había más. Escalofríos de miedo cada vez que cruzaba un puente, aunque fuera cortísimo. Una tristeza debilitante cuando pasaba las noches en blanco en su cama. Una pesadez en los huesos cuyo origen tenía que localizar de nuevo cada mañana cuando sonaba la alarma del teléfono. Pena por haber sobrevivido y que Diana no lo hiciera. Ira porque algo tan absurdo le hubiera arrebatado a su madre.

La inutilidad de buscar venganza contra una ola.

Inevitablemente, cuando se permitía seguir los tristes desvaríos de su mente, Eureka acababa llegando a la inutilidad. Lo inútil la enfadaba. Así que cambiaba de dirección y se centraba en cosas que sí podía controlar, como volver al campus y la decisión que la esperaba.

Ni siquiera Cat sabía que Eureka podía aparecer aquel día. La 12K solía ser el acontecimiento más importante para Eureka. Sus compañeras de equipo se quejaban, pero para Eureka, sumirse en la zona hipnótica de una larga carrera era rejuvenecedor. Una parte de ella quería competir con los chavales del Manor y a la otra no le hubiera gustado nada más que dormir durante meses.

No le daría a Landry nunca la satisfacción de reconocerlo, pero Eureka sí se sentía completamente incomprendida. La gente no sabía qué hacer con una madre muerta, y mucho menos con su hija suicida viva. Las palmaditas automáticas en la espalda y los apretones en los hombros la ponían nerviosa. No comprendía la falta de sensibilidad necesaria para decirle a alguien: «Dios debía de echar de menos a tu madre en el cielo» o «Esto te hará mejor persona».

La camarilla de chicas del instituto que nunca le había hecho ni caso pasó por su buzón tras la muerte de Diana para dejar una pulsera de punto de cruz con pequeñas cruces. Al principio, cuando Eureka se topaba con ellas en la ciudad sin nada en la muñeca, evitaba mirarlas a los ojos. Pero después de intentar suicidarse eso ya no resultaba un problema. Las chicas eran las primeras en apartar la vista. La compasión tenía unos límites.

Incluso a Cat hasta hacía poco se le habían llenado los ojos de lágrimas cada vez que veía a Eureka. Se sonaba la nariz, se reía y decía: «A mí ni siquiera me gusta mi madre, pero me volvería loca si la perdiera».

Eureka se había vuelto loca, pero porque no se derrumbara ni llorase, no se lanzara a los brazos de cualquiera que intentase abrazarla o se cubriera de pulseras, ¿acaso la gente creía que no estaba triste por la muerte de su madre?

Sentía un profundo dolor cada día, todo el tiempo, en cada átomo del cuerpo.

«Sabrías cómo salir hasta de una madriguera en Siberia, niña.» La voz de Diana le llegó al pasar por la encalada tienda de pesca de Herbert y girar a la izquierda hacia la carretera de gravilla bordeada de altos tallos de caña de azúcar. El paisaje a ambos lados del recorrido de cinco kilómetros entre New Iberia y Lafayette era uno de los más bonitos de los tres condados: enormes robles esculpidos hacia un cielo azul, campos exuberantes salpicados de hierba doncella en primavera, y una caravana solitaria, sobre unos pilotes, a medio kilómetro de la carretera. A Diana le encantaba aquel tramo. Lo llamaba «la última boqueada del campo antes de la civilización».

Eureka no había pasado por aquella carretera desde la muerte de su madre. Había tomado ese camino con mucha tranquilidad, sin pensar que podría hacerle daño, pero de repente no pudo respirar. Cada día un dolor nuevo la encontraba y la apuñalaba, como si aquella profunda pena fuera la madriguera de la que no saldría hasta que muriera.

Estuvo a punto de detener el coche para echar a correr. Cuando corría, no pensaba. Se le aclaraba la mente, las ramas de los robles la abrazaban con sus brazos peludos de musgo negro y los pies comenzaban a moverse, las piernas a arder, el corazón a latir, los brazos a subir y bajar, a perderse por los senderos hasta que estaba muy lejos.

Pensó en la competición. Quizá podría canalizar la desesperación hacia algo útil. Si pudiera llegar al instituto a tiempo…

La semana anterior, por fin le habían quitado el último de los pesados yesos que debía llevar en las muñecas rotas (se había destrozado la derecha de tal manera que se la tuvieron que recolocar tres veces). No soportaba llevar aquella cosa y tenía unas ganas tremendas de que se la cortaran. Pero cuando el traumatólogo arrojó la escayola a la basura una semana antes y declaró que se había curado, le pareció una broma.

Cuando Eureka se paró en la señal de stop del cruce de la carretera vacía, las hojas de un laurel se inclinaron en arco sobre el techo corredizo. Se subió la manga de la rebeca verde del colegio y giró la muñeca derecha unas cuantas veces, estudiando su antebrazo. La piel estaba tan pálida como un pétalo de magnolia. El diámetro del brazo parecía haberse reducido a la mitad del izquierdo. Era raro y Eureka se sentía avergonzada. Después comenzó a avergonzarse de tener vergüenza. Estaba viva; su madre no…

Unos neumáticos chirriaron detrás de ella. Una fuerte sacudida le hizo separar los labios en un grito de sorpresa cuando Magda daba un bandazo hacia delante. Eureka pisó el freno y el airbag se abrió como una medusa. La fuerza de la áspera tela le irritó las mejillas y la nariz. Su cabeza chocó contra el reposacabezas. Emitió un grito ahogado cuando la respiración se le cortó y cada músculo de su cuerpo se contrajo. El estruendo del metal aplastado hizo que la música del estéreo sonara inquietantemente nueva. Eureka la escuchó unos instantes y oyó que la letra decía «no siempre es justo» antes de darse cuenta de que habían chocado contra ella.

Abrió los ojos de repente y empujó la puerta, olvidándose de que tenía puesto el cinturón. Cuando levantó el pie del freno, el coche avanzó de un tirón. Apagó el motor de Magda. Agitó las manos debajo del airbag, que se desinflaba. Estaba desesperada por liberarse.

Una sombra cayó sobre su cuerpo y le produjo una extraña sensación de *déjà vu*. Alguien estaba fuera del coche, mirando hacia dentro.

Ella alzó la vista…

—Tú. —Suspiró involuntariamente.

No había visto antes a ese chico. Tenía la piel tan pálida como su brazo desenyesado, pero sus ojos eran turquesa, como el océano de Miami, lo que le recordó a Diana. Percibió la tristeza en lo más profundo de su ser, como sombras en el mar. Tenía el pelo rubio, no demasiado corto, y un poco ondulado en la parte superior. Se adivinaban bastantes músculos debajo de su camisa blanca. Nariz recta, mandíbula cuadrada, labios carnosos… el chaval se parecía a Paul Newman en la película preferida de Diana, *Hud, el más salvaje entre mil*, salvo por la palidez.

—¡Podrías ayudarme! —se oyó gritar al desconocido.

Era el tío más bueno al que había gritado. Podría haber sido el tío más bueno que había visto en su vida. Su exclamación lo sobresaltó, se acercó a la puerta abierta y finalmente alcanzó con los dedos el cinturón de seguridad. La muchacha salió de forma poco elegante del coche y aterrizó a cuatro patas en medio de la carretera polvorienta. Gruñó. Le escocían las mejillas y la nariz por la quemadura del airbag, y notó un dolor punzante en la muñeca derecha.

El chico se agachó para ayudarla. Tenía unos ojos asombrosamente azules.

—No te preocupes. —Ella se levantó y se sacudió el polvo de la falda. Giró el cuello, que le dolía, aunque no era nada en comparación con su estado tras el otro accidente. Miró la camioneta blanca que le había dado y luego, al chico—. ¿A tí que te pasa? —gritó—. ¿No has visto la señal de stop?

—Lo siento. —Su voz era dulce y suave, pero Eureka no estaba segura de si lo sentía de verdad.

—¿Acaso has intentado parar?

—No he visto…

—¿No has visto el enorme coche rojo que tenías delante?

Se dio la vuelta para examinar a Magda. Al ver los daños, maldijo de tal forma que la oyeron en todo el condado.

La parte trasera parecía un acordeón zydeco, hundida hasta el asiento de atrás, donde la matrícula ahora estaba incrustada. La luna trasera había quedado hecha añicos y algunos fragmentos colgaban de su perímetro como amenazantes carámbanos. Los neumáticos traseros estaban torcidos hacia los lados.

Respiró hondo y recordó que, de todas formas, el coche era el símbolo de estatus de Rhoda, no algo que a ella le gustara. Magda estaba hecha polvo, no cabía duda. Pero ¿qué haría Eureka entonces?

Quedaban treinta minutos para la carrera y dieciséis kilómetros todavía hasta el colegio. Si no se presentaba, la entrenadora pensaría que estaba pasando de ella.

—Necesito la información de tu seguro —dijo, recordando la frase con la que su padre la había estado machacando meses antes de que se sacara el carnet de conducir.

—¿Mi seguro?

El chico negó con la cabeza y se encogió de hombros.

Ella le dio una patada a una rueda de su camioneta. Era vieja, probablemente de principios de los ochenta, y le habría parecido guay si no le hubiera aplastado el coche. Se le había abierto el capó, pero no tenía ni un rasguño.

—Increíble. —Fulminó con la mirada al tipo—. Tu coche está intacto.

—¿Qué esperabas? Es una Chevy —respondió el chico con un acento del bayou fingido, citando un insufrible anuncio de aquellas camionetas que emitían cuando Eureka era pequeña. Era otra de esas cosas que la gente decía y no significaban nada.

Él forzó una carcajada y examinó su cara. Eureka sabía que se ponía colorada cuando estaba enfadada. Brooks la llamaba «el Fuego del Bayou».

—¿Que qué espero? —Se acercó al chico—. Espero poder meterme en un coche sin que mi vida se vea amenazada. Espero que la gente que me rodea en la carretera tenga una base sobre las normas de tráfico. Espero que el tío que tengo pegado al culo no actúe de manera tan engreída.

Se dio cuenta de que había llevado el estallido demasiado cerca. Sus cuerpos estaban a solo unos centímetros y tuvo que echar el cuello atrás, lo que le dolió, para mirar aquellos ojos azules. Era poco más alto que Eureka y ella medía un metro setenta y cinco.

—Pero supongo que espero demasiado. Ni siquiera tienes seguro, imbécil.

Todavía estaban muy pegados, únicamente porque Eureka había creído que el chico retrocedería. No lo hizo. Su aliento le hacía cosquillas en la frente. Él ladeó la cabeza, para observarla con más detenimiento, estudiándola con más concentración de la que ponía ella cuando se preparaba para un examen. Parpadeó unas cuantas veces y después, muy despacio, sonrió.

A medida que la sonrisa se extendía por su cara, algo se iba agitando en el interior de Eureka. Contra su voluntad, ansiaba devolverle el gesto. No tenía sentido. El chico le sonreía como si fueran viejos amigos, como se habrían reído Brooks y ella si uno de ellos le hubiera dado al coche del otro. Pero Eureka y aquel chaval no se conocían de nada. Y aun así, para cuando su amplia sonrisa dio paso a una suave risita íntima, las comisuras de los labios de Eureka también se arquearon hacia arriba.

—¿Por qué sonríes? —Su intención era reprenderle, pero le salió como una risa, lo que la sorprendió y luego la enfureció. Se dio la vuelta—. Da igual. No hables. Mi monstruastra va a matarme.

—No ha sido culpa tuya. —El chico sonrió como si hubiera ganado el Premio Nobel de los paletos—. No lo has provocado tú.

—Nadie provoca algo así —masculló.

—Tú te has parado en la señal de stop. Soy yo el que te ha dado. Tu monstrua lo comprenderá.

—Es evidente que no has tenido el placer de conocer a Rhoda.

—Dile que yo me encargaré de tu coche.

Le ignoró, caminó de vuelta al Jeep para coger su mochila y sacó el teléfono de su soporte en el salpicadero. Llamaría a su padre primero. Apretó el número dos de la memoria. En el número uno aún tenía el móvil de Diana. Eureka no podía cambiarlo.

Menuda sorpresa: el teléfono de su padre no dejaba de sonar. Después de su largo turno a mediodía, tenía que preparar como tres millones de kilos de marisco hervido antes de salir del restaurante, así que seguramente tenía las manos llenas de antenas de gambas.

—Te lo prometo —estaba diciendo el chico de fondo—, todo va a salir bien. Te lo compensaré. Mira, me llamo…

—Chisss. —Levantó una mano, le dio la espalda y avanzó hasta quedar al borde del campo de caña de azúcar—. Me he despistado con tu «Es una Chevy».

—Lo siento. —La siguió y sus zapatos aplastaron los gruesos tallos de caña cerca de la carretera—. Deja que te explique…

Eureka buscó entre sus contactos el número de Rhoda. Rara vez llamaba a la esposa de su padre, pero en esa situación no le quedaba más remedio. El teléfono dio seis tonos antes de que se oyera el mensaje interminable del buzón de voz de Rhoda.

—¡Para una vez que de verdad quiero que lo coja!

Marcó el número de su padre una y otra vez. Probó con el de Rhoda dos veces más antes de meterse el móvil en el bolsillo. Contempló como el sol se escondía tras las copas de los árboles. Sus compañeras de equipo ya estarían vestidas para la carrera. La entrenadora echaría un vistazo al aparcamiento para ver si estaba el coche de Eureka. La muñeca derecha seguía dándole punzadas. Apretó los ojos por el dolor mientras se la llevaba al pecho. Se había quedado tirada. Comenzó a temblar.

«Encuentra cómo salir de la madriguera, niña.»

La voz de Diana sonó tan cerca que Eureka se mareó. Se le puso la carne de gallina en los brazos y algo le abrasó la garganta. Al abrir los ojos, el chico estaba justo delante de ella. La miraba con una preocupación cándida, del modo en que ella miraba a los mellizos cuando uno de ellos estaba muy enfermo.

—No —dijo el chico.

—¿No qué?

Le tembló la voz justo cuando unas lágrimas inesperadas se acumularon en sus ojos. Eran muy extrañas y nublaban su visión perfecta.

El cielo estalló y retumbó en el interior de Eureka de la manera en que lo hacían las más grandes tormentas eléctricas. Unas nubes oscuras pasaron por detrás de los árboles y sellaron el cielo con una tormenta verde grisácea. Eureka se preparó para un aguacero.

Una única lágrima se derramó por la comisura del ojo izquierdo y estaba a punto de deslizarse por la mejilla. Pero antes de que lo hiciera…

El chico levantó el dedo índice hacia ella y cogió la lágrima con la yema. Muy despacio, como si sostuviera algo valioso, apartó la gota salada de la joven y la llevó hacia su propia cara. La introdujo por la comisura de su ojo derecho, luego parpadeó y desapareció.

—Ya está —susurró—. Se acabaron las lágrimas.

3

Evacuación

Eureka se tocó las comisuras de los ojos con el pulgar y el índice. Parpadeó y recordó la última vez que había llorado…

Fue la noche antes de que el huracán Rita devastara New Iberia. Una cálida y húmeda noche de septiembre, unas semanas después del Katrina, el huracán azotó su ciudad… y los débiles diques del matrimonio de los padres de Eureka también acabaron desbordándose.

Eureka tenía nueve años. Había pasado un verano agitado, un tiempo bajo el cuidado de cada uno. Si Diana la llevaba a pescar, desaparecía en la habitación en cuanto llegaban a casa para dejar que el padre le quitara las escamas al pescado y lo friera. Si su padre compraba entradas para ir al cine, Diana se buscaba otros planes y a otra persona que ocupara su butaca.

Los veranos anteriores, cuando los tres juntos paseaban en barco por Cypremort Point y su padre metía algodón de azúcar de la feria en la boca de Eureka y Diana, parecían un sueño que Eureka apenas recordaba. Aquel verano lo único que sus padres hicieron juntos fue discutir.

La pelea más grande llevaba meses fraguándose. Sus padres siempre discutían en la cocina. Algo en la calma del padre, cuando removía y hervía a fuego lento complicadas reducciones, parecía encender a Diana. Cuanto más se caldeaban las cosas entre ellos, más utensilios de cocina del padre rompía Diana. Había destrozado la picadora de carne y doblado los rodillos de pasta. Cuando el huracán Rita llegó a la ciudad, no quedaban más que tres platos enteros en la alacena.

La lluvia se intensificó al anochecer, pero no fue lo bastante fuerte para ahogar la pelea de la planta baja. Había empezado cuando una amiga de Diana les había ofrecido llevarles a Houston en su furgoneta. Diana quería irse de allí; su padre prefería capear el temporal. Habían tenido el mismo tipo de discusión unas cincuenta veces, ya fuera con huracanes o cielos despejados. Eureka dudaba entre meter la cabeza bajo la almohada y poner la oreja en la pared para oír lo que decían sus padres.

Oyó la voz de su madre:

—¡Siempre piensas lo peor de todos!

Y su padre:

—¡Al menos yo pienso!

Luego se oyó como se rompía algo de cristal contra las baldosas de la cocina. Un fuerte olor salobre subió a la planta de arriba, y Eureka supo que Diana había roto los botes de quimbombó que su padre tenía en conserva en el alféizar de la ventana. Oyó palabrotas y más estruendos. El viento ululaba fuera de la casa y el granizo hacía vibrar las ventanas.

—¡No voy a quedarme aquí sentada! —gritó Diana—. ¡No esperaré a ahogarme!

—Mira ahí fuera —dijo el padre—. No puedes irte ahora. Sería peor marcharse.

—Para mí no. Ni para Eureka.

Su padre se quedó callado. Eureka podía imaginárselo mirando a su mujer, que herviría de una manera como él nunca habría dejado hervir sus salsas. Siempre le decía a Eureka que el único fuego que debía usarse cuando querías una salsa era el mínimo. Diana, en cambio, nunca tuvo demasiado temple.

—¡Dilo! —gritó Diana.

—Te gustaría marcharte aunque no hubiera ningún huracán —contestó él—. Huir. Así es como eres. Pero no puedes desaparecer. Tienes una hija…

—Me llevaré a Eureka.

—Me tienes a mí —dijo su padre con voz temblorosa.

Diana no respondió. Las luces parpadearon y luego se apagaron definitivamente.

Justo al otro lado de la puerta del dormitorio de Eureka había un rellano que daba encima de la cocina. Salió sigilosamente de su habitación y se agarró a la barandilla. Vio como sus padres encendían velas y gritaban sobre de quién era la culpa de que no tuvieran más. Cuando Diana dejó un candelabro encima de la chimenea, Eureka advirtió la maleta de flores, hecha, al pie de las escaleras.

Diana había decidido irse antes de que aquella pelea hubiera siquiera empezado.

Si su padre se quedaba y su madre se iba, ¿qué le pasaría a Eureka? Nadie le había dicho que hiciera las maletas.

Odiaba cuando su madre se marchaba una semana a una excavación arqueológica. Pero aquello parecía distinto, estaba bañado en una horrible sensación de definitivo. Cayó de rodillas y apoyó la frente en la barandilla. Una lágrima resbaló por su mejilla. Sola, arriba, en las escaleras, Eureka emitió un doloroso sollozo.

Por encima de ella sonó una explosión de cristales rotos. Se agachó y se cubrió la cabeza. Al mirar entre los dedos, vio que el viento había empujado una rama grande del roble del patio trasero hacia la ventana del segundo piso. Una lluvia de cristales le cayó sobre la cabeza y el agua comenzó a entrar por el agujero. La espalda del camisón de algodón de Eureka estaba empapada.

—¡Eureka! —gritó su padre, que subió corriendo las escaleras.

Pero antes de que pudiera alcanzarla se oyó un extraño crujido en el pasillo de abajo. Cuando su padre se daba la vuelta para localizarlo, Eureka observó que la puerta del armario del calentador estallaba por las bisagras.

Una enorme masa de agua salió a chorro del interior del pequeño armario. La puerta de madera giró hasta quedar de lado, como una balsa que montara una ola. Eureka tardó unos instantes en darse cuenta de que el depósito de agua se había partido por la mitad y su contenido estaba convirtiendo el pasillo en una bañera gigante. Las tuberías silbaban por las paredes y se retorcían como culebras mientras el agua salía a borbotones, empapando la alfombra y salpicando el último escalón. La fuerza de la fuga volcó las sillas de la cocina. Con una de ellas tropezó Diana, que también se dirigía ya hacia Eureka.

—¡Solo va a empeorar! —le gritó Diana a su marido.

Apartó la silla de un empujón y se puso derecha. Cuando miró a Eureka, una extraña expresión se dibujó en su rostro.

Su padre había recorrido la mitad de las escaleras. Su mirada oscilaba entre su hija y el agua que salía del depósito a chorros, como si no supiera qué atender primero. Cuando el agua empujó el armario roto hacia la mesa de centro del salón, el estallido de cristales sobresaltó a Eureka. Su padre le lanzó a Diana una mirada de odio que cruzó el espacio entre ellos como un rayo.

—¡Te dije que deberíamos haber llamado a un fontanero de verdad en vez de al idiota de tu hermano! —Señaló con la mano a Eureka, cuyo llanto se había convertido en un gemido ronco—. Consuélala.

Pero Diana ya había adelantado a su marido en las escaleras. Cogió a Eureka en brazos, le sacudió los cristales del pelo y la llevó de vuelta a su habitación, lejos de la ventana y el árbol invasor. Los pies de Diana dejaron huellas sobre la alfombra empapada. Tenía la cara y la ropa mojadas. Sentó a Eureka en la vieja cama con dosel y la agarró de los hombros bruscamente; sus ojos reflejaban una salvaje intensidad.

Eureka se sorbió la nariz.

—Tengo miedo.

Diana miró a su hija como si no supiera quién era. Después echó la palma de la mano hacia atrás y le dio una bofetada fuerte.

Eureka se quedó paralizada a mitad de un gemido, demasiado asombrada para moverse o respirar. La casa entera pareció retumbar con la bofetada. Diana se acercó, clavó la mirada en su hija y dijo con el tono más grave que Eureka había oído nunca:

—No vuelvas a llorar jamás.

4

Impulso

Eureka se llevó la mano a la mejilla mientras abría los ojos y volvía a la escena con su coche destrozado y el chico extraño.

No había pensado nunca en aquella noche. Pero entonces, en aquella abrasadora carretera desierta, pudo sentir el ardor que su madre le había dejado en la piel con la palma de la mano. Aquella había sido la única vez que Diana le había pegado. Era la única vez que había asustado a Eureka. Nunca volvieron a hablar del asunto y Eureka no volvió a derramar una sola lágrima… hasta ese momento.

«No ha sido lo mismo», se dijo a sí misma. Aquellas lágrimas habían sido torrenciales, vertidas por la ruptura de sus padres. Las repentinas ganas de llorar por el Jeep machacado ya se habían replegado en su interior, como si nunca hubieran salido a la superficie.

Unas nubes rápidas taparon el cielo y lo tiñeron de un gris desagradable. Eureka miró hacia la intersección vacía, al mar de altas cañas de azúcar de tono trigueño que bordeaba la carretera y al claro abierto y verde más allá de los cultivos; todo estaba en calma, expectante. Tenía escalofríos, temblaba, igual que después de correr un largo trecho sin agua en un día caluroso.

—¿Qué acaba de pasar?

Se refería al cielo, a la lágrima, al accidente… a todo lo que había sucedido desde que se lo había encontrado.

—Una especie de eclipse, quizá —respondió él.

Eureka giró la cabeza para que la oreja derecha estuviera más cerca de él y así poder oírle con claridad. No soportaba el audífono que le habían puesto después del accidente. Nunca lo llevaba. Había metido el estuche en alguna parte del fondo de su armario y le había dicho a Rhoda que le daba dolor de cabeza. Se había acostumbrado a volver la cara tan sutilmente que la mayoría de la gente ni se daba cuenta. Pero ese chico parecía que sí y se acercó más a su oído bueno.

—Parece que ya ha terminado.

Su piel pálida brillaba en la peculiar oscuridad. Eran solo las cuatro, pero el cielo estaba tan poco iluminado como en las horas antes del amanecer.

Eureka señaló su ojo y luego el del chico, el destino de su lágrima.

—¿Por qué has…?

No sabía cómo formular la pregunta; era muy extraño. Se le quedó mirando. Llevaba unos bonitos vaqueros oscuros y el tipo de camisa blanca, planchada, que no se veía en los jóvenes del bayou. Sus zapatos marrones, acordonados, estaban pulidos. No parecía de por allí. Pero la gente siempre decía eso mismo de Eureka, y ella había nacido y se había criado en New Iberia.

Estudió su rostro, la forma de su nariz, la manera en que sus pupilas se dilataban bajo su escrutinio. Por un momento, los rasgos del chico parecieron nublarse, como si Eureka le estuviera mirando bajo el agua. Se le ocurrió que si le pidieran que lo describiera al día siguiente, era muy probable que no recordara su cara. Se restregó los ojos. Estúpidas lágrimas.

Cuando volvió a mirarle, vio sus rasgos definidos, nítidos. Eran unos bonitos rasgos. No había nada raro en ellos. Sin embargo… la lágrima. Ella no lloraba. ¿Qué le había ocurrido?

—Me llamo Ander.

Le tendió la mano educadamente, como si hiciera un momento no le hubiera secado el ojo con toda confianza, como si no acabara de hacer la cosa más extraña y sexy que nadie hubiera hecho jamás.

—Eureka.

Le estrechó la mano. ¿Le sudaba la palma o era la de él?

—¿De dónde sale un nombre como ese?

La gente de por allí suponía que la habían llamado Eureka por un pueblecito del norte de Luisiana. Probablemente creían que sus padres habían hecho una escapada de fin de semana en verano, con el viejo Continental de su padre, y que pasaron allí la noche cuando se quedaron sin gasolina. Nunca le había contado a nadie la historia real, salvo a Brooks y a Cat. Costaba convencer a la gente de que pasaban cosas más allá de lo que ellos conocían.

La verdad era que cuando la madre adolescente de Eureka supo que estaba preñada, salió enseguida de Luisiana. Condujo hacia el oeste en mitad de la noche, saltándose de mala manera todas las estrictas normas de sus padres y terminó en una cooperativa hippy cerca del lago Shasta, en California, que el padre de Eureka seguía llamando «el vórtice».

«Pero volví, ¿no? —Se había reído Diana cuando era joven y todavía estaba enamorada de su padre—. Yo siempre vuelvo.»

El día que Eureka cumplió ocho años, Diana se la llevó allí. Pasaron unos días con los viejos amigos de su madre en la cooperativa, jugaron a las cartas y bebieron sidra turbia, sin filtrar. Entonces, cuando ambas se sintieron lejos del mar —lo que les ocurre enseguida a los cajunes—, se acercaron a la costa a comer ostras, saladas y frías, con trozos de hielo pegados a las conchas, las mismas con las que crecían los niños del bayou. De camino a casa, Diana tomó la carretera de Oceanside hasta la ciudad de Eureka, donde señaló una clínica junto a la que pasaron; allí había nacido Eureka hacía ocho años, un 29 de febrero.

Pero Eureka no hablaba sobre Diana con cualquiera, porque la mayoría no comprendía el complejo milagro que era su madre, y esforzarse por defenderla resultaba doloroso. Así que Eureka se lo quedaba todo dentro y levantaba un muro a su alrededor que la mantuviera apartada de otros mundos y personas como aquel chico.

—Ander no es un nombre que se oiga todos los días.

El muchacho bajó la vista y oyeron un tren que se dirigía hacia el oeste.

—Es un nombre de la familia.

—¿Y quiénes son los tuyos?

Sabía que había sonado como los otros cajunes que pensaban que el sol salía y se ponía en su bayou. Eureka no creía eso, nunca lo había creído, pero había algo en aquel chaval que le hacía parecer que hubiera salido espontáneamente junto a las cañas de azúcar. Una parte de Eureka lo encontraba emocionante. La otra parte, la que quería que el coche se arreglara, estaba inquieta.

Unas ruedas sobre la carretera de grava hicieron que Eureka volviera la cabeza. Al ver que una grúa oxidada paraba justo detrás de ella, gruñó. A través del parabrisas salpicado de bichos, apenas veía al conductor, pero todos en New Iberia conocían la camioneta de Tino Libertino.

Nadie le llamaba así, salvo las mujeres de entre trece y cincuenta y cinco años, la mayoría de las cuales había tenido que enfrentarse a sus manos o mirada lascivas. Cuando no estaba remolcando coches o tratando de ligarse a menores y casadas, Tino Marais estaba en las marismas: pescando, tirando latas de cerveza y absorbiendo la podredumbre de los reptiles del pantano a través de su áspera piel tostada. No era muy mayor, pero parecía viejo, lo que hacía que sus insinuaciones fueran aún más repulsivas.

—¿Necesitáis que os remolque?

Sacó el codo por la ventana de su camioneta gris nube. Una buena bola de tabaco de mascar le hinchaba la mejilla.

Eureka no había pensado en llamar a una grúa, probablemente porque la de Tino era la única de la ciudad. No entendía cómo los había encontrado. Estaban en una carretera secundaria por la que apenas pasaba nadie.

—¿Eres clarividente o algo parecido?

—Eureka Boudreaux y sus palabras finas. —Tino miró a Ander como buscando un aliado ante la rareza de Eureka. Pero entonces lo observó con más detenimiento, entrecerró los ojos y su alianza cambió—. ¿Eres de fuera? —le preguntó a Ander—. ¿Te ha dado este chaval, Reka?

—Ha sido un accidente.

Eureka se encontró defendiendo a Ander. Le molestaba cuando los de la zona creían que primero estaban los cajunes y luego el resto del mundo.

—Eso no es lo que me ha dicho el viejo Big Jean. Me ha avisado él de que necesitabas una grúa.

Eureka asintió, su pregunta quedaba respondida. Big Jean era un dulce viudo que vivía en una cabaña a medio kilómetro de aquella carretera. Antes tenía una esposa infernal llamada Rita, pero había muerto hacía una década y Big Jean no se movía mucho por ahí él solo. Cuando el huracán Rita destrozó el bayou, la casa de Big Jean quedó muy mal. Eureka le había oído decir una veintena de veces con su voz ronca: «Lo único peor que la primera Rita fue la segunda Rita. Una se quedó en mi casa y la otra la echó abajo».

La ciudad le ayudó a reconstruir su cabaña y, aunque estaba a kilómetros de la costa, insistía en apoyarla sobre pilotes de seis metros al tiempo que mascullaba: «He aprendido la lección, he aprendido la lección».

Diana solía llevar a Big Jean pasteles sin azúcar. Eureka la acompañaba y escuchaban en su equipo de música los viejos discos de 78 rpm que el hombre tenía de Dixieland. Siempre se habían gustado mutuamente.

La última vez que le había visto estaba muy mal de su diabetes, y sabía que no bajaba a menudo las escaleras de su casa. Tenía un hijo adulto que le hacía la compra, pero Big Jean pasaba la mayor parte del tiempo en su porche, en la silla de ruedas, observando los pájaros del pantano con sus prismáticos. Debía de haber visto el accidente y llamado a la grúa. Eureka miró hacia su cabaña elevada y vio que la saludaba con el brazo cubierto por la bata.

—¡Gracias, Big Jean! —gritó.

Tino había salido de la camioneta y estaba enganchando a Magda a la grúa. Llevaba unos Wranglers anchos y oscuros, y una camiseta de baloncesto del equipo de la LSU. Tenía unos brazos enormes, llenos de pecas. Eureka observó como conectaba los cables al chasis. Le molestó el silbido que emitió cuando examinó los daños de la parte trasera de Magda.

Tino lo hacía todo despacio excepto enganchar sus remolques, aunque por una vez Eureka le agradecía que estuviera por allí. Todavía tenía esperanzas de llegar a tiempo al instituto para el encuentro deportivo. Quedaban veinte minutos y aún no había decidido si iba a participar en la carrera o a dejarlo del todo.

El viento hacía susurrar las cañas de azúcar. Era casi *fauchaison*, tiempo de cosecha. Miró a Ander, que estaba observándola con tal atención que la hacía sentirse desnuda, y se preguntó si conocía aquella zona rural como ella, si sabía que en dos semanas los agricultores aparecerían con sus tractores para cortar las cañas por la base y dejarlas crecer otros tres años hasta que se convirtieran en los laberintos por los que correteaban los niños. Se preguntó si Ander habría corrido por aquellos campos como ella y como cualquier niño del bayou. ¿Había pasado las mismas horas que Eureka escuchando el susurro seco de sus tallos dorados, pensando que no había un sonido más bonito en el mundo que el de las cañas de azúcar antes de la cosecha? ¿O Ander solo estaba de paso?

En cuanto hubo asegurado el coche de Eureka, Tino miró la camioneta de Ander.

—¿Necesitas algo, chaval?

—No, señor, gracias.

Ander no tenía acento cajún y era demasiado educado y formal para ser del campo. Eureka se preguntó si a Tino alguna vez le habrían llamado «señor».

—Pues vale. —Tino sonó ofendido, como si Ander en general fuera insultante—. Vamos, Reka. ¿Necesitas que te lleve a alguna parte? ¿Como a un salón de belleza?

Se rió socarronamente, señalando el pelo teñido, que le había crecido.

—Cállate, Tino.

«Belleza» sonaba como «fealdad» en su boca.

—Es una broma. —Alargó la mano para tirarle del pelo, pero Eureka se apartó encogiéndose—. ¿Así es como se arreglan el pelo las chicas ahora? Muy… muy interesante. —Se desternilló de risa y luego señaló con el pulgar hacia la puerta del asiento del copiloto en su camioneta—. Okay, hermana, tira para dentro. Los cajunes debemos permaneces unidos.

Tino tenía una manera de hablar asquerosa. Su camioneta era asquerosa. Con tan solo echarle un vistazo al interior por la ventanilla, Eureka supo que no quería subirse a eso. Había revistas guarras por todas partes y bolsas grasientas de cortezas de cerdo en el salpicadero. Un ambientador verde de menta colgaba del espejo retrovisor, apoyado en un icono de madera de santa Teresa. Las manos de Tino estaban manchadas de la grasa de los engranajes. Todo él necesitaba el tipo de limpieza a presión reservado a los edificios medievales manchados de hollín.

—Eureka —dijo Ander—, yo puedo llevarte.

Se sorprendió pensando en Rhoda, preguntándose qué diría si estuviera sentada sobre el hombro de Eureka, vestida con su habitual traje de chaqueta con hombreras. Ninguna de las opciones constituía lo que la esposa de su padre llamaría «una solución sensata», pero al menos Tino era un fenómeno conocido. Y los buenos reflejos de Eureka podían mantener las manos de aquel asqueroso en el volante.

Pero ahí estaba Ander…

¿Por qué pensaba Eureka en lo que le aconsejaría Rhoda en lugar de Diana? No quería parecerse a aquella mujer. Quería ser como su madre, que nunca hablaba de seguridad ni juzgaba. Diana hablaba de pasión y sueños.

Y ya no estaba.

Y no iba más que al instituto, no era una decisión que fuese a cambiarle la vida.

Su teléfono estaba vibrando. Era Cat: «Deséanos suerte para que ganemos a los del Manor. Todo el equipo te echa de menos.»

Faltaban dieciocho minutos para la carrera. Eureka tenía la intención de desearle suerte a Cat en persona, tanto si participaba ella misma como si no. Hizo un gesto rápido de «Vale» con la cabeza mirando a Ander y caminó hasta su furgoneta.

—Lleva el coche al Sweet Pea, Tino —dijo ya desde el asiento del pasajero—. Mi padre y yo lo recogeremos más tarde.

—Tú misma. —Tino se subió a su camioneta, enfadado, y señaló a Ander con la cabeza—. Ten cuidado con ese tío. Tiene una cara que me gustaría olvidar.

—Estoy seguro de que así será —masculló Ander mientras abría la puerta del conductor.

El interior de su camioneta estaba inmaculado. Debía de tener treinta años, pero el salpicadero brillaba como si lo acabaran de pulir a mano. En la radio sonaba una vieja canción de Bunk Johnson. Eureka se acomodó en el asiento de cuero y se abrochó el cinturón de seguridad.

—Se suponía que ya debería estar en el instituto —dijo cuando Ander arrancó la furgoneta—. ¿Podrías pisarle? Irás más rápido si vas por…

—Las carreteras secundarias, lo sé.

Ander giró hacia la izquierda por un camino de tierra sombreado, que Eureka creía que era su atajo. Lo observó acelerar; conducía con confianza por aquella carretera bordeada de maíz por la que rara vez pasaba nadie.

—Voy al instituto Evangeline. Está en…

—Woodvale con Hampton —completó Ander—. Lo sé.

Eureka se rascó la frente, preguntándose de pronto si aquel chico iría a su instituto, si se habría sentado detrás de ella en clase de lengua durante tres años seguidos o algo parecido. Pero Eureka conocía a las doscientas setenta y seis personas que asistían a su pequeño instituto católico. Al menos los conocía a todos de vista. Si alguien como Ander fuera al Evangeline, se habría más que enterado de su presencia. Cat estaría coladísima por él y, según las normas de las mejores amigas, Eureka se habría aprendido de memoria la fecha de su cumpleaños, cuál era su lugar preferido para salir el fin de semana y el número de su matrícula.

Entonces ¿a qué instituto iba? En vez de tener el coche empapelado con pegatinas o el salpicadero lleno de muñecos y demás parafernalia, como la mayoría de los chicos que iban a institutos públicos, la furgoneta de Ander no llevaba nada. Una simple etiqueta cuadrada, de unos centímetros de ancho, colgaba del espejo retrovisor. Tenía el fondo plateado y un monigote azul que sujetaba una lanza apuntando hacia el suelo. Se inclinó hacia delante para examinarla y advirtió que la misma imagen aparecía en ambos lados. Olía como a citronela.

—Es un ambientador —dijo Ander cuando Eureka inspiró su aroma—. Los daban gratis en el lavadero de coches.

Eureka se recostó en el asiento. Ander ni siquiera tenía mochila. De hecho, el enorme bolso lleno hasta reventar de Eureka estropeaba el orden de la camioneta.

—Nunca había visto a un chico con un coche tan impecable. ¿No tienes que hacer deberes? —Se rió—. ¿Libros?

—Leo libros —contestó Ander de manera cortante.

—Vale, eres culto. Perdona.

Ander frunció el entrecejo y subió el volumen de la música. Parecía distante, hasta que Eureka advirtió que le temblaba la mano mientras movía el dial. Él percibió que se había dado cuenta y volvió a sujetar con fuerza el volante, aunque entonces ella ya sabía que el accidente también le había afectado.

—¿Te gusta este tipo de música? —preguntó ella mientras un gavilán colirrojo sobrevolaba el cielo gris frente a ellos buscando comida.

—Me gustan las cosas antiguas —respondió Ander en voz baja, vacilante, al girar rápidamente por otra carretera de grava.

Eureka miró su reloj y se alegró al ver que tal vez conseguiría llegar a tiempo. Su cuerpo deseaba participar en aquella carrera; la ayudaría a calmarse antes de enfrentarse a su padre y Rhoda, antes de tener que dar la noticia de que Magda había quedado abollada. También haría muy feliz a la entrenadora si Eureka corría aquel día. Quizá podría volver…

Su cuerpo salió disparado hacia delante cuando Ander pisó el freno. El brazo del chico salió disparado dentro de la camioneta para hacer retroceder el cuerpo de Eureka, del modo en que solía hacerlo Diana, y le sobresaltó la mano de él sobre ella.

El coche chirrió antes de parar bruscamente y Eureka vio el porqué. Ander había frenado para evitar atropellar una de las abundantes ardillas zorro que pasaban por los árboles de Luisiana como la luz del sol. El chico pareció darse cuenta de que aún la sujetaba contra el asiento con el brazo. Las yemas de los dedos le apretaron la piel por debajo del hombro.

Dejó caer la mano y contuvo el aliento.

Los hermanos mellizos de Eureka, que tenían cuatro años, se habían pasado todo el verano intentando coger una de aquellas ardillas en el patio trasero. Eureka sabía lo rápidos que eran esos animales. Esquivaban los coches veinte veces al día. Nunca había visto a nadie que diera un frenazo para evitar golpear a uno.

El animal también pareció sorprenderse. Se quedó inmóvil, miró hacia el parabrisas un instante, como para dar las gracias, luego subió a toda velocidad por el tronco gris de un roble y desapareció.

—¡Vaya, pues sí que te funcionan los frenos! —Eureka no pudo contenerse—. Me alegro de que la ardilla haya podido escapar con la cola intacta.

Ander tragó saliva y volvió a pisar el acelerador. Le dirigió largas miradas, sin ningún reparo, a diferencia de lo que hacían los chicos del instituto, que eran más disimulados. Parecía estar buscando qué decirle.

—Eureka…, lo siento.

—Gira a la izquierda —ordenó ella.

Él ya se disponía a girar a la izquierda por la estrecha carretera.

—No, en serio, ojalá pudiera…

—No es más que un coche —le interrumpió ella. Ambos estaban nerviosos. Ella no debería haber bromeado sobre la ardilla. Él trataba de ser más prudente—. Lo arreglarán en el Sweet Pea. De todas formas, tampoco me importa tanto ese coche. —Ander escuchaba con atención sus palabras y ella se dio cuenta de que sonaba como una niñata de instituto privado, aunque aquel no era para nada su estilo—. Créeme, doy gracias por tener uno propio, pero es que…, ya sabes, es un coche, nada más.

—No.

Ander bajó la música al entrar en la ciudad y pasar por el Neptune's, la horrible cafetería a la que iban las alumnas del Evangeline después de clase. Vio a algunas chicas de su clase de latín, bebiendo refrescos en vasos rojos y apoyadas en la barandilla mientras hablaban con unos musculosos chicos mayores que llevaban Ray-Bans. Eureka apartó la vista para concentrarse en la carretera. Estaban a dos manzanas del instituto. No tardaría en bajarse de aquella furgoneta y correría hacia el vestuario; después hacia el bosque. Supuso que aquello significaba que ya se había decidido.

—Eureka.

Oyó la voz de Ander, que interrumpió su planificación sobre cómo ponerse el uniforme tan rápido como fuese posible. No se cambiaría los calcetines, sino que se pondría los pantalones cortos para luego quitarse la falda…

—Me refiero a que lo siento por todo.

¿Todo? Se había parado en la entrada trasera del instituto. Fuera, pasado el aparcamiento, había una pista de atletismo en mal estado. Un círculo de tierra desnivelado rodeaba un triste campo de fútbol marrón y abandonado. El equipo de campo a través calentaba allí, pero las carreras tenían lugar en el bosque. Eureka no podía imaginarse algo más aburrido que correr alrededor de una pista una y otra vez. La entrenadora siempre intentaba que se uniera en la temporada de primavera al equipo de carrera de relevos, pero ¿qué sentido tenía correr en círculos, para no llegar nunca a ninguna parte?

El resto del equipo ya se había cambiado y estaba haciendo estiramientos o calentando en la pista. La entrenadora miró su sujetapapeles y se preguntó por qué no había tachado aún el nombre de Eureka de la lista. Cat gritaba a dos estudiantes de segundo que se habían pintado algo con rotulador indeleble negro en la espalda del uniforme, algo por lo que les habían gritado a Cat y Eureka cuando ellas mismas estaban en segundo.

Se desabrochó el cinturón de seguridad. ¿Ander lo sentía por todo? Se refería a haberle dado al coche, por supuesto. Nada más que a eso. Porque ¿cómo iba a saber lo de Diana?

—Tengo que irme —dijo ella—. Llego tarde a mi…

—Tu carrera de campo a través, lo sé.

—¿Cómo lo sabes? ¿Cómo sabes todas esas…?

Ander señaló el emblema de campo a través bordado en un lado de su bolsa.

—Oh.

—Y además —Ander apagó el motor—, estoy en el equipo del Manor.

Rodeó la parte delantera de la furgoneta y abrió la puerta del copiloto. Ella salió, sin habla, y él le pasó la bolsa.

—Gracias.

Ander sonrió y salió trotando hacia el lado del campo donde el equipo del instituto Manor se había reunido. El chico miró por encima del hombro con un brillo malicioso en los ojos.

—Vais a perder.

5

Tormenta

Cat Estes tenía un modo muy particular de arquear la ceja izquierda y llevarse una mano a la cadera, lo que Eureka sabía que significaba «chismorreo». Su mejor amiga tenía la nariz salpicada de pecas oscuras, un hueco encantador entre las dos paletas, curvas en todos los sitios donde Eureka no tenía y un pelo con mechas, recogido en gruesas trenzas.

Cat y Eureka vivían en el mismo vecindario, cerca del campus. El padre de Cat era profesor de estudios afroamericanos en la universidad. Cat y su hermano pequeño, Barney, eran los únicos jóvenes negros en el Evangeline.

Cuando Cat vio a Eureka —con la cabeza agachada, corriendo al salir de la camioneta de Ander en un intento de que la entrenadora no advirtiera su presencia—, terminó la diatriba que estaba dirigiendo a las profanadoras de uniforme de segundo. Eureka oyó que ordenaba a las chicas que hicieran cincuenta flexiones con los nudillos antes de pasar por su lado.

—¡Paso, por favor! —gritó Cat mientras se abría camino a través de un grupo de novatos que representaba un combate de espada láser con unos vasos de papel triangulares.

Cat era velocista y cogió a Eureka del brazo antes de que esta se metiera en los vestuarios. Ni siquiera le faltaba el aliento.

—¿Vas a volver al equipo?

—Le dije a la entrenadora que correría hoy —contestó Eureka—. No quiero que le deis importancia.

—Sí —asintió Cat—, tenemos otras cosas de las que hablar de todos modos.

La ceja izquierda se elevó hasta una altura sorprendente y la mano se deslizó hasta la cadera.

—Quieres saber quién es el chico de la camioneta —supuso Eureka mientras abría la pesada puerta gris y tiraba de su amiga para meterla dentro.

El vestuario estaba vacío, pero el calor y las hormonas producidas por tantas adolescentes aún resultaban palpables. Por las puertas medio abiertas de las taquillas asomaban secadores de pelo y estuches manchados de maquillaje, y había desodorantes en barra por el suelo de cerámica. Varias prendas del indulgente atuendo del Evangeline estaban repartidas al azar por todas partes. Pese a que Eureka no había ido por allí todavía ese año, podía imaginarse con facilidad cómo tiraban esa falda hacia la taquilla en medio de una conversación sobre un horrible examen de religión o cómo habían desatado los cordones de esos zapatos mientras alguien le contaba a una amiga entre susurros que había jugado a la botella el sábado anterior.

A Eureka le encantaban los cotilleos de los vestuarios; en el equipo eran tan primordiales como correr. Pero ese día se sentía aliviada por estar en un vestuario vacío, aunque eso significase que debía darse prisa. Dejó caer la bolsa y se quitó los zapatos enseguida.

—Hummm, sí, quiero saber quién es el chico de la camioneta. —Cat sacó los pantalones cortos de correr y el polo de Eureka de su bolsa para ayudarla—. ¿Y qué te ha pasado en la cara? —Señaló los arañazos que el airbag le había hecho en la mejilla y la nariz—. Será mejor que se lo cuentes a la entrenadora.

Eureka inclinó la cabeza hacia abajo para recogerse el pelo en una cola de caballo.

—Ya le dije que tenía cita con una doctora y que quizá llegaba un poco tarde…

—Muy tarde. —Cat estiró sus largas piernas por el banco y se tocó los dedos de los pies para estirarse bien—. Da igual. ¿De qué conoces a Monsieur Semental?

—Es un imbécil —mintió Eureka. Ander no era un imbécil. Era poco corriente, costaba saber de qué iba, pero no era un imbécil—. Me ha dado en una señal de stop. Estoy bien —añadió al instante—, solo me he hecho estos arañazos. —Se pasó un dedo por la mejilla, sensible—. Pero Magda ha quedado totalmente destrozada. Ha tenido que llevársela la grúa.

—Aj, no. —Cat arrugó la cara—. ¿Tino Libertino?

Cat no era de New Iberia, había vivido en la misma bonita casa de Lafayette toda su vida, pero había pasado tiempo suficiente en la ciudad natal de Eureka como para conocer el elenco de la zona.

Eureka asintió.

—Se ha ofrecido a llevarme, pero no iba a…

—Ni de coña. —Cat comprendía la imposibilidad de montarse en la furgoneta de Tino. Se estremeció y sacudió la cabeza de modo que las trenzas le dieron en la cara—. Al menos Zas…, ¿podemos llamarle Zas?, al menos te ha traído hasta aquí.

Eureka se sacó la falda por la cabeza y se puso los pantalones cortos.

—Se llama Ander. Y no ha pasado nada.

—Zas suena mejor.

Cat se echó un chorro de protección solar en la palma de la mano y lo extendió suavemente por la cara de Eureka, teniendo cuidado con los arañazos.

—Va al Manor, por eso me ha traído al instituto. Competiré con él en unos minutos y probablemente lo haré de pena porque no he calentado.

—Oooh, qué carrera más picante. —De repente Cat estaba en su mundo, haciendo grandes gestos con las manos—. Veo la adrenalina que sube mientras corremos transformándose en una ardiente pasión en la línea de meta. Veo sudor. Veo vapor. El amor dura todo el recorrido…

—Cat —dijo Eureka—. Basta. ¿Qué le pasa a la gente hoy que no deja de intentar liarme con alguien?

Cat siguió a Eureka hasta la puerta.

—Yo lo intento todos los días. ¿De qué sirven los calendarios sin citas?

Para ser una chica fuerte e inteligente —Cat era cinturón azul en kárate, hablaba francés no cajún con un acento envidiable y el verano anterior consiguió una beca para un campamento de biología molecular en la LSU—, la mejor amiga de Eureka también era una romántica cachonda. La mayoría de los chicos del Evangeline no sabía lo lista que era porque su locura por los chicos tendía a ocultarlo. Conocía a tipos de camino al baño en el cine, no tenía un solo sujetador que no fuera todo de encaje y se pasaba el tiempo tratando de hacer de celestina. Una vez, en Nueva Orleans, había intentado juntar a dos sintecho en la plaza Jackson.

—Espera. —Cat se detuvo y miró a Eureka con la cabeza ladeada—. ¿Quién más ha querido liarte con alguien? Esa es mi especialidad.

Eureka empujó la barra de metal para abrir la puerta y salió a la tarde húmeda. Unas nubes bajas de color verde grisáceo tapaban el cielo. El olor del aire insinuaba tormenta. Hacia el oeste había una atractiva zona despejada donde Eureka vio el sol bajando sigilosamente, tiñendo la esquirla de cielo sin nubes de violeta oscuro.

—Mi nueva loquera maravillosa cree que estoy colada por Brooks —respondió Eureka.

En el otro extremo del campo, el silbido de la entrenadora reunió al resto del equipo bajo el poste oxidado de fútbol. El equipo visitante del Manor estaba preparándose en la otra punta. Eureka y Cat tendrían que pasar por allí, lo que ponía nerviosa a Eureka, aunque todavía no había visto a Ander. Las chicas se acercaron trotando a su equipo, con el propósito de pasar inadvertidas al final del grupo.

—¿Tú con Brooks? —Cat fingió asombro—. Estoy impresionada. Bueno, es que… bueno, es toda una sorpresa.

—Cat. —Eureka se puso seria y su amiga dejó de trotar—. Mi madre.

—Lo sé.

Cat abrazó a Eureka con fuerza. Tenía los brazos delgaduchos, pero sus abrazos eran potentes.

Se detuvieron en las gradas, dos largas filas de bancos oxidados a cada lado de la pista. Eureka podía oír a la entrenadora hablar sobre el ritmo de la carrera, la competición regional del mes siguiente, de encontrar la posición adecuada en la línea de salida. Si Eureka fuera la capitana, estaría explicando al equipo esos temas en detalle. Sabía que el entrenamiento previo a la carrera le quitaba el sueño, pero ya no se imaginaba ahí delante, hablando con seguridad.

—Todavía no estás preparada para pensar en chicos —dijo Cat a la coleta de Eureka—. ¡Qué estúpida soy!

—No empieces a llorar.

Eureka la apretó con más fuerza.

—Vale, vale. —Cat se sorbió la nariz y se apartó—. Ya sé que no soportas que me ponga a llorar.

Eureka se encogió.

—No es que no soporte que…

Dejó de hablar. Vio a Ander cuando salía del vestuario visitante al otro lado de la pista. Su uniforme no pegaba demasiado con el de los otros: el cuello amarillo parecía desteñido y los pantalones eran más cortos que los que llevaba el resto del equipo. El uniforme parecía anticuado, como los de las fotografías descoloridas de los equipos de campo a través de antaño que había colgadas en las paredes del gimnasio. Tal vez era una prenda heredada de un hermano mayor, pero parecía lo típico que se encuentra en el Ejército de Salvación después de que algún chaval se haya graduado y su madre haya limpiado el armario con el fin de tener más espacio para los zapatos.

Ander observaba a Eureka, ajeno a lo que le rodeaba: su equipo al final del campo, nubes infladas en el cielo que se acercaban cada vez más; era tan extraño que mirase de aquella manera… No parecía darse cuenta de lo raro que era. O tal vez no le importaba.

A Eureka sí. Bajó la vista y se sonrojó. Empezó a correr de nuevo. Recordó la sensación de aquella lágrima que se le había formado en la comisura del ojo, la increíble caricia de su dedo en un lado de la nariz. ¿Por qué había llorado en la carretera aquella tarde cuando no estuvo tentada ni en el funeral de su madre? No había llorado cuando la encerraron en aquel psiquiátrico durante dos semanas. No había llorado desde… la noche en que Diana la había abofeteado y se había marchado de casa.

—Oh, oh —dijo Cat.

—No te quedes mirándolo —masculló Eureka, segura de que Cat se refería a Ander.

—¿A quién? —susurró Cat—. Yo lo decía por la bruja esa de ahí. No te fijes y puede que no nos vea. No mires, Eureka, no…

No se puede no mirar cuando alguien está diciéndote que no lo hagas, pero aquel vistazo rápido hizo que se arrepintiera.

—Demasiado tarde —farfulló Cat.

—¡Boudreaux!

El apellido de Eureka pareció vibrar como un movimiento sísmico por el campo.

Maya Cayce tenía la voz tan grave como la de un chico, te confundía hasta que veías su cara. Algunos nunca se recuperaban totalmente de esa primera visión. Maya Cayce era extraordinaria, con un pelo espeso y oscuro que le caía en ondas sueltas hasta la cintura. Era conocida por ir a gran velocidad por los pasillos del instituto, un sorprendente garbo gracias a unas piernas interminables. Su piel suave y brillante lucía diez de los tatuajes más intrincadamente hermosos que hubiera visto Eureka nunca —incluyendo una trenza de tres plumas diferentes que le recorría el antebrazo; un pequeño retrato de su madre, estilo camafeo, en el hombro; y un pavo real dentro de la pluma de un pavo real, debajo de su clavícula—, todos ellos diseñados por ella misma y que se los había hecho en un sitio de Nueva Orleans llamado Electric Ladyland. Era estudiante del último curso, patinadora, se rumoreaba que wiccana, estaba por encima de todas las camarillas, contralto en el coro, campeona amazona estatal, y odiaba a Eureka Boudreaux.

—Maya.

Eureka la saludó con la cabeza, pero no aminoró el paso.

En su visión periférica, Eureka percibió que Maya Cayce se levantaba del borde de las gradas. Vio la masa oscura de la chica dando grandes zancadas para detenerse delante de ella.

Eureka derrapó para evitar el choque.

—¿Sí?

—¿Dónde está?

Maya llevaba un vestido negro, suelto y supercorto, con unas mangas extralargas y extraacampanadas; iba sin maquillaje, salvo por una capa negra de rímel. Pestañeó.

Estaba buscando a Brooks. Siempre estaba buscando a Brooks. Por qué seguía obsesionada con su amigo después de no haber salido más que dos veces con él el año anterior era uno de los misterios más inescrutables de la galaxia. Brooks era un chico dulce, pero normalito. Maya Cayce, en cambio, era fascinante y aun así, por alguna razón, estaba loca por él.

—No le he visto —respondió Eureka—. Quizá hayas notado que estoy en el equipo de campo a través y que está a punto de empezar la carrera.

—Tal vez más tarde podamos ayudarte a acecharlo. —Cat intentó pasar a Maya, que era bastante más alta que ella subida en aquellas cuñas de quince centímetros—. Oh, espera, no, estoy ocupada esta noche. Me he apuntado a un seminario web. Lo siento, Maya, tendrás que hacerlo sola.

Maya levantó la barbilla, parecía estar considerando si se lo tomaba como un insulto. Cuando estudiabas sus pequeños rasgos encantadores de manera individual, aparentaba menos de diecisiete años.

—Prefiero trabajar sola. —Maya bajó la vista para mirar a Cat. Su perfume olía a pachuli—. Mencionó que quizá se pasaba y pensé que el bicho raro este —dijo señalando a Eureka— podría haberle…

—No le he visto.

Eureka recordó en aquel momento que Brooks era la única persona a la que le había confiado el acuerdo con la entrenadora. No le había dicho que fuera a asistir a la carrera, pero sería un dulce gesto que su amigo se pasara. Dulce hasta que el plan añadía a Maya Cayce; entonces las cosas se agriaban.

Cuando Eureka pasaba por su lado, algo le golpeó la nuca, justo encima de la coleta. Se dio la vuelta lentamente para ver retirarse la palma de Maya Cayce. Las mejillas de Eureka se encendieron. Sintió una punzada en la cabeza, pero lo que la hirió fue el orgullo.

—¿Hay algo que quieras decirme, Maya, tal vez a la cara?

—Oh. —La voz ronca de Maya se suavizó, se endulzó—. Es que tenías un mosquito en la cabeza. Ya sabes que transmiten enfermedades, acuden al agua estancada.

Cat resopló, cogió a Eureka de la mano para llevarla hacia el campo y espetó por encima del hombro:

—¡Tú si que eres *malá-rica*, Maya! Llámanos cuando des tu primer espectáculo como cómica.

Lo triste era que Maya y Eureka antes eran amigas, antes de empezar en el Evangeline, antes de que Maya entrara en la pubertad como un ángel de cabello oscuro y se convirtiera en una inabordable diosa gótica. Eran dos niñas de siete años que iban a teatro en el campamento de verano de la universidad. Intercambiaban la comida todos los días. Eureka le daba en un santiamén los elaborados bocadillos de pavo que preparaba su padre a cambio de unos sándwiches de pan blanco con crema de cacahuete y mermelada. Pero dudaba de que Maya Cayce se acordara de eso.

—¡Estes!

Era el agudo chillido de la entrenadora Spence, Eureka lo conocía bien.

—A por ellos, entrenadora —respondió Cat con entusiasmo.

—¡Me ha encantado tu discurso! —gritó la entrenadora a Cat—. La próxima vez intenta estar un poco más presente. —Antes de que la entrenadora pudiera continuar recriminándoselo, vio a Eureka al lado de Cat. La mueca no se le suavizó, pero sí la voz—. Me alegra que estés aquí, Boudreaux —dijo al pasar entre las demás alumnas, que giraron la cabeza—. Justo a tiempo para una rápida foto de anuario antes de la carrera.

Todos los ojos estaban clavados en Eureka. Seguía roja por su interacción con Maya, y el peso de tantas miradas le hacía sentir claustrofobia. Unas cuantas compañeras de equipo susurraron como si Eureka diera mala suerte. Los que antes eran sus amigos le tenían miedo. Quizá no querían que volviera.

Eureka se sentía engañada. Una foto de anuario no era parte de su acuerdo con la entrenadora. Vio al fotógrafo, un hombre de unos cincuenta años con una coleta corta y oscura, que estaba montando un enorme flash. Se imaginó metiéndose en una de las filas junto a las otras chicas mientras la luz brillante le iluminaba el rostro. Se imaginó la foto impresa en trescientos anuarios, se imaginó a futuras generaciones pasando las páginas. Antes del accidente Eureka nunca se pensaba dos veces posar ante una cámara; su cara se contraía para formar sonrisas y lanzar besos al aire dedicados a todos los amigos de Facebook e Instagram. Pero ¿y ahora?

La permanencia de esa única foto haría que se sintiese una impostora. Le daban ganas de salir corriendo. Tenía que dejar el equipo ya mismo, antes de que quedara constancia de que había tenido la intención de correr aquel año. Se imaginó la mentira de su historial académico: Club de Latín, equipo de campo a través y una lista de clases avanzadas. La culpa de la superviviente, la única actividad extraescolar en la que Eureka invertía su tiempo, no estaba en aquel expediente. Se puso tensa para ocultar que estaba temblando.

La mano de Cat apareció en su hombro.

—¿Qué pasa?

—No puedo salir en esa foto.

—¿Cuál es el problema?

Eureka retrocedió unos pasos.

—No puedo.

—No es más que una foto.

Los ojos de Eureka y Cat se alzaron hacia el cielo cuando un trueno fortísimo sacudió el campo. Un muro de nubes estalló sobre la pista. Comenzó a llover a cántaros.

—¡Perfecto! —gritó la entrenadora al cielo.

El fotógrafo se apresuró a tapar su equipo con un fino blazer de lana. Las compañeras alrededor de Eureka se dispersaron como hormigas. A través de la lluvia, Eureka se topó con la dura mirada de la entrenadora, y negó con la cabeza, despacio.

«Lo siento —quería decir—, lo siento, esta vez lo dejo de verdad.»

En mitad de aquel chaparrón, algunas chicas se echaron a reír. Otras gritaban. En cuestión de segundos, Eureka quedó empapada. Al principio sintió el agua fría sobre la piel, pero tras quedar calada, el cuerpo se le calentó como cuando nadaba.

Apenas veía nada en el campo. La cortina de lluvia parecía una cota de malla. Se oyó un triple silbido, proveniente del grupo del instituto Manor. La entrenadora Spence respondió con el mismo triple silbido. Era oficial: la tormenta había ganado el encuentro.

—¡Todas adentro! —gritó la entrenadora, pese a que el equipo ya estaba corriendo hacia los vestuarios.

Eureka chapoteó por el lodo. Había perdido a Cat. A mitad de camino, al otro lado del campo, captó un brillo con el rabillo del ojo. Se dio la vuelta y vio a un chico allí de pie, solo, mirando fijamente el torrente.

Era Ander. No entendía cómo podía verle con claridad cuando el mundo a su alrededor se había convertido en las cataratas del Niágara.

Ander no estaba mojado. La lluvia caía en cascada a su alrededor, aporreando el fango a sus pies. Pero su pelo, su ropa, sus manos y su cara estaban tan secos como cuando se encontraba en la carretera de tierra y extendió la mano para coger su lágrima.

6

Refugio

Para cuando Cat dejó a Eureka en casa, la lluvia había disminuido de diluvio a aguacero. Se oyó el silbido de los neumáticos de una camioneta en el pavimento de la carretera principal, que pasaba por detrás de su barrio. Las begonias del parterre de su padre estaban aplastadas. El aire era frío, húmedo y salobre por la cúpula de sal del sur de Lafayette, donde la planta de Tabasco obtenía su aderezo.

Desde la puerta de su casa, Eureka se despidió de Cat con la mano y esta le respondió con dos bocinazos. El viejo Lincoln Continental de su padre estaba estacionado en la entrada. Afortunadamente, no vio el Mazda rojo cereza de Rhoda.

Eureka giró la llave en la cerradura de bronce y empujó la puerta, que siempre se atascaba cuando había tormenta. No costaba abrirla desde dentro, donde se podía traquetear el picaporte de una manera determinada. Desde fuera, tenías que empujar como un *linebacker*.

En cuanto entró se quitó las zapatillas de correr y los calcetines empapados, y se dio cuenta de que el resto de su familia había tenido la misma idea. Las zapatillas de deporte con velcro, a juego, de sus hermanastros estaban tiradas por los rincones del vestíbulo. Sus calcetines diminutos estaban hechos una bola, como rosas pisoteadas. Los cordones desatados de las negras y pesadas botas de trabajo de su padre habían dejado pequeñas serpientes de barro en las baldosas de mármol hasta donde las había arrojado, a la entrada de la sala de estar. Los chubasqueros chorreaban colgados en el perchero de madera que había en la pared. El azul marino de William tenía un forro reversible de camuflaje; el de Claire era violeta claro con flores blancas superpuestas en la capucha. El impermeable negro y gastado del padre era de cuando su abuelo estaba en la Marina. Eureka añadió su chubasquero gris brezo al último colgador del perchero y dejó caer su bolsa en el banco antiguo que Rhoda tenía en la entrada. Advirtió en la sala de estar el resplandor del televisor, que estaba a un volumen bajo.

La casa olía a palomitas, el tentempié preferido de los mellizos después de clase. Pero el padre chef de Eureka no preparaba nada sencillo. Sus palomitas explotaban con aceite de trufa y parmesano laminado, o con galletas saladas picadas y trocitos de caramelo. La tanda de ese día olía a curry y almendras tostadas. Su padre se comunicaba mejor a través de la comida que con palabras. Crear algo majestuoso en la cocina era su manera de demostrar su amor.

Se lo encontró con los mellizos acurrucados en sus sitios habituales en el enorme sofá de gamuza. El padre, que se había quitado la ropa mojada para quedarse con unos bóxer grises y una camiseta blanca, estaba dormido en el lado largo del sofá en forma de L. Tenía las manos sobre el pecho y los pies, descalzos, apuntando hacia arriba como unas palas. Un suave zumbido salía de su nariz.

Las luces estaban apagadas y la tormenta hacía que todo estuviera más a oscuras que de costumbre, pero el fuego tenue y chisporroteante mantenía la habitación caliente. Emitían *El precio justo* en el canal Game Show Network, que desde luego no era uno de los tres programas de media hora recomendados por las revistas de padres a las que estaba suscrita Rhoda, pero ninguno de ellos se chivaría.

Claire estaba sentada junto a su padre, un triángulo de piernas regordetas en la esquina del sofá, con las rodillas fuera de su jersey naranja y los dedos y los labios dorados por el curry. Parecía un caramelo de maíz. Llevaba la mata de pelo rubio platino recogida en lo alto de la cabeza con un pasador amarillo. Tenía cuatro años y era excelente en el deporte de ver la televisión pero en ninguno más. Tenía la mandíbula de su madre y la apretaba del mismo modo que Rhoda cuando acababa de decir algo importante.

En la parte más cercana del sofá estaba William, con los pies colgando a unos centímetros del suelo. Aquel pelo castaño necesitaba un corte. No dejaba de resoplar por el lateral de la boca para quitarse el pelo de los ojos. Aparte de eso, estaba tranquilo, con las manos ahuecadas sobre su regazo. Era nueve minutos mayor que Claire, prudente y diplomático, siempre ocupando tan poco espacio como fuera posible. Había un montón de cartas desparramadas por la mesa de centro, al lado del cuenco de palomitas, y Eureka sabía que había estado practicando unos cuantos trucos de magia que había sacado de un libro de la biblioteca publicado en los años cincuenta.

—Eureka —canturreó en susurros, al tiempo que se levantaba del sofá para correr hacia ella.

Eureka cogió a su hermano en brazos y le dio una vuelta, sosteniéndole por la nuca, que aún tenía mojada.

Hay quien pensaría que a Eureka le molestaban aquellos niños porque fueron la razón de que su padre se casara con Rhoda. Cuando los mellizos no eran más que dos judías en el vientre de su madre, Eureka juró que nunca tendría nada que ver con ellos. Nacieron el primer día de primavera, cuando ella tenía trece años, y Eureka sorprendió a su padre, a Rhoda e incluso a ella misma al enamorarse de los pequeños en cuanto agarró cada una de sus diminutas manos.

—Tengo sed —dijo Claire, sin apartar la vista del televisor.

Por supuesto, eran insoportables, pero cuando Eureka se hallaba en la madriguera de su depresión, los mellizos conseguían recordarle que servía para algo.

—Te traeré un poco de leche.

Eureka bajó a William y los dos caminaron hacia la cocina. Sirvió tres tazas de leche que sacó de la organizada nevera de Rhoda, en la que nunca entraba un solo Tupperware sin etiqueta, y dejó pasar a su labradoodle, Squat, que estaba empapado en el patio trasero. El perro se sacudió, lanzando agua embarrada y hojas secas por todas las paredes de la cocina.

Eureka lo miró.

—No he visto eso.

De vuelta en la sala de estar, encendió la lamparita de madera que había sobre la chimenea y se apoyó en un brazo del sofá. Su padre parecía joven y guapo dormido, era más como el padre al que adoraba cuando era pequeña y no el hombre con el que se había esforzado por conectar durante cinco años desde que se casó con Rhoda.

Recordó como el tío Travis se la había llevado a un lado, de repente, en la boda de su padre para decirle:

—Puede que no te entusiasme compartir a tu padre con otra persona, pero un hombre necesita que le cuiden, y Trenton lleva solo mucho tiempo.

Eureka tenía doce años. No entendió lo que quería decir Travis. Ella siempre estaba con su padre, así que ¿cómo iba a estar solo? Ni síquiera era consciente aquel día de que no quería que se casara con Rhoda. Era consciente en ese preciso momento.

—Hola, papá.

Sus ojos azul oscuro se abrieron de pronto y Eureka detectó miedo en ellos al despertarse sobresaltado, como si le hubieran liberado de la misma pesadilla que ella había tenido los últimos cuatro meses. Pero no hablaban de esas cosas.

—Creo que me he quedado dormido —masculló.

Se incorporó y se restregó los ojos. Fue a coger el cuenco de palomitas y se lo ofreció como si fuera un saludo, como si fuera un abrazo.

—Ya me he dado cuenta —dijo y se echó un puñado a la boca.

La mayoría de los días su padre trabajaba turnos de diez horas en el restaurante, empezando a las seis de la mañana.

—Has llamado antes. Perdona por no contestar a tiempo —se disculpó—. He intentado localizarte en cuanto he salido del trabajo. —Parpadeó—. ¿Qué te ha pasado en la cara?

—No es nada. Solo un arañazo.

Eureka evitó mirarle a los ojos y cruzó la sala de estar para sacar el teléfono de su bolso. Tenía dos llamadas perdidas de su padre, una de Brooks y cinco de Rhoda.

Estaba tan cansada como si hubiera corrido la carrera de aquella tarde. Lo último que quería era revivir el accidente de aquel día. Su padre siempre había sido muy protector, pero desde la muerte de Diana había cruzado la línea demasiado.

Contarle a su padre que había gente por ahí conduciendo como Ander le quitaría el privilegio de volver a usar un coche en su vida. Sabía que debía sacar el tema, pero tenía que hacerlo bien.

Su padre la siguió hasta el vestíbulo. Se quedó a unos pasos y barajó las cartas de William, apoyado en una de las columnas que sostenían aquel techo de falsos frescos que ninguno de los dos soportaba.

Se llamaba Trenton Michel Boudreaux Tercero. Tenía una delgadez característica que habían heredado sus tres hijos. Era alto, tenía el pelo hirsuto, rubio oscuro, y una sonrisa que podría encantar a una víbora. Había que estar ciego para no advertir como coqueteaban con él las mujeres. A lo mejor su padre se hacía el ciego, porque siempre cerraba los ojos cuando se reía de sus insinuaciones.

—¿Se ha suspendido la carrera por la lluvia?

Eureka asintió con la cabeza.

—Sé que deseabas participar. Lo siento.

Eureka puso los ojos en blanco, porque desde que su padre se había casado con Rhoda no sabía nada absolutamente de ella. «Desear participar» no era una expresión que Eureka usase ya para nada. Él nunca entendería por qué había tenido que dejar el equipo.

—¿Qué tal ha ido tu…? —Su padre miró por encima del hombro a los mellizos, que estaban absortos en la descripción de Bob Barker de la obsoleta lancha a motor que podía ganar el concursante—. La cita de hoy.

Eureka pensó en la mierda que se había tragado en la consulta de la doctora Landry, incluyendo el «difícil de tratar» de su padre. Era otra traición; ahora con su padre todo lo era. ¿Cómo podía haberse casado con esa mujer?

Pero Eureka también comprendía que Rhoda era completamente opuesta a Diana. Era estable, tenía los pies en la tierra y no se iba a ninguna parte. Diana le amaba, pero no le necesitaba. Rhoda le necesitaba tanto que tal vez era una especie de amor. Su padre parecía más despreocupado con Rhoda que sin ella. Eureka se preguntaba si alguna vez se había percatado de que aquello le había costado la confianza de su hija.

—Dime la verdad —dijo su padre.

—¿Por qué? Si me quejo, no voy a salir de esta. No en este rodeo.

—¿Tan mal ha ido?

—¿De repente te importa? —espetó.

—Nena, claro que me importa.

Hizo ademán de tocarla, pero ella se apartó.

—Diles «nenes» a ellos. —Eureka señaló a los mellizos—. Yo puedo cuidarme solita.

El le tendió las cartas. Era una manera de quitarse el estrés, y sabía que ella podía hacerlas volar en sus manos como pájaros. El mazo estaba flexible por los años de uso y se había calentado al barajar. Sin que la chica se diera cuenta, las cartas comenzaron a zumbar entre sus dedos.

—Tu cara.

Su padre examinó las abrasiones de los pómulos.

—No es nada.

Él le tocó la mejilla y su hija redujo el ritmo de las cartas.

—He tenido un accidente cuando volvía al instituto.

—Eureka. —La voz de su padre se alzó y la estrechó entre sus brazos. No parecía enfadado—. ¿Estás bien?

—Sí. —Estaba apretándola demasiado fuerte—. No ha sido culpa mía. Ese chico se me ha echado encima en la señal de stop. Magda está en el Sweet Pea. Está bien.

—¿Tienes el seguro de ese tipo?

Hasta el momento, Eureka se había sentido orgullosa de sí misma por haberse encargado del coche sin que su padre levantara un dedo para ayudarla. Tragó saliva.

—No exactamente.

—Eureka.

—Lo he intentado y no tenía. Aunque ha dicho que se encargaría de todo.

Al ver el rostro de su padre, tenso por la decepción, Eureka se dio cuenta de lo estúpida que había sido. Ni siquiera sabía cómo ponerse en contacto con Ander, no tenía ni idea de cuál era su apellido o si le había dado su nombre de pila real. No había manera de que él se encargara del coche.

Su padre hizo rechinar los dientes como cuando intentaba controlar su temperamento.

—¿Quién era el chico?

—Me ha dicho que se llamaba Ander.

Dejó las cartas en el banco de la entrada e intentó retirarse hacia el piso de arriba. Las solicitudes para entrar en la universidad la esperaban encima de su escritorio. Aunque Eureka había decidido tomarse un año sabático, Rhoda había insistido en que solicitara plaza en la UL, donde podía conseguir una ayuda económica por ser familiar de un profesor. Brooks también había rellenado la mayor parte de una solicitud online para Tulane (la universidad de sus sueños) en nombre de Eureka. Lo único que ella tenía que hacer era firmar la última página impresa, que llevaba semanas mirándola fijamente. No podía enfrentarse a la universidad. Apenas podía enfrentarse a su propio reflejo en el espejo.

Antes de subir el primer escalón, su padre la cogió del brazo.

—Ander, ¿qué más?

—Va al instituto Manor.

Su padre pareció quitarse un mal pensamiento de la cabeza.

—Lo más importante es que estás bien.

Eureka se encogió de hombros. Él no lo entendía. El accidente no la hacía estar mejor o peor que antes. Odiaba que el hecho de hablar con su padre le dejara la sensación de estar mintiendo. Antes se lo contaba todo.

—No te preocupes, Sepia.

Aquel viejo apodo sonaba forzado en los labios de su padre. Sugar se lo había inventado cuando Eureka era un bebé, pero él llevaba una década sin llamarla así. Ya nadie la llamaba Sepia, excepto Brooks.

Sonó el timbre y una alta figura apareció en la puerta de cristal esmerilado.

—Llamaré a la compañía de seguros —dijo su padre—. Tú ve a ver quién es.

Eureka suspiró y abrió la puerta principal, sacudiendo el picaporte. Alzó la vista para mirar al chico alto del porche.

—¡Eh, Sepia!

Noah Brooks —conocido por todos fuera de su familia simplemente como Brooks— se había deshecho de su marcado acento bayou cuando empezó noveno en Lafayette. Pero cuando llamaba a Eureka por su apodo, todavía sonaba como Sugar solía decirlo: suave, atropellado y relajado.

—¡Eh, Polvorín! —respondió automáticamente, usando el apodo que Brooks se ganó en su niñez por el berrinche que se cogió en la fiesta de su tercer cumpleaños.

Diana decía que Eureka y Brooks eran amigos desde que estaban en los vientres de sus madres. Los padres de Brooks vivían al lado de los de Diana, y cuando la madre de Eureka era joven y acababa de quedarse embarazada, pasó unas cuantas tardes sentada sobre un tronco en el porche, jugando a gin con la madre de Brooks, Aileen, que estaba de dos meses más.

El chico tenía la cara estrecha, estaba bronceado todo el año y empezaban a asomarle unos pelos en la barbilla. Sus ojos castaños tenían el mismo tono oscuro que su cabello, que rozaba el límite permitido por el Evangeline. Le cayó hasta las cejas al retirarse la capucha del impermeable amarillo.

Eureka advirtió un gran vendaje en la frente de Brooks, casi oculto por el flequillo.

—¿Qué te ha pasado?

—No mucho. —Vio los arañazos que lucía ella en la cara y arqueó las cejas por la coincidencia—. ¿Y a ti?

—Lo mismo. —Se encogió de hombros.

Los alumnos del Evangeline creían que Brooks era misterioso, lo que le había convertido en objeto de admiración de varias chicas en los últimos años. Caía bien a todos los que le conocían, pero Brooks evitaba a los populares, a quienes no les gustaba nada más que jugar al fútbol. Era amigo de los chicos del equipo de debate, pero sobre todo salía por ahí con Eureka.

Brooks era selectivo con su dulzura, y Eureka siempre había sido su principal destinataria. A veces le veía en el pasillo, bromeando con un grupo de chicos y casi ni le reconocía, hasta que él advertía su presencia y se abría camino hasta ella para contarle cómo le había ido el día.

—¡Eh! —Eureka levantó la mano derecha ligeramente—. Mira a quién le han quitado la escayola.

Bajo la luz de la araña del vestíbulo, Eureka de repente sintió vergüenza por su brazo raro y delgado. Parecía la cría de algún animal. Pero Brooks no parecía ver nada malo. No la miraba de manera distinta tras el accidente o después de haber salido del psiquiátrico. Cuando la encerraron en el Acadia Vermilion, Brooks iba a visitarla todos los días y le llevaba a escondidas pralinés de pacana que se metía en los bolsillos de los vaqueros. Lo único que llegó a decir sobre lo que había sucedido fue que era más divertido estar con ella fuera de una celda acolchada.

Era como si él pudiera ver más allá de los cambios de color en el pelo de Eureka, el maquillaje que había empezado a ponerse como una armadura o el entrecejo fruncido de forma permanente que mantenía a casi todos los demás alejados. Para Brooks, era bueno que se hubiera librado de la escayola, no un inconveniente. Su amigo sonrió.

—¿Echamos un pulso?

Eureka le dio un manotazo.

—Es broma. —Se quitó las zapatillas de deporte para dejarlas junto a las de ella y colgó el impermeable en el mismo colgador que Eureka había utilizado—. Venga, vamos a mirar la tormenta.

En cuanto ambos entraron en la sala de estar, los mellizos apartaron la vista del televisor y se levantaron de un salto del sofá. Si había una cosa que a Claire le gustaba más que la televisión, era Brooks.

—Buenas, Harrington-Boudreaux.

Brooks les hizo una reverencia a los niños al llamarlos por su ridículo apellido compuesto, que sonaba a restaurante caro.

—Brooks y yo vamos a ir a buscar caimanes por el agua —dijo Eureka, usando su frase en código.

Los mellizos les tenían pánico a los caimanes y aquel era el modo más fácil de impedir que les siguieran. Los ojos verdes de William se abrieron de par en par. Claire retrocedió y apoyó los codos en el sofá.

—¿Queréis venir, chavales? —Brooks le siguió la corriente—. Los grandes se arrastran hasta la orilla cuando el tiempo está así. —Extendió los brazos tanto como pudo para indicar el tamaño del caimán imaginario—. También pueden viajar. A cincuenta y seis kilómetros por hora.

Claire chilló, con la cara iluminada por la envidia.

William tiró de la manga de Eureka.

—¿Nos prometéis que nos avisaréis si veis alguno?

—Claro.

Eureka le revolvió el pelo y siguió a Brooks fuera del salón.

Pasaron por la cocina, donde su padre estaba al teléfono. Le lanzó a Brooks una mirada comedida, asintió y volvió a escuchar con más atención al agente de seguros. Su padre era amistoso con las amigas de Eureka, pero los chicos —hasta Brooks, que iba por allí desde siempre— sacaban su lado más cauteloso.

En el exterior la noche era tranquila, una lluvia constante acallaba todo lo demás. Eureka y Brooks fueron al columpio de color blanco, que estaba protegido por el piso de arriba. Crujió bajo su peso. Brooks dio una suave patada para comenzar a mecerse y observaron cómo las gotas de lluvia se posaban sobre el arriate de las begonias. Más allá había un pequeño patio con otro columpio muy básico que había construido su padre el verano anterior. Y, más allá, una puerta de hierro forjado se abría hacia el tortuoso bayou marrón.

—Siento no haber ido a la competición de hoy —dijo Brooks.

—¿Sabes quién lo ha sentido más? Maya Cayce. —Eureka apoyó la cabeza en el cojín raído que acolchaba el banco—. Estaba buscándote. Y echándome maldiciones a la vez. Tiene mucho talento esa chica.

—Venga ya. No es tan mala.

—¿Sabes cómo la llama el equipo de campo a través? —preguntó Eureka.

—No me interesan los nombres que le pone la gente que teme a cualquiera que tenga un aspecto distinto a ellos. —Brooks se dio la vuelta para estudiarla—. Creía que a ti tampoco.

Eureka se enfurruñó porque sabía que él tenía razón.

—Te tiene celos —añadió Brooks.

A Eureka nunca se le había pasado por la cabeza.

—¿Por qué iba Maya Cayce a estar celosa de mí?

Brooks no respondió. Los mosquitos pululaban alrededor de las luces por encima de sus cabezas. La lluvia hizo una pausa y luego continuó, acompañada de una generosa brisa que humedeció los pómulos de Eureka. Las hojas mojadas de las palmeras del patio se movieron para saludar al viento.

—Bueno, ¿y qué tal te ha ido hoy? —le preguntó Brooks—. Sin duda, habrás dado lo mejor de ti ahora que te han quitado la escayola.

Eureka supo por la manera de mirarla que esperaba la confirmación de que había vuelto al equipo.

—Cero con cero segundos.

—¿De verdad lo has dejado?

Sonaba triste.

—En realidad la carrera se ha suspendido por la lluvia. Estoy segura de que habrás notado el aguacero torrencial. El que ha sido cincuenta veces más fuerte que este. Pero sí —dio una patada en el porche para balancearse más alto—, también lo he dejado.

—Eureka.

—Por cierto, ¿cómo no te has enterado de esa tormenta?

Brooks se encogió de hombros.

—Tenía prácticas de debate y he salido tarde del instituto. Después, cuando bajaba las escaleras del ala de Arte, me he mareado. —Tragó saliva y casi pareció avergonzarle seguir hablando—. No sé qué ha ocurrido, pero me he despertado al final de las escaleras. Me ha encontrado un novato allí tirado.

—¿Te has hecho daño? —preguntó Eureka—. ¿Es eso lo que te ha pasado en la frente?

Brooks se retiró el pelo de la frente para enseñar una gasa de doce centímetros cuadrados. Cuando despegó el vendaje, Eureka dio un grito ahogado.

No estaba preparada para ver una herida de ese tamaño. Era de un color rosa intenso, casi un círculo perfecto, tan grande como un dólar de plata. Los círculos de pus y sangre en el interior le otorgaban el aspecto de un tronco de secuoya desprotegido.

—¿Qué has hecho, tirarte sobre un yunque? ¿Te has caído de repente? ¡Qué miedo! —Le retiró el largo flequillo de la frente para examinar la herida—. Deberías ir a un médico.

—¡Eh, ya se me ha ocurrido a mí antes! Me he pasado dos horas en urgencias gracias al chaval aterrado que me había descubierto. Dicen que soy hipoglucémico o una mierda parecida.

—¿Es grave?

—No. —Brooks saltó del balancín y tiró de Eureka para sacarla del porche, hacia la lluvia—. Venga, vamos a atrapar un caimán.

Con el pelo mojado cayéndole por la espalda, Eureka gritó y se rió al bajar del porche con Brooks por el par de escalones que daban al patio cubierto de hierba. El césped estaba alto y le hacía cosquillas en los pies. El agua de los aspersores desaparecía entre la lluvia.

Cuatro robles enormes salpicaban el jardín. Los helechos anaranjados, que brillaban por las gotas de lluvia, rodeaban sus troncos. Eureka y Brooks se quedaron sin aliento cuando se detuvieron frente a la puerta de hierro forjado y alzaron la vista al cielo. Donde se estaba despejando, la noche rebosaba de estrellas, y Eureka pensó que ya no había nadie en el mundo que pudiera hacerla reír salvo Brooks. Imaginó una cúpula de cristal bajando del cielo, sellando el patio como un globo de nieve, capturándolos a ambos en aquel momento para siempre, con la lluvia cayendo eternamente, y sin tener que enfrentarse a nada más excepto a la luz de las estrellas y a la picardía en los ojos de Brooks.

La puerta trasera se abrió y Claire asomó su cabeza rubia.

—Reka —la llamó. La luz del porque iluminó sus mejillas redondeadas—, ¿está ahí el caimán?

Eureka y Brooks intercambiaron una sonrisa en la oscuridad.

—No, Claire. Puedes salir.

Con extrema cautela, la niña fue de puntillas hasta el felpudo. Se inclinó hacia delante y ahuecó las manos sobre la boca para proyectar la voz.

—Ha venido alguien. Un chico. Quiere verte.

7

Reunión

—Tú.

Eureka estaba mojando las baldosas de mármol de la puerta mientras miraba al chico que había chocado contra su coche. Ander se había vuelto a poner la camisa blanca y los vaqueros oscuros. Debía de haber colgado aquella camisa sin arrugas en el vestuario; nadie hacía eso en su equipo.

De pie en el porche emparrado al anochecer, Ander parecía procedente de otro mundo, un lugar donde el aspecto no estaba sometido al clima. Era como si fuese independiente de la atmósfera que lo rodeaba. Eureka se sintió cohibida por llevar el pelo enredado y los pies descalzos y salpicados de lodo.

La manera en que él unía las manos a su espalda acentuaba la envergadura del pecho y los hombros. Su expresión era inescrutable. Daba la impresión de que estaba conteniendo el aliento. Ponía a Eureka nerviosa.

Quizá fuese el turquesa de sus ojos. Quizá fuese la absurda responsabilidad con la que había evitado el destino de aquella ardilla. Quizá fuese su modo de mirarla, como si viera algo que ella no sabía que ansiaba ver en sí misma. Ese chico la había encontrado inmediatamente. La hacía sentirse especial.

¿Cómo había pasado de estar enfadada a reírse con él antes siquiera de saber su nombre? No era propio de Eureka.

Los ojos de Ander se iluminaron al encontrarse con los suyos. Ella sintió un cosquilleo por el cuerpo. El pomo al que se sujetaba parecía calentarse desde dentro.

—¿Cómo has sabido dónde vivo?

Ander abrió la boca para responder, pero entonces Eureka percibió a Brooks justo detrás de ella, en la entrada. Él le rozó con el pecho el omóplato cuando apoyó la mano izquierda en el marco de la puerta. Su cuerpo se extendió sobre el de ella. Estaba tan mojado como Eureka por la tormenta y se asomó por encima de su cabeza para mirar a Ander.

—¿Quién es este?

Ander se quedó sin sangre en el rostro, lo que dio un aspecto fantasmal a su piel ya pálida. Aunque su cuerpo apenas se movió, cambió totalmente de porte. Levantó ligeramente la barbilla, echando los hombros un centímetro hacia atrás, y flexionó las rodillas como si fuera a saltar.

Algo frío y pernicioso se había apoderado de él. La mirada que le lanzó a Brooks le hizo preguntarse a Eureka si alguna vez ella había visto furia antes de aquel momento.

Nadie se peleaba con a Brooks. La gente se peleaba con sus amigos paletos en Wade's Hole los fines de semana. Se peleaban con su hermano, Seth, que tenía la misma lengua mordaz que había metido en problemas a Brooks, pero no el cerebro que le había librado de ellos. En los diecisiete años que hacía que Eureka conocía a Brooks, este nunca había dado ni recibido un puñetazo. Se acercó más a ella, poniéndose derecho, como si todo eso estuviera a punto de cambiar.

Ander echó un vistazo por encima de los ojos de Brooks. Eureka miró por encima de su hombro y vio que la herida abierta de Brooks estaba a la vista. El pelo, que por lo general le caía sobre la frente, estaba mojado y hacia un lado. El vendaje, que se había despegado, debió desprenderse cuando corrían bajo la lluvia.

—¿Hay algún problema? —preguntó Brooks, y apoyó una mano sobre el hombro de Eureka con más posesión que la que había mostrado en su única cita para ver *Charlie y la fábrica de chocolate* en el teatro de New Iberia cuando iban a quinto curso.

Ander torció el gesto. Soltó las manos, que tenía a la espalda, y por un momento a Eureka le dio la impresión de que iba a propinarle un puñetazo a Brooks. ¿Se agacharía o intentaría bloquearlo?

No obstante, Ander sacó una cartera.

—Te has dejado esto en mi camioneta.

Era un billetero de piel marrón descolorido que Diana le había comprado en un viaje a Machu Picchu. Eureka perdía y encontraba la cartera —las llaves, las gafas de sol y el teléfono— con una regularidad que desconcertaba a Rhoda, así que no le sorprendió mucho habérsela dejado en la camioneta de Ander.

—Gracias.

Alargó la mano para coger la cartera y, cuando las yemas de sus dedos se rozaron, Eureka se estremeció. Había una electricidad entre ellos que esperaba que Brooks no hubiera advertido. No sabía de dónde procedía, pero no quería apagarla.

—En el carnet de conducir aparece tu dirección, así que he pensado en pasarme y devolvértela —dijo—. También he anotado mi número de teléfono y lo he metido ahí dentro.

Detrás de ella, Brooks tosió en su puño.

—Por el coche —explicó Ander—. Cuando tengas un presupuesto, llámame.

Sonrió tan afectuosamente que Eureka le devolvió la sonrisa como una pueblerina.

—¿Quién es este tío, Eureka? —La voz de Brooks sonaba más alta de lo habitual. Parecía estar buscando la manera de burlarse de Ander—. ¿De qué está hablando?

—Eeeh… me ha dado un golpe por detrás —masculló Eureka, tan avergonzada delante de Ander como si Brooks fuera Rhoda o su padre, no su amigo de toda la vida.

Le estaba dando claustrofobia tenerlo pegado de aquel modo.

—La he llevado al instituto —le dijo Ander a Brooks—. Pero no sé qué tiene eso que ver contigo. A menos que hubieras preferido que fuese andando.

Cogió desprevenido a Brooks, de cuyos labios escapó una risa exasperada.

Entonces Ander se echó hacia delante y el brazo salió disparado por encima de la cabeza de Eureka para coger a Brooks por el cuello de la camiseta.

—¿Cuánto tiempo llevas con ella? ¿Cuánto tiempo?

Eureka se encogió entre los dos, asustada por el arrebato. ¿De qué estaba hablando Ander? Debía hacer algo para distender la situación. Pero ¿qué? No se había dado cuenta de que instintivamente se había apoyado en la segura familiaridad del pecho de Brooks hasta que sintió su mano en el codo.

Ni pestañeó cuando Ander fue a por él.

—Lo suficiente para saber que los gilipollas no son su tipo —farfulló.

Los tres estaban prácticamente los unos encima de los otros. Eureka sentía el aliento de ambos. Brooks olía a lluvia y a toda la infancia de Eureka; Ander olía como un mar que nunca había visto. Los dos estaban demasiado cerca. Necesitaba aire.

Alzó la vista hacia el extraño chico pálido. Sus ojos conectaron y ella negó ligeramente con la cabeza, preguntándole por qué.

Oyó el roce de sus dedos al soltar la camiseta de Brooks. Ander retrocedió unos cuantos pasos forzados hasta que llegó al borde del porche y Eureka respiró por primera vez en lo que parecía una hora.

—Lo siento —dijo Ander—. No he venido aquí a pelear. Solo quería devolverte tus cosas y decirte cómo puedes localizarme.

Eureka observó como se daba la vuelta y volvía a la gris llovizna. Cuando la puerta de su furgoneta se cerró de golpe, ella cerró los ojos y se imaginó a sí misma dentro. Casi podía sentir aquel cuero cálido y suave debajo de ella, oír en la radio la trompeta legendaria del lugareño Bunk Johnson. Se imaginó la vista a través del parabrisas mientras Ander conducía bajo el follaje de los robles de Lafayette hacia donde fuera que estuviese su casa. Quería saber cómo era, de qué color eran las sábanas de su cama o si su madre estaría cocinando la cena. Incluso después del modo en que había tratado a Brooks, Eureka anhelaba volver a aquella camioneta.

—Adiós, psicópata —masculló Brooks.

Ella vio desaparecer las luces traseras de la furgoneta de Ander más allá de su calle.

Brooks le masajeó los hombros.

—¿Cuándo volveremos a verle?

Eureka sopesó en las manos la cartera atiborrada. Se imaginó a Ander revisándola, mirando su carnet de la biblioteca, la horrorosa foto de su carnet estudiantil, los recibos de la gasolinera donde había comprado montañas de Mentos, las entradas de alguna película romanticona que Cat la había llevado a ver a rastras al cine, un sinfín de centavos en el bolsillo para las monedas, un par de pavos si tenía suerte y las cuatro fotos de fotomatón en blanco y negro que su madre y ella se habían sacado en una feria ambulante de Nueva Orleans un año antes de que Diana muriera.

—¿Eureka? —dijo Brooks.

—¿Qué?

Él parpadeó, sorprendido por la brusquedad de su voz.

—¿Estás bien?

Eureka caminó hasta el borde del porche y se apoyó en la balaustrada de madera blanca. Olió el romero y pasó la palma de la mano por entre las ramas, esparciendo las gotas de lluvia que se pegaban a ellas. Brooks cerró la puerta mosquitera detrás de él. Se acercó a ella y ambos se quedaron mirando la carretera mojada.

Había dejado de llover. Estaba atardeciendo en Lafayette. Una media luna dorada buscaba su lugar en el cielo.

El barrio de Eureka tenía una única carretera —Shady Circle— que formaba una curva oblonga y pasaba por unas cuantas calles sin salida. Todo el mundo conocía a todo el mundo, todos se saludaban, pero no se sabían la vida del vecino, como ocurría en el barrio de Brooks, en New Iberia. La casa de Eureka estaba en el lado oeste de Shady Circle, de espaldas a una estrecha bajada del pantano. El jardín delantero daba a otro jardín delantero al otro lado de la calle, y a través de la ventana de la cocina de sus vecinos, Eureka veía a la señora LeBlanc, con su pintalabios y el delantal ceñido y floreado, removiendo algo sobre el hornillo.

La señora LeBlanc daba clases de catecismo en St. Edmond. Tenía una hija unos años mayor que los mellizos, que vestía con elegantes conjuntos a juego con los de su madre. Las LeBlanc no eran para nada como Eureka y Diana —aparte, tal vez, de la clara adoración mutua— y aun así, desde el accidente, Eureka encontraba fascinantes a sus vecinas. Miraba por la ventana de su dormitorio y las veía irse a la iglesia. Sus coletas altas, rubias, brillaban exactamente de la misma manera.

—¿Te pasa algo?

Brooks le dio con la rodilla. Eureka se volvió para mirarle a los ojos.

—¿Por qué has sido tan hostil con él?

—¿Yo? —Brooks se llevó la mano al pecho—. ¿Va en serio? Él… yo…

—Te me has echado encima como un hermano mayor posesivo. Podrías haberte presentado.

—¿Estamos en la misma dimensión? El tío me ha agarrado como si fuese a darme una paliza contra la pared. ¡Sin ningún motivo! —Negó con la cabeza—. ¿A ti qué te pasa? ¿Estás colada por él o algo así?

—No.

Sabía que estaba poniéndose colorada.

—Bien, porque su casa podría ser una celda de aislamiento.

—Vale, ya lo pillo.

Eureka le dio un empujoncito.

Brooks fingió retroceder a trompicones, como si le hubiera empujado fuerte.

—Hablando de criminales violentos…

Entonces se acercó a ella, la cogió por la cintura y la levantó del suelo. Se la echó al hombro del mismo modo que llevaba haciéndolo desde que su estirón en quinto curso le proporcionó quince centímetros más que al resto de su clase. Dio vueltas a Eureka en el porche hasta que ella gritó para que parara.

—Venga. —Estaba boca abajo y dando patadas—. No es tan malo.

Brooks la dejó en el suelo, se apartó y la sonrisa desapareció de su rostro.

—Estás pilladísima por ese chiflado.

—No. —Se metió la cartera en el bolsillo de la rebeca. Se moría por mirar el número de teléfono—. Tienes razón. No sé qué problema tenía.

Brooks apoyó la espalda en la balaustrada, dando golpecitos con el talón de un pie sobre los dedos del otro. Se apartó el pelo mojado de los ojos. Su herida lucía naranja, amarillo y rojo, como el fuego. Se quedaron en silencio hasta que Eureka oyó una música amortiguada. ¿Era aquella la voz ronca de Maya Cayce cantando la canción «I'm So Lonesome I Could Cry» de Hank Williams?

Brooks sacó el teléfono vibrante del bolsillo. Eureka alcanzó a ver unos ojos seductores en la foto de la pantalla. Él silenció la llamada y alzó la vista hacia Eureka.

—No me mires así. Solo somos amigos.

—¿Todos tus amigos te graban su propio tono de llamada?

Deseó haber evitado el sarcasmo de su voz, pero se le coló.

—¿Crees que estoy mintiendo? ¿Que estoy saliendo con ella en secreto?

—Tengo ojos, Brooks. Si fuera un tío, también me gustaría. No tienes que fingir que no es sumamente atractiva.

—¿Hay algo ligeramente más directo que quieras decir?

Sí, pero no sabía qué.

—Tengo deberes —fue lo que dijo, con más frialdad de la que pretendía.

—Sí. Yo también.

Empujó con fuerza la puerta principal para abrirla, cogió su chubasquero y sus zapatos. Se detuvo en el borde del porche, como si fuera a decir algo más, pero entonces vio que el coche rojo de Rhoda subía a toda velocidad por la calle.

—Creo que mejor me largo —dijo él.

—Nos vemos —se despidió Eureka con un gesto de la mano.

Mientras Brooks se alejaba del porche, le dijo por encima del hombro:

—Por si sirve de algo, me encantaría tener un tono de llamada de ti cantando.

—¡Pero si odias mi voz! —exclamó.

Él negó con la cabeza.

—Tu voz desafina de un modo encantador. No hay nada en ti que pueda odiar.

Rhoda giró hacia el camino de entrada; llevaba unas grandes gafas de sol pese a que la luna ya había salido. Brooks le dedicó una sonrisa exagerada y la saludó con la mano para luego correr hacia su coche, el Cadillac esmeralda y dorado de principios de los noventa de su abuela, que todo el mundo llamaba la Duquesa.

Eureka comenzó a subir los escalones, con la esperanza de llegar arriba y cerrar la puerta de su habitación antes de que Rhoda saliera del coche. Pero la esposa de su padre era demasiado eficiente. Eureka apenas había cerrado la puerta con mosquitera cuando la voz de Rhoda retumbó en la noche.

—¿Eureka? Necesito una mano.

Eureka se volvió despacio, saltó como si jugara a la rayuela por los ladrillos blancos que flanqueaban el jardín y se paró a unos pasos del coche de Rhoda. Oyó otra vez el tono de Maya Cayce. Estaba claro que a alguien no le preocupaba parecer demasiado impaciente.

Eureka observó como Brooks se acercaba a la puerta de la Duquesa. Ya no oía la canción ni tampoco veía si había contestado al teléfono.

Seguía las luces traseras con la mirada cuando un montón de ropa de la tintorería enfundada en plástico le cayó en los brazos. Olía a productos químicos y a aquellas pastillas de menta que tenían en la caja del bufet chino. Rhoda colgó unas bolsas de la tienda de comestibles en sus propios brazos y echó sobre el hombro de Eureka la pesada funda de su portátil.

—¿Estabas intentando esconderte de mí?

Rhoda arqueó una ceja.

—Si lo prefieres, paso de hacer los deberes y me quedo aquí toda la noche.

—Hummm.

Rhoda llevaba el traje de color salmón del Atlántico y unos zapatos de tacón negros que parecían tan incómodos como pasados de moda. El pelo lo llevaba recogido en un moño que a Eureka le recordaba a cuando a alguien le retuercen el antebrazo en direcciones opuestas. Era muy guapa y Eureka a veces hasta se daba cuenta, por ejemplo cuando Rhoda dormía o se hallaba en trance observando a sus hijos, en aquellos raros instantes en los que su rostro se relajaba. Pero la mayor parte del tiempo, parecía que Rhoda llegaba tarde a algún sitio. Se había puesto ese pintalabios anaranjado, que había desaparecido mientras impartía sus clases nocturnas de administración de empresas en la universidad. Unas pequeñas líneas de color naranja apagado recorrían las arrugas de sus labios.

—Te he llamado cinco veces —dijo Rhoda, al tiempo que cerraba la puerta del coche con la cadera—. No me has cogido el teléfono.

—Tenía una carrera.

Rhoda apretó el botón del mando a distancia para cerrar el coche.

—A mí me parecía que estabas holgazaneando con Brooks. Ya sabes que tenía clase nocturna. ¿Qué ha pasado con la terapeuta? Espero que no hicieras nada para avergonzarme.

Eureka miró las arrugas en los labios de Rhoda y se imaginó que eran minúsculos arroyos envenenados que surgían de una tierra que algún mal había contaminado.

Podía explicarle todo a Rhoda, recordarle el tiempo que había hecho aquella tarde, decirle que Brooks solo se había pasado por allí unos minutos, ensalzar los clichés de la doctora Landry…, pero sabía que muy pronto también iba a tener que hablar sobre el accidente de coche y necesitaba reservar energía para eso.

Mientras los tacones de Rhoda repiqueteaban sobre el sendero de ladrillos hacia el porche, Eureka la siguió, mascullando:

—Muy bien, gracias, ¿qué tal te ha ido a ti el día?

Una vez en el porche, Rhoda se detuvo. Eureka vio como su nuca se giraba hacia la derecha para examinar el camino de entrada en el que acababa de aparcar. Luego se dio la vuelta y la fulminó con la mirada.

—Eureka, ¿dónde está mi Jeep?

Eureka señaló su oído malo al tiempo que se detenía.

—Perdona. ¿Qué has dicho?

No podía volver a contar la historia, no en ese momento, no a Rhoda, no después de un día como aquel. Estaba tan vacía y agotada como si le hubieran hecho otro lavado de estómago. Se dio por vencida.

—El Jeep, Eureka.

Rhoda dio unos golpecitos con la punta del pie sobre el porche.

Eureka hizo una marca con el pie descalzo en el césped.

—Pregúntale a papá. Está dentro.

Hasta la nuca de Rhoda puso mala cara cuando se volvió hacia la puerta y tiró de ella para abrirla.

—¿Trenton?

Sola por fin en la húmeda noche, Eureka metió la mano en su rebeca y sacó la cartera que Ander le había devuelto. Miró en el interior y vio un papel cuadrado de cuaderno a rayas entre los siete billetes de dólar. Con una cuidada caligrafía había escrito en tinta negra: «Ander», un número de teléfono local y las palabras «Lo siento».

8

El legado

E ureka se mordió la uña del pulgar, con la vista clavada en las rodillas, que meneaba bajo la mesa lacada de roble de aquella sala de juntas iluminada por fluorescentes. Había estado temiendo aquella tarde de jueves desde que habían llamado a su padre para que fuese al despacho del señor J. Paul Fontenot, en el sudeste de Lafayette.

Diana no había mencionado nunca que hubiera hecho testamento. Eureka no se imaginaba a su madre respirando el mismo aire que unos abogados. Pero allí estaban. En el despacho del abogado de Diana, reunidos para escuchar la lectura, junto con los otros parientes vivos de Diana, el tío Beau y la tía Maureen, a los que Eureka no había visto desde el funeral.

El funeral no fue un funeral. Su familia lo llamaba «servicio de recuerdo», porque todavía no habían encontrado el cuerpo de su madre, pero todo el mundo en New Iberia consideró aquella hora en St. Peter un funeral, ya fuera por respeto o ignorancia. El límite no estaba bien definido.

Entonces Eureka tenía la cara llena de cortes, las muñecas escayoladas y el tímpano le estallaba por el accidente. No oyó una palabra de lo que dijo el sacerdote ni se movió de su banco hasta que todos los demás pasaron por delante de la fotografía ampliada de Diana, apoyada en el ataúd cerrado. Iban a enterrar el féretro sin cuerpo en el terreno que Sugar había pagado hacía décadas. Qué desperdicio.

Sola en el presbiterio de tono esmeralda, Eureka se arrastró hacia la fotografía, estudiando las arrugas que formaba la sonrisa de Diana alrededor de sus ojos verdes, la cual estaba apoyada en un balcón de Grecia. Eureka había tomado aquella foto el verano anterior. Diana se reía por una cabra que lamía su ropa, tendida en el patio de abajo para que se secara.

«Él no se cree que se haya acabado», había dicho.

Los dedos atrofiados por la escayola de pronto se habían agarrado al borde del marco. Eureka deseaba tener ganas de llorar, pero no pudo sentir nada de Diana a través de la superficie llana y brillante de la fotografía. El alma de su madre se había marchado volando. Su cuerpo seguía en el océano, hinchado, azul, mordisqueado por los peces, persiguiendo a Eureka cada noche.

Eureka se quedó allí, sola, con la mejilla caliente contra el cristal, hasta que su padre entró y le arrancó el marco de las manos. Cogió a su hija afectuosamente y la acompañó al coche.

—¿Tienes hambre? —inquirió, porque su padre arreglaba las cosas con comida. A Eureka le había asqueado aquella pregunta.

No había habido fiesta, como la que se celebró tras el funeral de Sugar, la otra única persona con la que Eureka se llevaba bien y había muerto. Cuando Sugar falleció cinco años antes, celebraron un funeral típico de Nueva Orleans con música de jazz: una música lúgubre sonó de camino al cementerio y después eligieron una más alegre en la celebración de su vida con cócteles Sazerac. Eureka recordaba que Diana había sido el centro de atención en el funeral de Sugar, orquestando brindis tras brindis. Y recordaba haber pensado que ella no podría llevar la muerte de Diana con tanta gracia, a pesar de lo mayor que pudiera ser o lo tranquilas que hubieran sido las circunstancias de su final.

Resultó que eso no importaba. Nadie quería una fiesta tras el homenaje a Diana. Eureka pasó el resto del día sola en su habitación, con la vista clavada en el techo, preguntándose cuándo encontraría la energía para volver a moverse, teniendo auténticos pensamientos suicidas por primera vez. Era como si un gran peso la aplastara, como si no pudiera coger aire suficiente.

Cuatro meses más tarde, allí estaba, en la lectura del testamento de Diana, sin más energía. La sala era grande y soleada. Unas ventanas de gruesos cristales ofrecían vistas a unos insulsos lofts. Eureka, su padre, Maureen y Beau estaban sentados en una esquina de la enorme mesa. Había veinte sillas giratorias vacías al otro lado de la habitación. No esperaban a nadie más que al abogado de Diana, que estaba «al teléfono» cuando llegaron, según su secretaria. La chica les había dejado unos vasos de poliestireno con café aguado delante.

—¡Oh, cielo, tus raíces!

La tía Maureen hizo un gesto de dolor mirando a Eureka desde el otro lado de la mesa. Sopló hacia su vaso de café y tomó un sorbo.

Por un instante, Eureka pensó que Maureen se refería a sus raíces familiares, las únicas que le importaban a ella aquel día. Imaginó que las dos estaban conectadas: las raíces dañadas por la muerte de Diana habían causado las desagradables que le iban creciendo en el pelo.

Maureen era la mayor de los De Linge, tenía ocho años más que su madre. Las hermanas compartían la misma piel iluminada, el pelo rojo e hirsuto, hoyuelos en los hombros y unos ojos verdes veteados tras las gafas. No obstante, Diana había heredado mucha más clase. A Maureen le había tocado la delantera de Sugar y llevaba unas blusas con escote muy pronunciado para mostrar sus reliquias. Eureka estudió a su tía desde el otro lado de la mesa y se dio cuenta de que la principal diferencia entre las hermanas era que su madre había sido preciosa. Si se contemplaba a Maureen, se veía a una Diana desmejorada. Era una parodia cruel.

El pelo de Eureka estaba mojado de la ducha que se había dado después de correr aquella tarde. El equipo hacía diez kilómetros por el bosque del Evangeline los jueves, pero Eureka recorría su propio circuito por el campus arbolado de la universidad.

—Casi no puedo mirarte.

Maureen rechinó los dientes, mirando el pelo *ombré*, que Eureka se echó hacia la derecha para que a su tía le costara más verle la cara.

—Lo mismo digo —masculló Eureka.

—Nena, eso no es normal. —Maureen negó con la cabeza—. Por favor. Pasa por American Hairlines. Te lo arreglarán. Pago yo. Somos familia, ¿no?

Eureka miró a su padre en busca de ayuda. El hombre se había terminado el vaso de café y tenía la vista clavada en él como si pudiera leer los posos como hojas de té. Por su expresión, no parecía que los posos predijeran nada agradable. No había oído ni una palabra de lo que había dicho Maureen, y Eureka lo envidiaba.

—¡Basta ya, Mo! —intervino el tío Beau a su hermana mayor—. Hay cosas más importantes que el pelo. Hemos venido aquí por Diana.

Eureka no pudo evitar imaginarse el pelo de Diana ondulando suavemente bajo el agua, como el de una sirena, como el de Ofelia. Cerró los ojos. Quería cerrar su imaginación, pero no podía.

Beau era el hermano mediano. Había sido elegante en su juventud. Tenía el pelo oscuro y una amplia sonrisa, el vivo retrato de su padre, que, cuando se casó con Sugar, obtuvo el apodo de Papi Sugar.

Papi Sugar había muerto antes de que Eureka fuera lo bastante mayor como para acordarse de él, pero le encantaba mirar las fotos en blanco y negro que Sugar tenía sobre la chimenea mientras se imaginaba cómo sonaría su voz y qué historias le habría contado de haber seguido con vida.

Beau parecía agotado y estaba muy delgado. Estaba perdiendo pelo por atrás. Como Diana, no tenía un trabajo estable. Viajaba mucho, haciendo dedo para llegar a la mayoría de los sitios, y una vez había visitado a Eureka y a Diana en una excavación arqueológica en Egipto. Había heredado la pequeña granja de Sugar y Papi Sugar situada en las afueras de New Iberia, junto a la casa de Brooks. Era donde se alojaba Diana cada vez que se encontraba en la ciudad entre excavación y excavación, así que Eureka también pasaba mucho tiempo allí.

—¿Qué tal te va el colegio, Reka? —preguntó.

—Bien.

Estaba bastante segura de que había suspendido la prueba de cálculo aquella mañana, pero le había salido bien el examen de ciencias naturales.

—¿Sigues corriendo?

—Soy la capitana este año —mintió cuando su padre levantó la cabeza.

No era el momento de revelar que había dejado el equipo.

—Me alegro. Tu madre también corre mucho.

A Beau se le quebró la voz y apartó la mirada, como si estuviera intentando decidir si disculparse por haber usado el presente al describir a su hermana.

La puerta se abrió y el abogado, el señor Fontenot, entró y pasó junto al aparador para situarse frente a la familia, a la cabeza de la mesa. Era un hombre de hombros caídos, vestido con un traje aceituna. A Eureka le parecía imposible que su madre hubiera conocido, y mucho menos contratado, a aquel hombre. ¿Lo había elegido al azar en la guía telefónica? No los miró a los ojos, se limitó a coger una carpeta manila de la mesa y se puso a pasar las hojas.

—No conocía bien a Diana. —Su voz era suave y lenta, y había un ligero silbido en sus ces—. Se puso en contacto conmigo dos semanas antes de morir para entregarme una copia de su última voluntad y testamento.

¿Dos semanas antes de morir? Eureka cayó en la cuenta de que debió de ser el día antes de que Diana y ella volaran a Florida. ¿Estaba su madre preparando el testamento mientras Eureka creía que estaba haciendo las maletas?

—No hay mucho —dijo Fontenot—. Había una caja de seguridad en la Sociedad de Ahorro y Préstamos de New Iberia. —Alzó la vista, con sus espesas cejas arqueadas y miró alrededor de la mesa—. No sé si todos esperaban más.

Hubo quien sacudió ligeramente la cabeza y murmuró. Nadie esperaba una caja de seguridad.

—Vamos allá —dijo Fontenot—. Al señor Walter Beau de Ligne…

—Presente.

El tío Beau levantó la mano como un estudiante que llevara cuarenta años en el colegio.

Fontenot miró al tío Beau y luego marcó una casilla en el formulario que tenía en la mano.

—Su hermana Diana le lega el contenido de su cuenta bancaria. —Tomó una nota breve—. Menos los gastos del funeral, queda la suma total de seis mil cuatrocientos trece dólares. Así como esta carta.

Sacó un pequeño sobre blanco con el nombre de Beau escrito con la letra de Diana.

Eureka estuvo a punto de emitir un grito ahogado al ver las letras con grandes curvas de la caligrafía de su madre. Ansiaba coger el sobre de los dedos de Beau para tener en las manos algo que Diana había tocado recientemente. Su tío parecía asombrado. Se metió el sobre en el bolsillo interior de la chaqueta de piel gris y bajó la vista a su regazo.

—A la señorita Maureen Toney, de soltera De Linge…

—Esa soy yo, aquí. —La tía Maureen se puso derecha en su asiento—. Maureen de Linge. Mi ex marido… —Tragó saliva y se ajustó el sostén—. Da igual.

—Bien. —El acento nasal bayou de Fontenot hizo que la palabra se alargara—. Diana quería que usted tomara posesión de las joyas de su madre…

—La mayoría era bisutería. —Maureen arrugó los labios mientras alargaba la mano para coger la bolsa de velvetón que sostenía Fontenot con las joyas. Entonces pareció oírse a sí misma, lo absurda que era. Le dio unas palmaditas a la bolsa como si fuera una pequeña mascota—. Aunque, por supuesto, tiene valor sentimental.

—Diana también le legó su coche, pero por desgracia el vehículo no se puede… —miró brevemente a Eureka y luego pareció desear no haberlo hecho— recuperar.

—Por los pelos —respondió Maureen en voz baja—, aunque tengo un coche alquilado con derecho a compra.

—También hay una carta para usted escrita por Diana —añadió Fontenot.

Eureka observó como el abogado sacaba un sobre idéntico al que le había dado a Beau. Maureen tendió la mano para cogerlo y se lo metió en aquel bolso sin fondo, donde ponía las cosas que estaba impaciente por perder.

Eureka odiaba a aquel abogado. Odiaba aquella reunión. Odiaba a su estúpida tía quejica. Se agarró a la áspera tela de la fea butaca que tenía debajo. Los músculos de las escápulas se le tensaron hasta formarle un nudo en el centro de la espalda.

—Bien. Señorita Eureka Boudreaux.

—¡Sí!

Saltó, estirando el cuerpo, de modo que el oído bueno quedara más dirigido hacia Fontenot, que lanzó una sonrisa de lástima en su dirección.

—Su padre está aquí como tutor.

—Sí —afirmó su padre con voz quebrada.

Y de repente Eureka se alegró de que Rhoda siguiera en el trabajo y de que los mellizos se hubieran quedado bajo el cuidado de su vecina, la señora LeBlanc. Durante media hora su padre no tenía que fingir que no lamentaba la pérdida de Diana. Tenía la cara pálida y los dedos entrelazados con fuerza sobre el regazo. Eureka había estado tan abstraída en sí misma que no se había planteado cómo podía estar tomándose su padre la muerte de Diana. Deslizó la mano hacia la de su padre y la apretó.

Fontenot se aclaró la garganta.

—Su madre le lega estas tres cosas.

Eureka se inclinó hacia delante en su asiento. Ella quería estas tres cosas: los ojos de su madre, el corazón de su madre y los brazos de su madre abrazándola con fuerza en aquel momento. Su propio corazón latía muy rápido y se le hizo un nudo en el estómago.

—Este joyero contiene un relicario.

Fontenot sacó de su maletín una bolsa de cuero azul, que le pasó con cuidado a Eureka por encima de la mesa.

Ella tiró del cordón de seda que mantenía la bolsa cerrada y metió la mano dentro. Sabía cómo era el colgante antes siquiera de sacarlo. Su madre llevaba siempre aquel relicario con una esfera de lapislázuli liso y con reflejos dorados. El colgante era un gran triángulo cuyos lados medían cinco centímetros. El cobre que engarzaba el lapislázuli estaba cubierto de verdín por la oxidación. El relicario estaba tan viejo y mugriento que el cierre no se abría, pero la brillante esfera azul era lo bastante bonita para que a Eureka no le importara. El cobre de la parte trasera estaba marcado con seis círculos solapados, algunos grabados y otros en relieve, que Eureka siempre había creído que parecían un mapa de una galaxia lejana.

De repente recordó que su madre no lo llevaba en Florida y Eureka no había preguntado por qué. ¿Qué había inducido a Diana a guardar el relicario en la caja de seguridad antes del viaje? Eureka nunca lo sabría. Cerró la mano que sujetaba el relicario y se pasó la larga cadena de cobre por encima de la cabeza. Sostuvo el relicario apoyado en su corazón.

—También indicó que recibiera este libro.

Dejó un libro gordo, de tapa dura, sobre la mesa, delante de Eureka. Estaba enfundado en lo que parecía una bolsa de plástico, pero más gruesa que cualquier ziploc que hubiera visto. Sacó el libro de su funda protectora. No lo había visto nunca.

Era muy antiguo, estaba encuadernado en cuero verde y agrietado, con aristas en el lomo. Había un círculo en relieve en el centro de la cubierta, pero estaba tan desgastado que Eureka no sabía si había sido parte del diseño o una marca de agua que había dejado un vaso histórico.

El libro no tenía título, así que Eureka supuso que se trataba de un diario hasta que lo abrió. Las páginas estaban escritas en una lengua que no reconocía, y eran finas y amarillas; no estaban hechas de papel, sino de algún tipo de pergamino. La letra pequeña y compacta que tenían le resultaba tan poco familiar que forzó la vista para mirarla. Parecía un cruce entre jeroglíficos y algún dibujo de los mellizos.

—Me acuerdo de ese libro. —Su padre se inclinó hacia delante—. A tu madre le encantaba y nunca supe por qué. Lo guardaba en su lado de la cama, aunque no supiera leerlo.

—¿De dónde salió?

Eureka tocó el filo rugoso de las páginas. Hacia el final había una parte que estaba pegada tan fuerte que parecía unida. Le recordó a lo que le había pasado a su libro de biología cuando derramó sobre él una botella de Coca Cola. Eureka no se arriesgó a rasgar las hojas al intentar abrirlo para curiosear.

—Lo consiguió en un mercadillo de trueque en París —respondió su padre—. No sabía nada más de él. Una vez, por su cumpleaños, pagué a uno de sus amigos arqueólogos cincuenta pavos para que determinara su edad a través de la prueba del carbono 14. Esa cosa ni siquiera salía registrada en su escala.

—Probablemente sea una falsificación —dijo Maureen—. Marcie Dodson, una chica del salón de belleza, fue a Nueva York el verano pasado. Compró un bolso Goyard en Times Square y ni siquiera era auténtico.

—Hay una cosa más para Eureka —dijo Fontenot—. Algo que tu madre llama «piedra de rayo».

Le pasó un cofre de madera, del tamaño de una cajita de música. Al parecer lo habían pintado con un intrincado diseño azul, pero la pintura había perdido color y estaba desconchada. En la parte superior de la caja había un sobre de color crema con «Eureka» escrito de la mano de su madre.

—También tiene una carta.

Eureka saltó a por la carta. Pero antes de leerla se tomó un segundo para mirar la caja. Al abrir la tapa encontró un montón de gasa de un blanco nuclear, enrollada alrededor de algo que tenía el tamaño de una pelota de béisbol. Lo cogió. Pesaba.

¿Una piedra de rayo? No había mencionado lo que era. Su madre nunca le había hablado de eso. Tal vez la carta lo explicaba. Mientras Eureka sacaba la carta del sobre, reconoció el papel especial que solía utilizar su madre.

En la cabecera se leía en letras lilas: «Fluctuat nec mergitur».

Era latín. Eureka lo había memorizado de la camiseta de la Sorbona con la que dormía casi todas las noches. Diana le había comprado aquella camiseta en París. Tenía escrito el lema de la ciudad y también el de su madre. «Batida por las olas, pero no hundida.» A Eureka le dio un vuelco el corazón ante la cruel ironía.

Maureen, que había estado probándose su herencia, se quitó del lóbulo uno de los pendientes de clip de Sugar. Entonces el abogado dijo algo, la suave voz de Beau se alzó para discutir y su padre retiró la silla en la que estaba sentado, pero nada de todo aquello importó. Eureka había abandonado la sala de juntas.

Se encontraba ya con Diana, en el mundo de la carta escrita a mano:

Mi queridísima Eureka:

¡Sonríe!

Si estás leyendo esto, me imagino que debe de ser difícil hacerlo. Pero espero que lo hagas, si no hoy, pronto. Tienes una hermosa sonrisa, natural y rebosante de vitalidad.

Mientras escribo estas líneas, estás dormida a mi lado en mi antigua habitación en la casa de Sugar (uy, la de Beau). Hoy hemos ido en coche a Cypremort Point y has nadado como una foca con tu bikini de lunares. El sol brillaba y esta noche hemos descubierto que se nos ha quedado la misma marca en los hombros, mientras comíamos marisco hervido en el muelle. Te he dado una mazorca de maíz más, como siempre.

¡Pareces tan tranquila y joven cuando duermes, Eureka! Me cuesta creer que tienes diecisiete años.

Estás haciéndote mayor. Prometo no intentar detenerte.

No sé cuándo leerás esto. La mayoría desconocemos cuándo nos encontrará la muerte. Pero si esta carta te llega antes que después, por favor…, no dejes que mi muerte determine el curso de tu vida.

He intentado criarte para que no hubiera que dar muchas explicaciones en una carta como esta. Creo que nos conocemos mejor que cualesquiera otras dos personas pudieran hacerlo. Claro, habrá cosas que aún tengas que descubrir por ti misma. La sabiduría está a la altura de la experiencia, pero deberás continuar el camino tú sola.

No llores. Lleva contigo lo que más te guste de mí y deja el dolor atrás.

Sostén la piedra de rayo. Es enigmática, pero poderosa.

Lleva mi relicario cuando desees tenerme cerca; tal vez ayude a guiarte.

Y disfruta del libro. Sé que lo harás.

Con gran amor y admiración,

MAMÁ

9

El chico de ninguna parte

Eureka agarró con fuerza la carta. Contuvo los sentimientos que casi estuvieron a punto de provocarle las palabras de su madre.

Al final de la hoja, la firma de su madre estaba emborronada. Al borde de «Mamá» había tres círculos diminutos en relieve. Eureka pasó los dedos por encima, como si fuera una lengua que tuviera que tocar para entender.

No podía explicar cómo lo sabía: eran lágrimas de Diana.

Pero su madre no lloraba. Si lo hacía, Eureka nunca lo había visto. ¿Qué más no sabía de ella?

Recordaba su viaje más reciente a Cypremort Point con mucha claridad: principios de mayo, las embarcacioness chocaban contra sus atracaderos y el sol brillaba bajo el cielo. ¿Estaba Eureka tan profundamente dormida que no había oído llorar a su madre? ¿Por qué se habría puesto a llorar Diana? ¿Por qué escribiría aquella carta? ¿Acaso sabía que iba a morir?

Por supuesto que no. La carta ya lo decía.

Eureka quiso gritar. Pero el impulso pasó, como una cara de miedo en la casa encantada de una feria del condado.

—Eureka.

Su padre estaba de pie delante de ella. Se hallaban en el aparcamiento, fuera del despacho de Fontenot. El cielo era azul claro, con una franja blanca de nubes. Había tanta humedad en el ambiente que notaba la camiseta mojada.

Eureka había permanecido absorta en la carta tanto tiempo como había podido, sin levantar la vista mientras salía de la sala con su padre, se metían en el ascensor, pasaban por el vestíbulo y llegaban al coche.

—¿Qué?

Agarró fuerte la carta por temor a que algo pudiera arrebatársela.

—La señora LeBlanc cuidará de los mellizos otra media hora. —Miró su reloj—. Podríamos ir a tomar un sorbete de plátano. Ha pasado mucho tiempo desde la última vez.

Eureka se sorprendió al sentir que sí le apetecía un sorbete de plátano del Jo's Snows, justo al doblar la esquina en la calle de su iglesia, la de St. John. Era su tradición antes de Rhoda y los mellizos, el instituto, el accidente y las reuniones con los abogados por las herencias desconcertantes tras la muerte de una madre.

Un sorbete de plátano significaba dos cucharas y la mesa en el rincón, junto a la ventana. Significaba Eureka en el borde de su asiento, riéndose de lo mismo que había oído contar cien veces a su padre sobre crecer en New Iberia, sobre ser el único chico que se apuntó al curso de pasteles de pacanas o que se había puesto tan nervioso la primera vez que había invitado a Diana a cenar que había incendiado la cocina con un flambeado. Por un momento, Eureka dejó que su mente viajara a aquella mesa en Jo's Snows. Se vio a sí misma metiéndose el sorbete de plátano en la boca, una niña que aún consideraba a su padre un héroe.

Pero Eureka ya no sabía cómo hablarle a su padre. ¿Por qué iba a decirle lo hecha polvo que se sentía? Si su padre le decía una palabra a Rhoda, estaría otra vez bajo vigilancia por si intentaba suicidarse y no le permitirían ni cerrar la puerta de su cuarto. Además, ya tenía suficiente en la cabeza.

—No puedo —contestó—. Vienen a recogerme.

Su padre miró al aparcamiento, que estaba casi vacío, como si ella estuviera de broma.

Lo decía en serio. Se suponía que Cat iba a pasar a recogerla a las cuatro para estudiar. La lectura del testamento había terminado temprano. Probablemente su padre se quedaría esperando incómodamente con ella hasta que Cat se presentara.

Mientras Eureka buscaba en el aparcamiento a Cat, sus ojos se posaron en una camioneta blanca. Estaba aparcada de cara al edificio, debajo de un sicómoro de hojas doradas. Alguien estaba sentado en el asiento del conductor, mirando al frente. Algo plateado brillaba a través del parabrisas.

Eureka entrecerró los ojos, recordaba el cuadrado brillante —aquel inusual ambientador con olor a citronela— que colgaba del espejo retrovisor de Ander. No le hacía falta verla más de cerca para saber que se trataba de su camioneta. Él vio que lo había visto. No apartó la mirada.

El calor le recorrió el cuerpo. La camiseta la agobiaba y le sudaban las palmas de las manos. ¿Qué estaba haciendo allí?

El Honda gris casi la atropella. Cat frenó con un fuerte chirrido y bajó la ventanilla.

—¿Qué pasa, señor B? —saludó su amiga desde detrás de sus gafas con forma de corazón—. ¿Lista, Reka?

—¿Cómo estás, Cat? —El padre dio unas palmaditas en el capó del coche de Cat, al que llamaban Mildiu—. Me alegra ver que sigue funcionando.

—Espero que nunca se averíe —contestó Cat con tono quejumbroso—. Mis nietos me llevarán a mi funeral en este cacharro.

—Nos vamos a estudiar al Neptune's —dijo Eureka a su padre, mientras daba la vuelta para subir al asiento del pasajero.

Su padre asintió. Parecía perdido al otro lado del coche y eso entristeció a Eureka.

—Lo dejamos entonces para otra —dijo—. ¡Eh, Reka!

—¿Sí?

—¿Lo llevas todo?

Ella asintió, dando unas palmadas en su mochila, que contenía el libro antiguo y el extraño cofre azul. Se llevó la mano al corazón, donde estaba el relicario. Levantó la carta de Diana manchada de lágrimas, como un gesto de despedida.

—Llegaré a casa para la hora de cenar.

Antes de meterse en el coche de Cat, Eureka miró por encima del hombro, hacia el sicómoro. Ander se había ido. Eureka no sabía qué era más raro: que el chico hubiera estado allí o que ella deseara que no se hubiera marchado.

—¿Y qué tal ha ido? —Cat apagó el programa de radio *All Things Considered*. Era la única adolescente que conocía que escuchara hablar en lugar de música. ¿Cómo se suponía que iba a ligar con universitarios si no sabía lo que pasaba en el mundo? Era lo que alegaba Cat en su defensa—. ¿Eres la heredera de una fortuna o al menos te ha dejado una casa en el sur de Francia en la que pueda quedarme a pasar unos días?

—No exactamente.

Eureka abrió la mochila para enseñarle a Cat su legado.

—El relicario de tu madre. —Cat tocó la cadena que Eureka llevaba colgada al cuello. Se la había visto siempre puesta a Diana—. Estupendo.

—Hay más —dijo Eureka—. Este libro antiguo y la piedra dentro de esta caja.

—¿Una piedra en una qué?

—También me escribió una carta.

Cat detuvo el coche en medio del aparcamiento. Se recostó en su asiento, apoyando las rodillas en el volante, y echó la barbilla hacia Eureka.

—¿Te apetece leérmela?

Así que Eureka leyó la carta de nuevo, esa vez en voz alta, intentando mantener su suave voz firme, intentando no mirar las lágrimas del final.

—Increíble —exclamó Cat cuando Eureka terminó. Enseguida se secó los ojos y luego señaló el dorso de la hoja—. Hay algo escrito en la otra cara.

Eureka le dio la vuelta a la hoja. No se había dado cuenta de la posdata.

P. D.: Sobre la piedra de rayo… Debajo de la capa de gasa encontrarás un artefacto de piedra con forma triangular. Algunas culturas las llaman «flechas de elfo»; se cree que repelen las tormentas. Las piedras de rayo se hallan entre los restos de las civilizaciones más antiguas de todo el mundo. ¿Recuerdas las puntas de flecha que desenterramos en la India? Considéralas primas lejanas. El origen de esta piedra de rayo en particular es desconocido, lo que la hace aún más especial para los que se permiten imaginar las posibilidades. Yo lo hice. ¿Y tú?

P. D. 2: No retires la gasa hasta que no lo necesites. Lo sabrás cuando llegue el momento.

P. D. 3: Ten siempre presente que te quiero.

—Bueno, eso explica lo de la piedra —dijo Cat de tal manera que daba a entender lo confundida que estaba—. ¿Y qué hay del libro?

Examinaron las frágiles páginas llenas de líneas y líneas escritas a mano en una lengua indescifrable.

—¿Qué es esto, marciano medieval? —Cat entrecerró los ojos y puso el libro del revés—. Es como si mi analfabeta tía abuela por fin hubiera escrito esa novela romántica de la que lleva tiempo parloteando.

Un golpe en la ventanilla de Eureka sobresaltó a las dos chicas.

El tío Beau estaba fuera con una mano metida en el bolsillo de los vaqueros. Eureka creía que ya se había marchado; no le gustaba quedarse en Lafayette. Eureka buscó a la tía Maureen, pero Beau estaba solo. Bajó la ventanilla.

Su tío se inclinó, acercando la cabeza, y apoyó los codos en el marco de la ventanilla. Señaló el libro.

—Tu madre… —Su voz más queda que de costumbre—. Sabía lo que decía el libro. Podía leerlo.

—¿Qué?

Eureka cogió el libro de las manos de Cat y pasó las páginas.

—No me preguntes cómo —dijo Beau—. Una vez la vi repasándolo y tomando notas.

—¿Sabes dónde aprendió…?

—No sé nada más que eso. Pero lo que ha dicho tu padre de que nadie podía leerlo… Quería aclararlo. Sí se puede.

Eureka se inclinó hacia delante para besar la curtida mejilla de su tío.

—Gracias, tío Beau.

Él asintió.

—Tengo que irme a casa para sacar a los perros. Ven a la granja algún día, ¿vale?

Se despidió de las chicas con un breve gesto mientras caminaba hacia su vieja furgoneta.

Eureka miró a Cat, sosteniendo el libro contra el pecho.

—Así que la pregunta es…

—¿Cómo conseguimos traducirlo? —Cat dio unos golpecitos en el salpicadero con las uñas—. La semana pasada salí con un estudiante de veterinaria que a la vez hace clásicas en la Universidad de Luisiana. Solo está en segundo, pero quizá sepa algo.

—¿Dónde conociste a ese Romeo? —preguntó Eureka.

No pudo evitar pensar en Ander, aunque nada de lo que hubiera hecho este en su presencia estuviera ni remotamente relacionado con una historia de amor.

—Tengo un método. —Cat sonrió—. Reviso las listas de alumnos de mi padre online, escojo a los que están más buenos y luego me coloco estratégicamente en el centro estudiantil del campus después de clase. —Sus ojos oscuros miraron a Eureka y revelaron una extraña timidez—. No le cuentes a nadie nada de esto, ¿vale? Rodney cree que nos conocimos por pura casualidad. —Sonrió abiertamente—. Tiene unas rastas hasta aquí. ¿Quieres ver una foto?

Mientras Cat sacaba su móvil y buscaba entre sus fotos, Eureka volvió a mirar hacia donde Ander había aparcado la camioneta. Se imaginó que seguía allí y que le había llevado a Magda, solo que entonces el Jeep tenía pintadas llamas, serpientes y esmeraldas asimétricas.

—Es mono, ¿eh? ¿Quieres que le llame? Habla como cincuenta y siete idiomas. Si tu tío dice la verdad, deberíamos traducirlo.

—Puede. —Eureka estaba distraída. Metió el libro, la piedra de rayo y la carta de su madre en la mochila—. No sé si hoy estoy de humor para esto.

—Claro. —Cat asintió—. Lo que tú quieras.

—Sí —musitó Eureka, jugueteando con el cinturón de seguridad, sin pensar en las lágrimas de su madre—. ¿Te importa si no hablamos de esto ahora?

—Por supuesto que no. —Cat puso el coche en marcha y se dirigió tranquilamente hacia la salida del aparcamiento—. ¿Puedo sugerir que vayamos a estudiar de verdad? El examen de *Mody Dick* y la posterior nota media tal vez te quiten esas cosas de la cabeza.

Eureka miró por la ventana y observó como el viento movía las hojas del sicómoro, de un tono dorado claro, por encima del aparcamiento de Ander, que estaba vacío.

—¿Y si no estudiamos…?

—No digas más. Soy tu chica. ¿Qué tienes en mente, hermana?

—Bueno… —¿Tenía algún sentido mentir? Con Cat probablemente no. Eureka levantó los hombros avergonzada—. Podríamos pasarnos por el entrenamiento de campo a través del Manor.

—¡Vaya, señorita Boudreaux! —Los ojos de Cat adquirieron el brillo cautivador que solía reservar para los chicos mayores—. ¿Por qué has tardado tanto en decirlo?

El instituto Manor era muchísimo más grande que el Evangeline, aunque tenía bastante menos financiación. Era el único otro instituto católico mixto en Lafayette y, desde hacía ya tiempo, el gran rival de su instituto. El alumnado era más diverso, más religioso y más competitivo. Los estudiantes del Manor a Eureka le parecían fríos y agresivos. Ganaban los campeonatos locales en la mayoría de los deportes casi todos los años, aunque el curso anterior el Evangeline ganó a nivel estatal en campo a través. Cat estaba decidida a conservar el título.

Así que fue como cruzar al territorio enemigo cuando Cat estacionó en el aparcamiento de los Manor Panthers, que daba al bayou.

Eureka abrió la puerta del coche y Cat miró con mala cara la falda de su uniforme azul marino, que le llegaba por la rodilla.

—No podemos salir ahí vestidas de esta guisa.

—¿A quién le importa? —Eureka salió del coche—. ¿Estás preocupada por que piensen que los del Evangeline han venido a sabotearles?

—No, pero puede que haya algunos machotes sudando, y con esta falda parezco una maruja. —Abrió el maletero, su armario móvil. Estaba lleno de estampados coloridos, un montón de licra y más zapatos que en unos grandes almacenes—. ¿Me tapas?

Eureka se puso delante de Cat, de cara a la pista. Recorrió el campo con la mirada para ver si localizaba a Ander. Pero el sol le daba en los ojos y todos los chicos de campo a través parecían igual de altos y desgarbados desde donde ella se encontraba.

—Así que has decidido enamorarte.

Cat hurgó en el maletero y masculló algo sobre un cinturón que se había dejado en casa.

—No sé si me ha dado tan fuerte —respondió Eureka. ¿O sí?—. Vino hace un par de noches…

—No me lo habías contado.

Eureka oyó una cremallera y vio que el cuerpo de Cat se contoneaba para salir de algo.

—No fue nada, en realidad. Me dejé algo en su coche y vino a devolvérmelo. Brooks estaba allí. —Hizo una pausa para pensar en el momento en que quedó atrapada entre los dos chicos a punto de pelearse—. La situación se puso bastante tensa.

—¿Ander estaba raro con Brooks o Brooks estaba raro con Ander?

Cat se echó perfume en el cuello. Olía a melón y jazmín. Cat era un microclima.

—¿A qué te refieres? —preguntó Eureka.

—Bueno… —Cat saltaba a la pata coja mientras se abrochaba unos zapatos de tacón alto—, ya sabes, a veces Brooks se pone bastante posesivo contigo.

—¿En serio? Si tú lo dices… —Eureka se calló, poniéndose rápidamente de puntillas cuando un chico rubio y alto pasó por la curva de la pista, delante de ellas—. Creo que ese es Ander… No.

Bajó los talones al suelo, desilusionada.

Cat silbó de asombro.

—¡Uau! Así que ¿no crees que te haya «dado tan fuerte»? ¿Estás de broma? Te has quedado hecha polvo porque ese chico no era él. Nunca te he visto así.

Eureka puso los ojos en blanco. Se apoyó en el coche y miró su reloj.

—¿Ya te has vestido? Son casi las cinco. Probablemente estén a punto de terminar.

No les quedaba mucho tiempo.

—¿No tienes ningún comentario sobre mi aspecto?

Cuando Eureka se volvió, Cat llevaba un vestido tubo ajustado con estampado de leopardo, unos zapatos de tacón de aguja negros y la pequeña boina de lince que se habían comprado juntas el verano anterior en Nueva Orleans. Dio una vuelta. Parecía la página central de una revista para taxidermistas.

—Lo llamo el Triple Cat. —Puso la mano en forma de garra y añadió—: Grrr.

—Cuidado. —Eureka señaló con la cabeza a los chicos del Manor en el campo—. Esos carnívoros podrían devorarte.

Cruzaron el aparcamiento, dejaron atrás la fila de autobuses amarillos que esperaban para llevar a los chavales a casa, el grupo de fuentes naranjas y a los novatos de piernas flacuchas que hacían flexiones en las gradas. Cat comenzó a recibir silbidos.

—Eh, guapo —le susurró a un chico negro que se fijó en ella al pasar haciendo footing.

Eureka no estaba acostumbrada a ver a Cat con negros. Se preguntaba si aquellos chicos veían a su mejor amiga como si fuera medio blanca, así como los del Evangeline la veían como si fuera medio negra.

—¡Me ha sonreído! —exclamó Cat—. ¿Debería ir tras él? No creo que pueda correr con este vestido.

—Cat, hemos venido aquí a buscar a Ander, ¿recuerdas?

—Cierto. Ander. Superalto. Delgado…, no demasiado delgado. Con unos preciosos rizos rubios. Ander.

Se detuvieron en el borde de la pista de atletismo. Aunque Eureka ya había corrido diez kilómetros aquella tarde, cuando la punta del zapato tocó la gravilla roja, le entraron ganas de echarse una carrera.

Observaron al equipo. Había chicos y chicas tambaleándose por la pista, corriendo a diferentes velocidades. Todos llevaban el mismo polo blanco con el cuello amarillo oscuro y los pantalones cortos, amarillos.

—Ese no es —dijo Cat, señalando con el índice a los corredores—. Ni ese tampoco. Es mono, pero no es él. Y ese chico seguro que no es él. —Frunció el entrecejo—. Qué raro. Puedo visualizar el aura que proyecta, pero me cuesta recordar con claridad su cara. A lo mejor es que no lo vi de cerca.

—Tiene un aspecto poco común —respondió Eureka—. No en el mal sentido. Es atractivo.

«Tiene los ojos como el mar —quería decir en realidad—. Los labios son de color coral. Su piel tiene la clase de poder que hace saltar la aguja de una brújula.»

No lo veía por ninguna parte.

—Ahí está Jack. —Cat señaló a un moreno larguirucho y musculoso que había parado a hacer estiramientos en un lado de la pista—. Es el capitán. ¿Recuerdas que el invierno pasado nos tocó estar siete minutos encerrados en el armario? ¿Quieres que le pregunte?

Eureka asintió y siguió a Cat, que comenzó a caminar con aire despreocupado hacia el chico.

—¡Oye, Jack! —Cat se colocó en la grada encima de la que Jack estaba usando para estirar la pierna—. Estamos buscando a un tío de tu equipo que se llama Ander. ¿Cuál era su apellido, Reka?

Eureka se encogió de hombros.

Y lo mismo hizo Jack.

—No hay ningún Ander en este equipo.

Cat sacudió las piernas y las cruzó por los tobillos.

—Mira, estaba en el encuentro de hace dos días, el que se canceló por la lluvia. Es un tipo alto, rubio… Ayúdame, Reka.

«Con ojos como el mar —estuvo a punto de soltar— y unas manos que podrían coger una estrella fugaz.»

—¿Como pálido? —logró decir.

—Pues como que no está en el equipo.

Jack se ató la zapatilla de correr y se puso derecho, indicando que ya había terminado.

—Menudo capitán de mierda, que no sabe cómo se llaman sus compañeros —dijo Cat mientras se alejaba.

—Por favor —le pidió Eureka, con tal seriedad que hizo que Jack se detuviera para darse la vuelta—, necesitamos encontrarle.

El chico suspiró. Volvió a acercarse a las chicas y cogió una bolsa en bandolera negra de debajo de las gradas. Sacó un iPad y buscó durante un momento. Cuando se lo pasó a Eureka, la pantalla mostró una imagen del equipo de campo a través, posando en las gradas.

—Las fotos del anuario se hicieron la semana pasada. Aquí están todos los del equipo. ¿Ves a Xander?

Eureka miró detenidamente la fotografía, buscando al chico al que acababa de ver en el aparcamiento, el que había chocado contra su coche, al que no podía quitarse de la cabeza. Treinta jóvenes prometedores la sonreían, pero ninguno de ellos era Ander.

10

Agua y poder

Eureka se puso un poco de protector solar de coco en la palma de la mano y untó la segunda capa en los hombros blancos de William. Era una mañana cálida y soleada de sábado, así que Brooks había llevado a Eureka y los mellizos a la casa familiar de Cypremort Point, a orillas de Vermilion Bay.

Todos los que vivían en el tramo meridional del Bayou Teche querían una parcela en el Point. Si tu familia no tenía un lugar donde acampar en los tres kilómetros de la península cerca del puerto deportivo, te hacías amigo de la familia que sí lo tuviera. Los campamentos eran las casas de fin de semana, la mayoría una excusa para tener una embarcación, e iban de poco más que un remolque aparcado en un terreno cubierto de hierba hasta mansiones de un millón de dólares, construidas sobre pilotes de cedro y con embarcaderos privados para los barcos. En la zona se conmemoraban los huracanes con unas marcas pintadas en negro en las puertas delanteras de las casas, que señalaban hasta dónde había subido el agua: «Katrina 2005», «Rita 2005» e «Ike 2008».

La de los Brooks era una casa de madera con cuatro habitaciones, un tejado ondulado de aluminio y petunias plantadas en descoloridas latas de café Folgers en los alféizares de las ventanas. Tenía un muelle de cedro que parecía infinito bajo el sol de la tarde. Eureka había pasado cientos de horas agradables allí fuera, comiendo pralinés de pacana con Brooks o sujetando una caña de pescar hecha con caña de azúcar, cuyo sedal estaba teñido de verde por las algas.

El plan de aquel día era pescar para almorzar y luego comprar unas ostras en el Bay View, el único restaurante de la zona. Sin embargo, los mellizos se aburrieron pescando en cuanto los gusanos desaparecieron bajo el agua turbia, así que todos dejaron las cañas y se fueron al estrecho tramo de playa que daba a la ensenada. Algunas personas decían que aquella playa artificial era fea, pero cuando la luz del sol destellaba sobre el agua, el viento mecía el espartillo dorado y las gaviotas graznaban mientras descendían para comer, Eureka no entendía por qué. Espantó un mosquito que se había posado en su pierna y contempló la calma oscura de la bahía al borde del horizonte.

Era la primera vez que se encontraba cerca de una gran masa de agua desde la muerte de Diana. Pero, Eureka se recordó a sí misma, aquello representaba su infancia; no había motivo para estar nerviosa.

William estaba levantando una macrocasa de arena, con los labios fruncidos por la concentración, mientras que Claire derribaba sus avances ala por ala. Eureka se cernía sobre ellos con el bote de Hawaiian Tropic, examinando sus hombros por si aparecía el más mínimo tono rosáceo.

—Te toca, Claire.

Frotó los dedos con loción por el borde de los manguitos naranjas de William.

—No, no. —Claire se puso de pie, con las rodillas cubiertas de arena. Le echó un vistazo al protector solar y salió corriendo, pero tropezó con la piscina de la macromansión de arena.

—El huracán Claire ataca de nuevo. —Brooks saltó para perseguirla.

Regresó con Claire en los brazos y Eureka se acercó a ella con la crema. La niña se retorció y chilló cuando Brooks le hizo cosquillas.

—Ya está. —Eureka tapó el bote—. Estás protegida una hora más.

Los niños echaron a correr, abandonando la arquitectura de arena, para buscar conchas inexistentes en la orilla. Eureka y Brooks se dejaron caer de nuevo sobre la manta y empujaron la arena fría con los pies. Brooks era una de las pocas personas que se acordaba siempre de sentarse a su derecha para que pudiera oírle cuando hablara.

No había mucha gente en la playa para ser sábado. Una familia con cuatro niños estaba sentada a su izquierda y todos buscaban la sombra bajo una lona azul montada sobre dos postes. Unos pescadores desperdigados recorrían la orilla, donde sus sedales cortaban la arena antes de que el agua los limpiara. Más abajo, un grupo de estudiantes de secundaria, que Eureka reconoció de la iglesia, se arrojaban cuerdas hechas con algas marinas los unos a los otros. Observó como chocaba el agua contra los tobillos de los mellizos y se recordó a sí misma que a seis kilómetros la isla de Marsh mantenía a raya las grandes olas del golfo.

Brooks le pasó una lata de Coca-Cola cubierta de rocío que había sacado de la cesta de picnic. Para ser chico, a Brooks se le daba curiosamente bien preparar los picnics. Había siempre una gran variedad de comida, tanto basura como saludable: patatas fritas, galletas y manzanas, sándwiches de pavo y bebidas frías. A Eureka se le hizo la boca agua al ver un Tupperware con sobras de *étouffée* de gambas picante que Aileen, la madre de Brooks, le había puesto sobre arroz sucio. Tomó un sorbo del refresco, se recostó sobre los codos y apoyó la lata fría entre sus piernas desnudas. Un velero navegaba hacia el este a lo lejos y sus velas se confundían con las nubes bajas por encima del agua.

—Debería llevarte a dar un paseo en barco un día de estos —dijo Brooks—, antes de que el tiempo cambie.

A Brooks se le daba muy bien navegar, a diferencia de Eureka, que nunca conseguía recordar hacia qué lado había que girar las palancas. Aquel era el primer verano que le permitían ir solo con amigos en el barco. Ella había salido a navegar con él una vez en mayo y habían planeado repetir todos los fines de semana, pero entonces tuvo lugar el accidente. Eureka estaba intentando que no le afectara volver a estar cerca del agua. Tenía pesadillas en las que se hundía en medio del océano más oscuro y embravecido, a miles de millas de tierra firme.

—¿Tal vez la semana que viene? —propuso Brooks.

No podía evitar el océano toda su vida. Era tan parte de ella como correr.

—La próxima vez podemos dejar en casa a los mellizos —dijo Eureka.

Se sentía mal por haberlos llevado. Brooks ya había tenido que desviarse treinta kilómetros al norte para ir a buscar a Eureka a Lafayette, puesto que su coche seguía en el taller. Cuando el chico llegó a su casa, los pequeños suplicaron y se agarraron una rabieta para acompañarlos. Brooks no pudo decirles que no. Su padre les dio permiso y Rhoda estaba en una reunión. Así que Eureka pasó la siguiente media hora moviendo los asientos de los niños del Continental de su padre a la parte trasera del sedán de Brooks, peleándose con veinte hebillas diferentes y correas exasperantes. Luego estaban las bolsas de la playa, los manguitos, que debían hincharse, y el equipo de buceo, que William insistió en recuperar de uno de los rincones más apartados del desván. Eureka se imaginó que Brooks no tenía esos obstáculos cuando pasaba el tiempo con Maya Cayce. Se imaginaba la Torre Eiffel y una mesa a la luz de las velas, con fuentes de langosta cocida brotando de campos de rosas rojas sin espinas cada vez que Brooks salía con Maya Cayce.

—¿Por qué iban a quedarse en casa? —Brooks se rió al ver que Claire le ponía a William un bigote de algas—. A ellos les encanta y tengo salvavidas para niños.

—Porque son agotadores.

Brooks buscó en la cesta el *étouffée*. Pinchó un poco con el tenedor y le pasó la fiambrera a Eureka.

—Estarías más agotada por la culpabilidad de no haberlos traído.

Eureka se recostó en la arena y se puso el sombrero de paja en la cara. Aunque le diera rabia, tenía razón. Si Eureka se permitiera hacer la cuenta del agotamiento que llevaba acumulado por la culpa, probablemente estaría postrada en la cama. Se sentía culpable por lo mucho que se había distanciado de su padre, por la interminable oleada de pánico que había desatado en casa al tragarse aquellas pastillas, por el Jeep destrozado, cuya reparación Rhoda se había empeñado en costear para chantajearla después por lo caro que le había salido.

Pensó en Ander y se sintió todavía más culpable por haber sido tan crédula como para tragarse que él que se ocuparía del coche. El día anterior por la tarde, Eureka por fin había reunido valor suficiente para marcar el número que había metido en su cartera. Una mujer con voz pastosa, llamada Destiny, cogió el teléfono y le dijo a Eureka que tenía la línea dada de alta desde hacía un día.

¿Por qué fue hasta su casa para darle un número falso? ¿Por qué mintió y le dijo que estaba en el equipo de campo a través del Manor? ¿Cómo la había localizado en el despacho del abogado? ¿Y por qué se había marchado tan de repente?

¿Por qué le aterraba a Eureka la posibilidad de no volver a verlo nunca?

Una persona en su sano juicio se hubiera dado cuenta de que Ander era un bicho raro. Aquella había sido la conclusión de Cat. A pesar de todas las tonterías que Cat aguantaba de los chicos y hombres con los que salía, no toleraba a un mentiroso.

Vale, había mentido. Sí. Pero Eureka quería saber por qué.

Brooks levantó un lado del sombrero de paja para verle la cara y se echó boca abajo a su lado. Tenía arena en la mejilla bronceada. Podía oler el sol en su piel.

—¿Qué piensa mi mente favorita? —preguntó.

Pensó en lo atrapada que se sintió cuando Ander agarró a Brooks por el cuello de la camiseta. Pensó en lo rápido que se había reído Brooks de Ander después.

—No quieres saberlo.

—Por eso he preguntado —dijo Brooks—, porque no quiero saberlo.

No quería hablar con Brooks de Ander, y no solo por la hostilidad entre ambos. El secretismo de Eureka tenía mucho que ver con ella, con lo que le hacía sentir aquel extraño. Brooks era uno de sus mejores amigos, pero no conocía esa parte de ella. Ni siquiera ella la conocía. Y no desaparecería.

—Eureka —Brooks le dio unos golpecitos con el pulgar en el labio inferior—, ¿qué pasa?

La chica se llevó la mano al pecho, donde se hallaba el relicario triangular de lapislázuli de su madre. En dos días se había acostumbrado a su peso alrededor del cuello. Brooks cogió el relicario a su vez, y pasó el pulgar por el cierre.

—No se abre —dijo Eureka, quitándoselo enseguida; no quería que lo rompiera.

—Perdona. —Se encogió y rodó para colocarse boca arriba.

Eureka observó la línea de músculos en su estómago.

—No, perdona tú. —Se humedeció los labios. Los tenía salados—. Es que es delicado.

—Aún no me has contado cómo fue con el abogado —dijo Brooks, pero sin mirarla. Tenía la vista clavada en el cielo, donde una nube gris filtraba el sol.

—¿Quieres saber si soy multimillonaria? —preguntó Eureka. Su herencia la había dejado triste y desconcertada, pero era un tema más fácil que Ander—. Sinceramente, no estoy muy segura de lo que me ha dejado Diana.

Brooks tiró de unas briznas de hierba de la playa y las arrancó de la arena.

—¿A qué te refieres? Parece un relicario roto.

—También he heredado un libro en un idioma que nadie sabe leer. Me dejó una cosa llamada «piedra de rayo», una especie de bola arqueológica metida entre gasa que se supone que no debo desenvolver. Escribió una carta donde dice que son cosas importantes. Pero yo no soy arqueóloga; solo su hija. No tengo ni idea de qué hacer con ellas y eso me hace sentirme estúpida.

Brooks se dio la vuelta sobre la manta y sus rodillas rozaron el costado de Eureka.

—Se trata de Diana. Ella te quería mucho. Si las reliquias familiares tienen un propósito, desde luego no es hacerte sentir mal.

William y Claire habían decidido visitar el toldo de lona junto a la orilla, donde habían encontrado a unos niños con los que chapotear en el agua. Eureka agradecía unos instantes a solas con Brooks. No se había dado cuenta del agobio que le había provocado su herencia y el alivio que sentía al poder compartirlo con alguien. Miró hacia la bahía y se imaginó sus reliquias alejándose en el aire como pelícanos, porque ya no la necesitaban.

—Ojalá me hubiera hablado de estas cosas cuando estaba viva —dijo—. No creía que tuviéramos secretos.

—Tu madre era una de las personas más inteligentes que jamás haya existido. Si te dejó una bola de gasa, tal vez merezca la pena investigar. Considéralo una aventura. Eso es lo que ella habría hecho. —Lanzó la lata de refresco vacía en la cesta de picnic y se quitó el sombrero de paja—. Voy a darme un chapuzón.

—¿Brooks? —Se sentó y extendió el brazo para cogerle de la mano. Cuando él se volvió hacia ella, el pelo le cayó sobre los ojos. Eureka se lo retiró. La herida de la frente se le estaba curando; solo quedaba una fina costra redonda por encima de los ojos—. Gracias.

El muchacho sonrió, se levantó y se recolocó el bañador azul, que le quedaba bien en contraste con la piel bronceada.

—Ningún problema, Sepia.

Mientras Brooks caminaba hacia el agua, Eureka echó un vistazo a los mellizos y sus nuevos amigos.

—Sacudiré los brazos cuando llegues al rompeolas —le dijo a Brooks, como siempre se despedía de él.

Había una leyenda sobre un chico del bayou que se había ahogado en Vermilion Bay una tarde de verano, justo antes de la puesta de sol. Estaba corriendo con sus hermanos, chapoteando por donde no cubría, cuando un momento después —quizá porque le habían retado—, pasó nadando el rompeolas y se lo tragó el mar. Como consecuencia, Eureka de niña no se había atrevido nunca a nadar cerca de la barrera de boyas rojas y blancas. Ahora sabía que la historia era una mentira que contaban los padres para asustar a sus hijos y mantenerlos a salvo.

Las olas de Vermilion Bay apenas podían considerarse olas. La isla de Marsh se deshacía de todas, como un superhéroe que vigilaba la metrópolis donde vivía.

—¡Tenemos hambre! —gritó Claire, sacudiendo la arena de su coletita rubia.

—Felicidades —contestó Eureka—. Has ganado un picnic.

Abrió la tapa de la cesta y sacó lo que había llevado para los niños, que se acercaron corriendo para ver qué contenía.

Metió las pajitas en los briks de zumo, abrió varias bolsas de patatas fritas y quitó cualquier indicio de tomate del sándwich de pavo que iba a comer William. Llevaba unos cinco minutos sin pensar en Ander.

—¿Cómo está el papeo? —les preguntó.

Partió una patata frita.

Los mellizos asintieron con la cabeza porque tenían la boca llena.

—¿Dónde está Brooks? —preguntó Claire entre los bocados que estaba dándole al sándwich de William, aunque ella tuviera el suyo.

—Nadando.

Eureka echó un vistazo al agua. Tenía la vista nublada por el sol. Le había dicho que le avisaría; él debía de estar ya por el rompeolas. Las boyas se encontraban a solo cien metros de la orilla.

No había muchas personas nadando, tan solo los chicos de secundaria, a su derecha, que se reían ante la inutilidad de sus tablas de *boogie*. Había visto aparecer sobre el agua los rizos oscuros de Brooks y el largo movimiento de su brazo bronceado a medio camino del rompeolas, pero eso había sido hacía un rato. Se hizo visera con una mano para protegerse los ojos del sol y contempló la línea que separaba el agua del cielo. ¿Dónde estaba?

Eureka se puso de pie para ver mejor el horizonte. No había socorristas en esa playa, nadie vigilaba a los nadadores que se alejaban. Se imaginó que la vista le alcanzaba hasta el infinito: pasaba Vermilion, hacia el sur de Weeks Bay, hasta la isla de Marsh y más allá, hacia el golfo, a Veracruz, México, hasta los casquetes glaciares del Polo Sur. Cuanto más lejos miraba, más parecía oscurecerse el mundo. Todos los barcos estaban destrozados y abandonados. Los tiburones, las serpientes y los caimanes cruzaban las olas. Y Brooks estaba ahí fuera, nadando estilo libre, muy lejos.

No había motivo para alarmarse. Era un nadador fuerte. Aunque ella estaba dejándose dominar por el pánico. Tragó saliva con fuerza mientras el pecho se le encogía y cerraba.

—Eureka —William la cogió de la mano—, ¿qué pasa?

—Nada.

Le temblaba la voz. Tenía que calmarse. Los nervios estaban distorsionando su percepción. El mar parecía más picado que antes. Una ráfaga de viento arreció junto a ella, acompañada de un fuerte olor a humus turbio y esturiones varados. La ráfaga aplanó el caftán negro de Eureka contra su cuerpo y esparció las patatas fritas de los mellizos por la arena. El cielo tronó. Una nube verdosa salió de la nada y se rió disimuladamente tras unas plataneras en la curva occidental de la bahía. La sensación de mareo porque algo malo se avecinaba se extendió por su estómago.

Entonces vio la ola espumosa, que pasó rozando la superficie del agua, creándose a un kilómetro más allá del rompeolas. La ola rodó hacia ellos en espirales matizadas. A Eureka le empezaron a sudar las manos. No podía moverse. La ola se acercaba a la orilla como si se viese atraída por una poderosa fuerza magnética. Era desagradable, recortada y alta; y después se hizo más alta aún. Creció hasta seis metros, llegando a la altura de los pilotes de cedro que sostenían la fila de casas al sur de la bahía. Como una cuerda descontrolada, azotó las casas de la península y luego pareció cambiar el curso. En el punto más alto de la ola, la parte espumosa señaló hacia el centro de la playa, hacia Eureka y los mellizos.

La pared de agua avanzaba, con miles de tonos azules que relucían como diamantes bajo la luz del sol. Pequeñas islas de desechos flotaban en la superficie. Unos inmensos remolinos giraban como si la ola tratase de devorarse a sí misma. Apestaba a pescado podrido y, al inhalar, ¿velas de citronela?

No, no olía a velas de citronela. Eureka volvió a inhalar, pero el olor se hallaba en su mente por alguna razón, como si lo hubiera conjurado con el recuerdo de otra ola, y no sabía qué significaba.

Encarada a la ola, Eureka advirtió que se parecía a la que destrozó el puente Seven Mile de Florida y todo el mundo de Eureka. No había recordado cómo era hasta entonces. Desde las profundidades del rugido de la ola, Eureka creyó oír la última palabra de su madre:

—¡No!

Se tapó los oídos, pero era su propia voz la que gritaba. Al darse cuenta, se armó de determinación. Notó el zumbido en sus pies, que significaba que estaba corriendo.

Ya había perdido a su madre y no iba a perder a su mejor amigo.

—¡Brooks! —Corrió hacia el agua—. ¡Brooks!

Se metió hasta las rodillas y después se detuvo.

El suelo tembló por la fuerza del agua de la bahía al retirarse. El mar golpeó con fuerza sus pantorrillas, y se preparó para la resaca. Mientras la ola se retiraba hacia el golfo, se llevó la arena bajo sus pies y dejó barro fétido, sedimentos rocosos y desechos irreconocibles.

Alrededor de Eureka había una franja enlodada de algas, abandonadas por las olas. Los peces yacían sobre la tierra expuesta. Los cangrejos correteaban para intentar alcanzar el agua en vano. En cuestión de segundos, el mar se había retirado hasta el rompeolas y a Brooks no se le veía por ninguna parte.

La bahía estaba seca, el agua se había acumulado en la ola que sabía que estaba a punto de volver. Los chicos habían dejado sus tablas de *boogie* y trotaban hacia la orilla, donde alguien había abandonado unas cañas de pescar. Los padres cogían a sus hijos, lo que recordó a Eureka que debía hacer lo mismo y corrió hacia Claire y William para agarrar a un mellizo con cada brazo. Huyó del agua, por la hierba espesa cubierta de hormigas rojas, pasó el pequeño pabellón y llegó al pavimento caliente del aparcamiento. Tenía a los niños agarrados bien fuerte. Se pararon y formaron una fila con los otros visitantes de la playa, que contemplaban la bahía.

Claire se quejó por cómo la cogía Eureka de la cintura y su hermana la apretó aún más al ver la ola alcanzar su nivel más alto a lo lejos. La cresta era espumosa, de un horrible color amarillento.

La ola describió una curva y creó más espuma. Justo antes de romper, su rugido ahogó el espantoso silbido de la cresta. Silenció los pájaros. Nada emitía ningún sonido. Todo permaneció expectante mientras la ola se lanzaba hacia delante y golpeaba el suelo enlodado de la bahía, atravesando la arena. Eureka rezó por que aquello fuese lo peor.

El agua avanzaba a toda velocidad, inundando la playa. Arrancó las sombrillas, que se llevó como lanzas. Las toallas giraban en violentos remolinos y quedaban cortadas al chocar contra piedras arsenicales. Eureka vio que su cesta de picnic flotaba por la superficie de la ola hacia la hierba. La gente gritaba y corría por el aparcamiento. Eureka iba a darse la vuelta para echar a correr cuando vio que el agua cruzaba el límite del aparcamiento. Fluyó por encima de sus pies, salpicándole las piernas, y entonces supo que no podría escapar…

De repente, la ola se retiró, salió del aparcamiento y pasó por el césped, arrastrando casi todo lo que había en la orilla hacia la bahía.

Eurka dejó a los niños en el pavimento mojado. La playa estaba destrozada. Las tumbonas flotaban en el mar. Las sombrillas iban a la deriva, del revés. Había basura y ropa por todas partes. Y en medio de la basura y el pescado muerto…

—¡Brooks!

Echó a correr hacia su amigo. Yacía boca abajo en la arena. En sus ganas por llegar hasta él, tropezó y calló de bruces contra su cuerpo empapado. Lo colocó de lado.

Estaba frío. Tenía los labios azules. Un torrente de emociones se agolpó en el pecho de Eureka al acercarse para dejar escapar un sollozo…

Pero entonces el chico se puso boca arriba y, con los ojos cerrados, sonrió.

—¿Necesita reanimación? —preguntó un hombre, que se abría camino entre la muchedumbre que se había reunido alrededor de Brooks en la playa.

Brooks tosió y rechazó con la mano el ofrecimiento del hombre. Dirigió la mirada hacia la multitud. Se quedó contemplando a cada persona como si nunca hubiera visto nada que se le pareciera. Después clavó los ojos en Eureka, que le rodeó con los brazos y enterró la cara en su hombro.

—Estaba tan asustada…

Él le dio unas palmaditas débiles en la espalda. Al cabo de un momento, se deshizo de su abrazo para ponerse en pie. Eureka también se levantó, sin estar segura de qué hacer a continuación, mareada por el alivio al ver que parecía estar bien.

—Estás bien —dijo.

—¿Lo dices en serio? —Le dio unas palmaditas en la mejilla y le dedicó una sonrisa encantadoramente inadecuada. Quizá se sentía incómodo con tanta gente a su alrededor—. ¿Me has visto sobre esa mierda?

Tenía sangre en el pecho, en la parte derecha del torso.

—¡Estás herido!

Le miró por detrás y vio cuatro cortes paralelos en la espalda, a lo largo de la curva de su caja torácica, de los que brotaba la sangre roja diluida por el agua marina.

Brooks se estremeció al sentir el roce de sus dedos en el costado. Se quitó el agua del oído y le echó un vistazo a lo que podía ver de su espalda ensangrentada.

—Me ha rozado una roca. No te preocupes.

Se rió, pero no sonó como él. Se retiró el pelo mojado de la cara y Eureka advirtió que la herida de la frente estaba al rojo vivo. La ola debía de haberla empeorado.

Los curiosos parecían estar seguros de que Brooks se pondría bien. El círculo a su alrededor se rompió cuando la gente fue a buscar sus cosas por la playa. Los susurros de desconcierto por la ola recorrían la costa.

Brooks chocó los cinco con los mellizos, que parecían estar temblando.

—Deberíais haber estado ahí conmigo, chavales. ¡Esa ola ha sido una pasada!

Eureka le empujó.

—¿Estás loco? Eso no ha sido una pasada. ¿Intentabas suicidarte? Creía que solo ibas hasta el rompeolas.

Brooks levantó las manos.

—Eso es lo que he hecho. Miré a ver si me saludabas, ¡ja!, pero parecías preocupada.

¿No le había visto porque pensaba en Ander?

—Has estado todo el rato bajo el agua.

Claire no se decidía entre estar asustada o impresionada.

—¿Todo el rato? ¿Quién crees que soy? ¿Aquaman?

Se lanzó sobre ella de manera exagerada, cogió unas cadenas largas de algas en la orilla y se las envolvió por el cuerpo para perseguir a los mellizos por la playa.

—¡Aquaman! —chillaban, corriendo y gritando.

—¡Nadie escapa de Aquaman! ¡Os llevaré a mi guarida submarina! Lucharemos contra los tritones con nuestros dedos palmeados y comeremos sushi en platos de coral; en el océano no es más que comida.

Mientras Brooks hacía girar a uno de los mellizos por el aire y luego al otro, Eureka vio el sol reflejado en su piel. Vio como disminuía la sangre en los músculos de su espalda. Vio como él se daba la vuelta, le guiñaba el ojo y decía articulando para que le leyera los labios: «¡Tranquila, estoy perfectamente!».

Eureka se giró hacia la bahía y recorrió con la vista el recuerdo de la ola. El suelo arenoso bajo sus pies se deshizo en otro chapaleteo y ella tembló a pesar del sol.

Todo parecía endeble, como si todo lo que ella amara pudiese quedar arrasado.

11

Naufragio

—No pretendía asustarte.

Brooks estaba sentado en un lado de la cama de Eureka, con los pies descalzos apoyados en el alféizar de la ventana. Por fin se hallaban solos, recuperados en parte del susto de aquella tarde.

Los mellizos se habían acostado ya, después de que Rhoda hubiera pasado horas examinándolos rigurosamente. Se puso histérica en cuanto Eureka pronunció la primera frase para contar su aventura y echó la culpa a Eureka y Brooks de que sus hijos hubieran estado tan cerca del peligro. Su padre había intentado calmar la situación con su chocolate caliente con canela, pero en vez de unirlos, cada uno había cogido una taza y se había retirado a su rincón de la casa.

Eureka se tomó el suyo en la vieja mecedora que había junto a la ventana de su habitación. Contempló el reflejo de Brooks en su antiguo *armoire à glace*, un armario de madera con una única puerta frontal en la que había un espejo, que había pertenecido a la madre de Sugar. Los labios del chico se movieron, pero ella tenía la cabeza apoyada sobre la mano derecha, tapando el oído bueno. Levantó la cabeza y oyó la letra de la canción «Sara» de Fleetwood Mac, que había puesto Brooks en su iPod.

… en el mar del amor, donde a todo el mundo le gustaría ahogarse.
Pero ahora no está; dicen que ya no importa…

—¿Has dicho algo? —le preguntó.

—Pareces enfadada —dijo Brooks, un poco más alto. La puerta de la habitación de Eureka estaba abierta (era la norma de su padre cuando tenía visitas) y Brooks sabía tan bien como ella a qué volumen podían hablar para evitar que les oyeran abajo—. Como si pensaras que la ola ha sido culpa mía.

Brooks se recostó contra el dosel de madera de la cama de los abuelos de Eureka. Tenía los ojos del mismo color castaño que la manta doblada encima del cubrecama blanco. Parecía que tuviera ánimos para cualquier cosa: una fiesta con celebridades, una carrera campo a través o un chapuzón en la fría oscuridad de los confines del universo.

Eureka estaba agotada, como si fuese a ella a la que hubiese devorado y escupido una ola.

—Por supuesto que no ha sido culpa tuya.

Se quedó mirando su taza. No tenía claro si estaba enfadada con Brooks. Y en caso de estarlo, no sabía por qué. Había un espacio entre ellos que normalmente no existía.

—Entonces ¿qué te pasa? —preguntó.

Ella se encogió de hombros. Echaba de menos a su madre.

—Diana. —Brooks pronunció el nombre como si relacionara los dos acontecimientos por primera vez. Hasta los mejores chicos a veces no se enteraban de nada—. Claro, debería haberme dado cuenta. Eres muy valiente, Eureka. ¿Cómo has podido soportarlo?

—No soportándolo.

—Ven aquí.

Eureka alzó la vista y vio que estaba dando palmaditas sobre la cama. Brooks trataba de entender, pero no lo conseguía, no de verdad. La entristeció ver que lo intentaba. Negó con la cabeza.

La lluvia caía a mares contra las ventanas y las dejaba a rayas. El meteorólogo favorito de Rhoda, Cokie Faucheux, había pronosticado sol para todo el fin de semana. Eso era lo único que parecía estar saliendo bien: Eureka se sentía satisfecha por no estar de acuerdo con su madrastra.

Con el rabillo del ojo, vio a Brooks levantarse de la cama y caminar hacia ella. Extendió los brazos para abrazarla.

—Sé que te cuesta abrirte. Creías que la ola de hoy iba a…

—No lo digas.

—Sigo aquí, Eureka. No me voy a ninguna parte.

Brooks la cogió de las manos y la acercó a él. Ella dejó que la abrazara. Tenía la piel caliente, y el cuerpo terso y fuerte. Eureka apoyó la cabeza en su clavícula y cerró los ojos. Hacía mucho tiempo que no le daban un abrazo. Era una sensación maravillosa, pero había algo que la inquietaba. Tenía que preguntar.

Cuando se apartó, Brooks la cogió de la mano un momento antes de soltarla.

—El modo en que has reaccionado al levantarte después de la ola… —dijo—. Te has reído. Me ha sorprendido.

Brooks se rascó la barbilla.

—Imagínate volver en ti, casi sacar un pulmón al toser y ver a un montón de desconocidos mirándote… entre los que hay un tipo que está dispuesto a hacerte el boca a boca. ¿Qué otra opción me quedaba salvo hacer como si no me hubiera pasado nada?

—Estábamos preocupados por ti.

—Yo sabía que estaba bien —contestó Brooks—, pero debía de ser el único que estaba seguro. He visto lo asustados que estabais. No quería que pensaras que era…

—¿Qué?

—Débil.

Eureka negó con la cabeza.

—Imposible. Eres Polvorín.

Él sonrió abiertamente y le alborotó el pelo, lo que llevó a unos instantes de lucha libre. Ella se metió por debajo de su brazo para huir y le agarró de la camiseta cuando Brooks se dio la vuelta para alcanzarla. No tardó en hacerle una llave de cabeza y retrocedió contra la cómoda, pero entonces, con un rápido movimiento, él la tiró hacia atrás, hacia la cama. Eureka cayó sobre la almohada, riéndose, como al final de otras miles de luchas cuerpo a cuerpo con Brooks. Pero él no estaba riéndose. Tenía la cara colorada y estaba de pie, tenso, a los pies de la cama, mirándola.

—¿Qué? —preguntó ella.

—Nada. —Brooks apartó la mirada y el fuego de sus ojos pareció reducirse—. ¿Qué tal si me enseñas lo que te dio Diana? El libro, esa… ¿piedra milagrosa?

—La piedra de rayo.

Eureka se apartó de la cama y se sentó ante el escritorio que tenía desde que era pequeña. Los cajones estaban tan llenos de recuerdos que no había sitio para los deberes, los libros o las solicitudes de la universidad, así que amontonaba todo eso, aunque había prometido a Rhoda que ordenaría su cuarto. Pero lo que molestaba a Rhoda deleitaba a Eureka, así que los montones habían crecido hasta alturas peligrosas.

Del cajón superior, sacó el libro que Diana le había dejado y luego el pequeño cofre azul. Colocó ambos objetos sobre la colcha. Con la herencia entre los dos, Brooks y ella quedaron uno frente al otro, con las piernas cruzadas encima de la cama.

Brooks fue primero a por la piedra de rayo. Abrió el descolorido cierre del cofre y cogió la gasa que envolvía la roca. La examinó por todos los lados.

Eureka observó como sus dedos rondaban la gasa blanca.

—No lo desenvuelvas.

—Claro que no. Aún no.

Eureka lo miró con los ojos entrecerrados y agarró la piedra, sorprendida otra vez por lo que pesaba. Quería saber cómo era por dentro y, evidentemente, Brooks también.

—¿Qué quieres decir con «aún no»?

Brooks parpadeó.

—Me refiero a la carta de tu madre. ¿No decía que sabrías cuándo llegaría el momento adecuado de destaparla?

—Ah. Sí. —Debía de habérselo contado. Apoyó los codos en las rodillas y la barbilla en las palmas—. ¿Quién sabe cuándo será ese momento? Mientras tanto podría servir para jugar al skee-ball.

Brooks se la quedó mirando, luego agachó la cabeza y tragó saliva, como cuando estaba avergonzado.

—Debe de ser muy valioso si te lo ha dejado tu madre.

—Estaba bromeando.

Volvió a colocar la piedra de rayo en el cofre.

Brooks cogió el libro de aspecto antiguo con una veneración inesperada. Pasó las páginas con más delicadeza de la que ella había tenido, lo que le hizo preguntarse si se merecía su herencia.

—No sé leerlo —susurró.

—Lo sé —dijo Eureka—. Parece como si perteneciera a un futuro lejano.

—O a un pasado que nunca llegó a producirse.

Brooks parecía estar citando uno de esos libros de bolsillo de ciencia ficción que su padre solía leer.

Brooks siguió pasando las páginas, despacio al principio y luego más rápido, hasta detenerse en un apartado que Eureka no había descubierto. A mitad del libro, el texto, denso y extraño, estaba interrumpido por una parte de intrincadas ilustraciones.

—¿Son grabados?

Eureka reconoció el método por la clase de xilografía a la que una vez había asistido con Diana, aunque aquellas ilustraciones eran muchísimo más complejas que cualquiera de las que Eureka hubiera podido tallar en un rebelde taco de haya.

Brooks y ella estudiaron una imagen de dos hombres luchando. Iban vestidos con túnicas de felpa forradas de piel. Unos grandes collares enjoyados les cubrían el pecho. Uno de ellos llevaba una pesada corona. Tras una multitud de espectadores se extendía un paisaje urbano y los chapiteles de unos edificios poco corrientes enmarcaban el cielo.

En la página contigua se veía la imagen de una mujer ataviada con una túnica igual de lujosa. Estaba apoyada sobre las manos y las rodillas en la ribera de un río salpicado de altos junquillos en flor. Las sombras de unas nubes rodeaban su pelo mientras estudiaba su reflejo en el agua. Tenía la cabeza agachada, de modo que Eureka no podía verle el rostro, pero había algo en su lenguaje corporal que le resultaba conocido. Eureka sabía que estaba llorando.

—Está todo ahí —susurró Brooks.

—¿Le encuentras algún sentido?

Pasó la página de pergamino para buscar más ilustraciones, pero en su lugar halló los restos irregulares de varias hojas arrancadas. Entonces volvió a aparecer el texto incomprensible. Tocó los trozos rugosos que quedaban junto al lomo.

—Mira, faltan unas cuantas páginas.

Brooks sostuvo el libro cerca de su cara, observando con detenimiento el lugar donde deberían estar las páginas que faltaban. Eureka advirtió que había una ilustración más en el dorso de la página donde se encontraba la mujer arrodillada. Aquella era más simple que el resto: tres círculos concéntricos en el centro de la hoja. Parecía un símbolo de algo.

Por instinto extendió la mano hacia la frente de Brooks y le retiró el pelo. La herida era circular, lo que no era nada extraordinario. Pero la costra había quedado tan irritada por la ola encrespada de aquella tarde que Eureka veía… círculos dentro. Mostraban un asombroso parecido con la ilustración del libro.

—¿Qué estás haciendo?

Le apartó la mano y se alisó el cabello.

—Nada.

El chico cerró el libro y apretó la mano sobre la cubierta.

—Dudo que consigas traducirlo. El intento solo te llevará a un viaje doloroso. ¿De verdad crees que va a haber alguien en Podunk, Luisiana, que sepa traducir un texto de esta magnitud?

Su risa parecía malvada.

—Creía que te gustaba Podunk, Luisiana. —Los ojos de Eureka se entrecerraron. Brooks siempre era el que defendía su ciudad natal cuando Eureka despotricaba en contra—. El tío Beau dijo que Diana sabía leerlo, lo que significa que debe de haber alguien que pueda traducirlo. Solo tengo que averiguar quién.

—Déjame intentarlo. Me llevaré el libro esta noche y te ahorraré el ataque al corazón. No estás preparada para enfrentarte a la muerte de Diana y yo te ayudaré con gusto.

—No. No voy a dejar ese libro fuera de mi vista.

Fue a coger el libro, que Brooks aún tenía agarrado. Tuvo que arrancárselo de las manos. La encuadernación crujió al tirar de él.

—¡Uau!

Brooks lo soltó, levantó las manos y le lanzó una mirada que pretendía transmitir que estaba siendo melodramática.

Ella apartó la vista.

—Todavía no he decidido qué voy a hacer con él.

—Vale. —Su tono se suavizó y rozó los dedos de Eureka, que cubrían el libro—. Pero si consigues que lo traduzcan —añadió—, llévame contigo, ¿de acuerdo? Puede que sea difícil digerirlo. Querrás tener a alguien allí en quien confiar.

El teléfono de Eureka vibró en la mesilla de noche. No reconoció el número. Le enseñó a Brooks el móvil encogiéndose de hombros.

Él se estremeció.

—Puede que sea Maya.

—¿Por qué iba a llamarme Maya Cayce a mí? ¿De dónde sacaría mi número?

Entonces se acordó del teléfono roto de Brooks. Lo encontraron partido por la mitad en la playa después de que la ola le cayera encima como un piano. Eureka había estado lo bastante ausente para dejarse el móvil en casa aquella mañana, así que se hallaba intacto.

Maya Cayce probablemente había llamado a casa de Brooks y Aileen le había dado el número de Eureka; debía de haberse olvidado de lo desagradables que podían llegar a ser las chicas de instituto.

—¿Y bien? —Eureka le pasó el teléfono a Brooks—. Habla con ella.

—No quiero hablar con ella. Quiero estar contigo. Bueno… —Brooks se frotó la mandíbula. El teléfono dejó de vibrar, pero no su efecto—. Bueno, ahora estamos juntos y no quiero que me distraigan cuando por fin hablamos de…

Se calló y luego masculló para sus adentros lo que Eureka creyó que era una maldición. Dirigió el oído bueno hacia él, pero se había quedado en silencio. Cuando la miró, volvía a estar colorado.

—¿Pasa algo? —le preguntó.

Él negó con la cabeza y se acercó más a ella. Los muelles debajo de ellos chirriaron. Eureka dejó caer el teléfono y el libro, porque los ojos de su amigo parecían distintos, lisos en las comisuras, de un castaño infinito; y supo lo que iba a suceder.

Brooks iba a besarla.

No se movió. No sabía qué hacer. No apartaron la vista el uno del otro mientras él se inclinaba hacia sus labios. Notó su peso sobre las piernas. Se le escapó un suspiro silencioso. Los labios eran dulces, pero sus manos firmes la apretaban, luchando de una manera nueva. Rodaron el uno hacia el otro mientras la boca de Brooks se cerraba alrededor de la suya. Los dedos de Eureka se deslizaron por la camiseta de él, tocaron su piel, tan lisa como una piedra. La lengua del chico recorrió la punta de la suya. Era sedosa. Eureka arqueó la espalda, deseando estar incluso más cerca.

—Esto está… —dijo él.

Ella asintió.

—Tan bien…

Cogieron aire y luego volvieron a por otro beso. El historial de besos de Eureka se limitaba a los picos del juego de la botella, alguna apuesta, manoseos un tanto pobres y algún lapsus a la salida de un baile del instituto. Aquello estaba a galaxias de distancia.

¿Era Brooks? Parecía estar besando a alguien con el que había tenido una apasionante aventura, de las que Eureka nunca se había permitido desear. Las manos de él recorrían su piel como si se tratara de una diosa voluptuosa y no la chica que conocía de toda la vida. ¿Cuándo se había vuelto Brooks tan musculoso, tan sexy? ¿Llevaba años siendo así y se lo había perdido? ¿O acaso un beso, bien dado, podía metabolizar el cuerpo para que diera un estirón al instante y convertirlos a ambos en adultos de repente?

Se apartó para mirarle. Estudió su rostro, las pecas y los remolinos de cabello castaño, y entonces vio que se trataba de alguien totalmente distinto. Estaba asustada y emocionada, puesto que no había vuelta atrás, sobre todo después de algo como aquello.

—¿Por qué has tardado tanto? —dijo en un susurro ronco.

—¿En hacer qué?

—En besarme.

—Yo…, bueno…

Brooks frunció el entrecejo y se apartó.

—Espera. —Eureka intentó acercarse de nuevo. Le acarició con los dedos la nuca, que de repente se había puesto rígida—. No pretendía estropear el momento.

—Existen razones por las que he esperado tanto tiempo para besarte.

—¿Como por ejemplo?

Quería sonar alegre, pero ya estaba preguntándose: ¿era por Diana? ¿Estaba Eureka tan mal que había espantado a Brooks?

Aquel instante de duda fue lo que necesitó Eureka para convencerse a sí misma de que Brooks la veía como el resto de los chicos de su instituto, un bicho raro con mala suerte, la última chica tras la que querría ir un chaval normal. Así que soltó:

—Supongo que has estado ocupado con Maya Cayce.

Brooks puso cara de pocos amigos. Se levantó y se quedó a los pies de la cama, con los brazos cruzados encima del pecho. Su lenguaje corporal era tan distante como el recuerdo del beso.

—Típico —dijo mirando al techo.

—¿Qué?

—No podía ser nada que tuviera que ver contigo. Tenía que ser culpa de otra persona.

Pero Eureka sabía perfectamente que tenía que ver con ella. Aquel hecho le resultaba tan doloroso que trataba de encubrirlo con cualquier otra cosa. «Desplazamiento —le diría cualquiera de los cinco últimos loqueros que había tenido—, una costumbre peligrosa.»

—Tienes razón… —dijo ella.

—No actúes con condescendencia. —Brooks no parecía su mejor amigo ni el chico al que había besado. Parecía alguien a quien le molestara todo de ella—. No quiero que me apacigüe nadie que se crea mejor que los demás.

—¿Qué?

—Tienes razón. El resto del mundo está equivocado. ¿No es así como es?

—No.

—Rechazas cualquier cosa inmediatamente…

—¡Yo no hago eso! —gritó Eureka, y enseguida se dio cuenta de que estaba rechazando su afirmación. Bajó la voz y cerró la puerta de su habitación, sin importarle las consecuencias si su padre pasaba por delante. No podía permitir que Brooks pensara esas mentiras—. Yo no te rechazo.

—¿Estás segura? —preguntó con frialdad—. Has rechazado hasta lo que tu madre te ha dejado en herencia.

—Eso no es cierto.

Eureka estaba obsesionada día y noche con el legado de su madre, pero Brooks ni siquiera la escuchaba. Comenzó a caminar de un lado al otro del cuarto, tan enfadado que parecía poseído.

—Sigues yendo con Cat porque no se entera cuando dejas de escucharla. No soportas a nadie de tu familia. —Hizo un gesto con la mano hacia la sala de estar, en la planta baja, donde Rhoda y su padre estaban mirando las noticias, aunque seguramente ya habían aguzado el oído para saber de qué iba la discusión—. Estás segurísima de que todos los terapeutas a los que vas son unos idiotas. Rechazas todo lo del Evangeline porque no hay manera de que nadie entienda por lo que estás pasando. —Dejó de caminar y la miró directamente—. Y luego estoy yo.

A Eureka le dolía el pecho como si Brooks le hubiera apuñalado el corazón.

—¿Qué pasa contigo?

—Me utilizas.

—No.

—No soy tu amigo. Soy una caja de resonancia para tu ansiedad y depresión.

—Tú… tú eres mi mejor amigo —tartamudeó—. Eres el motivo por el que sigo aquí…

—¿Aquí? —repitió él con amargura—. ¿El último lugar en la Tierra donde quieres estar? Soy tan solo el preludio de tu futuro, de tu vida real. Tu madre te educó para que siguieras tus sueños y eso es de lo único que te has preocupado. No tienes ni idea de lo mucho que se preocupa la gente por ti, porque estás demasiado centrada en ti misma. ¿Quién sabe? Tal vez ni siquiera seas suicida. A lo mejor te tomaste aquellas pastillas para llamar la atención.

La respiración de Eureka escapó de su pecho como si se hubiera caído de un avión.

—Confiaba en ti. Creía que eras el único que no me juzgaba.

—Cierto. —Brooks negó con la cabeza, indignado—. Dices que todos a los que conoces te critican, pero ¿alguna vez te has planteado lo arpía que eres con Maya?

—Por supuesto, no nos olvidemos de Maya.

—Al menos ella se preocupa por los demás.

A Eureka le tembló el labio y un trueno estalló en su interior. ¿Tan mal besaba?

—¡Bueno, pues si has cambiado de opinión —gritó—, llámala! Vete con ella. ¿A qué estás esperando? Coge mi teléfono y queda con ella.

Le tiró el móvil. Este rebotó en el pectoral en el que le costaba creer que acabara de apoyar la cabeza.

Brooks echó un vistazo al teléfono como si estuviera considerando la oferta.

—Quizá lo haga —dijo despacio, para sus adentros—. Quizá no te necesite tanto como yo creía.

—¿De qué estás hablando? ¿Me estás vacilando o qué?

—La verdad duele, ¿eh?

Brooks la golpeó en el hombro al pasar. Abrió la puerta y luego volvió a mirar la cama, el libro y la piedra de rayo en su cofre.

—Deberías marcharte —dijo Eureka.

—Dile eso a un par de personas más —respondió Brooks— y estarás totalmente sola.

Eureka le oyó bajar las escaleras con gran estruendo y supo el aspecto que tendría mientras cogía las llaves y los zapatos del banco de la entrada. Cuando se cerró la puerta de golpe, se lo imaginó dirigiéndose hacia su coche bajo la lluvia. Sabía cómo se le separaría el pelo, cómo olería su coche.

¿Podía él imaginársela? ¿Querría siquiera verla en la ventana, contemplando la tormenta, tragando saliva por la emoción y conteniendo las lágrimas?

12

El Neptune's

Eureka cogió la piedra de rayo y la lanzó contra la pared. Quería acabar con todo lo que había pasado desde que Brooks y ella habían dejado de besarse. La piedra dejó una marca en la pared que había pintado a lunares azules durante un período feliz de su vida. Luego cayó al suelo con un fuerte golpe, cerca de la puerta del armario.

Se arrodilló para evaluar los daños en la alfombra persa de mercadillo, suave bajo sus manos. No era una marca tan profunda como la de hacía dos años, cuando le dio un puñetazo a la pared junto a la cocina, mientras discutía con su padre sobre si podía faltar una semana al instituto para ir a Perú con Diana. No había sido tan horrible como la haltera que su padre había roto cuando ella tenía dieciséis años, mientras le gritaba por renunciar al trabajo de verano que le había conseguido en la tintorería de Ruthie. Pero la marca era tan grave como para escandalizar a Rhoda, que al parecer creía que un panel de yeso no podía repararse.

—¿Eureka? —gritó Rhoda desde la sala de estar—. ¿Qué has hecho?

—¡Un ejercicio que me enseñó la doctora Landry! —vociferó, poniendo una cara que deseó que Rhoda pudiera haber visto.

Estaba furiosa. Si hubiese sido una ola, habría desmenuzado continentes como si fueran pan duro.

Quería dañar algo como Brooks la había dañado a ella. Cogió el libro que tanto le había interesado, lo sujetó fuerte por las páginas y se planteó partirlo en dos.

«Encuentra cómo salir de la madriguera, niña.» La voz de Diana volvió a ella.

Las madrigueras eran pequeñas, estrechas y estaban camufladas. No sabías que te hallabas en una hasta que no podías respirar y debías liberarte. Eran iguales a la claustrofobia, que, para Eureka, siempre había sido una enemiga. Pero los zorros vivían en madrigueras; criaban allí a sus familias. Los soldados disparaban desde su interior, se protegían allí de sus enemigos. Quizá Eureka no quería encontrar la salida de esta. Quizá era un soldado zorro. Quizá la madriguera de su furia era el lugar donde tenía que estar.

Exhaló y relajó la mano sobre el libro. Lo dejó con cuidado, como si fuera uno de los proyectos de plástica de los mellizos. Caminó hacia la ventana y asomó la cabeza para buscar las estrellas, que le hacían poner los pies en la tierra. Su distancia le ofrecía perspectiva cuando no podía ver más allá de su propio dolor. Pero no se veían estrellas en el cielo de Eureka esa noche. Estaban ocultas tras una densa capa de nubes grises.

Los relámpagos dividían la oscuridad. Volvió a resonar un trueno. La lluvia caía con más intensidad, sacudiendo los árboles del exterior. Un coche en la calle pasó por un charco tan grande como un estanque. Eureka pensó en Brooks conduciendo hacia su casa, en New Iberia. Las carreteras eran oscuras y resbaladizas, y se había marchado a toda prisa…

No. Estaba enfadada con Brooks. Se estremeció, después cerró la ventana y apoyó la cabeza contra el frío cristal.

¿Y si lo que había dicho era verdad?

No creía que fuera mejor que nadie, pero ¿parecía que sí? Con un puñado de comentarios mordaces, Brooks le había metido en la cabeza la idea de que todo el planeta estaba en su contra. Y esa noche ni siquiera había estrellas, por lo que todo resultaba aún más turbio.

Cogió el móvil, bloqueó el número de Maya Cayce presionando tres botones con mala cara, y le mandó un mensaje a Cat.

«Eh.»

«Vaya mierda de tiempo», le contestó su amiga al instante.

«Sí, ¿y yo?», escribió Eureka despacio.

«No que yo sepa. ¿Por qué? ¿Está Rhoda siendo Rhoda?»

Eureka podía imaginarse a Cat riéndose con un resoplido, en su habitación iluminada por la luz de las velas y con los pies apoyados en su escritorio mientras buscaba futuros novios en el portátil. La velocidad de la respuesta de Cat consoló a Eureka. Volvió a coger el libro, lo abrió en su regazo y pasó un dedo por los círculos al final de la última ilustración, la que había creído ver reflejada en la herida de Brooks.

«Brooks no está actuando como Brooks. Fuerte pelea», contestó.

Un instante más tarde, sonó el teléfono.

—Habéis discutido como un viejo matrimonio —dijo Cat en cuanto Eureka cogió la llamada.

Eureka miró la marca en la pared de lunares. Se imaginó un morado de tamaño similar en el pecho de Brooks, donde le había dado con el teléfono.

—Esta ha sido grave, Cat. Me ha dicho que me creía mejor que nadie.

Cat suspiró.

—Eso es porque quiere montárselo contigo.

—Para ti todo tiene que ver con el sexo. —Eureka no quería admitir que se habían besado. No quería pensar en eso después de lo que Brooks le había dicho. Significara lo que significase aquel beso, estaba tan alejado en el tiempo como una lengua muerta que ya nadie hablaba, más inaccesible que la que aparecía en el libro de Diana—. Esto ha sido más importante.

—Mira —dijo Cat, masticando algo crujiente, probablemente Cheetos—, ya conocemos a Brooks. Se disculpará. Le doy hasta el lunes, a primera hora. Mientras tanto, tengo buenas noticias.

—Dime —dijo Eureka, aunque habría preferido meter la cabeza bajo las sábanas hasta el día del Juicio Final, o hasta la universidad.

—Rodney quiere conocerte.

—¿Quién es Rodney? —gruñó.

—Mi ligue de clásicas, ¿recuerdas? Quiere ver tu libro. He sugerido quedar en el Neptune's. Sé que no te va mucho, pero ¿a qué otro sitio podríamos ir?

Eureka pensó en que Brooks quería estar con ella cuando llevara el libro a traducir. Eso había sido antes de que estallara como un dique en una inundación.

—Por favor, no te sientas culpable por lo de Brooks. —Cat, sorprendentemente, era telépata—. Ponte algo mono. Puede que Rodney traiga a un amigo. Te veo en el Tune's en media hora.

El Neptune's era una cafetería en la segunda planta de un centro comercial, encima de la tintorería de Ruthie y una tienda de videojuegos que poco a poco se iba a la quiebra. Eureka se puso unas zapatillas deportivas y el chubasquero, y corrió tres kilómetros bajo la lluvia para evitar pedirle prestado el coche a su padre o a Rhoda.

Si subías la escalera de madera y atravesabas la puerta de cristal tintado, sabías que te encontrarías al menos con una docena de evangelinos repanchingados con sus portátiles y una montaña de libros de texto. La decoración era color manzana roja acaramelada y desgastada, como un viejo apartamento de solteros. Un aroma a sumidero flotaba sobre la inclinada mesa de billar y el pinball sin palancas de *La mujer y el monstruo*. El Neptune's servía comida que nadie pedía dos veces, cerveza a los universitarios y bastante café, refrescos y un ambiente para mantener a los chavales de instituto allí toda la noche.

Eureka había sido una asidua. El año anterior incluso había ganado el torneo de billar; la suerte del principiante. Pero no había regresado desde el accidente. No tenía sentido que un sitio tan ridículo como el Neptune's siguiera existiendo y que Diana hubiera desaparecido del mapa.

Eureka no se dio cuenta de que estaba chorreando hasta que entró y las miradas se posaron sobre ella. Se escurrió la coleta. Localizó las trenzas de Cat y fue hacia la mesa del rincón donde solían sentarse. En la Wurlitzer sonaba «Hurdy Gurdy Man», de Donovan, mientras en la televisión se veían carreras de coches. El Neptune's estaba igual que siempre, pero Eureka había cambiado tanto que podría haber estado en el McDonald's o el Gallatoire's de Nueva Orleans.

Pasó al lado de una mesa con unas animadoras penosamente idénticas, saludó a su amigo Luke, de ciencias naturales, que parecía tener la impresión de que el Neptune's era un buen sitio para tener una cita, y sonrió lánguidamente a una mesa de novatas del equipo de campo a través, lo bastante valientes para estar allí. Oyó que alguien murmuraba: «Creía que no la dejaban salir sola», pero Eureka había ido allí por negocios y no le importaba lo que opinara de ella un niñato.

Cat llevaba un suéter corto de color púrpura, unos vaqueros rotos y maquillaje claro para impresionar a los universitarios. Su última víctima estaba sentada a su lado, en un banco de vinilo rojo. Tenía unas rastas largas y rubias, y al tomar un sorbo de cerveza Jax dejó ver un perfil angular. Olía a sirope de arce; al falso, ese dulce que su padre nunca utilizaba. Tenía la mano apoyada en la rodilla de Cat.

—Eh. —Eureka se sentó en el banco de enfrente—. ¿Rodney?

Solo era un poco mayor que ellas, pero parecía tan universitario, con aquel aro en la nariz y la sudadera desteñida de la UL, que hacía que Eureka se sintiera una niña pequeña. Tenía las pestañas rubias, las mejillas hundidas y los orificios nasales como alubias rojas de diferentes tamaños.

Él sonrió.

—Veamos esa locura de libro.

Eureka sacó el tomo de la mochila. Limpió la mesa con una servilleta antes de pasárselo a Rodney, cuyo entrecejo se frunció hasta darle un aire intrigado y académico.

Cat se inclinó hacia delante y apoyó la barbilla en el hombro de Rodney mientras él pasaba las páginas.

—Estuvimos mirándolo una eternidad, intentando encontrarle algún sentido. Quizá sea del espacio exterior.

—Más bien del espacio interior —dijo Rodney.

Eureka observó la manera en que él miró a Cat y se rió; parecía disfrutar de cada comentario absurdo que ella hacía. Eureka no creía que el chico fuera especialmente atractivo, así que le sorprendió la punzada de celos que se coló en su pecho.

Su flirteo con Cat hacía que lo que había pasado entre Brooks y ella pareciera una falta de comunicación a escala Torre de Babel. Miró los coches en la tele, dando vueltas en la pista, y se imaginó que conducía uno de ellos, pero en vez de llevar el coche lleno de publicidad, estaba cubierto por el inescrutable idioma del libro que Rodney fingía leer al otro lado de la mesa.

No debería haber besado a Brooks. Había sido un gran error. Se conocían demasiado bien para intentar conocerse mejor. Y ya habían roto una vez. Si Eureka iba a implicarse sentimentalmente con alguien —lo cual, desde el accidente, no se lo deseaba ni a su peor enemigo—, debía ser alguien que no supiera nada de ella, alguien que entrara en la relación ignorando sus complejidades y defectos. No debía estar con un crítico dispuesto a apartarse de su primer beso para soltarle una lista de todo lo que hacía mal. Eureka sabía mejor que nadie que aquella lista era interminable.

Echaba de menos a Brooks.

Pero Cat tenía razón. Había actuado como un capullo. Debería disculparse. Eureka comprobó el móvil discretamente. No le había enviado ningún mensaje.

—¿Qué opinas? —preguntó Cat—. ¿Deberíamos hacerlo?

A Eureka le pitó el oído izquierdo. ¿Qué se había perdido?

—Perdona, es que…

Llevó su oído bueno hacia la conversación.

—Sé lo que estás pensando —dijo Rodney—. Crees que estoy enviándote a alguna loca *new age*. Pero yo sé latín clásico y vulgar, tres dialectos de griego antiguo y un poco de arameo. Y esta escritura

—dio unos golpecitos sobre la página de texto denso— no se parece a nada que haya visto.

—¿No es un genio? —gritó Cat.

Eureka se apresuró a ponerse al día.

—Así que piensas que deberíamos llevarle el libro a…

—Es un poco excéntrica, una autodidacta, experta en lenguas muertas —dijo Rodney—. Se gana la vida como adivina. Tú solo pregúntale por el texto y no dejes que te estafe. Te respetará más. Te pida lo que te pida, ofrece la mitad y confórmate con una cuarta parte menos del precio original.

—Llevaré la calculadora —repuso Eureka.

Rodney extendió la mano para coger una servilleta del dispensador y escribió:

Madame Yuki Blavatsky, Greer Circle, 321

—Gracias. Iremos a visitarla.

Eureka volvió a meter el libro en su bolsa y la cerró. Le hizo una seña a Cat, que se despegó de Rodney y dijo articulando los labios: «¿Ahora?».

Eureka se levantó de la mesa.

—Vamos a hacer un trato.

13

Madame Blavatsky

El negocio de madame Blavatsky se encontraba en la parte más vieja de la ciudad, no muy lejos de St. John. Eureka había pasado diez mil veces por delante de la mano verde de neón del escaparate. Cat dejó el coche en el aparcamiento lleno de baches y se quedaron bajo la lluvia ante la insulsa puerta de cristal, después de llamar con una antigua aldaba de latón en forma de cabeza de león.

Al cabo de unos minutos se abrió la puerta y unas campanillas sonaron en el interior. Una mujer corpulenta, con el pelo crespo y alocado, apareció en la entrada con los brazos en jarras. Un resplandor rojo procedente del interior la bañaba el rostro en sombras.

—¿Habéis venido a que os lea el futuro?

Su voz era áspera y rasposa. Eureka asintió mientras empujaba a Cat hacia el vestíbulo oscuro. Parecía la sala de espera de un dentista fuera de horas de trabajo. Una única lámpara con una bombilla roja iluminaba dos sillas plegables y un revistero casi vacío.

—Leo la mano, las cartas y los posos —informó madame Blavatsky—, pero el té se debe pagar por separado.

Tenía unos setenta y cinco años, los labios pintados de rojo, una constelación de lunares en la barbilla y unos brazos gruesos y musculosos.

—Gracias, pero tenemos una petición especial —dijo Eureka.

Madame Blavatsky le echó un vistazo al pesado libro que la chica llevaba metido debajo del brazo.

—Las peticiones no son especiales. Los regalos, sí. Unas vacaciones, eso sí sería especial. —La anciana suspiró—. Entrad en mi estudio.

El enorme vestido negro de Blavatsky despidió un hedor a mil cigarrillos cuando atravesó con las chicas una segunda puerta que conducía a la sala principal.

En su estudio había corriente. Tenía el techo bajo y las paredes estaban empapeladas de negro. Había un humificador en un rincón, una vieja olla eléctrica en una estantería peligrosamente llena de cosas y cientos de retratos hoscos colgando de la pared en marcos torcidos. Un amplio escritorio sostenía una avalancha paralizada de libros y papeles, un ordenador desfasado, un jarrón con fresias podridas y dos tortugas que o bien dormían o estaban muertas. Unas elegantes jaulas doradas colgaban de cada esquina de la habitación y contenían tantas aves que Eureka dejó de contar. Eran pájaros pequeños, del tamaño de una mano abierta, con cuerpos delgados de color lima y picos rojos. Gorjeaban de manera resonante, incesante y melodiosa.

—Inseparables abisinios —anunció madame Blavatsky—. Excepcionalmente inteligentes. —Deslizó un dedo cubierto de crema de cacahuete entre los barrotes de una de las jaulas y se rió como una niña cuando los pájaros acudieron para limpiarle la piel a picotazos. Una de las aves se posó en su dedo índice durante más rato que las demás. Ella se le acercó, frunciendo los labios rojos para lanzarle besos. Era más grande que el resto, tenía una coronilla de color rojo intenso y unas plumas doradas que formaban un rombo en su pecho—. Y este es el más listo de todos, mi dulce Polaris.

Por fin madame Blavatsky tomó asiento e hizo un gesto a las chicas para que se unieran a ella. Se sentaron en silencio, en un sofá de velvetón negro, tras hacerse sitio recolocando unos veinte cojines extraños, que desentonaban unos con otros.

Eureka miró a Cat.

—¿Sí, sí? —preguntó madame Blavatsky al tiempo que cogía un largo cigarrillo liado a mano—. Puedo suponer qué queréis, pero debéis preguntar, niñas. Hay un gran poder en las palabras. El universo fluye por ellas. Usadlas en este momento, por favor. El universo aguarda.

Cat levantó una ceja mirando a Eureka y ladeó la cabeza en dirección a la mujer.

—Será mejor que no cabreemos al universo.

—Mi madre me dejó este libro en herencia —dijo Eureka—. Está muerta.

Madame Blavatsky movió su mano huesuda.

—Lo dudo mucho. No hay muerte, ni vida tampoco. Tan solo congregación y dispersión. Pero eso es para otra conversación. ¿Qué quieres, niña?

—Quiero que me traduzca el libro.

La palma de Eureka apretó el círculo en relieve que aparecía en la cubierta verde.

—Bueno, dámelo. Soy vidente, pero no puedo leer un libro cerrado a un metro y medio.

Cuando Eureka se disponía a pasarle el libro, madame Blavatsky se lo arrancó de las manos como si estuviera recuperando un bolso robado. Lo hojeó, deteniéndose aquí y allá para murmurar algo, metiendo la nariz entre las páginas con los grabados, sin dar señales de si le encontraba o no sentido. No alzó la vista hasta que llegó a la amalgama de páginas cerca del final del libro.

Entonces dejó el cigarrillo y se metió un caramelo Tic Tac en la boca.

—¿Cuándo sucedió esto? —Mostró a Eureka las páginas pegadas—. ¿No intentarías secarlo después de derramar…? ¿Qué es esto? —Olisqueó el libro—. Huele al cóctel Muerte en la Tarde. Sois demasiado jóvenes para beber ajenjo, ¿sabéis?

Eureka no tenía ni idea de lo que estaba hablando madame Blavatsky.

—Está en un estado lamentable. Intentaré arreglarlo, pero necesitaré un horno de leña y productos químicos caros.

—Estaba así cuando me lo dieron —dijo Eureka.

Blavatsky se puso unas gafas de montura metálica y se las deslizó hasta la punta de la nariz. Examinó el lomo del libro, el interior de la portada y la contraportada.

—¿Durante cuánto tiempo fue tu madre la propietaria?

—No lo sé. Mi padre dice que lo encontró en un mercadillo de Francia.

—Cuántas mentiras.

—¿A qué se refiere? —preguntó Cat.

Blavatsky miró por encima de sus gafas.

—Esto es un libro familiar. Los libros familiares permanecen en la familia a menos que existan circunstancias extremadamente inusuales. Incluso bajo tales circunstancias, es casi imposible que un libro como este cayera en manos de alguien que lo vendiera en un mercadillo. —Dio unos golpecitos sobre la cubierta—. Esto no es material de trueque.

Madame Blavatsky cerró los ojos e inclinó la cabeza hacia la jaula que tenía junto al hombro izquierdo, casi como si estuviera escuchando la melodía de los inseparables abisinios. Al abrir los ojos, miró a Eureka directamente.

—Dices que tu madre está muerta. Pero ¿qué hay de tu desesperado amor por ella? ¿Existe un modo más rápido de alcanzar la inmortalidad?

A Eureka le ardió la garganta.

—Si este libro hubiera estado en mi familia, lo habría sabido. Mis abuelos no guardaban secretos. La hermana y el hermano de mi madre estaban presentes cuando lo heredé. —Pensó en la historia del tío Beau sobre que Diana lo leía—. Apenas sabían nada de él.

—Tal vez no venga de los padres de tu madre —dijo madame Blavatsky—. A lo mejor el libro la encontró mediante un primo lejano o una tía favorita. Por casualidad, ¿tu madre se llamaba Diana?

—¿Cómo lo sabe?

Blavatsky cerró los ojos y ladeó la cabeza a la derecha, hacia la otra jaula de pájaros. En el interior, seis abisinios corretearon para colocarse en el lado más cercano a Blavatsky. Gorjearon fuerte, con intrincados *staccatos*. Ella se rió.

—Sí, sí —murmuró, no a las chicas.

Luego tosió y miró el libro, señalando la esquina inferior del interior de la contraportada. Eureka clavó la vista en los símbolos escritos en distintos tonos.

—Esta es una lista de nombres de los anteriores propietarios del libro. Como puedes ver, ha habido muchos. La más reciente fue Diana. —Madame Blavatsky miró con detenimiento los símbolos que precedían al nombre de la madre de Eureka—. Tu madre heredó este libro de alguien llamada Niobe, y Niobe recibió el libro de alguien llamada Byblis. ¿Conoces a estas mujeres?

Mientras Eureka negaba con la cabeza, Cat se irguió en el asiento.

—Usted sabe leerlo.

Blavatsky ignoró a Cat.

—Puedo inscribir tu nombre al final de la lista, puesto que el libro ahora es tuyo. Sin cargo adicional.

—Sí —dijo Eureka en voz baja—. Por favor. Me llamo…

—Eureka.

Madame Blavatsky sonrió, cogió un rotulador y escribió unos cuantos símbolos extraños en la página. Eureka se quedó mirando su nombre en aquel idioma desconcertante.

—¿Cómo ha…?

—Es similar a la antigua escritura de Magdalena —respondió Blavatsky—, aunque hay ciertas diferencias. No existen vocales. ¡La ortografía es bastante absurda!

—¿De Magdalena?

Cat miró a Eureka, que tampoco había oído nunca hablar de esa escritura.

—Es muy antigua —dijo Blavatsky—. Se encontró en unas cuevas prehistóricas del sur de Francia. Esta no es hermana de la escritura magdaleniana, pero tal vez sí prima segunda. Las lenguas tienen árboles genealógicos complicados, ya sabes, matrimonios interraciales e hijastros; hasta bastardos. Hay innumerables escándalos en la historia de las lenguas, muchos asesinatos, mucho incesto.

—La escucho —se interesó Cat.

—Es muy raro encontrar un texto como este. —Madame Blavatsky se rascó una de sus finas cejas, fingiendo un aire cansado—. No será fácil de traducir.

A Eureka le ardía la nuca por el calor. No sabía si estaba contenta o asustada, tan solo que aquella mujer era la clave de algo que necesitaba entender.

—Puede que sea peligroso —continuó Blavatsky—. El conocimiento es poder, el poder corrompe. La corrupción trae vergüenza y ruina. La ignorancia puede que no sea lo mejor, pero tal vez sea preferible a una vida sumida en la vergüenza. ¿Estás de acuerdo?

—No estoy segura. —A Eureka le dio la impresión de que a Diana le hubiera gustado madame Blavatsky. Habría confiado en aquella traductora—. Creo que prefiero saber la verdad, a pesar de las consecuencias.

—Tú eliges.

Blavatsky le dedicó una sonrisa misteriosa.

Cat se inclinó hacia delante en su silla y se agarró al borde del escritorio de la mujer.

—Queremos que nos haga un buen precio. Sin triquiñuelas.

—Veo que te has traído a tu agente comercial. —Blavatsky se rió socarronamente, después inhaló y contempló la petición de Cat—. Para algo de esta magnitud y complejidad… Va a ser muy agotador para una anciana.

Cat levantó la mano. Eureka esperó que no le pidiera a madame Blavatsky que hablara de ello.

—Vaya directa al grano, señora.

—Diez dólares la página.

—Le daremos cinco —contestó Eureka.

—Ocho.

Blavatsky se puso otro cigarrillo entre los labios pintados de rojo intenso. Se notaba que disfrutaba con aquel ritual.

—Siete con cincuenta. —Cat chasqueó los dedos—. Y usted añade los productos químicos para arreglar los daños del libro.

—No encontraréis a nadie más que sepa hacer lo que yo hago. ¡Podría pediros cien dólares la página! —Blavatsky se secó los ojos con un pañuelo desteñido y estudió a Eureka—. Pero pareces muy desanimada, aunque tienes más ayuda de la que crees. Que lo sepas. —Hizo una pausa—. Siete con cincuenta es un precio justo. Trato hecho.

—¿Y ahora qué? —preguntó Eureka.

Estaba pitándole el oído. Cuando se lo restregó, por un momento creyó oír perfectamente el cotorreo de los pájaros por su oído izquierdo. Imposible. Sacudió la cabeza y advirtió que madame Blavatsky la observaba.

La mujer asintió en dirección a los pájaros.

—Me dicen que lleva vigilándote mucho tiempo.

—¿Quién?

Cat miró alrededor de la habitación.

—Ella lo sabe.

Madame Blavatsky sonrió a Eureka.

Eureka susurró:

—¿Ander?

—Chissst —murmuró madame Blavatsky—. La canción de mis abisinios es magnífica y prometedora, Eureka. Que no te preocupen las cosas que no entiendes todavía. —De repente giró en la silla para ponerse delante del ordenador—. Te enviaré las páginas traducidas por tandas, vía correo electrónico, junto con un enlace a mi cuenta de Square para el pago.

—Gracias.

Eureka escribió su dirección de correo electrónico y le dio el papel a Cat para que añadiera la suya.

—Es curioso, ¿no? —Cat le pasó a madame Blavatsky el papel con su información—. Mandar por e-mail una traducción de algo tan antiguo.

Madame Blavatsky puso sus ojos llorosos en blanco.

—Lo que piensas que es avanzado avergonzaría a los señores de la antigüedad. Sus aptitudes superaban con creces las nuestras. Estamos mil años atrás de lo que ellos consiguieron. —Blavatsky abrió un cajón y sacó una bolsa de zanahorias baby. Partió una por la mitad para repartirla entre las dos tortugas, que se habían despertado de la siesta sobre el escritorio—. Toma, Gilda —canturreó—. Ahí tienes, Brunhilda. Mis niñas. —Se inclinó hacia las chicas—. Este libro hablará de innovaciones mucho más emocionantes que el ciberespacio. —Se subió las gafas e hizo un gesto hacia la puerta—. Vale, buenas noches. No dejéis que os muerdan las tortugas al salir.

Eureka se levantó temblorosamente del sofá mientras Cat recogía sus cosas. Eureka hizo una pausa, mirando el libro sobre el escritorio. Pensó en lo que habría hecho su madre. Diana había vivido la vida confiando en sus instintos. Si Eureka quería saber lo que significaba su herencia, debía confiar en madame Blavatsky. Tenía que dejar allí el libro. No era fácil.

—¿Eureka? —Madame Blavatsky levantó el dedo índice—. Por supuesto sabrás lo que le dijeron a Creonte, ¿no?

Eureka negó con la cabeza.

—¿A Creonte?

—«El sufrimiento es la sabiduría del maestro.» Piensa en ello. —Inspiró—. ¡Menudo camino te espera!

—¿Me espera un camino? —preguntó Eureka.

—Esperamos su traducción —dijo Cat con voz firme.

—Puede que empiece ahora mismo, puede que no; pero no me fastidiéis. Trabajo aquí. —Señaló su escritorio—. Y vivo arriba. —Llevó el pulgar hacia el techo—. Traducir requiere tiempo y vibraciones positivas. —Miró por la ventana—. Eso quedaría bien en Twitter. Debería tuitearlo.

—Madame Blavatsky —dijo Eureka antes de cruzar la puerta del estudio—, ¿tiene título mi libro?

Madame Blavatsky parecía encontrarse muy lejos. Sin mirar a Eureka, dijo en voz muy baja:

—Se llama *El libro del amor*.

De: savvyblavy@gmail.com

Para: reka96runs@gmail.com

Cc: catatoniaestes@gmail.com

Fecha: Domingo, 6 de octubre, 2013, 1.31 a. m.

Asunto: Primer bombardeo

Querida Eureka:

A fuerza de muchas horas de intensa concentración, he traducido lo siguiente. He intentado no tomarme libertades con la prosa, tan solo he dejado los contenidos tan claros como el agua para que los leas con facilidad. Espero que cumpla con tus expectativas…

En la isla desaparecida en la que nací, me llamaba Selene. Este es mi libro del amor.

La mía es una historia de pasión catastrófica. Tal vez te preguntes si es verdad, pero todas las verdades se cuestionan. Aquellos que se permiten imaginar —creer— puede que encuentren la salvación en mi historia.

Debemos comenzar por el principio, en un lugar que hace mucho dejó de existir. Donde terminaremos…, bueno, ¿quién sabe cómo terminaremos hasta que se haya escrito la última palabra? Todo puede cambiar con la última palabra.

Al principio la isla se hallaba más allá de las Columnas de Hércules, sola en el Atlántico. Me crié en las montañas, donde se aceptaba la magia. A diario contemplaba un hermoso palacio enclavado como un diamante en el lejano valle, moteado por el sol. Las leyendas hablaban de una ciudad con un diseño asombroso, cascadas rodeadas de unicornios y unos príncipes gemelos que crecían en el interior de los muros de marfil del castillo.

El príncipe mayor y futuro rey se llamaba Atlas. Era conocido por ser gallardo, partidario de la leche de hibisco y porque nunca rehuía una lucha cuerpo a cuerpo. El príncipe más joven era un misterio, rara vez se le veía o se oía nada de él. Se llamaba Leander y desde una edad temprana le apasionaba viajar por el mar a las muchas colonias que poseía el rey alrededor del mundo.

Yo había oído a las otras chicas de la montaña contar sueños vívidos en los que el príncipe Atlas se las llevaba en un caballo de plata y las convertía en su reina. Pero el príncipe dormía en las sombras de mi conciencia cuando era pequeña. Si hubiera sabido entonces lo que sé ahora, mi imaginación tal vez me habría dejado *amarle antes de que nuestros mundos chocaran. Habría sido más fácil así.*

De niña no ansiaba cruzar los límites encantados y boscosos de nuestra isla. Nada me interesaba más que mis parientes, que eran hechiceros, telépatas, feéricos y alquimistas. Entraba y salía de sus talleres, aprendiz de todos salvo de las brujas chismosas, cuyos poderes casi nunca iban más allá de las insignificantes envidias humanas, que jamás se cansaban de decir que era lo que en realidad movía el mundo. Me surtían de historias de mis antepasados espirituales. Mi favorita era la de un tío mío que podía proyectar su mente a través del océano y habitar en los cuerpos de los hombres y mujeres minoicos. Sus escapadas sonaban deliciosas. En aquella época me entusiasmaba el escándalo.

Tenía dieciséis años cuando los rumores llegaron del palacio a la montaña. Los pájaros cantaban que el rey había caído enfermo y le aquejaba un extraño mal. Cantaban sobre la gran recompensa que el príncipe Atlas había prometido a cualquiera que pudiese curar a su padre.

Nunca había soñado con cruzar el umbral del palacio, pero una vez había curado la fiebre de mi padre con una poderosa hierba de la zona. Así que, bajo una luna menguante, viajé cuarenta y dos kilómetros hasta el palacio, con una cataplasma de artemisia en una bolsa que colgaba de mi cinturón.

Los aspirantes a curanderos formaban una cola de cinco kilómetros alrededor del castillo. Tomé mi lugar al final. Uno a uno, los magos entraron; uno a uno, se marcharon, indignados o avergonzados. Cuando yo ya ocupaba el puesto número diez de la fila, las puertas del palacio se cerraron. Un humo negro salió de las chimeneas para indicar que el rey había muerto.

Los llantos se alzaron en la ciudad mientras yo regresaba triste a casa. Cuando estaba a medio camino, sola en una cañada boscosa, me topé con un joven de mi edad, arrodillado junto a un río destellante. Se hallaba metido hasta las rodillas en un terreno de narcisos blancos, tan inmerso en sus pensamientos que parecía estar en otro reino. Al ver que estaba llorando, le toqué el hombro.

—¿Estáis herido, señor?

Cuando se volvió hacia mí, vi una pena abrumadora en sus ojos. La entendí como conozco la lengua de las aves: había perdido lo más preciado que tenía.

Le mostré la cataplasma que llevaba en la mano.

—Ojalá hubiera podido salvar a tu padre.

Cayó sobre mí, llorando.

—Aún puedes salvarme a mí.

El resto está por llegar, Eureka. Prepárate.

Besos,

MADAME B., GILDA y BRUNHILDA

14

La sombra

Martes significaba otra sesión con la doctora Landry. La consulta de la terapeuta de New Iberia no era precisamente el lugar al que quería ir Eureka con su Jeep recién reparado, pero en el frío enfrentamiento durante el desayuno de aquella mañana, Rhoda había terminado la discusión con su escalofriante frase habitual: «Mientras vivas en mi casa, seguirás mis normas».

Le había dado a Eureka los números de teléfono de sus tres ayudantes en la universidad, por si se metía en líos mientras Rhoda estaba en una reunión. No iban a volver a arriesgarse, le dijo Rhoda cuando le devolvió a Eureka las llaves del coche. La esposa de su padre podía llegar a hacer sonar amenazante un «te quiero», aunque Eureka no había recibido nunca tal amenaza por su parte.

Eureka estaba nerviosa por volver a ponerse detrás del volante. Se había transformado en una conductora a la defensiva: contaba tres segundos de espacio entre los coches o ponía el intermitente medio kilómetro antes de girar. Tenía los músculos de los hombros agarrotados cuando llegó a la consulta de la doctora Landry. Se quedó sentada en Magda, bajo un haya, intentando liberarse de la tensión a base de respiraciones.

A las 3.03 se desplomó en el sofá de la terapeuta. Llevaba su mala cara semanal.

La doctora Landry calzaba otro par de mocasines. Sin usar las manos, se quitó aquellos zapatos planos, naranjas y toscos, que nunca habían estado de moda.

—Ponme al día. —La doctora Landry se sentó sobre los talones en la silla—. ¿Qué ha pasado desde la última vez que hablamos?

El uniforme de Eureka picaba. Deseó haber hecho pis antes de comenzar la sesión. Al menos ese día no tenía que salir corriendo al instituto para participar en una carrera de campo a través. Hasta la entrenadora había perdido ya la esperanza en ella. Podía regresar a casa despacio, por otros caminos de tierra, senderos no frecuentados por chicos fantasmales.

No lo veía, así que no podría hacerla llorar. O rozarle la comisura del ojo con el dedo. Ni oler como un océano desconocido en el que ella quería nadar. Ni ser el único a su alrededor que no supiera nada de su catastrófica vida.

Eureka tenía las mejillas calientes. Landry inclinó la cabeza, como si hubiera advertido que le había ido cambiando el tono de piel al enrojecerse. Ni hablar. Eureka se iba a guardar la aparición —y la desaparición— de Ander para ella. Cogió uno de los caramelos de la mesa de centro y armó un escándalo con el envoltorio.

—Se supone que no era una pregunta trampa —dijo Landry.

Todo era una trampa. Eureka se planteó abrir su libro de cálculo para resolver un teorema y aprovechar la hora. Quizá debía estar allí, pero no tenía que cooperar. No obstante, las noticias le llegarían a Rhoda, cuyo orgullo la llevaría a hacer alguna estupidez, como quitarle el coche, castigarla o alguna otra oscura amenaza que no sonaría ridícula dentro de los muros de su casa, donde Eureka no tenía aliados. Al menos ninguno con poder.

—Bueno. —Chupó el caramelo—. Recibí la herencia de mi madre.

Aquello era carne de terapia fácil. Lo tenía todo: un profundo significado simbólico, historia familiar y la novedad chismosa a la que no podría resistirse ningún terapeuta.

—Supongo que tu padre se hará cargo del dinero hasta que seas mayor de edad.

—No es nada de eso. —Eureka suspiró, aburrida, pero no sorprendida por la suposición—. Dudo que mi herencia tenga algún valor económico. Mi madre nunca tuvo nada de valor económico. Solo cosas que le gustaban.

Tiró de la cadena alrededor de su cuello para levantar el relicario de lapislázuli sobre su blusa blanca.

—Qué bonito. —La doctora Landry se inclinó hacia delante, fingiendo apreciación de manera poco convincente ante la pieza desgastada—. ¿Hay una fotografía en el interior?

«Sí, hay una fotografía de un millón de horas facturables», pensó Eureka, imaginándose un reloj donde, en lugar de arena, se deslizaban diminutas doctoras Landry.

—No se abre —contestó Eureka—, pero ella lo llevaba siempre. Había un par de objetos arqueológicos más que encontraba interesantes, como una roca llamada «piedra de rayo».

La doctora Landry asintió con la mirada perdida.

—Debes de sentirte querida al saber que tu madre deseaba que tuvieras esas cosas.

—Puede. También es confuso. Me dejó un libro escrito en una lengua antigua. Al menos he encontrado a alguien que sabe traducirlo.

Eureka había leído varias veces el correo electrónico con la traducción de madame Blavatsky. La historia era interesante —tanto ella como Cat estaban de acuerdo—, pero Eureka la encontraba frustrante. Parecía demasiado lejana a la realidad y no entendía qué relación tenía con Diana.

Landry tenía el entrecejo fruncido y negaba con la cabeza.

—¿Qué?

Eureka oyó que levantaba la voz. Significaba que se había puesto a la defensiva. Había cometido un error al sacar el tema. Su intención era mantenerse a salvo, en territorio neutral.

—Nunca conocerás del todo las intenciones de tu madre, Eureka. Esa es la realidad de la muerte.

«No hay muerte… —Eureka oyó a madame Blavatsky ahogando la voz de la terapeuta—. Tan solo congregación y dispersión.»

—El deseo de traducir un libro antiguo parece inútil —dijo Landry—. Depositar tus esperanzas ahora en una nueva conexión con tu madre puede resultar muy doloroso.

«El sufrimiento es la sabiduría del maestro.»

Eureka ya estaba en el camino. Iba a conectar aquel libro con Diana, aunque todavía no sabía cómo. Cogió un puñado de caramelos asquerosos para mantener las manos ocupadas. Su terapeuta sonaba igual que Brooks, que seguía sin disculparse. Llevaban dos días evitándose tensamente en los pasillos del instituto.

—Deja descansar a los muertos —continuó Landry— y céntrate en tu mundo vivo.

Eureka miró por la ventana al cielo, cuyo color era el típico de los días tras el huracán, un azul sin remordimientos.

—Gracias por las palabras de consuelo.

Oyó a Brooks murmurándole algo desagradable sobre cómo se convencía a sí misma de que todos los terapeutas eran estúpidos. ¡Esta sí que lo era! Había tanteado la posibilidad de pedirle perdón para romper la tensión, pero cada vez que le veía, estaba rodeado de un muro de chicos, futbolistas con los que nunca le había visto ir antes de aquella semana, tipos cuyo machismo solía ser lo mejor de las bromas de Brooks. Él había alcanzado a verla, pero enseguida había hecho un gesto lascivo para que el círculo de chicos se partiera de risa.

Conseguía que Eureka también se partiera, solo que de un modo distinto.

—Antes de que te metas en una traducción costosa de ese libro —dijo Landry—, al menos piensa en los pros y los contras.

No había dudas en su mente. Eureka iba a continuar con la traducción de *El libro del amor*. Aunque resultara no ser más que una historia romántica, tal vez la ayudaría a comprender mejor a Diana. En una ocasión Eureka le había preguntado cómo fue cuando conoció a su padre, cómo había sabido que quería estar con él.

«Fue como si me salvaran», le había dicho Diana. Eso le recordó a Eureka lo que el príncipe de la historia le había dicho a Selene: «Aún puedes salvarme a mí».

—¿Has oído hablar alguna vez de la idea de la sombra de Carl Jung? —preguntó Landry.

Eureka negó con la cabeza.

—Algo me dice que estoy a punto de oírla.

—La idea es que todos tenemos una sombra, que comprende aspectos rechazados del ser. A mi juicio, tu extrema actitud distante, tu falta de disponibilidad emocional, la circunspección que debo decir que es evidente en ti, proceden de un lugar en el corazón.

—¿De qué otro sitio podrían venir?

Landry la ignoró.

—Tal vez tuviste una infancia en la que te dijeron que reprimieras tus sentimientos. Una persona que hace eso durante bastante tiempo puede que descubra que aquellos aspectos abandonados de su ser comienzan a borbotear por otra parte. Los sentimientos reprimidos podrían estar saboteando tu vida.

—Todo es posible —dijo Eureka—, aunque sugiero a mis sentimientos reprimidos que cojan número.

—Es muy común —apuntó Landry—. A menudo buscamos la compañía de otros que muestran aspectos que hemos contenido en lo más hondo de nuestra sombra. Piensa en la relación de tus padres; bueno, en la de tu padre y tu madrastra.

—Preferiría no hacerlo.

Landry suspiró.

—Si no te enfrentas a esa actitud distante, te llevará al narcisismo y al aislamiento.

—¿Es una amenaza? —inquirió Eureka.

Landry se encogió de hombros.

—Lo he visto antes. Es una clase de trastorno de la personalidad.

A eso llevaba inevitablemente la terapia: todo se reducía a la clasificación de los individuos. Eureka deseó estar fuera de aquellas cuatro paredes. Miró el reloj. Solo llevaba allí veinte minutos.

—¿Te hiere el orgullo oír que no eres única? —preguntó Landry—. Porque eso es un síntoma del narcisismo.

Tan solo había una persona que comprendía a Eureka, y estaba esparcida por el mar.

—Dime adónde ha ido tu mente en este momento —dijo Landry.

—A Santa Lucía.

—¿Quieres marcharte?

—Haré un trato con usted. No volveré a venir, usted seguirá pasándole facturas a Rhoda un tiempo y no hace falta que nadie se entere.

Landry endureció la voz.

—Te despertarás a los cuarenta sin marido, sin hijos y sin carrera si no aprendes a relacionarte con el mundo.

Eureka se puso de pie, deseando que alguien como madame Blavatsky estuviera sentada en la silla de delante en vez de la doctora Landry. Los intrigantes comentarios de la traductora parecían más perspicaces que cualquier cotorreo certificado por el colegio de médicos que pudiera salir de la boca de un terapeuta.

—Tus padres han pagado por media hora más. No salgas por esa puerta, Eureka.

—La mujer de mi padre ha pagado por media hora más —la corrigió—. Mi madre es la cena de los viernes para los peces.

Se atragantó con aquellas horribles palabras mientras pasaba al lado de Landry.

—Estás cometiendo un error.

—Esa es su opinión. —Eureka abrió la puerta—. Yo estoy convencida de que estoy tomando la decisión correcta.

15

La nota azul

—¿**C**rees que estoy gorda? —preguntó Cat en la cola del comedor el miércoles.

Eureka seguía sin hablar con Brooks.

Era el día de las chuletas de cerdo, la comida más interesante de la semana de Cat. Pero en su bandeja había un montículo pardusco de lechuga iceberg cortada a tiras, una cucharada de judías negras gomosas y un chorrito saludable de salsa picante.

—Otra que muerde el polvo. —Eureka señaló la comida de Cat—. Literalmente.

Pasó la tarjeta por la caja registradora para pagar por su chuleta y el batido de chocolate. Eureka estaba aburrida de las conversaciones sobre dietas. Le habría encantado llenar un bañador tan bien como Cat.

—Sé que no estoy gorda —dijo Cat mientras atravesaban el vertiginoso laberinto de mesas—. Y por lo visto tú también lo sabes. Pero ¿y Rodney?

—Más le vale. —Eureka evitó mirar a los ojos de las chicas de campo a través de segundo, a las que Cat les lanzó un beso con aire superior—. ¿Ha dicho algo? Y en tal caso, ¿te importa?

Eureka deseó no haber pronunciado aquellas palabras. No quería estar celosa de Cat. Quería ser la mejor amiga embelesada por las conversaciones sobre dietas, ligues y los trapos sucios de los de su clase. Pero, en lugar de eso, era una amargada y una aburrida. Y estaba herida porque Rhoda prácticamente la había despellejado la noche anterior por haberse marchado pronto de la consulta de Landry. Rhoda se había enfadado tanto que no pudo pensar en un castigo lo bastante fuerte, por lo que había quedado pendiente, dejando a Eureka en ascuas.

—No, no es nada de eso.

Cat miró hacia la mesa de las chicas del equipo de campo a través que iban al último curso. Estaba apartada del resto de la cafetería, en el hueco junto a la ventana. Theresa Leigh y Mary Monteau tenían dos sitios vacíos a su lado en el banco metálico negro. Saludaron a Cat y sonrieron tímidamente a Eureka.

Desde que había vuelto al instituto aquel año, Eureka había almorzado fuera con Cat, bajo la enorme pacana del patio. La algarabía de tantos estudiantes comiendo, haciendo bromas, discutiendo y vendiendo chorradas para conseguir dinero para cualquier viaje de estudios religiosos era demasiado para Eureka, que acababa de salir del hospital. Cat no había dicho ni pío sobre la acción que estaba perdiéndose dentro, pero ese día hizo una mueca cuando Eureka se dirigió hacia la puerta trasera. Hacía frío y viento, y Cat llevaba la falda escocesa del uniforme del Evageline sin medias.

—¿Podrías soportar que hoy nos quedáramos dentro? —Cat señaló con la cabeza los dos sitios vacíos en la mesa de las chicas de campo a través—. Ahí fuera me voy a quedar hecha un *catámbano*.

—No pasa nada.

Aunque sonó a sentencia de muerte cuando Eureka se sentó en el banco delante de Cat, saludó a Theresa y Mary, e intentó fingir que la mesa entera no estaba mirándola fijamente.

—Rodney no ha dicho nada en concreto sobre mi peso. —Cat mojó un trozo de lechuga en la salsa picante—. Pero él está como un palo y me pone nerviosa que pueda llegar a pesar más que mi chico. Ya sabes cómo es. Cuesta no pensar en las futuras críticas de alguien que te gusta mucho. Sé que al final va a haber algo de mí que le fastidie, la pregunta es...

—¿Cómo de larga será la lista?

Eureka se quedó con la mirada clavada en su bandeja. Cruzó y descruzó las piernas, pensando en Brooks.

—Fíjate en tu chico misterioso —dijo Cat.

Eureka tiró de la goma elástica de su pelo y se lo recogió en un moño idéntico al que ya llevaba antes. Sabía que se había sonrojado.

—Ander.

—Te has puesto roja.

—No es verdad. —Eureka echó tabasco bruscamente sobre la comida, que ya no le apetecía, pero necesitaba ahogar algo—. No voy a volver a verle.

—Volverá. Es lo que hacen los chicos. —Cat masticó despacio un bocado de lechuga y luego alargó la mano para robarle un trozo de chuleta a Eureka. Sus dietas eran experimentos, y ese, por suerte, había terminado—. Vale, pues entonces fíjate en Brooks. Cuando salías con él...

Eureka le hizo una señal a Cat para que se callara.

—Hay un motivo por el que dejé a mi terapeuta. No estoy dispuesta a hablar de nuevo sobre mi historia de amor en quinto con Brooks.

—¿Todavía no os habéis besado y para hacer las paces?

Eureka por poco se atraganta con el batido de chocolate. No le había contado a Cat nada sobre el beso que parecía haber acabado con la relación entre ella y su amigo de toda la vida. Eureka y Brooks apenas podían mirarse a la cara desde entonces.

—Seguimos peleados, si te refieres a eso.

Brooks y ella habían permanecido sentados durante toda la clase de latín, con las sillas pegadas la una a la otra en la estrecha sala de idiomas, sin mirarse a los ojos. Eso requería concentración. Brooks normalmente se burlaba al menos tres veces de la selva de pelo plateado que tenía el señor Piscidia en el pecho.

—¿Qué le pasa? —preguntó Cat—. El cambio de imbécil a arrepentido suele ser más rápido. Ya han pasado tres días enteros.

—Casi cuatro —dijo Eureka automáticamente. Notó que las demás chicas se volvían para escuchar, así que bajó la voz—. Quizá él no tenga ningún problema. A lo mejor soy yo. —Apoyó la cabeza en el interior del codo sobre la mesa y empujó el arroz sucio con el tenedor—. Egoísta, altiva, criticona, manipuladora, inconsiderada…

—Eureka.

Se puso derecha al oír la voz grave que pronunciaba su nombre, como si tiraran de unos hilos de marioneta. Brooks estaba en la cabecera de la mesa, observándola. El pelo le caía por la frente, ocultándole los ojos. La camiseta le quedaba demasiado pequeña de hombros, lo que le hacía puñeteramente sexy. Había pasado pronto por la pubertad y era más alto que los demás chicos de su edad, pero había dejado de crecer en primero. ¿Estaba dando un segundo estirón? Parecía diferente, y no solo por la altura o los músculos. No parecía darle vergüenza acercarse a su mesa, aunque las doce féminas que la ocupaban hubieran dejado de hablar para mirarle.

No era su hora de comer. Se suponía que era ayudante de oficina a cuarta hora y Eureka no vio notas azules de citaciones en sus manos. ¿Qué estaba haciendo allí?

—Lo siento —se disculpó—. Necesitaba un aguacate.

Cat se dio con la palma en la frente.

—¡Qué narices, Brooks! ¿Esa es tu disculpa?

Eureka notó que las comisuras de su boca formaban una sonrisa. En una ocasión, el año anterior, mientras Eureka y Brooks estaban mirando la televisión después de clase, oyeron a su padre al teléfono pidiendo disculpas por haber necesitado un rescate. Los mellizos le entendieron mal y Claire fue corriendo a Eureka para preguntarle por qué su padre se preocupaba por un aguacate.

—Debe de referirse al hueso —había supuesto Brooks, dando lugar a una leyenda.

En ese momento le tocaba a Eureka decidir si completaba la broma y terminaba el silencio. Todas las chicas de la mesa estaban mirándola. Ella sabía que había dos que estaban locas por Brooks. Iba a ser embarazoso, pero el poder de compartir una historia la convenció.

Respiró profundamente.

—Estos últimos días han sido un hueso.

Brooks sonrió abiertamente y se agachó, plantando la barbilla en el borde de la mesa.

—El almuerzo solo dura treinta y cinco minutos, Brooks —dijo Cat—. Necesitarás más tiempo para disculparte por todas las tonterías que dijiste. Me pregunto si la raza humana vivirá lo suficiente para oír tus disculpas por todas las chorradas…

—Cat —dijo Eureka—, lo hemos pillado.

—¿Quieres que vayamos a hablar a otro sitio? —preguntó Brooks.

Eureka asintió. Se levantó de la silla, cogió su bolsa y le pasó la bandeja a Cat.

—Termínate mi chuleta, esquelética.

Siguió a Brooks por el laberinto de mesas, preguntándose si le habría contado a alguien lo de la pelea, y el beso. En cuanto se ensanchó el camino lo suficiente para ir el uno al lado del otro, Brooks se colocó junto a ella. Le puso la mano en la espalda. Eureka no estaba segura de lo que quería de su amigo, pero le resultaba agradable que apoyara la mano en ella. No sabía a qué hora le tocaba comer a Maya Cayce, pero deseó que fuese en aquel instante para que la chica les viera marcharse juntos de la cafetería.

Empujaron la puerta doble de color naranja y caminaron por el pasillo vacío. Sus pies retumbaban al unísono sobre el suelo de linóleo del colegio. Compartían el modo de andar desde que eran pequeños.

Hacia el final del pasillo, Brooks se detuvo y la miró a la cara. Probablemente no se había parado aposta delante de la estantería de trofeos, pero Eureka no pudo evitar mirar su reflejo. Entonces, al otro lado del cristal, vio el pesado trofeo de campo a través que su equipo había ganado el año anterior, y al lado, un trofeo más pequeño, de cuando hacía dos años habían quedado en segundo lugar frente al Manor, que había ganado. Eureka no quería pensar en el equipo que había dejado ni en sus rivales, o en el chico que había mentido al decirle que era uno de ellos.

—Vayamos fuera. —Hizo un gesto con la cabeza para que Brooks la siguiera—. Allí hay más intimidad.

El patio pavimentado separaba las aulas del centro de administración, cuyas paredes eran de cristal. Estaba rodeado de edificios por tres lados, todos ellos construidos alrededor de una enorme pacana cubierta de musgo. Las cáscaras podridas de los frutos acolchaban el césped y emanaban un olor fecundo que le recordaba a Eureka cuando de niña trepaba con Brooks por las ramas de la pacana en la granja de sus abuelos. Las hojas de los jacintos subían por los muros de la sala de música, detrás de ellos. Los colibrís revoloteaban de flor en flor, degustando el néctar.

Se acercaba un frente frío. El aire era más fresco que por la mañana, cuando había salido para ir a clase. Eureka se abrigó con su chaqueta de punto verde. Brooks y ella apoyaron la espalda en la áspera corteza del árbol y se quedaron mirando el aparcamiento como si fuera una vasta extensión de algo bonito.

Brooks no dijo nada. La escrutó a la difusa luz del sol bajo la fronda de musgo. Su mirada era tan intensa como la de Ander en su camioneta, o cuando había ido a su casa; incluso fuera del despacho del señor Fontenot. Esa había sido la última vez que lo había visto. Y Brooks parecía estar imitando al chico que él odiaba.

—Me porté como un capullo la otra noche —dijo Brooks.

—Sí, es cierto. —Al oír eso, el chico se rió—. Fuiste un capullo al decir aquellas cosas, aunque tuvieras razón.

Se acercó a él, con el hombro apoyado en el tronco del árbol. Sus ojos se encontraron con el labio inferior de Brooks y no pudo moverse. No podía creer que lo hubiera besado. No una vez, sino varias veces. Al pensar en ello se estremeció.

Quería besarle en aquel momento, pero ese había sido el motivo por el que se habían enfadado, así que bajó la vista a los pies y se quedó mirando las cáscaras de pacana esparcidas por el césped irregular.

—Lo que dije la otra noche no fue justo —admitió Brooks—. Era por mí, no por ti. Mi enfado era una tapadera.

Eureka sabía que debía poner los ojos en blanco cuando un chico decía que era por él y no por ella, pero también sabía que aquella afirmación era cierta, aunque los chicos no lo supieran. Así que dejó a Brooks continuar.

—Siento algo por ti desde hace mucho tiempo.

No titubeó al decirlo, no dijo «eeeh», «hummm» o «es queee». En cuanto las palabras salieron de su boca, no pareció querer volver a tragárselas. Mantuvo la mirada y esperó su respuesta.

Una brisa cruzó el patio y Eureka creyó caerse. Pensó en el Himalaya. Diana decía que era tan ventoso que no sabía cómo la montaña no había salido volando. Eureka quería ser así de fuerte.

Se sorprendió por la facilidad con la que le habían salido a Brooks las palabras. Normalmente eran sinceros el uno con el otro, pero nunca habían hablado de esas cosas. Atracción. Sentimientos. Mutuos. ¿Cómo podía estar tan tranquilo cuando estaba diciendo lo más intenso que alguien podía decir?

Eureka se imaginó a sí misma pronunciando aquellas palabras y lo nerviosa que estaría. Solo que, cuando se imaginó diciéndolas, ocurrió algo extraño: el chico que estaba sentado enfrente de ella no era Brooks. Era Ander. Era en él en quien pensaba cuando estaba tumbada en la cama por la noche, el chico cuyos ojos turquesa le daban la sensación de estar cayendo por la cascada más serena e impresionante.

Brooks y ella no eran así. La habían fastidiado el otro día por intentar fingir lo contrario. Quizá Brooks creía que después de haberla besado tenía que decir que le gustaba, que ella se enfadaría si daba a entender que no significaba nada.

Eureka visualizó el Himalaya y se dijo a sí misma que no se caería.

—No tienes que decir eso para hacer las paces. Podemos volver a ser amigos.

—No me crees. —Exhaló y bajó la vista, mascullando algo que Eureka no entendió—. Tienes razón. Tal vez sea mejor esperar. Ya he esperado mucho, ¿qué más da otra eternidad?

—¿Por qué has esperado? —Negó con la cabeza—. Brooks, ese beso…

—Fue una nota azul —dijo, y ella supo casi exactamente a lo que se refería.

Técnicamente, cierto sonido puede estar mal, fuera de tono. Pero cuando encuentras la nota azul… —Eureka lo sabía por los vídeos de YouTube que había visto al intentar aprender ella sola a tocar la guitarra—, todo suena sorprendentemente bien.

—¿En serio vas a intentar librarte con esa mala metáfora? —bromeó Eureka, porque, de verdad, aquel beso no había estado nada mal.

Se podía haber usado la palabra «milagroso» para describirlo. Los que estaban mal eran los que se habían besado. Estaba mal la línea que habían cruzado.

—Estoy acostumbrado a que no sientas lo mismo que yo siento por ti —dijo Brooks—. El sábado no pude creer que tú…

«Basta», quería decir Eureka. Si continuaba hablando, empezaría a creerle, decidiría que deberían volver a besarse, quizá con frecuencia, definitivamente pronto. Parecía incapaz de hablar.

—Entonces hiciste la broma de por qué había tardado tanto, cuando yo llevaba toda la vida esperando besarte, y te hablé mal.

—La cagué.

—No debería haber cargado contra ti de esa manera —se arrepintió Brooks. Las notas de un saxofón de la sala de música flotaron hacia el patio—. ¿Te hice daño?

—Me recuperaré. Los dos lo haremos, ¿no?

—Espero que no te hiciera llorar.

Eureka le miró con los ojos entrecerrados. La verdad era que habían estado a punto de saltársele las lágrimas al ver cómo se marchaba, al imaginar que iba a casa de Maya Cayce en busca de consuelo.

—¿Y bien? ¿Lloraste? —volvió a preguntar.

—No te creas tan imprescindible —contestó, intentando decirlo suavemente.

—Me preocupaba haber ido demasiado lejos. —Hizo una pausa—. Sin lágrimas. Me alegro.

Ella se encogió de hombros.

—Eureka. —Brooks la envolvió en un abrazo inesperado. Ella encontró su cuerpo caliente en contraste con el viento, pero no podía respirar—. No pasaría nada si te vinieras abajo. Lo sabes, ¿no?

—Sí.

—Todos los miembros de mi familia lloran con los anuncios patrióticos, pero tú ni siquiera lloraste cuando murió tu madre.

Le apartó de un empujón con las palmas en su pecho.

—¿Qué tiene eso que ver con nosotros?

—La vulnerabilidad no es lo peor del mundo. Tienes un sistema de apoyo. Puedes confiar en mí. Estoy aquí si necesitas un hombro en el que apoyarte, alguien que te pase los pañuelos.

—No estoy hecha de piedra. —Volvió a ponerse a la defensiva—. Sí que lloro.

—No es cierto.

—Lloré la semana pasada.

Brooks parecía sorprendido.

—¿Por qué?

—¿Quieres que llore?

Los ojos de Brooks albergaban frialdad.

—¿Fue cuando te golpearon el coche? Sabía que no llorarías por mí.

Clavó los ojos en ella y le hizo sentir claustrofobia. Las ganas de besarle se desvanecieron. Miró el reloj.

—Está a punto de sonar el timbre.

—Faltan diez minutos. —Hizo una pausa—. ¿Somos… amigos?

Ella se rió.

—Claro que somos amigos.

—Me refiero a que si somos solo amigos.

Eureka se frotó la oreja mala. Le costaba mirarle.

—No lo sé. Mira, tengo una presentación sobre el soneto sesenta y cuatro en la próxima clase. Debería repasar mis apuntes. «Vendrá el tiempo y se llevará mi amor» —dijo con acento británico para hacerle reír, pero no lo consiguió—. Volvemos a estar bien —confirmó—. Eso es lo único que importa.

—Sí —dijo Brooks con frialdad.

No sabía lo que quería que dijera. No podían pasar tan fácilmente de besarse a discutir para luego volver a besarse. Estaban muy bien como amigos. Eureka pretendía que siguieran así.

—Entonces ¿te veo luego?

Caminó hacia atrás, de cara a él, mientras se dirigía a la puerta.

—Espera, Eureka… —Brooks la llamó justo cuando las puertas se abrieron y alguien chocó contra su espalda.

—¿No sabes andar? —preguntó Maya Cayce, que chilló al ver a Brooks.

Era la única persona a la que Eureka conocía que caminara de forma intimidante. También era la única persona a la que los pantalones de deporte del Evageline le quedaban como un guante obsceno.

—Ahí estás, cielo —le susurró Maya a Brooks, pero le lanzó una mirada socarrona a Eureka.

Eureka intentó ignorarla.

—¿Ibas a decir algo más, Brooks?

Ya sabía la respuesta.

El chico atrapó a Maya cuando ella se lanzó sobre él para darle un abrazo que podría considerarse X. Los ojos del chico apenas resultaban visibles por encima de su corona de pelo negro.

—Da igual.

16

La interrupción

Como todos los chavales del Evangeline, Eureka había hecho un montón de excursiones con el instituto al Museo de Ciencias de Lafayette, en la calle Jefferson, en el centro. Cuando era pequeña, la encandilaba. No había ningún otro lugar que conociera donde pudieran verse rocas de la Luisiana prehistórica. Aunque había visto cientos de veces aquellas piedras, el jueves por la mañana subió al autobús del colegio para ir con su clase de ciencias naturales por enésima primera vez.

—Se supone que es una exposición guay —dijo su amigo Luke mientras bajaban las escaleras del autobús y se reunían antes de entrar al museo. Señaló el cartel que anunciaba MENSAJES DE LAS PROFUNDIDADES en unas temblorosas letras blancas que hacían parecer que las palabras se hallaban bajo el agua—. Es de Turquía.

—Estoy segura de que los conservadores de aquí encontrarán algún modo de arruinarla —soltó Eureka.

La conversación con Brooks del día anterior había sido tan frustrante que no podía evitar tomarla con todo el género humano.

Luke era pelirrojo y tenía la piel muy pálida. Habían jugado juntos al fútbol cuando eran más jóvenes. Era realmente una buena persona que pasaría su vida en Lafayette, feliz como una perdiz. Se quedó mirando a Eureka un momento, quizá recordando que ella había estado en Turquía con su madre y que su madre estaba muerta. Pero no dijo nada.

Eureka se ensimismó mirando el botón opalescente de la blusa de su instituto, como si fuera un artefacto de otro mundo. Sabía que se suponía que *Mensajes de las profundidades* iba a ser una gran exposición. Su padre había llevado a los mellizos a verla cuando la inauguraron dos semanas antes. Los niños todavía intentaban jugar con ella a «naufragio» en el cuarto de estar, usando cojines del sofá y palos de escoba.

Eureka no podía echarles la culpa a William y Claire por su insensibilidad. De hecho, lo agradecía. Había tantos murmullos prudentes alrededor de Eureka que le abofeteaban la cara que un juego llamado «naufragio» o hasta la diatriba de Brooks la otra noche resultaban reconfortantes. Eran cuerdas que lanzaban a una chica que se ahogaba, lo contrario que Rhoda al suspirar y buscar en Google «Trastorno por estrés postraumático en adolescentes».

Esperó fuera del museo con la clase, empapada debido a la humedad, a que el autobús de otro instituto llegara para que la guía del museo comenzara la visita. Los cuerpos de sus compañeros se agolpaban a su alrededor, formando un grupo asfixiante. Olió el champú de Jenn Indest con aroma a fresa y oyó la respiración dificultosa de Richard Carp por su alergia al polen, y deseó haber cumplido los dieciocho años para tener un trabajo de camarera en otra ciudad.

Nunca lo admitiría, pero a veces Eureka pensaba que le debían una vida nueva en alguna otra parte. Las catástrofes eran como los días de baja por enfermedad, que deberían dejarte pasar como quisieras. Eureka quería levantar la mano, anunciar que se encontraba muy mal y desaparecer para siempre.

La voz de Maya Cayce se coló en su cabeza: «Ahí estás, cielo».

Quería gritar. Quería echar a correr, llevarse por delante a cualquier compañero que se interpusiera entre ella y el bosque del New Iberia City Park.

El segundo autobús estacionó en el aparcamiento. Los chicos del instituto Ascension, con blazers azul marino y botones dorados de marinero, bajaron los escalones y se detuvieron junto a los chavales del Evangeline. No se mezclaron. El Ascension era un colegio rico y uno de los más duros del condado. Todos los años se publicaba un artículo en el periódico sobre la entrada de sus estudiantes en Vanderbilt o Emory o cualquier otro lugar elegante. Eran famosos por ser empollones y reservados. Eureka no había pensado nunca mucho en la reputación del Evangeline, puesto que todo lo relativo a su instituto le parecía demasiado normal. Pero mientras los ojos del Ascension los miraban a ella y a sus compañeros, se vio a sí misma reducida al estereotipo que aquellos chicos consideraban que era el de los evangelinos.

Reconoció a un par de alumnos del Ascension porque iban a su misma iglesia. Unos cuantos chavales de su clase saludaron a los del otro instituto. Si Cat hubiera estado allí, sin duda habría susurrado comentarios guarros sobre ellos, como lo «bien dotado» que estaba el Ascension.

—Bienvenidos, alumnos —dijo la joven guía del museo. Tenía el pelo castaño claro, con corte de tazón, y llevaba unos pantalones canela holgados, con una de las perneras recogida hasta el tobillo. El acento bayou otorgaba a su voz el timbre de un clarinete—. Soy Margaret, vuestra guía. Hoy viviréis una aventura sobrecogedora.

Siguieron a Margaret hasta el interior, les colocaron un sello en la mano de los LSU Tigers para demostrar que habían pagado y se reunieron en el vestíbulo. Una cinta de pintor marcaba sobre la alfombra las filas en las que debían colocarse. Eureka se puso lo más atrás posible del grupo.

Unos proyectos de arte hechos con cartulina se perdían por las paredes de cemento. La curva visible del planetario recordó a Eureka al espectáculo de Pink Floyd con láser que había visto acompañada de Brooks y Cat el último día del curso anterior. Ella había llevado una bolsa de las palomitas que hacía su padre con chocolate negro, Cat había cogido a hurtadillas una botella de vino malo de sus padres y Brooks había pintado unas máscaras para que se las pusieran. Se habían reído todo el espectáculo, mucho más fuerte que los universitarios colocados que tenían detrás. Era un recuerdo tan feliz que Eureka quiso morirse.

—Un poco de antecedentes. —La guía se volvió en dirección opuesta al planetario y les hizo una seña a los estudiantes para que la siguieran. Atravesaron un pasillo iluminado con luz tenue, que olía a pegamento y Lean Cuisine, y se detuvieron ante unas puertas de madera cerradas—. Los artefactos que estáis a punto de ver nos los trajeron de Bodrum, Turquía. ¿Alguien sabe dónde está?

Bodrum era una ciudad portuaria del sudoeste del país. Eureka no había estado nunca allí; era una de las paradas que Diana había hecho tras despedirse con un abrazo en el aeropuerto de Estambul cuando Eureka regresó a casa para empezar el colegio. Las postales que Diana le enviaba de aquellos viajes estaban teñidas de una melancolía que acercaba a Eureka más a su madre. No eran nunca igual de felices separadas que cuando estaban juntas.

Como nadie levantó la mano, la guía sacó un mapa laminado de su bolso y lo enseñó, colocándolo por encima de su cabeza. Bodrum aparecía señalado con una gran estrella roja.

—Hace treinta años —dijo Margaret—, unos submarinistas descubrieron el pecio de Uluburun, a diez kilómetros de la costa de Bodrum. Se cree que los restos que todos veréis hoy tienen cerca de cuatro mil años de antigüedad.

Margaret miró a los estudiantes con la esperanza de que alguien hubiera quedado impresionado.

Abrió las puertas de madera. Eureka sabía que la sala de exposiciones no era mayor que un aula, así que iban a tener que apretujarse. Cuando entraron en el silencio azul de la exposición, Belle Pogue se colocó en la fila detrás de Eureka.

—Dios creó la Tierra hace poco menos de seis mil años —masculló Belle.

Era la presidenta de las Santas Patinadoras, un club cristiano de patinaje sobre ruedas. Eureka se imaginó a Dios patinando por el olvido, pasando por naufragios de camino al jardín del Edén.

Las paredes de la sala de exposiciones se habían cubierto con una malla azul que sugería el océano. Alguien había pegado estrellas de mar de plástico para formar una cenefa cerca del suelo. Un equipo de música emitía sonidos marinos: agua burbujeante o el graznido esporádico de una gaviota.

En medio de la sala, un foco en el techo iluminaba lo más destacado de la exposición: un barco reconstruido. Se parecía a una de las balsas con las que la gente navegaba por Cypremort Point. Estaba hecho con tablas de cedro y su casco, ancho y curvado en el fondo, formaba una quilla con aspecto de aleta. Cerca del timón, la baja protuberancia de una despensa estaba rematada con un tejado plano de tablillas. Unos cables metálicos sostenían el barco a unos centímetros del suelo, de modo que la cubierta quedaba a la altura de la cabeza de Eureka.

Los estudiantes se amontonaban a derecha o izquierda para rodear el barco, y Eureka escogió la izquierda, pasando por delante de una vitrina de altos y estrechos jarrones de terracota y tres enormes anclas de piedra salpicadas de verdín.

Margaret agitó su mapa laminado, haciendo señas a los estudiantes para que se acercaran a la otra parte del barco, donde encontraron un corte transversal del timón. El interior estaba abierto, como una casa de muñecas. El museo lo había amueblado para mostrar el aspecto que tendría la embarcación antes de hundirse. Había tres niveles. El inferior era un almacén con lingotes de cobre, cajas con botellas de cristal azul y más jarrones de cuello largo de terracota colocados sobre una base de paja. En medio había una fila de camastros junto a tarros con grano, comida de plástico y recipientes para beber con dos asas. El piso superior era una cubierta abierta, limitada por una barandilla de cedro de pocos centímetros de altura.

Por alguna razón, el museo había vestido a unos espantapájaros con togas y los había situado en el timón con un telescopio de aspecto antiguo. Miraban como si los visitantes fueran ballenas entre las olas. Cuando uno de los compañeros de Eureka se burló de los espantapájaros marineros, la guía movió su mapa laminado para que le prestaran atención.

—Del naufragio se recuperaron más de dieciocho mil artefactos y no todos ellos son reconocidos por el ojo moderno. Por ejemplo, este.

—Margaret levantó una fotocopia en color de una elegante talla con forma de cabeza de carnero que parecía haber sido cortada por el cuello—. Veo que os preguntáis dónde está el resto del cuerpo de ese tipo. —Se detuvo a mirar a los estudiantes—. De hecho, el hueco del cuello es deliberado. ¿Se imagina alguien cuál era su propósito?

—Servía como guante de boxeo —respondió la voz de un chico en el fondo, lo que provocó nuevas risas.

—Una especulación bastante pugilística. —Margaret agitó su ilustración—. En realidad esto es un cáliz ceremonial para el vino. Bueno, ¿no os hace preguntaros…?

—La verdad es que no —la interrumpió la misma voz del fondo.

Eureka miró a su profesora, la señora Kash, que se volvió rápidamente hacia aquella voz y luego resopló con aliviada indignación cuando se aseguró de que no pertenecía a ninguno de sus alumnos.

—Imaginaos que una civilización futura examinara algunos artefactos que hubiéramos dejado olvidados —continuó Margaret—. ¿Qué pensaría la gente de nosotros? ¿Qué les parecerían a las distantes generaciones nuestras mejores novedades, los iPads, las placas solares o las tarjetas de crédito?

—Las placas solares son de la Edad de Piedra si las comparamos con lo que se ha hecho antes —intervino de nuevo la voz del fondo.

Madame Blavatsky había dicho algo similar, aunque de manera menos ofensiva. Eureka puso los ojos en blanco y cambió de posición, pero no se dio la vuelta. El estudiante de ciencias naturales del Ascension sin duda intentaba impresionar a alguna chica.

Margaret se aclaró la garganta y fingió que no habían interrumpido sus preguntas retóricas.

—¿Qué harán con la sociedad nuestros lejanos descendientes? ¿Les pareceremos avanzados… o unos palurdos? Algunos de los que estáis mirando estos artilugios puede que los encontréis viejos o anti-cuados. Incluso, me atrevería a decir, aburridos.

Los chavales asintieron. Hubo más risitas. Eureka no pudo evitar que le gustaran las anclas antiguas y los jarrones de terracota, pero debían deshacerse de los espantapájaros.

La guía se puso un par de guantes blancos, como los que llevaba Diana para tocar ciertos objetos. Después cogió una caja a sus pies y sacó una escultura de marfil. Era un pato a tamaño natural, muy detallado. Inclinó el pato hacia la audiencia y usó los dedos para separarle las alas, mostrando un espacio vacío en el interior.

—¡Tachán! ¡Un estuche de cosméticos de la Edad del Bronce! Fijaos en la artesanía. ¿Alguien puede negar lo bien que está hecho? ¡Tiene miles de años!

—¿Qué hay de esos grilletes de ahí también de la Edad del Bronce? —se burló la misma voz al fondo de la sala.

Los estudiantes se daban empujones para ver quién estaba interrumpiendo constantemente. Eureka no malgastó energía.

—Al parecer ese buen artesano tenía esclavos —continuó.

La guía se puso de puntillas y entrecerró los ojos para alcanzar a ver en la oscuridad del fondo de la sala.

—Esto es una visita guiada, joven. Todo sigue un orden. ¿Alguien tiene alguna pregunta de verdad ahí atrás?

—Los tiranos modernos también son buenos artesanos —continuó el chico, que estaba divirtiéndose.

Su voz comenzaba a sonar familiar. Eureka se dio la vuelta y vio la parte superior de una cabeza rubia dirigida hacia delante mientras todos los demás miraban hacia atrás, así que se arrastró hasta el límite del grupo para verlo mejor.

—Basta ya —se quejó la señora Kash, mirando con desdén al profesorado del Ascension, como si le sorprendiera que ninguno de ellos hubiera mandado callar al estudiante.

—Sí, guarde silencio, señor, o márchese —dijo Margaret bruscamente.

Entonces Eureka vio al chico alto y pálido del rincón junto al borde del haz de luz, que le iluminaba las puntas del pelo, rubio y ondulado. Su tono de voz y su sonrisa eran informales, pero los ojos reflejaban algo más oscuro.

Ander llevaba la misma camisa blanca planchada y los vaqueros oscuros. Todos estaban mirándole a él y él miraba a Eureka.

—El silencio es lo que provoca la mayoría de los problemas humanos —declaró.

—Ha llegado el momento de que te marches —dijo Margaret.

—Ya he acabado.

Ander habló tan bajo que Eureka apenas lo oyó.

—Bien. Bueno, si no te importa, explicaré la intención de este temprano viaje por el mar —dijo Margaret—. Los antiguos egipcios establecieron una ruta comercial, quizá la primera…

Eureka no oyó el resto. Solo oía su corazón, que latía con fuerza. Esperó a que los otros estudiantes perdieran la esperanza de otro arrebato y a que giraran la cabeza hacia la guía; y entonces bordeó al grupo para dirigirse hacia Ander.

Tenía la boca cerrada y era difícil imaginar que habían salido de ella aquellos comentarios ofensivos que habían llevado a Eureka hasta allí. Él le sonrió ligeramente, lo último que ella esperaba. Al volver a estar cerca de él, Eureka tuvo la sensación de hallarse junto al océano, al margen de la cenefa de estrellas de mar, los espantapájaros marineros y el CD *Brisa marina* que chapoteaba desde los altavoces. El océano estaba en Ander, en su aura. Antes nunca se le había ocurrido usar una palabra como «aura». Hacía que impulsos inusitados fueran tan naturales para ella como respirar.

Estaba a su izquierda, ambos de cara a la guía y susurró por un lado de la boca:

—Tú no vas al Ascension.

—La guía cree que debería ir a Condescension.

Percibió una sonrisa en su voz.

—Tampoco estás en el equipo de atletismo del Manor.

—No se te pasa ni una.

Eureka quiso levantar la voz. Su compostura la ponía nerviosa. Donde estaban, a unos pasos del grupo y pasada la iluminación del foco, la luz era tenue, pero cualquiera que se diera la vuelta los vería. Los profesores y los estudiantes la oirían si no mantenía el mismo susurro bajo.

Le resultaba extraño que no hubiera más personas mirando a Ander. Era muy diferente. Destacaba. Pero apenas advertían su presencia. Al parecer todos suponían que Ander no iba a su instituto, sino al otro, y su comportamiento no les interesaba. Su interrupción era un artefacto olvidado que Margaret no tenía ningunas ganas de recuperar.

—Sé que no vas al Evangeline —dijo Eureka con los dientes apretados.

—No por la educación ni porque no me resulte entretenido.

—¿Y qué estás haciendo aquí?

Ander se volvió para mirarla.

—Estaba buscándote.

Eureka parpadeó.

—Una manera inquietante de hacerlo.

Ander se rascó la frente.

—Me he dejado llevar. —Sonaba arrepentido, pero no estaba segura—. ¿Podemos ir a hablar a alguna parte?

—No exactamente.

Señaló al grupo de visita. Ander y ella estaban a un metro y medio detrás de los demás estudiantes. No podían marcharse.

¿Qué quería de ella? Primero el accidente de coche, luego apareció en su casa, después la siguió al despacho del abogado, ¿y ahora eso? Cada vez que se encontraba con él era algún tipo de invasión de la intimidad.

—Por favor —dijo—, necesito hablar contigo.

—Sí, bueno, yo también tenía que hablar contigo cuando mi padre recibió el presupuesto de la reparación del coche. ¿Recuerdas? Pero cuando llamé al número que cortésmente me diste, lo cogió alguien que no te conocía de nada…

—Déjame explicarme. Van a interesarte las cosas que tengo que decirte.

Ella se tiró del cuello de la blusa, que era demasiado cerrado. Margaret estaba diciendo algo sobre la dote de una princesa ahogada. La masa de estudiantes comenzó a moverse hacia unas cajas de cristal a la derecha de la sala.

Ander la cogió de la mano. El firme contacto y la piel suave la hicieron estremecerse.

—Va en serio. Tu vida está…

Ella apartó la mano.

—Si le digo una palabra a cualquier profesor presente, te arrestarán por acosador.

—¿Usarán los grilletes de bronce? —bromeó.

Ella le fulminó con la mirada. Ander suspiró.

El resto del grupo se desplazó hacia una vitrina. Eureka no tenía prisa por unirse a los demás. Tenía ganas de estar con Ander, pero a la vez le daba miedo. El chico le puso las manos en los hombros.

—Sería un gran error deshacerte de mí. —Señaló por encima de su cabeza a una señal luminosa que indicaba la salida; estaba medio tapada por la gasa azul, de modo que solo se leía IDA. Le tendió la mano—. Vamos.

17

Rozando la superficie

C ruzaron la puerta que había bajo la señal de salida, siguieron por un corto y oscuro pasillo, y Ander condujo a Eureka hacia otra puerta. No hablaron. Sus cuerpos estaban muy pegados. Fue más fácil de lo que ella esperaba seguir cogidos de la mano; encajaban perfectamente. Algunas manos no encajaban en según qué manos. Aquello le hizo pensar en su madre.

Cuando Ander fue a abrir la segunda puerta, Eureka le detuvo. Señaló una cinta roja que les impedía el paso.

—Harás sonar la alarma.

—¿Cómo crees que he entrado? —Ander empujó la puerta, y no sonó ninguna alarma—. Nadie va a pillarnos.

—Estás muy seguro de ti mismo.

La mandíbula de Ander se tensó.

—No me conoces bien.

La puerta se abrió a un jardín que Eureka no había visto nunca. Enfrente había un estanque circular. Al otro lado del estanque estaba situado el planetario, un círculo con ventanas de cristal tintado justo bajo la cúpula. Era un día gris, sin viento, y se notaba algo de frío. El aire olía a leña. Eureka se paró al borde de una pequeña plataforma de cemento, justo a la salida, y arrastró la punta de su zapato de cordones por la hierba.

—¿No querías hablar? —dijo.

Ander miró hacia el estanque cubierto de moho, rodeado de robles de hoja perenne. Las ramas se retorcían hacia abajo como dedos nudosos de brujas que querían alcanzar el suelo. El musgo naranja colgaba como arañas que pendían de telarañas verdes. Como la mayoría del agua estancada en esa parte de Luisiana, apenas se veía el estanque debido a los *flottants* del pantano tembloroso, el musgo, las azucenas y la capa de flores violáceas que cubría la superficie. Sabía perfectamente cómo olería: fuerte, fétido, a muerto.

Ander se acercó al agua. No le hizo señas para que le siguiera, pero ella fue tras él. Al llegar al borde del estanque, se detuvo.

—¿Qué están haciendo estos aquí?

Ander se agachó ante un grupo de narcisos color crema en el borde del agua. Las flores hicieron que Eureka se acordase de la variedad dorada que crecía bajo el buzón de su antigua casa de New Iberia todos los años por su cumpleaños.

—Los junquillos son típicos de la zona —aclaró, aunque era tarde para que sus flores en forma de trompeta estuvieran tan fuertes y frescas.

—No son junquillos —la corrigió Ander—, sino narcisos.

Pasó los dedos por el fino tallo de una de las flores. La arrancó de la tierra y se puso de pie para que la flor quedara a la altura de Eureka, que advirtió la campana de color amarillo mantequilla en el centro. La diferencia con el color crema del exterior era tan nimia que había que observar de cerca para apreciarla. Dentro de la campana, un estambre con la punta negra tembló por una brisa repentina. Ander sostenía la flor como si fuera a dársela a Eureka. Ella levantó la mano para cogerla, recordando otro junquillo —otro narciso— que había visto recientemente: en el grabado de la mujer que lloraba en el libro de Diana. Pensó en una frase del pasaje que madame Blavatsky había traducido, cuando Selene encontró al príncipe arrodillado cerca del río, junto a un grupo de narcisos.

En vez de darle la flor, Ander destrozó los pétalos en su puño tembloroso. Tiró del tallo y lo arrojó al suelo.

—Lo ha hecho ella.

Eureka retrocedió un paso.

—¿Quién?

La miró como si se hubiera olvidado de que estaba allí. La tensión de su mandíbula se relajó. Alzó los hombros y los bajó con resignada melancolía.

—Nadie. Vamos a sentarnos.

Señaló un banco cercano entre dos robles, probablemente donde los empleados del museo iban a almorzar los días en los que no había demasiada humedad. Unos pelícanos pardos nidificantes vagaban por el sendero que llevaba al estanque. Sus plumas brillaban por el agua musgosa. Sus cuellos largos se curvaban como los mangos de los paraguas. Se dispersaron en cuanto vieron a Ander y Eureka acercarse.

¿De quién estaba hablando Ander? ¿Qué les pasaba a las flores que bordeaban el estanque?

Ander pasó de largo junto al banco y Eureka le preguntó:

—¿No querías sentarte?

—Hay un sitio mejor.

Señaló un árbol que ella no había advertido antes. Los robles de hoja perenne de Luisiana eran famosos por sus ramas retorcidas. El árbol que había enfrente de la iglesia de St. John era el más fotografiado del sur. Pero aquel roble de hoja perenne en el jardín desierto del museo era excepcional. Se trataba de un enorme nudo con ramas combadas que parecía una de las estructuras de juegos para niños más enrevesada del mundo.

Ander se arrastró por la maraña de ramas anchas y torcidas, pasando por encima de unas, agachándose por debajo de otras, hasta que pareció esfumarse. Eureka se dio cuenta de que bajo la capa de ramas enredadas había un segundo banco, secreto. Tenía una vista parcial de Ander mientras él llegaba hasta allí ágilmente y se sentaba con los codos hacia atrás.

Eureka intentó seguir el camino. Comenzó bien, pero tras unos cuantos pasos, se paró. Era más difícil de lo que parecía. El pelo se le enredó en una rama y otras más pequeñas y afiladas le pincharon los brazos. Siguió adelante, apartando el musgo que se le ponía en la cara. Le faltaba poco para alcanzar el claro cuando llegó a un punto muerto. No veía cómo ir hacia delante… ni hacia atrás.

El sudor empezó a brotarle del nacimiento del pelo. «Encuentra cómo salir de la madriguera, niña.» ¿Qué estaba haciendo en la madriguera, para empezar?

—Por aquí. —Ander extendió el brazo entre las ramas enredadas—. Es por aquí.

Ella le cogió de la mano por segunda vez en cinco minutos. La agarró con fuerza y calidez, y todavía encajaba bien en la de ella.

—Pon el pie ahí. —Señaló un hueco en el suelo cubierto con mantillo entre dos ramas curvas. El zapato se le hundió en la tierra blanda y húmeda—. Luego desliza el cuerpo por aquí.

—¿Vale la pena?

—Sí.

Enfadada, Eureka estiró el cuello hacia un lado. Giró los hombros, luego las caderas, dio unos pasos más, con cuidado, se agachó por debajo de una rama baja y quedó libre.

Se puso derecha, una vez estuvo dentro de aquella laguna de roble. Oscura y aislada, tenía el tamaño de una glorieta pequeña. Era sorprendentemente hermosa. Un par de libélulas aparecieron entre Eureka y Ander. Sus alas azul pizarra se volvieron borrosas y los insectos fueron a posarse, iridiscentes, sobre el banco.

—¿Ves?

Ander se recostó.

Eureka se quedó mirando las ramas, que formaban un denso laberinto a su alrededor. Apenas veía el estanque al otro lado. Desde abajo, el árbol era mágico, de otro mundo. Se preguntó si alguien más conocería aquel lugar o si el banco llevaba generaciones pasando inadvertido, desde que el árbol lo había engullido.

Antes de sentarse, buscó la manera más rápida de salir. No podía ser por donde había entrado.

Ander señaló un hueco entre las ramas.

—Esa puede que sea la mejor salida.

—¿Cómo sabías que estaba…?

—Pareces nerviosa. ¿Tienes claustrofobia? A mí me gusta estar resguardado, aislado. —Tragó saliva y bajó la voz—. Invisible.

—A mí me gustan los espacios abiertos.

Apenas conocía a Ander y nadie sabía dónde estaba.

Entonces ¿por qué había ido hasta allí? Cualquiera diría que era estúpida. Cat le daría un puñetazo en la cara por aquello. Eureka volvió mentalmente sobre sus pasos. No sabía por qué le había cogido de la mano.

Le gustaba mucho mirarle. Le gustaba el tacto de su mano y cómo sonaba su voz. Le gustaba cómo caminaba, unas veces con prudencia y otras seguro de sí mismo. Eureka no era una chica que hiciera las cosas porque un tío bueno se lo pidiera. Pero allí estaba.

En la dirección en la que Ander había señalado parecía encontrarse el hueco más grande entre las ramas. Se imaginó a sí misma atravesándolo de un salto, corriendo por los bosques más allá del estanque, corriendo hasta la isla de Avery.

Ander se dio la vuelta en el banco. Su rodilla chocó con el muslo de ella y enseguida la retiró.

—Lo siento.

Eureka bajó la vista al muslo, a su rodilla.

—Dios santo —bromeó.

—No, siento haberte abordado aquí de esta manera.

No se lo esperaba. Las sorpresas la confundían. Había antecedentes de que la confusión la volvía cruel.

—¿Quieres añadir el aparcamiento en el despacho del abogado? ¿Y tu sutil acercamiento en la señal de stop?

—Sí, eso también. Tienes razón. Completemos la lista. El número desconectado. El hecho de no pertenecer al equipo de atletismo.

—¿De dónde sacaste ese ridículo uniforme? Ese fue tal vez mi detalle favorito.

Quería dejar de ser sarcástica. Ander parecía sincero. Pero estaba nerviosa por estar allí y estaba actuando de manera desagradable.

—De un mercadillo. —Ander se agachó y rozó la hierba con los dedos—. Tengo una explicación para todo, en serio. —Cogió una piedra plana y redondeada, y le quitó la suciedad de la superficie—. Hay algo que debo decirte, pero no dejo de echarme atrás.

Eureka observó como sus manos limpiaban la piedra. ¿Qué tenía miedo de decirle? ¿A Ander le… gustaba? ¿Acaso podía ver el mosaico de la chica rota más allá del sarcasmo? ¿Había estado pensando en ella como ella había estado pensando en él?

—Eureka, estás en peligro.

El modo de decirlo, de forma apresurada y a regañadientes, hizo que Eureka vacilara. Su mirada era de preocupación. Él creía lo que acababa de decir.

La chica se llevó las rodillas al pecho.

—¿A qué te refieres?

Con un movimiento suave, Ander se puso en pie y tiró la piedra, que salió disparada admirablemente por los huecos entre las ramas. Eureka vio pasar la piedra por el estanque esquivando las azucenas, los helechos y la superficie de musgo verde. De alguna manera, por todos los sitios por los que pasaba rozando la superficie, el agua estaba limpia. Era asombroso. La piedra saltó cien metros por el estanque y aterrizó en la orilla cubierta de lodo al otro lado.

—¿Cómo has hecho eso?

—Es tu amigo Brooks.

—No podría hacer saltar una piedra aunque le fuese la vida en ello.

Sabía que Ander no se refería a eso.

El chico se acercó más a ella. Su aliento le hizo cosquillas en el cuello.

—Es peligroso.

—¿Qué os pasa a los tíos? —Comprendía por qué Brooks no se fiaba de Ander. Era su amigo de toda la vida, se preocupaba por ella, y Ander era un desconocido extraño que había aparecido de repente en su puerta. Pero no había motivos por los que Ander no tuviera que fiarse de Brooks. A todos les gustaba Brooks—. Brooks es amigo mío desde que nací. Creo que puedo encargarme de él.

—Ya no.

—Bueno, nos peleamos el otro día, pero ya hemos hecho las paces. —Hizo una pausa—. Aunque eso no es asunto tuyo.

—Sé que crees que es tu amigo…

—Lo creo porque es verdad.

Su voz sonaba distinta bajo el follaje. Parecía tan mayor como los mellizos.

Ander bajó la mano para elegir otra piedra. Encontró una buena, la limpió y se la pasó.

—¿Quieres probar?

Eureka cogió la piedra de su mano. Sabía cómo hacerla rebotar en el agua. Su padre le había enseñado. Pero a él se le daba bien, mucho mejor que a ella. Hacer rebotar las piedras en el agua era un pasatiempo en el sur, un modo de marcar la ausencia del tiempo. Para ser bueno, debías practicar, pero también era necesario desarrollar la técnica de identificar las mejores piedras que se encontraban en la orilla. Tenías que ser fuerte para hacerlo bien, pero también hacía falta gracia, lanzarla con delicadeza. Nunca había visto a nadie con tanta chiripa como Ander había tenido. Le fastidiaba. Tiró la piedra hacia el agua sin molestarse a apuntar.

La piedra no pasó de la rama más cercana del roble. Rebotó y rodó de lado describiendo un arco, hasta detenerse junto a su pie. Ander se levantó y cogió la piedra, rozando con los dedos el zapato de Eureka.

Volvió a hacer bailar la piedra por el estanque, donde cogió velocidad, recorriendo longitudes ridículas en cada salto. Cayó junto a la primera, al otro lado del estanque.

A Eureka se le ocurrió algo:

—¿Es que Maya Cayce te ha contratado para convencerme de que me aleje de Brooks?

—¿Quién es Maya Cayce? —preguntó Ander—. Me suena su nombre.

—A lo mejor os presento. Podéis hablar de técnicas de acoso…

—No estoy acosándote —la interrumpió Ander, pero su tono no era convincente—. Estoy observándote. Hay una diferencia.

—¿Acabas de oírte?

—Necesitas ayuda, Eureka.

Se le enrojecieron las mejillas. A pesar de lo que sugería el montón de terapeutas que la habían visitado, Eureka no había necesitado ayuda de nadie desde que sus padres se habían divorciado hacía años.

—¿Quién te crees que eres?

—Brooks ha cambiado —dijo Ander—. Ya no es tu amigo.

—¿Y cuándo ocurrió esa metamorfosis, si puede saberse?

Los ojos de Ander brillaron de emoción. Parecía reacio a pronunciar las palabras.

—El sábado pasado, cuando fuisteis a la playa.

Eureka abrió la boca, pero se había quedado muda. Aquel tipo la había estado espiando más de lo que ella había imaginado. Se le puso la carne de gallina en los brazos. Vio a un caimán que alzaba la cabeza plana y verde en el agua. Estaba acostumbrada a esos reptiles, claro, pero nunca sabías cuándo podría saltar el que parecía más relajado.

—¿Por qué crees que os peleasteis aquella tarde? ¿Por qué crees que estalló después del beso? El Brooks que conocías, tu mejor amigo, ¿habría hecho eso?

Las palabras de Ander salían a toda prisa, como si supiera que si hacía una pausa ella le diría que se callara.

—Basta ya, tarado.

Eureka se levantó. Tenía que salir de allí, como fuera.

—¿Por qué no se disculpó Brooks hasta días después de la pelea? ¿Por qué tardó tanto tiempo? ¿Es así como se comporta un amigo?

En el límite del manto de ramas, Eureka cerró los puños. No le gustaba nada imaginarse lo que Ander habría tenido que hacer para conseguir esa información. Atrancaría las ventanas o conseguiría una orden de alejamiento. Deseó poder empujarle por aquellas ramas hacia las fauces del caimán.

Y aun así…

¿Por qué había tardado tanto Brooks en disculparse? ¿Por qué seguía actuando de manera extraña después de hacer las paces?

Se dio la vuelta, todavía con ganas de darle al caimán a Ander para comer. Pero al mirarlo en ese momento, su mente no estuvo de acuerdo con su cuerpo. No podía negarlo. Quería echar a correr y correr hacia él. Quería tirarle al suelo y caer encima de él. Quería llamar a la policía y que Ander supiera más cosas de ella. No quería volver a verlo jamás. Si no volvía a verlo, no podría hacerle daño y su deseo desaparecería.

—Eureka —la llamó Ander en voz baja. A regañadientes, la chica acercó su oído bueno hacia él—, Brooks te hará daño. Y él no es el único.

—Ah, ¿sí? ¿Quién más anda metido en esto? ¿Su madre, Aileen?

Aileen era la mujer más dulce de New Iberia y la única mujer que Eureka conocía cuya dulzura no resultaba empalagosa. Llevaba tacones para fregar los platos, pero no se teñía las canas, que le habían salido temprano al criar a dos chicos ella sola.

—No, Aileen no está implicada —contestó Ander, como si fuese incapaz de reconocer el sarcasmo—. Pero está preocupada por Brooks. Anoche registró su habitación en busca de drogas.

Eureka puso los ojos en blanco.

—Brooks no toma drogas, y su madre y él tienen una relación estupenda. ¿Por qué estás inventándote esto?

—En realidad, los dos se pelearon a gritos anoche. Todos los vecinos lo oyeron; podrías ir a preguntarle a uno de ellos si no me crees. O hazte esta pregunta a ti misma: ¿por qué habría pasado su madre toda la noche en vela horneando galletas?

Eureka tragó saliva. Aileen horneaba cuando estaba disgustada. Eureka se había comido la prueba cientos de veces cuando el hermano mayor de Brooks llegó a la adolescencia. Ese instinto debía de proceder del mismo sitio que la necesidad de su padre de nutrir la tristeza con su gastronomía.

Y justo aquella mañana, antes del primer timbre, Brooks le había pasado en el pasillo un Tupperware con galletas de mantequilla de cacahuete y se había reído al oír que lo llamaban «niño de mamá».

—No sabes de qué estás hablando. —En realidad quería decir: «¿Cómo sabes todo eso?»—. ¿Por qué haces esto?

—Porque puedo detener a Brooks. Puedo ayudarte si me dejas.

Eureka negó con la cabeza. Ya era suficiente. Hizo un gesto de dolor al agacharse bajo las ramas y se abrió camino, rompiendo ramitas, partiendo el musgo. Ander no intentó detenerla. Con el rabillo del ojo, lo vio recoger otra piedra para lanzarla.

—¡Eras más mono antes de que empezaras a hablarme —le gritó—, cuando no eras más que un chico que le había dado a mi coche!

—¿Crees que soy mono?

—¡Ya no!

Estaba enredada en las ramas y golpeaba con odio todo lo que se interponía en su camino. Se tropezó, se hizo un corte en la rodilla y continuó.

—¿Necesitas ayuda?

—¡Déjame en paz! ¡Ahora mismo! Y sigue con tu vida.

Por fin se liberó de la última capa de ramas y se paró de repente. El aire fresco le rozó las mejillas.

Una piedra pasó zumbando por el hueco de las ramas que su cuerpo había creado. Rozó el agua tres veces, como el viento ondeando la seda; luego rebotó hacia arriba, al aire. Y subió alto y más alto… hasta chocar contra una ventana del planetario, donde hizo un agujero enorme e irregular. Eureka se imaginó las estrellas artificiales del interior saliendo en remolino hacia el auténtico cielo gris.

En el silencio que se produjo a continuación, Ander dijo:

—Si te dejo sola, morirás.

18

Oscuridad pálida

—Me siento una soplona —le dijo Eureka a Cat en la sala de espera de la comisaría de Lafayette aquella tarde.

—Es por precaución. —Cat le ofreció unas Pringles de un tubo pequeño que había sacado de la máquina expendedora, pero Eureka no tenía hambre—. Dejaremos caer una descripción de Ander, a ver si hay suerte. ¿No te gustaría saber si ya lo tienen fichado? —Sacudió la lata para sacar más patatas y masticó pensativamente—. ¡Te ha amenazado de muerte!

—No me ha amenazado de muerte.

—«Si te dejo sola, morirás.» No está aquí ahora y estás viva, ¿no?

Ambas miraron a la ventana de enfrente, como si se les hubiera ocurrido a la vez que Ander podía estar observándolas. Era jueves, a la hora de cenar. Tras dejar a Ander bajo el roble, Eureka había tardado menos de cinco minutos en contar a Cat por teléfono, jadeando, los detalles de su encuentro. En ese momento se arrepentía de haber abierto la boca.

En la comisaría hacía frío y olía a café viejo y espuma de poliestireno. Aparte de la fornida mujer negra con la mirada perdida en ellas, sentada al otro lado de una mesa con varios números de *Entertain-*

ment Weekly de hacía tres Brad Pitts, Eureka y Cat eran las únicas civiles presentes. Más allá del pequeño vestíbulo cuadrado se oía el repiqueteo de los teclados dentro de los cubículos. Había manchas de humedad en el falso techo; Eureka encontró dinosaurios y pistas de atletismo olímpicas en los dibujos que se formaban sobre sus cabezas.

Fuera, el cielo era azul marino, salpicado de nubes grises. Si Eureka llegaba tarde esa noche, Rhoda la asaría a la parrilla como las arracheras que había preparado una noche que a su padre le había tocado trabajar en el Prejean's. Eureka odiaba aquellas cenas, cuando Rhoda sacaba cualquier tema del que ella no quería hablar; es decir, todo.

Cat se pasó la lengua por los labios y tiró el tubo de Pringles a la basura.

—Conclusión, estás colada por un psicópata.

—¿Por eso me has traído a la policía?

Cat alzó un dedo como un abogado.

—Que quede constancia de que la acusada no refuta la imputación del psicópata.

—Si ser raro es un crimen, deberíamos entregarnos las dos, ya que estamos aquí.

No sabía por qué estaba defendiendo a Ander. Había mentido sobre Brooks, había reconocido que la había espiado y lanzaba advertencias confusas sobre que ella estaba en peligro. Puede que bastara para presentar cargos, pero no le parecía bien. Ander no le había dicho qué tenía él de peligroso. Y su peligrosidad se basaba en cómo le hacía sentir a ella... fuera de control emocionalmente.

—Por favor, no te acobardes ahora —dijo Cat—. Le he dicho a mi nuevo amigo Bill que haríamos una declaración. Nos conocimos anoche en mi taller de cerámica. Ya cree que soy una artista demasiado bohemia… No quiero largarme y demostrarle que tiene razón. Entonces no me pedirá nunca para salir.

—Debería haber sabido que era una estratagema para ligar. ¿Qué ha pasado con Rodney?

Cat se encogió de hombros.

—Eeeh…

—Cat…

—Mira, tú da una descripción sencilla y llevarán a cabo una búsqueda. Si no sale nada, nos largamos pitando.

—No estoy segura de si la policía de Lafayette posee la base de datos de delincuentes más fiable.

—No digas eso delante de Bill. —Cat se puso más seria—. Acaba de entrar en el cuerpo y es muy idealista. Quiere conseguir que el mundo sea un lugar mejor.

—¿Tirándole los tejos a una chica de diecisiete años?

—Somos amigos. —Cat sonrió abiertamente—. Además, ya sabes que es mi cumpleaños el mes que viene. Ah, mira, ahí está.

Se puso en pie de un salto y comenzó a saludarle con la mano, aplicando todo su coqueteo como quien pone mayonesa a un bocadillo *po'boy*.

Bill era un joven negro, alto y desgarbado, con la cabeza rapada, una fina perilla y cara de niño. Era mono, salvo por la pistola que llevaba a la cintura. Le guiñó el ojo a Cat y les hizo señas a las chicas para que fueran a su escritorio, en un rincón de la parte delantera. Todavía no tenía su propio cubículo. Eureka suspiró y siguió a Cat.

—Bueno, señoritas, ¿qué ha pasado? —Se sentó en una silla giratoria verde oscuro. Había un bote vacío de fideos precocinados sobre su mesa y tres más en la papelera detrás de él—. ¿Alguien os está molestando?

—No exactamente.

Eureka cambió de postura, evitando sentarse en una de las dos sillas plegables. No le gustaba estar allí. Estaban entrándole náuseas por el olor a café pasado. Los policías con los que había estado los días tras el accidente de Diana llevaban uniformes que olían así. Quería marcharse.

En la chapa de Bill se leía MONTROSE. Eureka conocía a los Montrose de New Iberia, pero el acento de Bill pertenecía más a Baton Rouge que al bayou. Eureka tampoco tenía ninguna duda de que Cat estaba practicando mentalmente su futura firma, «Catherine L. Montrose», como siempre hacía con todos. Eureka ni siquiera sabía cómo se apellidaba Ander.

Cat acercó enseguida una de las sillas al escritorio de Bill y se sentó, apoyó un codo cerca del sacapuntas eléctrico, y metió y sacó un lápiz de manera seductora. Bill se aclaró la garganta.

—Es muy modesta —dijo Cat por encima de la vibración de la máquina—. Tiene un acosador.

Bill lanzó una mirada de policía a Eureka.

—Cat dice que un amigo tuyo ha reconocido estar siguiéndote.

Eureka miró a Cat. No quería hacer aquello. Cat asintió para animarla. ¿Y si ella tenía razón? ¿Y si Eureka lo describía y aparecía algo horrible en la pantalla? Pero si no había nada, ¿se sentiría mejor?

—Se llama Ander.

Bill sacó una libreta de espiral del cajón. Empezó a escribir el nombre en tinta azul.

—¿Apellido?

—No lo sé.

—¿Es un chico del instituto?

Eureka se sonrojó a su pesar.

Sonó el timbre de la puerta de la comisaría. Una pareja de ancianos entró en el vestíbulo. Se sentaron donde hacía un momento estaban Eureka y Cat. El hombre vestía unos pantalones grises y un suéter gris; la mujer llevaba un vestido gris, con caída, y una pesada cadena de plata. Quizá eran hermanos, posiblemente mellizos. Pusieron las manos en el regazo al unísono y miraron al frente. Eureka tenía la sensación de que podían oírla, lo que le hizo sentirse todavía más cohibida.

—No sabemos su apellido. —Se acomodó más cerca de Bill, con los brazos desnudos extendidos sobre el escritorio—. Pero tiene el pelo rubio, un poco ondulado. —Acompañó la descripción del cabello de Ander con un gesto de la mano—. ¿Verdad, Reka?

Bill dijo «un poco ondulado» y lo anotó, por lo que Eureka se avergonzó aún más. Nunca había sido tan consciente de estar perdiendo el tiempo.

—Conduce una furgoneta blanca —añadió Cat.

La mitad del condado conducía una furgoneta blanca.

—¿Ford o Chevy? —preguntó Bill.

Eureka recordó la primera cosa que le había dicho Ander, y que ella le había contado a Cat.

—Es una Chevy —respondió Cat—. Y tiene uno de esos ambientadores colgando del espejo retrovisor. Plateado. ¿Verdad, Reka?

Eureka les echó un vistazo a las personas que esperaban en el vestíbulo. La mujer negra tenía los ojos cerrados, y sus pies hinchados, con sandalias, descansaban sobre la mesa de café, mientras en una mano sostenía una lata de Fanta. La anciana de gris miró hacia Eureka. Tenía los ojos azul claro, esa extraña tonalidad intensa que podía verse desde lejos. Le recordó a los ojos de Ander.

—Con una Chevy blanca ya tenemos algo para empezar. —Bill sonrió a Cat cariñosamente—. ¿Algún otro detalle que podáis recordar?

—Es un genio lanzando piedras —dijo Cat—. Quizá vive en el bayou, donde puede practicar cuando quiera.

Bill se rió para sus adentros.

—Me está poniendo celoso ese chico. Casi espero no encontrarle nunca.

«Ya somos tres», pensó Eureka.

Cuando Cat dijo: «Es muy blanco de piel y tiene los ojos azules», Eureka tuvo suficiente.

—Hemos terminado —le dijo a Cat—. Vamos.

Bill cerró la libreta.

—Dudo que tenga aquí bastante información para llevar a cabo una búsqueda. La próxima vez que veáis a ese chaval, llamadme. Hacedle una fotografía con el móvil o preguntadle su apellido.

—¿Te hemos hecho perder el tiempo?

Cat hizo un pequeño puchero.

—Eso nunca. Estoy aquí para servir y proteger —contestó Bill, como si acabara de echarles el guante a un montón de talibanes.

—Vamos a tomar un sorbete de plátano. —Cat se levantó, estirándose, de modo que la camiseta se le salió de la falda y mostró un trozo de piel, suave y morena—. ¿Quieres venir?

—Gracias, pero estoy de servicio. Me queda un rato todavía.

Bill esbozó una sonrisa, y Eureka pilló que iba dirigida a Cat.

Se despidieron con la mano y se dirigieron a la puerta en busca del coche de Eureka para ir a casa, donde la esperaba algo conocido como Rhoda. Al pasar, la pareja de ancianos se levantó de sus asientos. Eureka contuvo el instinto de dar un salto hacia atrás. «Relájate.» Solo estaban acercándose al escritorio de Bill.

—¿Puedo ayudarles? —oyó que Bill preguntaba a sus espaldas.

Eureka miró por última vez a la pareja, pero no vio más que sus nucas canosas.

Cat la cogió del brazo.

—Bill… —dijo en voz alta con añoranza mientras apretaba la barra metálica de la puerta principal.

El aire era frío y olía a basura quemada. Eureka deseó estar acurrucada en su cama con la puerta cerrada.

—Bill es majo —añadió Cat mientras cruzaban el aparcamiento—. ¿A que sí?

Eureka abrió a Magda.

—Es majo.

Lo bastante majo como para seguirles la corriente. ¿Por qué iba a tomarlas en serio? No deberían haber ido a la policía. Ander no era un caso claro de acoso. No sabía lo que era.

Estaba en medio de la calle, observándola.

Eureka se quedó paralizada cuando iba a sentarse y le miró a través de la ventana. Se encontraba apoyado en el tronco de un cinamomo, con los brazos cruzados. Cat no se había dado cuenta. Estaba cardándose el flequillo frente al espejo de la visera antideslumbrante.

A diez metros de distancia, Ander parecía furioso. Su postura era rígida. Tenía la mirada tan fría como cuando cogió a Brooks por el cuello de la camiseta. ¿Debía darse la vuelta y correr hacia la comisaría para contárselo a Bill? No, Ander desaparecería en cuanto atravesara la puerta. Además, tenía demasiado miedo para moverse. Él sabía que había ido a la poli. ¿Qué haría al respecto?

Se quedó mirándola un momento y luego dejó caer los brazos a los lados. Echó a correr entre la maleza que bordeaba el aparcamiento del Roi de Donuts al otro lado de la calle.

—Cuando quieras puedes arrancar el coche, pero que sea este año —le dijo Cat después de juntar los labios para extenderse bien el brillo.

En cuanto Eureka se volvió hacia Cat, Ander desapareció. Al mirar otra vez hacia el aparcamiento, estaba vacío salvo por dos polis que salían de la tienda de donuts con unas bolsas de comida para llevar. Eureka exhaló, arrancó a Magda y encendió la calefacción para deshacerse del aire frío y húmedo que se había asentado como una nube en el interior del coche. Ya no le apetecía un sorbete de plátano.

—Tengo que irme a casa —le dijo a Cat—. Esta noche le toca cocinar a Rhoda.

—Así que hoy sufrís todos.

Cat lo comprendía, o eso pensaba. Eureka no quería hablar de que Ander sabía que acababan de intentar entregarlo.

En el espejo de la visera antideslumbrante, Cat ponía sus mejores ojos de corderito, las expresiones que acababa de dedicarle a Bill.

—No te desanimes —agregó mientras Eureka salía del aparcamiento y regresaba al Evangeline, donde Cat había dejado el coche—. Solo espero estar contigo la próxima vez que lo veas. Le sonsacaré la verdad. Se la arrancaré en el acto.

—A Ander se le da bien cambiar de tema cuando él es el tema —repuso Eureka, pensando que aún se le daba mejor desaparecer.

—¿Qué adolescente no quiere hablar de sí mismo? No podrá conmigo. —Cat encendió la radio, pero luego cambió de opinión y la apagó—. No puedo creer que te dijera que estás en peligro. Es como: «Hummm, ¿debería probar con el infalible "¿Sabe el cielo que le falta un ángel?". No, mejor le doy un susto de muerte».

Pasaron unas cuantas manzanas de ruinosas casas adosadas y el puesto de daiquiris para llevar, donde una chica sacaba sus grandes pechos por la ventanilla para dar unos vasos de cuatro litros a los chicos que conducían coches trucados. Eso era coquetear. Lo que Ander había hecho aquella mañana, y justo al otro lado de la calle, era distinto.

—No está tirándome los tejos, Cat.

—Oh, vamos —farfulló Cat—. Siempre, como desde los doce años, has tenido ese aire de chica sexy delicada que los tíos encuentran irresistible. Eres la típica loca con la que los chicos quieren arruinarse la vida.

Ya estaban fuera de la ciudad, accediendo a la ventosa carretera que llevaba al Evangeline. Eureka bajó las ventanillas. Le gustaba cómo olía aquella carretera por la noche, como cuando caía la lluvia sobre el jazmín de floración nocturna. Las langostas cantaban viejas canciones en la oscuridad. Le gustaba la combinación del aire frío que le rozaba los brazos y las ráfagas de calor en los pies.

—Y hablando de eso —dijo Cat—, Brooks me ha interrogado sobre tu «estado emocional» actual.

—Brooks es como un hermano para mí —respondió Eureka—. Siempre ha sido protector. Tal vez sea un poco más apasionado desde lo que le pasó a Diana y… todo lo demás.

Cat apoyó los pies en el salpicadero.

—Sí, ha preguntado por Diana, pero… —Hizo una pausa—. Ha sido extraño.

Pasaron por caminos de tierra, antiguas vías ferroviarias y cabañas de madera, barro y musgo. Unas garcetas blancas se movieron por los árboles negros.

—¿Qué? —dijo Eureka.

—Lo ha llamado, me acuerdo porque lo ha repetido dos veces, «el asesinato de Diana».

—¿Estás segura?

Eureka y Brooks habían hablado de lo ocurrido un millón de veces, y él nunca había utilizado esa expresión.

—Le he recordado la ola gigantesca —dijo Cat, y Eureka reconoció el gusto amargo que notaba cada vez que oía aquellas palabras—. Entonces se ha puesto en plan: «Bueno, eso es lo que fue: la ola la mató». —Cat se encogió de hombros mientras Eureka estacionaba en el aparcamiento del instituto, junto a su coche—. Me da el mismo yuyu que cuando se disfrazó tres años seguidos de Freddy Krueger para Halloween.

Cat salió del coche y miró a Eureka, esperando que se riera. Pero lo que antes era divertido se había oscurecido y lo que solía ser triste en sus momentos resultaba absurdo, así que Eureka ya no sabía muy bien cómo reaccionar.

De vuelta a la carretera principal en dirección a casa, unos faros iluminaron el espejo retrovisor de Eureka. Oyó el débil claxon de Cat cuando el coche viró bruscamente hacia el carril de la izquierda para pasarla de largo. Cat nunca criticaba la prudencia que Eureka mostraba al volante últimamente, pero no se iba a quedar detrás de ella. Aceleró y las luces traseras de Cat desaparecieron en una curva.

Por un momento, Eureka olvidó dónde se encontraba. Pensó en Ander lanzando piedras y deseó que Diana siguiera viva para poder hablarle de aquel chico.

Pero ya no estaba. Brooks lo había dejado muy claro: una ola la había matado.

Eureka vio la curva con mala visibilidad por la que había pasado miles de veces. Pero mientras divagaba había aumentado la velocidad y la tomó demasiado rápido. Los neumáticos sobrepasaron la mediana un instante antes de que pudiera enderezar el coche. Parpadeó deprisa, como si acabara de salir de un sueño. La carretera estaba a oscuras; no había farolas a las afueras de Lafayette. Pero ¿qué era...?

Entrecerró los ojos para ver qué tenía delante. Había algo que bloqueaba la carretera. ¿Estaba Cat gastándole una broma? No, los faros de Eureka revelaron un sedán gris, Suzuki, aparcado en medio de la vía.

Eureka pisó el freno a fondo. No iba a ser suficiente. Giró el volante hacia la derecha y los frenos chirriaron. Viró bruscamente hacia el arcén, a una cuneta poco profunda. Magda paró de golpe, con el capó metido metro y medio en las cañas de azúcar.

Le costaba respirar. Le entraron náuseas por el olor a goma quemada y gasolina. Había algo más en el ambiente, un aroma a citronela que le resultaba familiar. Eureka intentó respirar. Casi había chocado con el coche. Había estado a punto de tener el que habría sido su tercer accidente en cuatro meses. Había pisado el freno a tres metros y probablemente había destrozado la dirección. Pero ella estaba bien. No le había dado a nadie. Aún podía llegar a casa a tiempo para cenar.

Cuatro personas aparecieron entre las sombras al otro extremo de la carretera. Pasaron junto al Suzuki. Estaban acercándose a Magda.

Poco a poco Eureka reconoció a la pareja gris de la comisaría. Había otros dos con ellos, también vestidos de gris, como si la primera pareja se hubiera multiplicado. Podía verlos claramente en la oscuridad: el corte del vestido de la mujer de la comisaría, el nacimiento del pelo del hombre nuevo del grupo, los ojos clarísimos de la mujer a la que Eureka no había visto antes.

¿O sí? Le sonaban, como los parientes que ves por primera vez en una reunión familiar. Había algo tangible en el aire que envolvía a los desconocidos.

Entonces se dio cuenta: no es que fueran pálidos, sino que resplandecían. La luz describía el contorno de sus cuerpos, brillaba en sus ojos. Tenían los brazos entrelazados como los eslabones de una cadena. Estaban acercándose y, mientras lo hacían, parecía que todo el mundo se le viniera encima a Eureka. Las estrellas en el cielo, las ramas de los árboles, su propia tráquea. No recordaba haber parado el coche, pero allí estaba. No lograba acordarse de cómo ponerlo otra vez en marcha. La mano le tembló sobre la palanca de cambios. Lo mínimo que podía hacer era subir las ventanillas.

Entonces, en la oscuridad detrás de Eureka, una furgoneta dobló la curva con gran estruendo. Tenía los faros apagados, pero cuando el conductor pisó el acelerador, las luces se encendieron. Era una Chevy blanca, que iba directa hacia ellos, aunque en el último instante viró para no chocar contra Magda...

Y se estrelló contra el Suzuki.

El coche gris se metió en el guardabarros de la camioneta y luego se deslizó hacia atrás, como si rodara sobre el hielo. Dio una vuelta de campana, acercándose a Magda, a Eureka y al cuarteto de personas resplandecientes.

Eureka se agachó entre los dos asientos delanteros y le tembló todo el cuerpo. Oyó el golpazo cuando el coche cayó del revés, el estruendo del parabrisas. Oyó el chirrido de la camioneta al frenar y después el silencio. El motor de la furgoneta estaba apagado. Hubo un portazo. Unos pasos sobre la gravilla del arcén de la carretera. Alguien aporreaba la ventanilla de Eureka.

Era Ander.

Eureka bajó la ventanilla con la mano temblorosa.

Él uso los dedos para ayudarla a bajarla más rápido.

—Vete.

—¿Qué estás haciendo aquí? ¡Acabas de llevarte por delante el coche de esa gente!

—Tienes que marcharte de aquí. No estaba mintiéndote antes.

Miró por encima del hombro a la carretera a oscuras. La gente gris estaba discutiendo cerca del coche. Observaban a Ander con ojos brillantes.

—¡Déjanos! —gritó la mujer de la comisaría.

—¡Dejadla! —respondió Ander fríamente.

Y cuando la mujer se rió socarronamente, Ander se metió la mano en el bolsillo de los vaqueros. Eureka vio un destello plateado en su muslo. Al principio creyó que era una pistola, pero entonces Ander sacó un estuche plateado del tamaño de un joyero y lo llevó hacia la gente vestida de gris—. Retroceded.

—¿Qué tiene en la mano? —preguntó el mayor de los dos hombres, acercándose más al coche.

Detrás de él, el otro dijo:

—Estoy seguro de que no es…

—Vais a dejarla en paz —les advirtió Ander.

Eureka oyó que a Ander se le aceleraba la respiración y la tensión dominaba su voz. Mientras abría torpemente el cierre de la caja, el grupo de cuatro personas de la carretera emitió un grito ahogado. Eureka se dio cuenta de que sabían exactamente qué contenía la caja y les aterrorizaba.

—Hijo —le advirtió uno de los hombres con malevolencia—, no abuses de lo que no entiendes.

—A lo mejor sí lo entiendo.

Despacio, Ander abrió la tapa. Un resplandor verde ácido emanó del interior del estuche, iluminando su rostro y el espacio oscuro a su alrededor. Eureka trató de distinguir el contenido de la caja, pero la luz verde del interior resultaba casi cegadora. Un fuerte olor ilocalizable inundó sus orificios nasales y la disuadió de seguir mirándola.

Las cuatro personas, que habían ido avanzando, empezaron a retroceder varios pasos. Se quedaron mirando el estuche y la luz verde y brillante con un temor enfermizo.

—No podrás tenerla si morimos —dijo una voz de mujer—. Ya lo sabes.

—¿Quiénes son estas personas? —le preguntó Eureka a Ander—. ¿Qué hay en esa caja?

Con la mano libre, él la agarró del brazo.

—Te lo suplico. Vete de aquí. Tienes que sobrevivir. —Extendió el brazo hacia el interior del coche, donde la mano de Eureka permanecía fría y rígida sobre el cambio de marchas. Le apretó los dedos y puso la marcha atrás—. Pisa el acelerador.

Ella asintió, aterrada, luego dio marcha atrás, y volvió por donde había venido. Condujo en la oscuridad y no se atrevió a volverse hacia la luz verde que vibraba en el espejo retrovisor.

De: savvyblavy@gmail.com
Para: reka96runs@gmail.com
Cc: catatoniaestes@gmail.com
Fecha: Viernes, 11 de octubre, 2013, 12.40 a. m.
Asunto: Segundo bombardeo

Querida Eureka:

Voilà! Esto va viento en popa y podré enviarte más páginas mañana. Estoy empezando a preguntarme si se trata de una novelucha rosa antigua. ¿Tú qué opinas?

El príncipe se convirtió en rey. Con lágrimas en los ojos, empujó la pira funeraria al mar. Después sus lágrimas se secaron y me pidió que me quedara.

Con una reverencia, rechacé su invitación.

—Debo regresar a las montañas, continuar en mi lugar con mi familia. Allí es donde debo estar.

—No —se limitó a decir Atlas—. Ahora eres de aquí y te quedarás.

A pesar de mi descontento, tuve que aceptar las exigencias de mi rey. En cuanto el humo de las hogueras del duelo expiatorio se aclaró, las noticias se propagaron por el reino: el joven rey Atlas iba a casarse.

Y así fue: me enteré de que iba a convertirme en reina por un rumor y entonces se me pasó por la cabeza que las brujas chismosas tal vez habían dicho la verdad.

Si el amor verdadero hubiera entrado en la historia, con mucho gusto habría cambiado mi vida en la montaña por estar allí. O, si hubiera soñado alguna vez con el poder, podría haber pasado por alto la ausencia del amor. Tenía unos aposentos magníficos en el palacio, donde se cumplían todos mis deseos. El rey Atlas era apuesto; distante, pero no antipático. Pero al convertirse en rey, comenzó a hablarme menos, y la posibilidad de llegar a amarle algún día fue desvaneciéndose como un espejismo.

La fecha de la boda ya se había fijado; sin embargo, Atlas no se había declarado. Yo estaba recluida en mis aposentos, una espléndida prisión cuyos barrotes de hierro estaban cubiertos de terciopelo. Sola un día en mi vestidor, al anochecer, me puse el vestido de boda y la brillante corona de oricalco que llevaría cuando me presentaran al reino. Dos lágrimas idénticas brotaron de mis ojos.

—Las lágrimas te pegan menos incluso que una vulgar corona —dijo una voz detrás de mí.

Me di la vuelta para encontrar una figura sentada en las sombras.

—Creía que no podía entrar nadie.

—Te acostumbrarás a estar equivocada —repuso la figura ensombrecida—. ¿Le amas?

—¿Quién eres? —pregunté—. Ponte a la luz, donde pueda verte.

La figura se levantó de la silla y la luz de las velas acarició sus facciones. Me resultaba familiar, como si fuera el fragmento de un sueño.

—¿Le amas? —repitió.

Era como si alguien me hubiese robado la respiración de los pulmones. Los ojos del desconocido me embelesaban. Eran del color de la cala donde nadaba por las mañanas cuando era niña. No podía evitar querer zambullirme en ellos.

—¿Amor? —susurré.

—Sí. Amor. Lo que hace que la vida merezca la pena. Lo que llega para llevarnos a donde necesitamos ir.

Negué con la cabeza, aunque sabía que era traición al rey y se castigaba con la muerte. Comencé a arrepentirme de todo. Él sonrió.

—Entonces hay esperanza.

En cuanto crucé el límite azul de sus ojos, no quise encontrar el camino de vuelta. Pero pronto me percaté de que estaba entrando en un reino peligroso.

—Eres el príncipe Leander —susurré al identificar sus rasgos finos.

Él asintió fríamente.

—De nuevo en casa tras cinco años de viaje en nombre de la Corona, aunque mi propio hermano haya hecho pensar al reino que me perdí en el mar. —Me dedicó una sonrisa que estuve segura de haber visto antes—. Entonces, tú, Selene, tuviste que descubrirme.

—Bienvenido a casa.

Salió de las sombras, me llevó hacia él y me besó con un desenfreno incomparable. Hasta aquel instante, no conocía la felicidad. Me habría quedado besándole para siempre, pero me vino un recuerdo a la memoria. Me aparté al acordarme de una parte del trillado parloteo de las brujas chismosas.

—Creía que amabas...

—Nunca antes había amado hasta que te encontré —dijo con sinceridad desde un alma de la que sabía que jamás dudaría.

Desde aquel momento hasta el infinito, nada tendría más importancia que lo que sentíamos el uno por el otro.

Tan solo una cosa se interponía entre nosotros y un universo de amor...

Besos,

Madame B., Gilda y Brunhilda.

19

Nubes de tormenta

El viernes por la mañana, antes de que tocara el timbre, Brooks estaba esperando a Eureka en su taquilla.

—No fuiste al club de latín.

Tenía las manos metidas en los bolsillos y parecía que llevaba un rato esperándola. Estaba bloqueando la taquilla de al lado, que pertenecía a Sarah Picou, una chica tan terriblemente tímida que nunca le diría a Brooks que se moviera, aunque eso significase ir a clase sin libros.

Rhoda había insistido en que llovería y, aunque el recorrido al colegio había estado claro y despejado, Eureka llevaba puesto su impermeable gris brezo. Le gustaba esconderse bajo su capucha. Apenas había dormido y no quería ir a clase. No quería hablar con nadie.

—Eureka —Brooks la observó mientras abría la cerradura con la combinación de su taquilla—, estaba preocupado.

—Estoy bien —contestó— y llego tarde.

El suéter verde de Brooks le iba demasiado ajustado. Llevaba unos mocasines nuevos y resplandecientes. El pasillo estaba obstruido por chavales que gritaban, y la semilla de un dolor de cabeza se abría para germinar en forma de alambre de espino en el cerebro de Eureka.

Faltaban cinco minutos para que sonara el timbre y su clase de lengua estaba dos tramos de escalera más arriba, en la otra punta del edificio. Abrió la taquilla y tiró dentro unas carpetas. Brooks se colocó sobre ella como un vigilante de pasillo sacado de una película ochentera para adolescentes.

—Claire se puso enferma anoche —dijo Eureka— y William ha vomitado esta mañana. Rhoda no estaba, así que tuve que…

Hizo un gesto con la mano, como si él ya entendiera el alcance de sus responsabilidades sin que le contara nada más.

Los mellizos no estaban enfermos. Eureka era la única que tenía calambres por todo el cuerpo, los que le solían dar antes de las carreras de campo a través, cuando era una novata. No podía dejar de revivir su encuentro con Ander y su camioneta, los cuatro peatones infernales resplandeciendo en la oscuridad… y la misteriosa luz verde que Ander había usado contra ellos como si fuera un arma. Había cogido tres veces el teléfono aquella noche para llamar a Cat. Quería liberar aquella historia para quitársela de encima.

Pero no podía contárselo a nadie. Al llegar a casa, Eureka había pasado diez minutos sacando caña de azúcar de la rejilla del radiador de Magda. Luego había subido corriendo a su cuarto, gritándole a Rhoda que estaba demasiado empantanada con los deberes para comer. «Empantanada en el pantano» era el chiste que solía hacer con Brooks, pero ya nada le parecía gracioso. Miró por la ventana y se imaginó que cualquier faro era un pálido psicópata que estaba buscándola.

Cuando oyó a Rhoda subir por las escaleras, Eureka pudo coger el libro de ciencias naturales y abrirlo justo antes de que Rhoda entrara con un plato de arrachera y puré de patatas.

—Será mejor que no andes enredando —dijo Rhoda—. Aún pisas terreno pantanoso después de la que montaste con la doctora Landry.

Eureka le enseñó su libro de texto.

—Esto son deberes. Dicen que crean adicción, pero creo que puedo controlarla si solo los pruebo en fechas señaladas.

No había podido comer. A medianoche había sorprendido a Squat con el tipo de comida que un perro habría pedido en el corredor de la muerte. A las dos oyó a su padre llegar a casa. Se acercó a la puerta de su habitación antes de detenerse para no echarse en sus brazos. No podía ayudarla con sus problemas y no necesitaba otra carga más que echarse al hombro. Entonces fue cuando miró su correo electrónico y encontró la segunda traducción de madame Blavatsky.

En esa ocasión, cuando Eureka leyó *El libro del amor*, se olvidó preguntarse qué relación tenía aquella historia con Diana. Encontraba demasiada simetría entre el aprieto de Selene y el suyo. Sabía lo que era que apareciese un chico en tu vida salido de la nada, que te dejara embrujada, con ansias de más. Incluso ambos tenían nombres similares. Pero a diferencia del chico de la historia, el que Eureka tenía en mente no había perdido la cabeza por ella ni la había besado, sino que le había dado un golpe a su coche, la había perseguido y le decía que estaba en peligro.

Cuando los rayos del sol rozaron tímidamente su ventana aquella mañana, Eureka se dio cuenta de que la única persona a la que podía acudir con todas sus preguntas era Ander. Y no dependía de ella cuándo le veía.

Brooks se apoyó con toda tranquilidad en la taquilla de Eureka.

—¿Te pusiste histérica?

—¿Con qué?

—Al ponerse enfermos los mellizos.

Eureka se le quedó mirando. Él no la miró a los ojos más que un instante. Habían hecho las paces, pero ¿había sido en serio? Era como si se hallaran en una guerra eterna, de la que pudiera retirarse pero que nunca terminara de verdad, una guerra en la que hacías todo lo posible por no ver el blanco de los ojos en su oponente. Era como si ya no se conocieran.

Eureka se agachó bajo la puerta de su taquilla para separarse de Brooks. ¿Por qué las taquillas siempre eran grises? ¿No era el instituto ya bastante parecido a una cárcel sin esos adornos?

Brooks empujó la puerta hasta hacerla chocar contra la taquilla de Sarah Picou. No había obstáculos entre ellos.

—Sé que viste a Ander.

—¿Y ahora estás enfadado porque tengo vista?

—No tiene gracia.

A Eureka le sorprendió que no se hubiera reído. ¿Ya no podían ni bromear?

—Ya sabes que si faltas otras dos veces más al club de latín —dijo Brooks— no pondrán tu nombre en el anuario en la página del club y entonces no podrás añadirlo en tus solicitudes universitarias.

Eureka sacudió la cabeza como si lo hubiera entendido mal.

—Eeeh… ¿Qué?

—Perdona. —Brooks suspiró, se le relajó la cara y por un momento no hubo nada extraño—. A quién le importa el club de latín, ¿no? —Luego apareció un destello en su ojo, una petulancia que era nueva. Abrió la cremallera de su mochila y sacó una bolsa ziploc con galletas—. A mi madre le ha dado por hornear como una loca últimamente. ¿Quieres una?

Abrió la bolsa y se la ofreció. El olor a avena y mantequilla hizo que a Eureka se le revolviera el estómago. Se preguntó por qué se habría puesto a cocinar Aileen la noche anterior.

—No tengo hambre.

Eureka miró su reloj. Quedaban cuatro minutos para que sonara el timbre. Cuando metió la mano en la taquilla para coger su libro de lengua, un folleto naranja salió volando hasta el suelo. Alguien debía de habérselo metido por las rendijas.

DÉJATE VER.

QUINTA EDICIÓN DEL LABERINTO DE TREJEAN.

VIERNES, 11 DE OCTUBRE, A LAS 19.00.

VÍSTETE PARA ESPANTAR A LOS PÁJAROS.

Brad Trejean había sido el chico más popular del Evangeline el año anterior entre los mayores. Era escandaloso y salvaje, pelirrojo, provocativo. La mayoría de las chicas, incluida Eureka, habían estado coladas por él en algún momento. Era como un trabajo por turnos, aunque Eureka lo había dejado la primera vez que Brad se dirigió a ella, ya que no sabía hablar de nada más que del fútbol de la LSU.

Cada octubre, los padres de Brad se iban a California y él daba la mejor fiesta del año. Sus amigos construían un laberinto de almiares y cartulinas pintadas con espray, y lo instalaban en el extenso patio trasero que los Trejean tenían en el bayou. La gente se bañaba y, conforme avanzaba la juerga, lo hacían desnudos. Brad había inventado su propio cóctel, el Trejean Colada, que era horrible y lo bastante fuerte para garantizar una fiesta épica. Más avanzada la noche, siempre se jugaba al Nunca Jamás, solo para mayores, donde se confesaban detalles exagerados de los que se iba enterando el resto del instituto poco a poco.

Eureka comprobó que la hermana pequeña de Brad, Laura, seguía con la tradición. Era una estudiante de segundo, menos famosa que Brad. Pero era simpática y no estaba considerada una zorra, como la mayoría de las de su curso. Había entrado en el equipo de voleibol, así que Eureka y ella solían verse en los vestuarios después de clase.

En los tres últimos años, Eureka se había enterado de aquella fiesta un mes antes por Facebook. Cat y ella iban a comprar los disfraces la semana anterior. Hacía una eternidad que no entraba en Facebook y, ahora que lo pensaba, recordó un mensaje que le había enviado Cat para ir de compras el domingo anterior, después de misa. Eureka había estado demasiado preocupada por la pelea con Brooks para tener en cuenta la ropa.

Sostuvo el folleto e intentó sonreír. El año anterior Brooks y ella habían pasado una de las noches más divertidas en aquella fiesta. Su amigo había llevado unas sábanas negras de casa y se habían vuelto invisibles para rondar por lo que se conocía como el Laberinto. Habían aterrorizado a algunos alumnos de último curso, pillándolos en situaciones comprometedoras.

—Soy el fantasma de la vista de tu padre —le había cantado Brooks en voz alta a una chica con una blusa medio desabrochada—. Mañana irás directa al convento.

—¡No tiene gracia! —había gritado su compañero, y sonaba asustado.

Era un milagro que nadie se hubiera dado cuenta de quiénes rondaban por el Laberinto como fantasmas.

—¿Volverán este año los *spiritus interruptus*? —Eureka agitó el folleto.

Él se lo cogió de la mano, pero ni lo miró. Fue como recibir una bofetada.

—Eres demasiado confiada —dijo—. Ese psicópata quiere hacerte daño.

Eureka gruñó y entonces le vino un olor a pachuli, que solo significaba una cosa: Maya Cayce estaba acercándose.

Llevaba el pelo recogido en una larga y complicada trenza de espiga que le caía por un lado, y los ojos perfilados con una considerable cantidad de kohl. Se había agujereado el tabique nasal desde la última vez que Eureka la había visto y un diminuto aro asomaba de su nariz.

—¿Te refieres a esta psicópata? —le preguntó Eureka a Brooks—. ¿Por qué no me proteges? Ve a darle una patada en el culo.

Maya se detuvo en la puerta del lavabo. Se cambió la trenza de lado y los miró por encima del hombro. Hacía que el cuarto de baño pareciera el lugar más sexy del mundo.

—¿Recibiste mi mensaje, B?

—Sí. —Brooks asintió, aunque no parecía interesado.

Seguía mirando a Eureka. ¿Quería ponerla celosa? No estaba funcionando. La verdad era que no.

Maya parpadeó con fuerza y, al abrir los ojos, los clavó en Eureka. Se quedó mirándola un instante, se sorbió la nariz y entró en el lavabo. Eureka estaba observando como desaparecía cuando oyó que rasgaban un papel. Brooks había partido en dos el folleto.

—No vas a ir a esta fiesta.

—No seas tan melodramático.

Eureka cerró de un portazo su taquilla y se dio la vuelta, hacia Cat, que justo había doblado la esquina, con el pelo alborotado y el maquillaje corrido, como si acabaran de interrumpirla en el Laberinto. Pero, conociendo a Cat, puede que hubiera pasado una hora perfeccionando aquel look esa mañana.

Brooks cogió a Eureka de la muñeca. Ella se volvió para fulminarlo con la mirada, y no se pareció en nada a sus peleas cuerpo a cuerpo de cuando eran pequeños. Sus ojos eran furia con signos de admiración. Ninguno de ellos habló.

Lentamente le soltó la muñeca, pero mientras se alejaba, le dijo:

—Eureka, fíate de mí. No vayas a esa fiesta.

Al otro lado del pasillo, Cat le ofreció el brazo a Eureka y esta lo aceptó.

—¿Qué dice ese? Espero que no tenga importancia, porque faltan dos minutos para que suene el timbre y preferiría cotillear sobre el último correo de madame Blavatsky. ¡Qué calor!

Se abanicó y arrastró a Eureka hasta el lavabo.

—Cat, espera.

Eureka miró a su alrededor. No tuvo que agacharse para saber que Maya Cayce estaba en uno de los urinarios. El olor a pachuli era fortísimo.

Cat dejó caer su bolso en el lavamanos y sacó una barra de pintalabios.

—Solo espero que haya una escena de sexo real en el próximo mensaje. Odio los libros que se quedan en los preliminares. Bueno, me encantan los preliminares, pero llega un momento que es como, venga ya, juguemos. —Miró a Eureka por el espejo—. ¿Qué? Estás pagando bastante dinero por esto. Madame B tiene que hacer la entrega.

Eureka no iba a hablar de *El libro del amor* delante de Maya Cayce.

—No he… no he podido leerlo.

Cat entrecerró los ojos.

—Tía, lo que te estás perdiendo.

Tiraron de una cadena. Se abrió el cerrojo de una puerta. Maya Cayce salió del urinario y se abrió camino entre Eureka y Cat para ponerse delante del espejo y tocarse el pelo largo y moreno.

—¿Quieres un poco de mi brillo para zorras, Maya? —dijo Cat, hurgando en su bolso—. ¡Ay, lo olvidé! Tú compraste todos los tubos del mundo.

Maya siguió acariciándose la trenza.

—No te olvides de lavarte las manos —añadió Cat alegremente.

Maya abrió el grifo y pasó el brazo por delante de Cat para coger un poco de jabón. Mientras se enjabonaba las manos, miró a Eureka en el espejo.

—Yo voy a ir con él a la fiesta, no tú.

Eureka casi se atraganta. ¿Por eso le había dicho Brooks que no fuera a la fiesta?

—De todos modos, tenía otros planes.

Vivía en una magulladura, donde todo dolía continuamente, un dolor agravaba otro.

Maya cerró el grifo, sacudió las manos mojadas en dirección a Eureka y salió del lavabo como un dictador abandonando el podio.

—¿De qué iba eso? —Cat se rió cuando Maya Cayce se fue—. Vamos a ir a esa fiesta. Ya he echado un vistazo en Foursquare.

—¿Le has dicho a Brooks que ayer vi a Ander?

Cat parpadeó.

—No. Apenas he hablado con él.

Eureka se quedó mirando a Cat, que abrió mucho los ojos y se encogió de hombros. Cat tartamudeaba cuando mentía; Eureka lo sabía por los años que llevaban pillándolas sus padres. Pero ¿cómo si no iba a saber Brooks que había visto a Ander?

—Y más importante aún —dijo Cat—: no permitiré que Maya Cayce te impida ir a la mejor fiesta del año. Necesito a mi colega de ligue. ¿Está claro? —El timbré sonó y Cat se movió hacia la puerta, agregando por encima del hombro—: No tienes nada que añadir. Nos vestiremos para atraer a los pájaros.

—Se supone que debemos espantarlos, Cat.

Su amiga sonrió abiertamente.

—Ya me entiendes.

20

Nunca jamás

Los Trejean vivían en una plantación restaurada en el barrio rico del sur de la ciudad. Unos campos de algodón flanqueaban el pequeño vecindario histórico. Las casas tenían columnas, eran de dos plantas, se acomodaban en mantos de azaleas rosa y se hallaban bajo la sombra de robles anteriores a la guerra de Secesión. El bayou rodeaba el patio trasero de los Trejean como un codo, ofreciendo una vista doble de la zona costera.

Se había invitado al Laberinto a todo el último curso y al resto del instituto con buenos contactos. Para ir era costumbre coger una barca y detenerse en la parte del bayou donde se celebraba la fiesta. El año anterior, Eureka y Cat habían hecho el recorrido en la destartalada lancha motora de timón chirriante que el hermano mayor de Brooks, Seth, había dejado cuando se marchó a la LSU. El gélido viaje de media hora por el bayou desde New Iberia había sido casi tan divertido como la fiesta.

Puesto que Brooks ya no era una opción, Cat había tanteado el terreno para encontrar otro medio de transporte esa noche. Mientras se vestía, Eureka no pudo evitar imaginarse a Maya Cayce sentada al lado de Brooks en la lancha, enchufando su iPod de metal en los altavoces portátiles, acariciando el bíceps de Brooks. Se imaginó el cabello de Maya ondeando en su espalda como tentáculos de un pulpo negro mientras la barca avanzaba por el agua.

Al final Cat consiguió que las llevara Julien Marsh, cuyo amigo Tim tenía una barcaza de fiesta de los años sesenta y color verde menta con asientos libres. A las ocho en punto, cuando la camioneta de Julien aparcó junto a la casa de Eureka, su padre estaba en la ventana, bebiendo un poco de café frío que había sobrado en la taza granate donde ponía «Quiero a mamá» antes de que el lavavajillas eliminara la pintura.

Eureka se abrochó el chubasquero para taparse el pronunciado escote cubierto de lentejuelas de un vestido que Cat había tardado cinco minutos vía Facetime en convencerla de que no era de zorrón. Aquella tarde había cogido del armario de Cat ese vestido de satén, aunque le quedara fatal el marrón. Cat estrenaba un vestido similar en naranja. Iban de hojas de otoño. Cat decía que le gustaban los colores vivos y sensuales; Eureka no expresó el placer malsano que le producía vestirse de un objeto con una segunda vida cuando estaba muerto.

Su padre subió una de las persianas para echarle un vistazo a la Ford de Julien.

—¿De quién es esa camioneta?

—Ya sabes lo que le gusta a Cat —dijo Eureka.

Él suspiro, agotado; acababa de salir de trabajar en el restaurante. Olía a langosta. Mientras Eureka cruzaba la entrada, dijo:

—Sabes que quieres algo mejor que ese tipo de chicos, ¿no?

—Esa furgoneta no tiene nada que ver conmigo. No es más que un medio de transporte para llegar a la fiesta.

—Si alguien tiene que ver contigo —dijo su padre—, ¿le invitarás a entrar? ¿Le conoceré? —Bajó la vista, una expresión que adoptaban los mellizos cuando estaban a punto de llorar, como una nube cargada que llegaba desde el golfo. Hasta entonces no se había dado cuenta de que habían heredado de él aquel acontecimiento meteorológico—. Tu madre siempre quiso lo mejor para ti.

—Lo sé, papá. —La frialdad con la que Eureka agarró su bolso la hizo vislumbrar hasta dónde llegaban la confusión y el enfado arraigados en su interior—. Tengo que irme.

—Vuelve antes de medianoche —le dijo su padre mientras salía por la puerta.

La barcaza de fiesta estaba casi llena cuando Eureka, Cat y Julien llegaron al muelle de la familia de Tim. Tim era rubio y flaco, llevaba un aro en la ceja, tenía las manos grandes y una sonrisa constante como la Llama Eterna. Eureka nunca había ido a clase con él, pero se habían hecho amigos en las fiestas a las que Eureka iba antes. Su disfraz era un jersey de fútbol de la LSU. Le tendió una mano para ayudarla a subir a la barcaza.

—Me alegro de verte, Boudreaux. Os hemos reservado estos tres asientos.

Los tres se metieron entre unas animadoras, algunos chavales de teatro y un chico del equipo de campo a través llamado Martin. Eureka no tardó en darse cuenta de que el resto había estado en esa barcaza de fiesta el fin de semana anterior por los chistes de los que se reían. Aquella era la primera vez en todo el año que salía con alguien que no fuera Cat o Brooks.

Encontró una esquina en el banco de atrás, donde sentiría menos claustrofobia. Recordó lo que Ander le había dicho debajo del árbol sobre disfrutar de estar arropado. No podía estar de acuerdo. El mundo entero era un espacio demasiado limitado para Eureka.

Extendió el brazo para tocar el bayou, consolándose con su frágil intemporalidad. Había muy pocas posibilidades de que una ola mayor que la estela de la barca fluyera por allí. Aun así, le tembló la mano al tocar la superficie del agua, que notó más fría de lo que sabía que estaba.

Cat se sentó junto a ella, en el regazo de Julien. Mientras dibujaba unas cuantas hojas en la cara de Eureka con un perfilador dorado, se inventó una canción sobre el Laberinto con la melodía de «Love Stinks», acompañándola de un contoneo contra el pecho de Julien.

—¡Laberinto, sí, sí!

Apareció un paquete de seis cervezas mientras Tim llenaba el depósito. Las chapas volaron por la barca como fuegos artificiales. El aire olía a gasolina, a chinches de agua muertas y a las setas que crecían en el suelo de la orilla. Una nutria de pelo brillante cortó una diminuta estela al pasar nadando junto a ellos en el bayou.

Cuando la barcaza de fiesta se alejaba del muelle lentamente, una brisa amarga abofeteó la cara de Eureka y ella se abrazó el pecho. Los chavales se acurrucaron a su alrededor, riéndose, no porque algo les hubiera hecho gracia, sino porque estaban juntos y entusiasmados por lo que les aguardaba aquella noche.

Cuando llegaron a la fiesta, estaban borrachos o fingían estarlo. Eureka aceptó la ayuda de Tim para bajar de la barcaza. Notó su mano seca y grande, y le hizo sentir cierta nostalgia, porque no había nada como la mano de Ander. La angustia la invadió al acordarse de la caña de azúcar, la piel blanca como la espuma del mar y aquella horrible luz verde en los ojos aterrorizados de Ander la noche anterior.

—Ven conmigo, mi frágil hojita. —Cat rodeó a Eureka con un brazo—. Paseémonos por esta fiesta para hacer sufrir a todos estos hombres alegres.

Entraron en la finca. Laura Trejean había subido de nivel la tradición de su hermano. Unas antorchas de bambú iluminaban el pasillo empedrado que iba desde el muelle hasta la puerta de hierro que daba al patio. Unos faroles de hojalata titilaban en los sauces llorones gigantes. Arriba, en la terraza con vistas a la piscina iluminada por la luna, el grupo musical de la zona preferido por todos, los Faith Healers, afinaba sus instrumentos. La camarilla de Laura se mezclaba por el jardín, pasando bandejas de hojalata con aperitivos cajunes.

—Es asombroso lo que puede hacer el toque femenino —le dijo Eureka a Cat, que cogió al vuelo un bocadillo de ostras fritas al pasar un plato.

—Díselo a los chicos —farfulló Cat con la boca llena de pan y lechuga.

A los jóvenes de un instituto católico no hacía falta decirles dos veces que se disfrazaran para una fiesta. Todos iban bien ataviados. Expresamente, el Laberinto no era una fiesta de Halloween, sino la celebración de la cosecha. Entre los muchos jerséis de la LSU, Eureka vio un par de disfraces ingeniosos más. Habías varios espantapájaros y algunos Jack O'Lantern achispados. Uno de tercero se había enganchado a la camiseta con cinta adhesiva unas cañas de azúcar en honor a la cosecha que habría aquel mes.

Cat y Eureka pasaron junto a una tribu de novatos disfrazados de peregrinos, reunidos alrededor de una hoguera en medio del césped, con las caras iluminadas de naranja y amarillo por las llamas. Al pasar por el Laberinto y oír risas que procedían del interior, Eureka intentó no pensar en Brooks.

Cat la condujo por unas escaleras al patio trasero, después de dejar atrás un gran caldero negro de langostas rodeado de chavales que se deshacían de la cola y chupaban la grasa de la cabeza. Pelar langostas era uno de los primeros ritos de iniciación de cualquier niño del bayou, de modo que su salvajismo resultaba natural en todas partes, hasta disfrazado o borracho delante de tu gente.

Cuando se pusieron a hacer cola para coger ponche, Eureka oyó que una voz masculina decía a gritos a lo lejos:

—¡Cómprate un bosque y piérdete!

—Creo que somos las hojas de por aquí que más molamos —dijo Cat a la vez que el grupo empezaba a tocar en la terraza de arriba. Se abrió camino con Eureka entre unos estudiantes de cursos inferiores hasta llegar al principio de la cola para las bebidas—. Ahora podemos relajarnos y disfrutar.

La idea de una Cat relajada hizo sonreír a Eureka con suficiencia. Echó un vistazo a la fiesta. Los Faith Healers estaban tocando «Four Walls» y sonaban bien, le daban ambiente a la fiesta. Había estado esperando aquel momento, sentirse a gusto sin una inmediata oleada de culpabilidad. Eureka sabía que a Diana no le habría gustado verla deprimida en su habitación. Diana habría querido que estuviera en el Laberinto con aquel vestido marrón, corto, bebiendo ponche con su mejor amiga, divirtiéndose. Diana se habría imaginado a Brooks allí también. Perder su amistad sería como llorar otra muerte, pero Eureka no quería pensar en eso en ese momento.

Cat puso en la mano de su amiga un vaso de plástico con ponche. No era el veneno púrpura letal del Trejean Colada de años anteriores.

Tenía un tono rojizo atractivo. De hecho, olía a fruta. Eureka estaba a punto de darle un sorbo cuando oyó detrás de ella una voz familiar:

—Da mala suerte beber sin brindar antes.

Sin darse la vuelta, Eureka tomó un trago.

—Hola, Brooks.

Él se le puso delante. No le encontraba sentido a su disfraz: una camisa fina, de manga larga, gris, con un ligero brillo plateado, a juego con lo que parecían unos pantalones de pijama. Tenía el pelo alborotado por el trayecto en barca, que se imaginaba que había hecho con Maya. Sus ojos, inexpresivos, no tenían la picardía habitual. Estaba solo.

Cat señaló su atuendo y se rió a carcajadas.

—¿Vas de Hombre de Hojalata?

Brooks se dio la vuelta con mucha frialdad.

—Es una réplica exacta del antiguo atuendo para celebrar la cosecha. Exacto y práctico.

—¿Dónde? —preguntó Cat—. ¿En Marte?

Brooks estudió el pronunciado escote del vestido de Eureka.

—Creía que nos llevábamos mejor. Te pedí que no vinieras.

Eureka se inclinó hacia Cat.

—¿Nos das un minuto?

—Que os lo paséis en grande.

Cat se alejó y encontró a Julien en la baranda de la terraza. Llevaba un gorro vikingo con cuernos, que Cat le quitó de la cabeza para ponérselo ella. Un instante más tarde, estaban partiéndose de risa con los brazos entrelazados.

Eureka comparó el extraño disfraz que llevaba Brooks con el traje de musgo español tan elaborado del año anterior. Le había ayudado a grapar cientos de briznas de hierba a un chaleco que se había hecho con una bolsa de papel.

—Te pedí que no vinieras por tu propia seguridad —insistió.

—Me va bien siguiendo mis propias normas.

Él levantó las manos como si fuera a agarrarla por los hombros, pero se quedaron cogiendo el aire.

—¿Crees que eres la única afectada por la muerte de Diana? ¿Crees que puedes tragarte un bote de pastillas sin hacer daño a la gente que te quiere? Por eso he estado vigilándote, porque tú ya no te cuidas.

Eureka tragó saliva y enmudeció durante demasiado tiempo.

—Ahí estás. —La voz grave de Maya Cayce le puso la carne de gallina a Eureka. Llevaba unos patines negros, un diminuto vestido negro que enseñaba nueve de sus diez tatuajes y unos pendientes de plumas de cuervo que le rozaban los hombros. Patinó hacia Brooks por el porche—. Te había perdido.

—¿Por mi seguridad? —masculló Eureka enseguida—. ¿Creías que iba a morirme de la impresión al verte aquí con ella?

Maya se acercó a Brooks para cogerle el brazo y que este le rodeara el cuello. Con los patines le sacaba unos centímetros. Estaba impresionante. La mano de Brooks quedó colgando donde Maya la había dejado, cerca de su pecho. Aquello sacó de quicio a Eureka más de lo que jamás admitiría. No hacía ni una semana que la había besado.

Si Cat hubiera estado en el lugar de Eureka, habría competido con la sensualidad opresiva de Maya Cayce. Habría contorsionado el cuerpo para adoptar una postura que habría desbaratado el sistema de circuitos masculino. Se habría enroscado al cuerpo de Brooks antes de que Maya pudiera hacer una caída de ojos con sus pestañas postizas. Eureka no sabía cómo jugar a eso, y mucho menos con su mejor amigo. Lo único que tenía era sinceridad.

—Brooks —Le miró a los ojos—, ¿podríamos hablar a solas?

Ni siquiera el cronometrador oficial olímpico podría haber calculado la velocidad con la que Brooks retiró el brazo de Maya. Un instante después, Eureka y él bajaban trotando las escaleras del patio hacia el refugio de un cinamomo, casi como los amigos que solían ser. Dejaron a Maya haciéndose cruces en el porche.

Eureka se apoyó en el árbol. No sabía por dónde empezar. El aire era dulce, y el suelo, blando por el mantillo de hojas. De fondo se oía el ruido de la fiesta, una banda sonora elegante para una conversación privada. Los faroles de hojalata en las ramas iluminaron el rostro de Brooks. Se había relajado.

—Siento haberme comportado como un loco —dijo. El viento se llevó algunas drupas pequeñas y amarillas de las ramas del árbol. Los frutos rozaron los hombros desnudos de Eureka cuando cayeron al suelo—. He estado preocupado por ti desde que conociste a ese tío.

—No hablemos de él —contestó Eureka, porque podía salir de ella una violenta efusión de sentimientos si hablaban de Ander.

Brooks por lo visto interpretó de otra manera el rechazo de ese tema. Pareció hacerle feliz.

Le acarició la mejilla.

—No quisiera que te pasara nada malo.

Eureka empujó la mejilla contra su mano.

—Quizá lo peor ya haya pasado.

Él sonrió, el Brooks de siempre, y dejó la mano en su cara. Al cabo de unos instantes, miró hacia la fiesta por encima del hombro.

La marca que tenía en la frente de la herida de la semana anterior ya no era más que una leve cicatriz rosa.

—Quizá aún esté por llegar lo mejor.

—Por casualidad ¿no habrás traído ninguna sábana?

Eureka señaló con la cabeza el Laberinto.

Aquella picardía volvió a sus ojos. La picardía hacía que Brooks pareciera Brooks.

—Creo que esta noche estaremos demasiado ocupados para eso.

Pensó en sus labios sobre los de ella, en cómo el calor de su cuerpo y la fuerza de sus brazos la habían abrumado cuando la besó. Un beso tan dulce no debería haberse mancillado con un resultado tan amargo. ¿Querría Brooks intentarlo de nuevo? ¿Y ella?

Al hacer las paces el otro día, Eureka no se había sentido capaz de aclarar si eran amigos o más que amigos. En ese momento cualquier intercambio tenía la posibilidad de resultar confuso. ¿Estaba flirteando? ¿O estaba viendo lo que no había en algo inocente?

Ella se sonrojó. Él se dio cuenta.

—Me refiero al Nunca Jamás. Somos del último curso, ¿recuerdas?

Eureka no había considerado participar en aquel estúpido juego a pesar de estar en el último curso y la tradición que le correspondía. Encantar el Laberinto le parecía más divertido.

—Mis secretos no son asunto del instituto.

—Solo se comparte lo que quieres y yo estaré a tu lado. Además —la sonrisa maliciosa de Brooks le indicaba a Eureka que tenía algo guardado en la manga—, puede que te enteres de algo interesante.

Las reglas del Nunca Jamás eran simples: te sentabas en círculo y el juego se movía en el sentido de las agujas del reloj. Cuando te tocaba, empezabas diciendo: «Nunca jamás…», y confesabas algo que no hubieras hecho; cuanto más atrevido, mejor.

NUNCA JAMÁS…
- he mentido en una confesión,
- me he enrollado con la hermana de mi amigo,
- he chantajeado a un profesor,
- me he fumado un porro,
- he perdido la virginidad.

Según las normas del Evangeline, la gente que había hecho lo que tú no habías hecho debía contar su historia y pasarte su bebida para que dieras un trago. Cuanto más puro fuese tu pasado, más rápido te emborrachabas. Era la corrupción del inocente, una confesión al revés. Nadie sabía cómo había empezado aquella tradición. Se decía que los del último curso llevaban jugando unos treinta años, aunque ninguno de sus padres lo admitiría.

A las diez, Eureka y Brooks se reunieron con el resto de los alumnos para hacer cola y rellenar de ponche sus vasos de plástico. Siguieron el camino cubierto con bolsas de basura pegadas a la alfombra y entraron en una de las habitaciones de invitados. Era fría e inmensa. A un lado había una cama de matrimonio extragrande, con una cabecera tallada, enorme; y al otro, unas austeras cortinas negras, de velvetón, que cubrían la pared de ventanas.

Eureka entró en el círculo que habían formado en el suelo y se sentó con las piernas cruzadas junto a Brooks. Observó como la habitación se llenaba de calabazas sexys, espantapájaros góticos, cuervos negros, chicos gays vestidos de granjeros y la mitad de los más jugadores de fútbol famosos de la LSU. Había gente echada en la cama y en el confidente junto al tocador. Cat y Julien entraron con unas sillas plegables del garaje.

Habían aparecido cuarenta y dos alumnos de los cincuenta y cuatro del último curso para participar en el juego. Eureka envidiaba a quien estuviese enfermo, castigado, fuera abstemio o estuviera ausente por cualquier otro motivo. Les excluirían el resto del año: una especie de libertad, tal y como Eureka había aprendido.

La habitación estaba atestada de disfraces tontos y carne al descubierto. La canción que menos le gustaba de los Faith Healers vagaba fuera sin rumbo. Señaló con la cabeza las cortinas de velvetón a su derecha y le murmuró a Brooks:

—¿Te entran ganas de saltar por esa ventana conmigo? A lo mejor caemos en la piscina.

Él se rió para sus adentros.

—Lo has prometido.

Julien había empezado el recuento y estaba a punto de cerrar la puerta cuando Maya Cayce entró patinando. Un chico vestido de grajo y su amigo, un triste intento de Brandon Lee en *El cuervo*, se separaron para abrirle paso. Maya se deslizó hasta Eureka y Brooks e intentó meterse entre los dos, pero Brooks se acercó aún más a Eureka para dejar un diminuto espacio a su otro lado. Eureka no pudo evitar admirar cómo Maya conseguía lo que se proponía, al verla acurrucarse junto a Brooks mientras se quitaba los patines.

Cuando cerraron la puerta y la habitación fue un hervidero de risas nerviosas, Julien se dirigió al centro del círculo. Eureka miró a Cat, que estaba intentando ocultar el orgullo de que su cita secreta de esa noche fuera el líder secreto del acontecimiento más secreto de su clase.

—Todos conocemos las normas —dijo Julien—. Todos tenemos ponche. —Algunos chavales gritaron y levantaron sus vasos—. Que empiece el Nunca Jamás de 2013. Y que su leyenda no acabe nunca ni abandone esta habitación.

Hubo más ovaciones, más brindis y más risas, algunas sinceras y otras desanimadas. Cuando Julien dio una vuelta sobre sí mismo y señaló al azar a una chica tímida, puertorriqueña, llamada Naomi, reinó tal silencio que podría haberse oído pestañear a un cocodrilo.

—¿Yo? —titubeó Naomi. Eureka deseó que Julien hubiera escogido a alguien más extrovertido para empezar el juego. Todos se quedaron mirando a Naomi, esperando—. Vale —dijo—. Nunca jamás… he jugado a Nunca Jamás.

Por encima de unas risitas embarazosas, Julien reconoció su error.

—Vale, intentémoslo otra vez. ¿Justin?

Justin Babineaux, con el pelo en punta como si estuviera en plena caída, podía describirse en dos palabras: futbolista rico. Sonrió con complicidad.

—Nunca jamás he trabajado.

—Capullo. —El mejor amigo de Justin, Freddy Abair, se rió y le pasó a Justin el vaso para que bebiera—. Esta es la última vez que te doy hamburguesas gratis durante mi turno en Hardee's.

La mayoría de los del último curso pusieron los ojos en blanco al pasar los vasos por el círculo hacia Justin, que no dejaba de dar tragos.

La siguiente era una animadora. Y luego le tocó al principal saxofonista de la banda del instituto. Hubo intervenciones populares como «Nunca jamás he besado a tres chicos en la misma noche» y otras no tan populares como «Nunca jamás me he petado un grano». Había jugadores cuya intención era señalar a alguien en concreto, «Nunca jamás me he liado con el señor Richman tras la clase de ciencias de última hora en el armario de material», y otros que solo querían fanfarronear, «Nunca jamás me han negado una cita». Eureka le dio un sorbo a su ponche al margen de las revelaciones de sus compañeros de clase, que encontraba dolorosamente triviales. Ese no era el juego que había imaginado durante todos aquellos años.

«Nunca jamás podría compararse la realidad con lo que tal vez habría sido si cualquiera de sus compañeros de clase se atreviera a soñar más allá de sus mundos ordinarios», pensó.

El único aspecto soportable del juego era el comentario entre dientes que hacía Brooks sobre cada compañero al que le tocaba: «Nunca jamás ha pensado en llevar pantalones con los que no enseñe el tanga…» «Nunca jamás ha juzgado a los demás por hacer lo que él hace todos los días…» «Nunca jamás ha salido de casa sin medio kilo de maquillaje».

Cuando el juego llegó a Julien y Cat, ya se habían bebido la mayoría de los vasos de ponche y habían ido a rellenarlos unas cuantas veces. Eureka no espera mucho de Julien, puesto que era un deportista bastante engreído; pero cuando le tocó, le dijo a Cat:

—Nunca jamás he besado a una chica que me gustara de verdad… pero espero que eso cambie esta noche.

Los chicos le abuchearon, las chicas gritaron de entusiasmo y Cat se abanicó dramáticamente; le encantaba. Eureka estaba impresionada. Alguien finalmente se había dado cuenta de que aquel juego, al fin y al cabo, no trataba de divulgar secretos vergonzosos. Se suponía que debían usar el Nunca Jamás para conocerse mejor.

Cat alzó su vaso, respiró hondo y miró a Julien.

—Nunca jamás le he dicho a un chico guapo que —vaciló— tengo un nueve y medio de media.

La habitación entera tenía la mirada clavada en ella. Nadie podía hacerla beber por eso. Julien la agarró y la besó. El juego se puso mejor después.

Pronto le tocó a Maya Cayce. Esperó a que la habitación quedara en silencio, hasta que todos los ojos se posaron en ella.

—Nunca jamás —su uña pintada de negro recorrió el borde del vaso— he tenido un accidente de coche.

Tres compañeros que estaban cerca se encogieron de hombros, le pasaron a Maya sus bebidas y contaron que se habían pasado semáforos en rojo o que habían conducido borrachos. Eureka agarró con fuerza su vaso y se le tensó el cuerpo cuando Maya la miró.

—Eureka, se supone que tienes que pasarme tu bebida.

Tenía la cara ardiendo. Miró a su alrededor y advirtió que todos estaban mirándola. Estaban esperando a que hablara. Se imaginó tirando la bebida a la cara de Maya Cayce y el ponche rojo cayendo a chorros como sangre por el cuello pálido hasta su escote.

—¿He hecho algo para ofenderte, Maya? —preguntó.

—Todo el tiempo —respondió Maya—. Ahora mismo, por ejemplo, estás mintiendo.

Eureka pasó su vaso, esperando que Maya se atragantara.

Brooks le puso una mano en la rodilla y murmuró:

—No dejes que te afecte, Reka. Olvídalo.

El Brooks de siempre. Su tacto era medicinal. Intentó dejar que surtiera efecto. Le había llegado el turno a su amigo.

—Nunca jamás… —Brooks miró a Eureka. Entrecerró los ojos, levantó la barbilla y algo cambió. Era el nuevo Brooks. El oscuro e impredecible Brooks. De pronto, Eureka se preparó—. He intentado suicidarme.

La habitación entera emitió un grito ahogado, porque todo el mundo lo sabía.

—Qué cabrón —dijo ella.

—Juega, Eureka —repuso él.

—No.

Brooks le arrebató el vaso y, tras beber lo que quedaba, se limpió la boca con la mano como un pueblerino.

—Te toca a ti.

Se negaba a sufrir un ataque de nervios delante de la mayoría de los alumnos del último curso. Pero al coger aire, notó un hormigueo en el pecho, como si algo quisiera salir, un grito, una risa inapropiada o… unas lágrimas.

Ya estaba.

—Nunca jamás me he derrumbado y me he echado a llorar.

Durante unos instantes, nadie dijo nada. Sus compañeros no sabían si creerla, juzgarla o tomárselo a broma. Nadie se movió para pasarle a Eureka su bebida, aunque después de más de doce años juntos en el colegio, se dio cuenta de que había visto llorar a la mayoría. La presión aumentó en su pecho hasta que no pudo soportarlo más.

—Que os den a todos.

Eureka se levantó. Nadie la siguió cuando los dejó a todos boquiabiertos y salió corriendo hacia el cuarto de baño más próximo.

Más tarde, durante la gélida vuelta a casa en barca, Cat se acercó a Eureka.

—¿Es verdad lo que has dicho? ¿Nunca has llorado?

No iban más que Julien, Tim, Cat y Eureka navegando por el bayou. Al terminar el juego, Cat había rescatado a Eureka del baño, donde se había quedado mirando como una tonta el váter. Cat insistió en que los chicos las llevaran a casa inmediatamente. Eureka no había visto a Brooks al salir. No quería volver a verle en su vida.

El bayou era un hervidero de saltamontes. Faltaban diez minutos para medianoche, se acercaba peligrosamente a su toque de queda y no se merecía los problemas que podía llegar a tener si se retrasaba tan siquiera un minuto.

—He dicho que nunca me había echado a llorar. —Eureka se encogió de hombros y pensó en que ni toda la ropa del mundo podría hacer frente a la sensación de total desnudez que la invadía—. Ya sabes que he tenido lágrimas en los ojos.

—Sí, por supuesto.

Cat miró como se deslizaba la orilla en un intento por recordar lágrimas en las mejillas de su mejor amiga.

Eureka había elegido la expresión «echarse a llorar» porque aquella única lágrima que había derramado delante de Ander le parecía una traición a la promesa que le había hecho a Diana hacía muchos años. Su madre la había abofeteado cuando se puso a llorar incontroladamente. Aquello era lo que nunca había vuelto a hacer, el juramento que nunca rompería, ni siquiera en una noche como aquella.

21

Salvavidas

Hubo un momento en que Eureka creyó estar volando, pero enseguida notó un violento choque contra el agua fría y azul. Su cuerpo rompió la superficie. Cerró con fuerza los ojos cuando el mar se la tragaba. Una ola ahogó el sonido de algo, alguien que gritaba por encima del agua, mientras fluía el silencio del mar. Eureka no oyó más que el crujido del coral que los peces comían, el sonido que produjo su grito bajo el agua y la calma antes del siguiente azote de la ola descomunal.

Su cuerpo estaba atrapado en algo estrecho. Sus dedos exploradores hallaron una tira de nailon. Estaba demasiado aturdida para moverse, para conseguir liberarse, para recordar dónde se encontraba. Dejó que el mar la enterrara. ¿Estaba ahogándose ya? Sus pulmones no conocían la diferencia entre estar en el agua y estar al aire libre. La superficie danzaba arriba, un sueño imposible, un esfuerzo que no veía cómo hacer.

Sentía una cosa por encima de todo: una pérdida insoportable. Pero ¿qué había perdido? ¿Qué anhelaba con tanta intensidad que su corazón tiraba de ella como un ancla?

Diana.

El accidente. La ola. Lo recordaba.

Eureka volvía a estar allí, dentro del coche, en el agua bajo el puente Seven Mile. Le habían dado una segunda oportunidad para salvar a su madre.

Lo veía todo muy claro. El reloj del salpicadero indicaba las 8.09. Su teléfono se movía por el asiento delantero, empujado por la corriente. Unas algas amarillo verdosas cubrían el cambio de marchas. Un pez ángel atravesó rápidamente una ventana abierta como si estuviera haciendo dedo hacia el fondo. Al lado de ella, una cortina suelta de pelo rojizo ocultaba el rostro de Diana.

Eureka golpeó el cierre de su cinturón de seguridad, que se disolvió en sus manos como si llevara años podrido. Se lanzó hacia su madre. En cuanto estuvo junto a ella, se le llenó el corazón de amor. Pero el cuerpo de su madre estaba lánguido.

—¡Mamá!

A Eureka le dio un vuelco el corazón. Retiró el pelo del rostro de Diana porque deseaba verla. Entonces reprimió un grito. Donde deberían haber estado los majestuosos rasgos de su madre, había un gran vacío. No podía apartar la vista.

Una lluvia de rayos resplandecientes de algo parecido a la luz del sol cayó alrededor de la joven. Unas manos agarraron su cuerpo. Unos dedos le apretaron los hombros. Estaban apartándola de Diana en contra de su voluntad. Se retorció, gritando. Su salvador no la oía o no le importaba.

Eureka no se rendía, golpeaba las manos que la separaban de Diana. Habría preferido ahogarse. Quería quedarse en el mar con su madre. Por alguna razón, cuando alzó la vista para ver al dueño de aquellas manos, esperaba ver otro rostro negro y vacío.

Sin embargo, el chico se hallaba bañado en una luz tan brillante que apenas podía verle. Un pelo rubio ondeaba en el agua. Levantó una mano para coger algo, una larga cuerda negra que se extendía verticalmente por el mar. La agarró fuerte y tiró. Mientras Eureka se elevaba hacia la fría superficie del mar, se dio cuenta de que el chico estaba sujeto a la gruesa cadena metálica de un ancla, una cuerda salvavidas hacia el exterior.

La luz bañaba el océano a su alrededor. Él la miró a los ojos. Sonrió, pero parecía estar llorando.

Ander abrió la boca y comenzó a cantar. Era una canción extraña, como de otro mundo, en un idioma que Eureka casi entendía. Era clara y aguda, repleta de escalas desconcertantes. Le resultaba tan familiar… casi como el gorjeo de unos abisinios.

Abrió los ojos en la solitaria oscuridad de su dormitorio. Cogió aire y se secó el sudor de la frente. La canción del sueño seguía en su cabeza, un sonido persistente en aquella noche de calma. Se masajeó la oreja izquierda, pero el sonido no se iba, sino que lo oía con más fuerza.

Se dio la vuelta para ver en la pantalla de su móvil, en números refulgentes, que eran las cinco de la madrugada. Advirtió que aquel sonido no era más que el canto de unos pájaros que se había infiltrado en su sueño y la había despertado. Los culpables probablemente eran unos estorninos moteados, que emigraban a Luisiana por aquella época todos los otoños. Se puso una almohada sobre la cabeza para bloquear su gorjeo, puesto que no estaba preparada para levantarse y recordar cómo la había traicionado Brooks a conciencia en la fiesta la noche anterior.

Toc. Toc. Toc.

Eureka se incorporó de golpe en la cama. El sonido parecía venir de la ventana.

Toc. Toc. Toc.

Retiró las sábanas y se acercó a la pared. La amenaza más pálida de luz antelucana rozaba sus cortinas blancas y diáfanas, pero no veía ninguna sombra que las oscureciera, que indicara la presencia de alguien fuera. Se sentía atontada a consecuencia del sueño, por lo cerca que había estado de Diana y Ander. Estaba delirando. No había nadie al otro lado de la ventana.

Toc. Toc. Toc.

Con un único movimiento, Eureka retiró las cortinas. Un pajarito verde lima aguardaba con calma en el exterior, posado en el alféizar blanco. Tenía un rombo de plumas doradas en el pecho y una coronilla de color rojo intenso. Dio tres golpecitos con el pico en el cristal.

—Polaris.

Eureka reconoció el pájaro de madame Blavatsky.

Subió la ventana y abrió más los postigos de madera. Había cortado la mosquitera hacía años. El aire helado entró y ella sacó la mano.

Polaris saltó hasta su dedo índice y continuó cantando vibrantemente. Esa vez Eureka estuvo segura de que había oído al pájaro en estéreo. De alguna manera, su melodía entraba por el oído izquierdo, que durante meses no había percibido más que un pitido sordo. Se dio cuenta de que el pájaro intentaba decirle algo.

Sus alas verdes se agitaron en contraste con el cielo silencioso e impulsaron su cuerpo unos centímetros por encima del dedo. Se acercó aún más, gorjeó a Eureka y luego volvió su cuerpo hacia la calle. Agitó las alas de nuevo. Finalmente se le posó en el dedo para gorjear un crescendo final.

—Chissst.

Eureka miró por encima del hombro, hacia la pared de la habitación contigua a la de los mellizos. Observó que Polaris seguía la misma pauta: volaba sobre su mano, se volvía hacia la calle y trinaba otro crescendo —más bajo esa vez— al posarse de nuevo sobre el dedo.

—Es madame Blavatsky —dijo Eureka—. Quiere que te siga.

Su gorjeo sonó como un «sí».

Unos minutos más tarde, Eureka cruzó a escondidas la puerta principal de su casa con unas mallas, las zapatillas de correr y un anorak azul marino del Ejército de Salvación encima de la camiseta de la Sorbona con la que había dormido. Olió el rocío en las petunias y las ramas de los robles. El cielo tenía un color gris sucio.

Un coro de ranas croaba bajo los arbustos de romero de su padre. Polaris, que se había posado en una de las ramas livianas, revoloteó hacia Eureka cuando la chica cerró la puerta mosquitera. Se colocó encima de su hombro y por un momento le acarició el cuello. Parecía comprender que estaba nerviosa y apurada por lo que se hallaba a punto de hacer.

—Vamos.

Su vuelo era rápido y elegante. El cuerpo de Eureka se relajó al calentarse mientras trotaba por la calle para seguir el ritmo. La única persona con la que se cruzó fue el chico adormilado que repartía los periódicos en una furgoneta roja y este no prestó atención a la chica que seguía a un pájaro.

Cuando Polaris llegó al final de Shady Circle, acortó por detrás del jardín de los Guillot y voló hacia una entrada al bayou sin vallar.

Eureka giró al este, imitándole, avanzando a contracorriente, oyendo el susurro del agua que fluía a su derecha, sintiéndose a mundos de distancia de la fila aletargada de casas cercadas a su izquierda.

Nunca había recorrido aquel terreno angosto e irregular. En la oscuridad previa al amanecer, poseía un encanto extraño e impreciso. Le gustaba el modo en que la quietud de la noche resistía, intentando eclipsar la mañana brumosa. Le gustaba el modo en que Polaris brillaba como una vela verde en el cielo teñido de nubes. Aunque su misión resultase no tener sentido, aunque se hubiera inventado la llamada del pájaro en su ventana, Eureka se convenció a sí misma de que correr era mejor que quedarse tumbada en la cama, furiosa con Brooks y compadeciéndose.

Saltó por encima de helechos silvestres, ramas de camelias y brotes de glicinas violetas que reptaban de los patios ajardinados como afluentes intentando llegar al bayou. Sus zapatillas golpeaban la tierra húmeda y sentía un hormigueo en los dedos por el frío. Perdió a Polaris en una curva pronunciada y corrió a toda velocidad para alcanzarle. Le ardían los pulmones y le entró el pánico, pero entonces, a lo lejos, entre las finas ramas de un sauce, lo vio posado en el hombro de una anciana que llevaba una inmensa capa de retales.

Madame Blavatsky se apoyó en el tronco del sauce, con la melena de cabellos castaños rojizos envuelta en humedad. Estaba de cara al bayou, fumando un cigarrillo largo, liado a mano. Frunció los labios rojos en dirección al pájaro.

—Bravo, Polaris.

Al llegar al sauce, Eureka aminoró la marcha y se metió bajo el follaje del árbol. La sombra del balanceo de las ramas la envolvió como un abrazo inesperado. No estaba preparada para la alegría que brotó en su corazón al ver la silueta de madame Blavatsky. Tuvo unas ganas inusitadas de acercarse corriendo a la mujer para darle un abrazo.

Aquella llamada no había sido una alucinación. Madame Blavatsky quería verla y Eureka se dio cuenta de que ella también quería ver a madame Blavatsky.

Pensó en Diana, en lo cercana a la vida que su madre había parecido estar en el sueño. Esa anciana era la llave de la única puerta que a Eureka le quedaba para intentar llegar hasta Diana. Quería que Blavatsky hiciera realidad un sueño imposible, pero ¿qué quería la mujer de ella?

—Nuestra situación ha cambiado. —Madame Blavatsky dio unos golpecitos en el suelo a su lado, donde había puesto una colcha color bellota. Ranúnculos y acianos se alzaban alrededor de la manta—. Por favor, siéntate.

Eureka se sentó con las piernas cruzadas al lado de madame Blavatsky. No sabía si colocarse de cara a ella o mirando el agua. Durante unos instantes se quedaron observando a una grulla blanca que elevó el vuelo desde un banco de arena y planeó por el bayou.

—¿Es por el libro? —preguntó Eureka.

—No es tanto por el libro físico como por la crónica que contiene. Resulta… —Blavatsky le dio una lenta calada al cigarrillo— demasiado peligroso compartirla vía correo electrónico. Nadie debe conocer nuestro descubrimiento, ¿entendido? Ni un pirata informático chapucero ni ningún amigo tuyo. Nadie.

Eureka pensó en Brooks, que ya no era su amigo, pero que sí lo había sido cuando había expresado su interés en ayudarla a traducir el libro.

—¿Se refiere a Brooks?

Madame Blavatsky miró a Polaris, que se había posado sobre la capa de retales que le cubría las rodillas. El pajarillo gorjeó.

—Me refiero a la chica, a la que trajiste a mi oficina —respondió madame Blavatsky.

Cat.

—Pero Cat nunca…

—Lo último que esperamos que hagan los demás es lo último que hacen antes de darnos cuenta de que no podemos confiar en ellos. Si deseas averiguar información sobre esas páginas —dijo Blavatsky—, debes jurar que sus secretos permanecerán entre tú y yo. Y los pájaros, por supuesto.

Otro gorjeo de Polaris hizo que Eureka volviera a masajearse la oreja izquierda. No estaba segura de qué hacer con su nuevo oído selectivo.

—Lo juro.

—Claro que sí. —Madame Blavatsky metió la mano en una mochila de cuero para sacar un diario de aspecto antiguo, encuadernado en negro, con unas gruesas hojas de corte desigual. Mientras la anciana pasaba las páginas, Eureka vio que estaban salpicadas de diversos tipos de escritura desordenada en una plétora de tintas de colores—. Este es mi ejemplar de trabajo. Cuando complete mi tarea, te devolveré *El libro del amor* junto con un duplicado de mi traducción. Bueno —usó un dedo para mantener el libro por una página—, ¿estás preparada?

—Sí.

Blavatsky se secó los ojos con un pañuelo de algodón a cuadros y sonrió con el entrecejo fruncido.

—¿Por qué debería creerte? ¿Acaso te crees a ti misma? ¿De verdad estás preparada para lo que estás a punto de oír?

Eureka se puso derecha e intentó parecer más preparada. Cerró los ojos y pensó en Diana. No había nada que pudieran decirle que cambiase el amor que sentía por su madre, y aquello era lo más importante.

—Estoy preparada.

Blavatsky apagó el cigarrillo en la hierba y sacó del bolsillo de su capa un pequeño recipiente redondo de hojalata. Metió la colilla ennegrecida en él, junto con un montón más.

—Dime entonces dónde lo dejamos.

Eureka recordó la historia de Selene, que encontró el amor en los brazos de Leander, y dijo:

—Tan solo una cosa se interponía entre ellos.

—Exacto —exclamó madame Blavatsky—. Entre ellos y un universo de amor.

—El rey —se figuró Eureka—. Se suponía que Selene debía casarse con Atlas.

—Podríamos pensar que aquello sería un obstáculo. Sin embargo —Blavatsky hundió la nariz en el libro—, al parecer hay un giro inesperado.

Enderezó los hombros, se dio unos toquecitos en la garganta y comenzó a leer la historia de Selene.

Se llamaba Delphine. Amaba a Leander con todo su ser.

Yo conocía bien a Delphine. Había nacido en una tormenta eléctrica, de una madre difunta, y la había arrullado la lluvia. Cuando aprendió a gatear, bajó de su solitaria cueva y vino a vivir entre nosotros en las montañas. Mi familia la recibió en nuestro hogar. Conforme iba hacién-

dose mayor, adoptó algunas de nuestras tradiciones y rechazó otras. Era parte de nosotros, pero a la vez vivía apartada. Me asustaba.

Años antes me había topado por accidente con Delphine abrazando a un amante bajo la luz de la luna, apoyada en un árbol. Aunque nunca vi el rostro del joven, las brujas chismosas dejaron escapar, entre risas ahogadas, el rumor de que el misterioso príncipe era su esclavo.

Leander. Mi príncipe. Mi corazón.

—Te vi a la luz de la luna —me confesó él más tarde—. Y te había visto antes muchas veces. Delphine me tenía hechizado, pero te juro que nunca la amé. Hui del reino para liberarme de su encantamiento y regresé a mi hogar con la esperanza de encontrarte.

Conforme nuestro amor se intensificaba, temíamos la cólera de Delphine más que lo que pudiera hacer Atlas. Yo la había visto destruir vida en el bosque, convertir animales buenos en bestias; no quería que me tocara su magia.

La víspera de mi boda con el rey, Leander me sacó a escondidas del castillo por una serie de túneles secretos que había recorrido cuando era niño. Cuando nos apresurábamos en llegar al barco que nos esperaba bajo el resplandor de la luna de medianoche, le supliqué:

—Delphine no debe saberlo nunca.

Subimos a bordo del barco, animados por la libertad que prometían las olas. No sabíamos adónde nos dirigíamos, solo que estaríamos juntos. Cuando Leander levó el ancla, miré atrás para despedirme de las montañas. Siempre desearé no haberlo hecho.

Porque vi un panorama aterrador: cientos de brujas chismosas —mis tías y primas— se habían reunido en los riscos para ver como me marchaba. La luna iluminaba sus rostros arrugados. Eran lo bastante viejas para haber perdido la cabeza, pero no su poder.

—Huid, amantes malditos —dijo una de las brujas más ancianas—. No podéis dejar atrás vuestro destino. La desgracia guarnece vuestros corazones y lo hará para siempre.

Recuerdo la cara asustada de Leander. No estaba acostumbrado a la manera de hablar de las brujas, aunque para mí fuera tan natural como amarle.

—¿Qué oscuridad podría corromper un amor tan intenso como este? —preguntó.

—Teme su sufrimiento cuando se le rompa el corazón —respondieron las brujas entre dientes.

Leander me rodeó con un brazo.

—Yo nunca le partiré el corazón.

Las risas retumbaron desde la escarpa.

—¡Teme el sufrimiento en las lágrimas de una doncella, que harán chocar océanos contra la tierra! —gritó una de mis tías.

—¡Teme las lágrimas que separarán el mundo en el tiempo y el espacio! —añadió otra.

—Teme la dimensión hecha de agua y conocida como Congoja, donde el mundo perdido esperará hasta el Alzamiento —cantó una tercera.

—Después teme su regreso —cantaron al unísono—. Todo por las lágrimas.

Me volví hacia Leander para descifrarle su maldición.

—Delphine.

—Iré a verla para resarcirme antes de partir —dijo Leander—. Debemos vivir sin torturarnos.

—No —repuse—. No debe saberlo. Deja que piense que te has ahogado. Mi traición le romperá el corazón aún más.

Lo besé como si no tuviera miedo, aunque sabía que nada impediría que las brujas chismosas difundieran nuestra historia por las montañas.

Leander observó como las brujas se encorvaban en la falla.

—Es la única manera de poder sentirme libre para amarte como quiero. En cuanto me despida, regresaré.

Tras pronunciar esas palabras, mi amor se fue y me quedé sola con las brujas chismosas. Me miraban desde la orilla. Ahora era una marginada. Todavía no podía vislumbrar la forma de mi apocalipsis, pero sabía que se encontraba justo más allá del horizonte. No olvidaré las palabras que susurraron antes de desaparecer en la noche…

Madame Blavatsky alzó la vista del diario y se pasó el pañuelo por la frente pálida. Le temblaron los dedos al cerrar el libro.

Eureka había permanecido sentada, inmóvil, sin aliento, durante todo el rato que madame Blavatsky había estado leyendo. El texto era cautivador. Pero una vez que el capítulo había terminado y el libro se había cerrado, no era más que una historia. ¿Cómo podía ser tan peligroso? Cuando un sol naranja y neblinoso comenzó a salir sigilosamente por el bayou, estudió la respiración irregular de madame Blavatsky.

—¿Cree que es real? —preguntó Eureka.

—Nada es real. Se trata de en qué creemos y qué no aceptamos.

—¿Y usted cree en esto?

—Creo que comprendo los orígenes de este texto —respondió Blavatsky—. Este libro lo escribió una hechicera procedente de la Atlántida, una mujer que nació en esa isla perdida hace miles de años.

—La Atlántida. —Eureka asimiló la información—. ¿Se refiere a la isla submarina con sirenas, tesoros hundidos y tipos como Tritón?

—Estás pensando en unos dibujos animados malos —contestó madame Blavatsky—. Todo lo que la gente sabe de la Atlántida nos llegó por unos diálogos de Platón.

—¿Y por qué piensa que esta historia es sobre la Atlántida? —inquirió Eureka.

—No es que sea sobre la Atlántida, sino que procede de allí. Creo que Selene era una habitante de la isla. Recuerda cómo describe al principio la isla, que está situada «más allá de las Columnas de Hércules, sola en el Atlántico». Esa es justo la descripción que dio Platón.

—Pero es ficción, ¿no? La Atlántida en realidad no era…

—Según el *Critias* y el *Timeo* de Platón, la Atlántida fue una civilización ideal del antiguo mundo. Hasta que…

—¿A una chica se le rompió el corazón y hundió la isla entera en el mar con sus lágrimas? —Eureka levantó una ceja—. ¿Ve? Es ficción.

—Y dicen que no hay nuevas ideas —contestó Blavatsky en voz baja—. Es muy peligroso tener esta información en nuestro poder. Mi sentido común me dice que no siga…

—¡Tiene que seguir! —exclamó Eureka, asustando a una serpiente mocasín de agua que había enroscada en una rama baja del sauce. La vio deslizarse hacia el bayou marrón. No creía necesariamente que Selene hubiera vivido en la Atlántida, pero sí creía que madame Blavatsky pensaba que era cierto—. Tengo que saber qué pasó.

—¿Por qué? ¿Porque disfrutas de una buena historia? —preguntó madame Blavatsky—. Un simple carnet de biblioteca podría satisfacer tu necesidad y ambas nos arriesgaríamos menos.

—No. —Había algo más, pero Eureka no sabía cómo expresarlo—. Esta historia tiene importancia. No sé por qué, pero está relacionada con mi madre o…

Se interrumpió por miedo a que madame Blavatsky le lanzara la misma mirada de desaprobación que la doctora Landry cuando Eureka le habló del libro.

—O está relacionado contigo —terminó la anciana.

—¿Conmigo?

Sí, al principio se había identificado con lo rápido que se había enamorado Selene de un chico que no le convenía, pero Eureka no había vuelto a ver a Ander desde la noche en la carretera. No comprendía qué tenía que ver su accidente con un continente mítico hundido.

Blavatsky se quedó callada, como si esperase a que Eureka uniera los puntos. ¿Había algo más? ¿Algo acerca de Delphine, la amante abandonada cuyas lágrimas decían que habían hundido la isla? Eureka no tenía nada en común con Delphine. Ni siquiera lloraba. Tras la noche anterior, todo su curso lo sabía; más razón aún para que pensaran que era un bicho raro. Entonces ¿a qué se refería Blavatsky?

—La curiosidad es una amante astuta —dijo la mujer—. A mí también me ha seducido.

Eureka tocó el lapislázuli del relicario de Diana.

—¿Cree que mi madre conocía esta historia?

—Creo que sí.

—¿Por qué no la mencionó? Si era tan importante, ¿por qué no me la contó?

Madame Blavatsky le acarició la coronilla a Polaris.

—Lo único que puedes hacer ahora es asimilar la historia. Y recuerda lo que dijo nuestra narradora: todo podría cambiar con la última palabra.

El móvil de Eureka vibró en el bolsillo de su anorak, Lo sacó con la esperanza de que Rhoda no hubiera descubierto su cama vacía y hubiera deducido que había salido a hurtadillas después del toque de queda.

Era Brooks. La pantalla azul se iluminó con un gran bloque de texto, luego otro, otro y otro, mientras Brooks enviaba una rápida sucesión de mensajes. Después de que le llegaran seis, el último se quedó iluminado en el teléfono: «No puedo dormir por la culpa. Déjame compensarte. Próximo finde, tú y yo, salida en barco».

—Ni de coña.

Eureka se metió el móvil en el bolsillo sin leer los demás mensajes.

Madame Blavatsky encendió otro cigarrillo y sacó el humo con un largo soplo que dejó una fina estela por el bayou.

—Debes aceptar esa invitación.

—¿Qué? No voy a ir a ninguna parte con… Espere, ¿cómo lo ha sabido?

Polaris revoloteó de la rodilla de madame Blavatsky al hombro izquierdo de Eureka. Le gorjeó bajito al oído, haciéndole cosquillas, y lo comprendió.

—Los pájaros se lo han dicho.

Blavatsky frunció los labios para lanzarle un beso a Polaris.

—Mis mascotas tienen su encanto.

—¿Y creen que debería dar un paseo en barco con un chico que me ha traicionado, que me ha tomado el pelo y que de repente se comporta como mi peor enemigo en lugar de como el amigo de toda la vida?

—Creemos que es tu destino —dijo madame Blavatsky—. Lo que pase una vez vayas depende de ti.

22

Hipótesis

El lunes por la mañana Eureka se puso el uniforme, preparó la mochila, mordió con abatimiento una Pop-Tart y arrancó a Magda antes de aceptar que no podía ir al instituto.

Era por algo más que por haber sido humillada en el juego Nunca Jamás. Era por la traducción de *El libro del amor*, que había jurado no contarle a nadie, ni siquiera a Cat. Era por el sueño del coche hundido, en el que los papeles de Diana y Ander parecían tan claros. Era por Brooks, en el que solía buscar apoyo, pero cuya amistad, desde que se habían besado, había pasado de ser estable a hallarse gravemente herida. Quizá lo que más la inquietaba era la visión de aquel cuarteto resplandeciente que rodeó su coche en la carretera oscura, como anticuerpos luchando contra una enfermedad. Cada vez que cerraba los ojos, veía una luz verde que iluminaba el rostro de Ander y que sugería algo poderoso y peligroso. Aunque quedara alguien en el mundo con quien contar, Eureka nunca encontraría las palabras para que aquella escena sonara cierta.

Así que ¿cómo iba a sentarse en clase de latín y fingir que estaba tranquila? No tenía una vía de escape, solo bloqueos. Pero había una terapia que podía sosegarla.

Llegó a la salida del Evangeline y continuó conduciendo para dirigirse al este, hacia el atractivo verde de los margosos prados cercanos a Breaux Bridge. Condujo treinta y dos kilómetros al este y unos cuantos más hacia el sur. No se detuvo hasta que ni siquiera supo dónde estaba. Era un paisaje rural y tranquilo, nadie la reconocería, y eso era justo lo que necesitaba. Aparcó bajo un roble que daba cobijo a una familia de palomas. Dentro del coche, se puso la ropa de repuesto para correr que siempre llevaba en el asiento trasero.

No había calentado cuando se metió en el bosque silencioso tras la carretera. Se subió la cremallera de la chaqueta y comenzó a correr ligeramente. Al principio sintió las piernas como si corrieran por aguas pantanosas. Sin la motivación del equipo, la única competición de Eureka era contra su imaginación. Así que pensó que un avión de carga tan grande como el Arca de Noé había aterrizado justo detrás de ella, y que sus motores, del tamaño de una casa, absorbían árboles y tractores hacia sus cuchillas zumbantes mientras ella corría sola junto a toda la materia del mundo, que pasaba en dirección opuesta a toda velocidad.

Nunca le había gustado el parte meteorológico, prefería encontrar espontaneidad en el ambiente. A primera hora de la mañana había hecho sol, aunque había restos de nubes en el cielo. En ese momento aquellas nubes altas se habían vuelto doradas a la luz menguante y unas finas volutas de niebla se filtraban por los robles, otorgando al bosque una débil incandescencia. A Eureka le encantaba la niebla en los bosques, el modo en que el viento hacía que los helechos junto a las ramas de los robles trataran de alcanzar la bruma. Los helechos ansiaban la humedad que, si se convertía en lluvia, cambiaría sus hojas de pardo rojizo a esmeralda.

Diana era la única persona a la que Eureka había conocido que también prefiriera correr bajo la lluvia en vez de cuando brillaba el sol. Tras años haciendo footing con su madre, Eureka había aprendido a apreciar como el «mal» tiempo hechizaba una carrera normal: la lluvia golpeando las hojas, la tormenta limpiando las cortezas de los árboles y los diminutos arcoíris que aparecían en ramas torcidas. Si aquello era el mal tiempo, Diana y Eureka coincidían en que no querían conocer el bueno. Así que mientras la bruma avanzaba sobre sus hombros, Eureka pensó que sería el tipo de sudario que a Diana le habría gustado llevar si hubiera tenido la oportunidad de un funeral.

Eureka no tardó en llegar a una señal blanca de madera que otro corredor debió de clavar en un roble para marcar su progreso. Tocó la madera, como cuando un corredor alcanza la mitad del recorrido, y continuó.

Sus pies golpeaban el sendero erosionado. Los brazos se movían con fuerza arriba y abajo. El bosque se oscureció cuando la lluvia comenzó a caer. Eureka siguió corriendo. No pensaba en las clases que estaba perdiéndose, en los susurros que girarían entorno a su asiento vacío en cálculo o en lengua. Estaba en el bosque. No había otro lugar donde prefiriera estar.

Su mente despejada era como un océano. Los cabellos de Diana fluían, ingrávidos, por él. Ander pasó por allí, alargando la mano para alcanzar la extraña cadena que parecía no tener principio ni fin. Quería preguntar por qué la había salvado la otra noche y de qué la había salvado exactamente. Quería saber más sobre la caja plateada y la luz verde que contenía.

La vida se había vuelto muy enrevesada. Eureka siempre había pensado que le encantaba correr porque era una vía de escape. En ese momento se daba cuenta de que, cada vez que se adentraba en un bosque, buscaba encontrar algo, a alguien. Ese día no perseguía nada, porque ya no le quedaba nadie.

Una vieja canción de blues que solía poner en su programa de radio sonó en su cabeza: «Los niños sin madre lo pasan mal cuando su madre está muerta».

Llevaba kilómetros corriendo cuando comenzaron a arderle las pantorrillas y se dio cuenta de que estaba muerta de sed. Estaba lloviendo más fuerte, así que aminoró la marcha y abrió la boca hacia el cielo. El mundo arriba era de un verde intenso, cubierto de rocío.

—Estás mejorando tu tiempo —oyó que decía una voz detrás de ella.

Eureka se dio la vuelta.

Ander llevaba unos vaqueros grises desteñidos, una camisa Oxford y un chaleco azul marino que le quedaba espectacular. La miró con una descarada confianza que enseguida contradijeron los dedos que se pasó con nerviosismo por el pelo.

Tenía un talento peculiar para fundirse con el entorno hasta que quería ser visto. Eureka debía de haber pasado a su lado a toda velocidad, aunque se enorgullecía de su actitud alerta mientras corría. El corazón ya le latía rápido por el ejercicio, pero le empezó a latir aún más deprisa porque volvía a estar a solas con Ander. El viento hizo susurrar las hojas de los árboles, enviando al suelo una lluvia de gotas con un ligero olor a océano. El perfume de Ander.

—Y tus apariciones se están haciendo absurdas.

Eureka retrocedió. Ander o era un psicópata o un salvador, y no había forma de sacarle una respuesta directa. Recordó lo último que le había dicho: «Tienes que sobrevivir», como si su supervivencia estuviera literalmente en juego.

Recorrió con la vista el bosque, buscando un rastro de aquellas extrañas personas, una señal de la luz verde o cualquier otro peligro, o alguien que pudiera ayudarla si resultaba que el peligro era Ander. Estaban solos.

Llevó la mano al teléfono y se visualizó marcando el 911 si la situación se ponía rara. Entonces pensó en Bill y los otros polis a los que conocía, y se dio cuenta de que era inútil. Además, Ander seguía allí.

Al ver su cara le entraron ganas de huir, y, al mismo tiempo, de correr hacia él para ver cómo de intenso era el azul de aquellos ojos.

—No llames a tu amigo de la comisaría —dijo Ander—. Solo he venido aquí a hablar. Pero, para que quede claro, no tengo.

—¿El qué?

—Antecedentes penales. No estoy fichado.

—Muy bien, ya me has puesto en antecedentes.

Ander se acercó. Eureka retrocedió. La lluvia le salpicó la sudadera y le provocó un escalofrío.

—Y antes de que me preguntes, no estaba espiándote cuando fuiste a ver a la policía. Pero esas personas a las que viste en el vestíbulo y luego más tarde en la carretera…

—¿Quiénes eran? —preguntó Eureka—. ¿Y qué había en aquella caja plateada?

Ander sacó de su bolsillo un gorro impermeable de color canela. Se lo puso y se lo bajó hasta los ojos, aunque su pelo, como Eureka había advertido, no parecía mojado. Con aquel gorro parecía un detective de una película antigua de cine negro.

—Eso es problema mío —respondió—. No tuyo.

—Eso no fue lo que me diste a entender la otra noche.

—¿Por? —Se acercó un poco más, hasta que estuvo a tan solo unos centímetros y ella pudo oír su respiración—. Estoy de tu parte.

—¿Y de qué parte estoy yo?

La fuerza de la lluvia hizo que Eureka retrocediera un paso para cobijarse bajo el follaje.

Ander frunció el entrecejo.

—Estás nerviosa.

—No.

Señaló sus codos, que sobresalían de los bolsillos en los que había metido los puños. Estaba temblando.

—Si estoy nerviosa, y tus repentinas apariciones no ayudan nada.

—¿Cómo puedo convencerte de que no voy a hacerte daño, de que estoy intentando ayudarte?

—Yo no he pedido ayuda.

—Si no ves que soy uno de los buenos, nunca creerás…

—¿Creeré qué?

Cruzó las manos con fuerza sobre el pecho para contener el temblor de sus codos. La bruma flotaba en el aire a su alrededor, haciendo que todo se viera un poco borroso.

Con mucho cuidado, Ander colocó la mano en su antebrazo. Su tacto era cálido. Tenía la piel seca. Le puso el vello húmedo de punta.

—El resto de la historia.

La palabra «historia» le trajo a la mente *El libro del amor*. Un relato antiguo sobre la Atlántida no tenía nada que ver con lo que Ander estaba hablando, pero aun así oyó la traducción de madame Blavatsky en su cabeza: «Todo podría cambiar con la última palabra».

—¿Tiene un final feliz? —preguntó.

Ander sonrió tristemente.

—Se te dan bien las ciencias, ¿verdad?

—No. —Si se echaba un vistazo a las últimas notas de Eureka, no parecía que fuera buena en nada. Pero entonces vio el rostro de Diana en su memoria. Cada vez que Eureka la acompañaba a una excavación, su madre alardeaba delante de sus amigos sobre cosas embarazosas como la mente analítica de Eureka y su avanzado nivel de lectura. Si Diana estuviera allí, habría confirmado lo irrefutablemente buena que era Eureka en ciencias—. Supongo que no se me dan mal.

—¿Y si te pido que hagas un experimento? —dijo Ander.

Eureka pensó en las clases que se había saltado y en los problemas en los que se habría metido. No estaba segura de si debía añadir otra tarea.

—¿Y si fuera algo que parece imposible de demostrar? —continuó.

—¿Y si me dices de qué va todo esto?

—Si pudieras demostrar esta hipótesis imposible —dijo—, ¿me creerías entonces?

—¿Qué hipótesis?

—La piedra que te dejó tu madre al morir…

Eureka levantó enseguida la vista para mirarle a los ojos. En contraste con el verdor del bosque, los iris turquesa de Ander estaban ribeteados de verde.

—¿Cómo sabes eso?

—Intenta mojarla.

—¿Mojarla?

Ander asintió.

—Mi hipótesis es que no serás capaz.

—Todo puede mojarse —contestó ella, aunque hacía un momento se había preguntado por qué él tenía la piel seca cuando la había tocado.

—Esa piedra no —repuso—. Si resulta que tengo razón, ¿me prometes confiar en mí?

—No sé por qué mi madre me dejaría una piedra que repele el agua.

—Mira, añadiré un aliciente. Si me equivoco sobre esa piedra, si se trata de una roca antigua, normal y corriente, desapareceré y no volverás a tener noticias mías. —Ladeó la cabeza, como observando su reacción, pero sin la picardía que ella esperaba—. Lo prometo.

Eureka no estaba preparada para no volver a verle, aunque la piedra no se mojara. Pero su mirada la presionaba como unos sacos de arena para apisonar el aumento del lecho del bayou. Su mirada no la dejaba escapar.

—Muy bien. Probaré.

—Hazlo. —Ander hizo una pausa—. Sola. Nadie más puede saber lo que tienes. Ni tus amigos. Ni tu familia. Sobre todo Brooks.

—¿Sabes? Brooks y tú deberíais quedar —dijo Eureka—. Por lo visto, siempre estáis pensando el uno en el otro.

—No puedes confiar en él. Espero que ahora lo entiendas.

Eureka quería empujar a Ander. Siempre hablaba de Brooks como si supiera algo de lo que ella no tenía ni idea. Pero tenía miedo de que si le tocaba no fuera para darle un empujón. Sería un abrazo y perdería el control. No sabría cómo liberarse.

Giró sobre sus talones en el barro. Solo pensaba en huir. Quería estar en casa, estar en un lugar seguro, aunque no sabía cómo o dónde encontrar ninguna de esas cosas. Llevaban meses esquivándola.

La lluvia arreció. Eureka miró el camino por el que había llegado allí, sumido en el verde olvido, e intentó ver a Madga a kilómetros de distancia. Los límites del bosque se desvanecieron en su visión hasta transformarse en pura forma y color.

—Al parecer no puedo confiar en nadie.

Echó a correr bajo la lluvia torrencial, deseando alejarse de Ander a cada paso que daba, darse la vuelta y correr hacia él. Sus instintos se enfrentaban en su interior hasta el punto de hacer que deseara chillar. Cogió velocidad.

—¡Pronto te darás cuenta de lo equivocada que estás! —gritó Ander, que seguía donde lo había dejado.

Pensaba que la seguiría, pero no lo hizo.

Eureka se detuvo. Sus palabras la habían dejado sin aliento. Se dio la vuelta despacio. Sin embargo, cuando miró a través de la lluvia, la niebla, el viento y las hojas, Ander ya había desaparecido.

23

La piedra de rayo

—En cuanto termines los deberes —dijo Rhoda desde el otro lado de la mesa del comedor aquella noche—, vas a escribir un e-mail de disculpa a la doctora Landry con copia a mí. Y dile que la verás la semana que viene.

Eureka sacudió el frasco de tabasco violentamente sobre su *étouffée*. Las órdenes de Rhoda ni siquiera merecían que la fulminara con la mirada.

—Tu padre y yo hemos estado compartiendo ideas con la doctora Landry —continuó—. No creemos que vayas a tomarte en serio la terapia a menos que la veas como una responsabilidad tuya y por eso vas a pagarte tú las sesiones. —Rhoda le dio un sorbo a su vino rosado—. Saldrá de tu bolsillo. Setenta y cinco dólares a la semana.

Eureka apretó la mandíbula para evitar quedarse boquiabierta. Así que por fin habían encontrado un castigo por el agravio de la semana anterior.

—Pero no tengo trabajo —dijo.

—Recuperarás tu antiguo trabajo en la tintorería —contestó Rhoda—, suponiendo que puedas demostrar que eres más responsable ahora que cuando te despidieron.

Eureka no se había vuelto más responsable. Se había convertido en una suicida deprimida. Miró a su padre en busca de ayuda.

—He hablado con Ruthie —dijo el, con la cabeza gacha, como si le hablara al *étouffée* en vez de a su hija—. Puedes hacer dos turnos a la semana, ¿no? —Cogió el tenedor—. Bueno, come, que se te va a enfriar la comida.

Eureka no podía comer. Consideró las numerosas frases que estaban formándose en su cabeza: «Vosotros dos sí que sabéis cómo llevar un intento de suicidio. ¿Podríais empeorar más una mala situación? La secretaria del Evangeline ha llamado para ver por qué no había ido hoy a clase, pero ya he borrado el mensaje en el contestador. ¿Os he mencionado que también he dejado el equipo de campo a través y que no tengo intención de volver al instituto? Me voy y no volveré».

Pero Rhoda hacía oídos sordos a la franqueza incómoda. ¿Y su padre? Eureka apenas le reconocía. Parecía haberse creado una nueva identidad para no contradecir a su esposa. Quizá porque nunca consiguió evitarlo cuando estuvo casado con Diana.

Nada de lo que Eureka dijera cambiaría las crueles normas de esa casa, que solo se aplicaban a ella. Le ardía la cabeza, pero mantuvo la vista en el plato. Tenía mejores cosas que hacer que pelear con los monstruos del otro lado de la mesa.

Las fantasías se agolpaban en los límites de su mente. Quizá conseguiría un trabajo en un esquife pesquero que navegara cerca de donde *El libro del amor* decía que estaba la Atlántida. Madame Blavatsky parecía pensar que aquella isla había existido de verdad. Tal vez la anciana quisiera acompañarla. Podían ahorrar dinero, comprar un barco y salir al brutal océano que se había llevado todo lo que quería. Podían encontrar las Columnas de Hércules y continuar. A lo mejor entonces se sentía en casa… no como la extraña de la mesa del comedor. Movió algunos guisantes por el plato con el tenedor y clavó un cuchillo en su *étouffée* para ver si se aguantaba solo.

—Si vas a faltar el respeto a la comida que ponemos en la mesa —dijo Rhoda—, creo que puedes levantarte.

Su padre añadió en voz más baja:

—¿Ya has comido suficiente?

Eureka tuvo que reunir todas sus fuerzas para no poner los ojos en blanco. Se puso de pie, empujó la silla e intentó imaginarse lo distinta que sería aquella escena si solo estuvieran su padre y ella, si aún le respetara, si nunca se hubiera casado con Rhoda.

En cuanto el pensamiento se formó en la mente de Eureka, miró a sus hermanos y se arrepintió de aquel anhelo. Los mellizos tenían cara de estar muy disgustados. Permanecían callados, como preparados para la respuesta a gritos de Eureka. Sus rostros y los pequeños hombros encorvados la hicieron querer cogerlos y llevárselos consigo a donde fuera que escapara. Les besó en la cabeza antes de subir las escaleras a su habitación.

Cerró la puerta y se tiró en la cama. Se había duchado tras la carrera y el pelo mojado había humedecido el cuello del pijama de franela que le gustaba llevar cuando estaba lloviendo. Se quedó tumbada inmóvil e intentó traducir el código de la lluvia sobre el tejado.

«Espera —decía—. Tú espera.»

Se preguntó qué estaría haciendo Ander y en qué tipo de habitación estaría tumbado en su cama, mirando el techo. Sabía que al menos de vez en cuando pensaba en ella; requería cierta previsión esperar a alguien en el bosque y en todos los otros lugares en los que había estado esperándola. Pero ¿qué pensaba sobre ella?

¿Y qué pensaba ella en realidad de él? Le daba miedo, la atraía, la provocaba, la sorprendía. Cuando pensaba en Ander, no estaba deprimida, pero amenazaba con deprimirse luego aún más. Había cierta energía en él que la apartaba de la pena.

Pensó en la piedra de rayo y en la hipótesis de Ander. Era una estupidez. La confianza no nacía de un experimento. Pensó en su amistad con Cat. Se habían ganado la confianza la una de la otra con el paso del tiempo, se había ido fortaleciendo despacio, como un músculo, hasta poseer fuerza propia. Pero a veces la confianza alcanzaba la intuición como un rayo, rápida y profundamente, como había sucedido entre Eureka y madame Blavatsky. Una cosa era cierta: la confianza era mutua, y ese era el problema entre Ander y ella. Él tenía la baraja entera. El papel que representaba Eureka en aquella relación parecía reducirse a estar alarmada.

Aún así…, no tenía que confiar en Ander para saber más sobre la piedra de rayo.

Abrió el cajón del escritorio y dejó el pequeño cofre azul en medio de la cama. Se sentía avergonzada por considerar poner a prueba su hipótesis, incluso sola en su habitación con la puerta y los postigos cerrados.

Abajo sonaban los platos y los tenedores de camino al fregadero. Era la noche que le tocaba lavarlos, pero nadie fue a molestarla. Era como si ya no estuviese allí.

Unos pasos en las escaleras hicieron que Eureka se lanzara en busca de su mochila. Si su padre entraba, tenía que fingir que estaba estudiando. Tenía horas de ejercicios de cálculo pendientes, un control de latín el viernes y una cantidad incalculable de trabajo que recuperar por las clases a las que había faltado aquel día. Llenó la cama de libros de texto y carpetas para tapar el cofre de la piedra de rayo. Se colocó el libro de cálculo en las rodillas justo antes de que llamaran a la puerta.

—¿Sí?

Su padre asomó la cabeza. Tenía un trapo de cocina en el hombro y las manos rojas por el agua caliente. Eureka miró con el entrecejo fruncido una página del libro de cálculo al azar y esperó que su abstracción la hiciera olvidar la culpa por dejarle hacer sus tareas.

Antes él se colocaba junto a la cama para ofrecerle inteligentes y sorprendentes consejos que aplicar en sus deberes. Ya ni siquiera entraba en su cuarto.

Señaló el libro con la cabeza.

—¿El principio de incertidumbre? Es difícil. Cuanto más sabes cómo cambia una variable, menos sabes sobre la otra. Y todo cambia constantemente.

Eureka miró al techo.

—Ya no sé la diferencia entre variables y constantes.

—Solo intentamos hacer lo que es mejor para ti, Reka.

No respondió. No tenía nada que decir a eso, nada que decirle a él.

Cuando cerró la puerta, ella leyó el párrafo de introducción al principio de incertidumbre. La portada del capítulo mostraba un triángulo grande, el símbolo griego para el cambio, delta. Tenía la misma forma que la piedra de rayo envuelta en gasa.

Retiró el libro y abrió la caja. La piedra de rayo, que seguía envuelta en la curiosa gasa blanca, parecía pequeña y sencilla. La cogió, recordando la delicadeza con la que la había manipulado Brooks. Intentó conseguir el mismo nivel de reverencia. Pensó en la advertencia de Ander sobre que debía hacer la prueba ella sola, que Brooks no debía saber lo que tenía. Pero ¿qué tenía? Ni siquiera había visto el aspecto de la piedra. Pensó en la posdata de Diana: «No retires la gasa hasta que no lo necesites. Lo sabrás cuando llegue el momento».

La vida de Eureka era un caos. Estaba a punto de que la echaran de la casa donde odiaba vivir. No había ido al instituto. Se había alejado de todos sus amigos y perseguía pájaros por el bayou antes del amanecer para encontrarse con médiums ancianas. ¿Cómo se suponía que iba a saber si había llegado el momento místico al que se refería Diana?

Mientras iba a coger el vaso de la mesilla de noche, mantuvo la piedra envuelta en la gasa. La dejó encima de su carpeta de latín. Con mucho cuidado, echó un chorrito del agua de la noche anterior directamente encima. Observó como se mojaba y el agua se filtraba en la tela. No era más que una piedra.

La dejó y se tiró de un salto a la cama. La soñadora en su interior estaba desilusionada.

Entonces, en su visión periférica, vio un ligero movimiento. La gasa de la piedra se había levantado por una esquina, como si se hubiera soltado por el agua. «Sabrás cuándo», oyó que decía la voz de Diana, como si estuviera tumbada junto a Eureka. Se estremeció.

Retiró un poco más la gasa por aquella esquina, lo que hizo girar la piedra, quitando capa tras capa de envoltorio blanco. Los dedos de Eureka apartaron cuidadosamente la tela, que iba soltándose mientras la forma triangular de la piedra se encogía y afilaba en sus manos.

Por fin cayó la última capa de gasa. Sostenía en las manos una piedra en forma de triángulo isósceles del tamaño del relicario de lapislázuli, pero mucho más pesada. Examinó la superficie: lisa, con algunos bultos e imperfecciones, como cualquier otra piedra. Estaba salpicada aquí y allá de cristales de un azul grisáceo. Habría sido una buena piedra para que Ander la hubiera hecho rebotar en el agua.

El móvil de Eureka vibró en la mesilla de noche. Se lanzó a cogerlo, inexplicablemente segura de que sería él. Pero fue la foto coqueta de una Cat medio vestida la que apareció en la pantalla. Eureka dejó que saltara el buzón de voz. Cat había estado mandándole mensajes y llamándola cada pocas horas desde bien temprano aquella mañana. Eureka no sabía qué contarle. Se conocían demasiado para mentirle y decir que no le pasaba nada.

Cuando la pantalla del teléfono volvió a fundirse en negro y su dormitorio quedó a oscuras, Eureka se percató de la tenue luz azul que emanaba de la piedra. Las vetas de color azul grisáceo resplandecían por la superficie. Se quedó mirándolas hasta que comenzaron a parecer abstracciones de una lengua. Le dio la vuelta a la piedra y vio una forma familiar en el dorso. Las vetas formaban círculos. Le pitó el oído. Se le puso la carne de gallina. La imagen de la piedra de rayo era exactamente como la cicatriz de la frente de Brooks.

Un débil trueno sonó en el cielo. No era más que una coincidencia, pero se sobresaltó. La piedra se le resbaló de los dedos y cayó en un hueco del edredón. Volvió a coger el vaso y vertió el contenido sobre la piedra al descubierto, como si estuviera apagando un fuego, como si estuviera extinguiendo su amistad con Brooks.

El agua rebotó y le salpicó la cara.

Ella escupió y se secó la frente. Bajó la vista hacia la piedra. La colcha estaba mojada; sus apuntes y los libros de texto, también. Los secó con la almohada y los apartó. Cogió la piedra. Estaba tan seca como el cráneo de una vaca en una pared de un bar de carretera.

—Ni de coña —murmuró.

Se levantó de la cama, con la piedra en la mano, y abrió un poco la puerta. Abajo tenían puesta la televisión con las noticias locales. La lamparilla de los mellizos proyectaba unos débiles rayos que se filtraban por la puerta abierta de la habitación que compartían. Fue de puntillas al baño y cerró la puerta con pestillo. Se quedó con la espalda apoyada en la pared y se miró en el espejo sujetando la piedra.

Tenía el pijama salpicado de agua. Las puntas del pelo que le enmarcaba la cara también estaban mojadas. Puso la piedra bajo el grifo y lo abrió al máximo.

Cuando el chorro tocó la piedra, lo repelió al instante. No, no era eso. Eureka miró con más detenimiento y se fijó en que el agua ni siquiera tocaba la piedra. La repelía en el aire que la rodeaba.

Cerró el grifo. Se sentó en el borde de la bañera de cobre, que estaba llena de los juguetes de los mellizos. El lavabo, el espejo y la alfombra estaban empapados. La piedra de rayo se hallaba totalmente seca.

—Mamá —murmuró—, ¿en qué me has metido?

Se acercó la piedra a la cara para examinarla y le dio la vuelta en las manos. Le habían hecho un agujerito en la parte superior del ángulo más ancho del triángulo, lo bastante grande como para meter una cadena. La piedra de rayo podía llevarse como un colgante.

Entonces ¿por qué llevarla envuelta en una gasa? Quizá la gasa protegía el impermeabilizante que le habían aplicado para que repeliera el agua. Eureka miró por la ventana del cuarto de baño como caía la lluvia sobre las ramas oscurecidas. Se le ocurrió una idea.

Arrastró una toalla por el lavabo y el suelo, intentando recoger toda el agua posible. Se metió la piedra rayo en el bolsillo del pijama y salió sigilosamente al pasillo. Al principio de las escaleras, miró hacia abajo y vio a su padre dormido en el sofá, con el cuerpo iluminado por la luz de la tele. Tenía un cuenco de palomitas sobre el pecho. Oyó teclear frenéticamente en la cocina, solo podía tratarse de Rhoda torturando su portátil.

Eureka bajó a hurtadillas las escaleras y con cuidado abrió la puerta trasera. El único que la vio fue Squat, que salió trotando con ella porque le encantaba llenarse de barro bajo la lluvia. Eureka le rascó la cabeza y le dejó que saltara para besarle la cara, una costumbre que Rhoda llevaba años luchando por quitarle. El perro siguió a Eureka mientras descendía por las escaleras del porche y se dirigía a la puerta que daba al bayou.

Se oyó otro trueno que le hizo recordar que llevaba lloviendo toda la noche y que acababa de oír a Cokie Faucheux decir algo en la tele sobre una tormenta. Levantó el pasador de la puerta y accedió al muelle desde donde los vecinos salían en piragua para ir a pescar. Se sentó en el borde, se remangó el pantalón del pijama y metió los pies en el bayou. Estaba tan frío que se le quedaron rígidos. Pero los dejó allí, congelados, incluso cuando le empezaron a arder.

Con la mano izquierda, sacó la piedra del bolsillo y observó como las finas gotas de agua rebotaban en la superficie. Squat estaba desconcertado, mientras olfateaba la piedra y la lluvia le subía al hocico.

Eurkea cerró el puño alrededor de la piedra de rayo y la sumergió en el bayou, agachándose y estirando el brazo, inhalando con fuerza por el frío. El agua tembló; luego subió el nivel y Eureka vio que una gran burbuja de aire se había formado alrededor de la piedra de rayo y su brazo. La burbuja terminaba justo debajo de la superficie del agua, donde tenía el codo.

Con la mano derecha, Eureka exploró la burbuja bajo el agua, esperando que reventara. Pero no lo hizo. Era maleable y fuerte, como un globo indestructible. Cuando sacó la mano derecha del agua, notó la diferencia. La mano izquierda, todavía bajo el agua, recubierta por la bolsa de aire, no estaba mojada en absoluto. Finalmente sacó la piedra de rayo del agua y comprobó que también permanecía totalmente seca.

—Vale, Ander —dijo—. Tú ganas.

24

La desaparición

Toc. Toc. Toc.

Cuando Polaris llegó a su ventana antes del amanecer el martes por la mañana, Eureka se levantó de la cama al tercer toquecito en el cristal. Corrió las cortinas y deslizó hacia arriba la ventana para recibir al pájaro verde lima.

El pájaro representaba a Blavatsky, y Blavatsky significaba respuestas. Traducir *El libro del amor* se había convertido en la misión más absorbente desde que Diana había fallecido. De alguna manera, como la historia resultaba cada vez más disparatada e imaginativa, se consolidaba la conexión de Eureka con ella. Sentía una curiosidad casi infantil por conocer los detalles de la profecía de las brujas chismosas, como si tuvieran alguna relevancia en su propia vida. Apenas podía esperar a encontrarse con la anciana bajo el sauce.

Había dormido con la piedra de rayo en la misma cadena que el relicario de lapislázuli. No soportaba la idea de envolverla y guardarla de nuevo. Pesaba en el cuello y estaba caliente por haberla tenido pegada al pecho toda la noche. Decidió preguntarle a madame Blavatsky qué opinión tenía al respecto. Eso significaría introducir aún más a la anciana en su vida privada, pero Eureka confiaba en su instinto. Quizá Blavatsky supiera algo que la ayudara a comprender la piedra, quizá pudiera incluso explicarle qué interés tenía Ander en ella.

Eureka le tendió la mano a Polaris, pero el pájaro pasó de largo. Voló hacia el interior de su habitación, describió un agitado círculo en el techo y volvió a salir a toda velocidad por la ventana hacia el cielo negro como el carbón. Batió las alas, mandando una corriente de aire con aroma a pino en dirección a Eureka y exponiendo plumas multicolores donde la parte interior de las alas se encontraba con el esternón. El pico se abrió hacia arriba en un graznido estridente.

—¿Ahora eres un gallo? —dijo Eureka.

Polaris graznó de nuevo. El sonido era espantoso, no tenía nada que ver con las notas melódicas que le había oído cantar antes.

—Ya voy.

Eureka echó un vistazo a su pijama y a los pies descalzos. Fuera hacía frío, había humedad y el sol hacía mucho que se había puesto. Cogió lo primero que tenía a mano en el armario: el chándal verde desteñido del Evangeline que llevaba a las carreras de campo a través. Al ser de nailon, abrigaba, y podía correr con él; no había motivos para ponerse sentimental con el equipo del que había suplicado salir. Se cepilló los dientes y se recogió el pelo en una trenza. Se encontró a Polaris junto al romero en el borde del porche delantero de la casa.

Era una mañana húmeda, inundada por el chismorreo de los grillos y el susurro limpio del romero mecido por el viento. Esa vez Polaris no esperó a que Eureka se atara las zapatillas. Voló en la misma dirección por la que le había seguido el otro día, pero más rápido.

Eureka comenzó a correr tras él entre adormilada y alerta. Las pantorrillas le ardían por la carrera del día anterior.

El graznido del pájaro era persistente, brusco en contraste con la calle aletargada a las cinco de la madrugada. Eureka deseó saber cómo acallarlo. El humor del ave era distinto, pero ella no hablaba su idioma. Lo único que podía hacer era seguir el ritmo.

Corría a toda velocidad cuando pasó junto a la furgoneta roja del chico de los periódicos al final de Shady Circle. Le saludó con la mano haciéndose la simpática, luego giró a la derecha para acortar por el jardín de los Guillot. Llegó al bayou, con su resplandor matutino verde militar. Había perdido de vista a Polaris, pero conocía el camino hasta el sauce.

Podría haber corrido hasta allí con los ojos cerrados y parecía que así iba. Llevaba días sin dormir bien. Tenía el depósito prácticamente vacío. Contempló el reflejo de la luna en la superficie del agua y se imaginó que esta había engendrado un montón de bebés luna. Las medialunas pequeñas nadaban corriente arriba, saltando como peces voladores, intentando dejar atrás a Eureka. Movió más rápido las piernas, deseando ganar, hasta que se tropezó con las raíces leñosas de un helecho y cayó al barro. Se apoyó con la muñeca mala. Hizo un gesto de dolor al recobrar el equilibrio y el ritmo.

Se oyó un fuerte graznido.

Polaris bajó a la altura de su hombro mientras ella recorría los últimos veinte metros hasta el sauce. El pájaro se quedó atrás, aún emitiendo aquellos graznidos ahogados que dañaban a Eureka ambos oídos. No fue hasta que llegó al árbol cuando se dio cuenta del motivo de aquel ruido. Se apoyó en el tronco liso y blanco con las manos en las rodillas mientras recuperaba el aliento. Madame Blavatsky no estaba allí.

El gorjeo de Polaris tenía un trasfondo de irritación. Se movía describiendo grandes círculos sobre el árbol. Eureka levantó la vista hacia él, desconcertada, agotada; y entonces lo entendió.

—¡No querías que viniera aquí!

Graznido.

—Bueno, ¿cómo se supone que voy a saber dónde está?

Graznido.

Salió por donde Eureka había llegado y, aunque pareciera absurdo, se dio la vuelta claramente y la fulminó con una mirada. Respirando con dificultad y perdiendo resistencia, Eureka lo siguió.

El cielo aún estaba oscuro cuando dejó a Magda en el aparcamiento frente a la oficina de Blavatsky. El viento esparcía por el pavimento irregular las hojas de los robles oscurecidas. Una farola iluminaba la intersección, pero dejaba el centro comercial lóbrego.

Eureka había escrito una nota en la que avisaba de que se marchaba pronto al instituto para ir al laboratorio de ciencias y la había dejado en la encimera de la cocina. Sabía que debía de haber parecido ridículo el hecho de que abriera la puerta del coche para que Polaris entrara volando, pero así eran las acciones de Eureka últimamente. El pájaro resultó un gran copiloto en cuanto Eureka se dio cuenta de que dos saltitos hacia un lado u otro en el salpicadero indicaban en qué dirección debía girar. Con la calefacción encendida, las ventanas y el techo corredizo abiertos, fueron a toda velocidad hacia el local de la traductora al otro lado de Lafayette.

Tan solo había aparcado otro coche allí. Parecía que llevaba parado una década, delante del centro de bronceado de al lado, lo que le hizo preguntarse a Eureka cuál era el medio de transporte de madame Blavatsky.

Polaris salió volando por la ventana y se elevó en el exterior para subir las escaleras antes de que Eureka apagara el motor. Cuando lo alcanzó, llevó la mano, ansiosa, hacia la antigua aldaba de cabeza de león.

—Dijo que no la molestara en casa —le recordó Eureka a Polaris—. Tú estabas delante.

El tono del graznido de Polaris la sobresaltó. No le parecía bien llamar tan temprano, así que empujó ligeramente con la cadera la puerta, que se abrió hacia el vestíbulo de techo bajo. La chica y el pájaro entraron. La casa estaba en silencio, había humedad en el ambiente y olía a leche agria. Las dos sillas plegables seguían allí, así como la lámpara roja y el revistero vacío. Pero algo parecía distinto. La puerta del estudio de madame Blavatsky estaba entornada.

Eureka miró a Polaris. Estaba callado y voló, con las alas cerca del cuerpo, hacia la puerta. Al cabo de unos instantes, Eureka lo siguió.

Habían registrado de arriba abajo el despacho de madame Blavatsky. Todo lo que podía romperse se había roto. Habían destrozado las cuatro jaulas con unos alicates. Una de ellas colgaba deforme del techo; habían tirado el resto al suelo. Unos cuantos pájaros cotorreaban, nerviosos, en el alféizar de la ventana abierta. Los demás debían de haberse ido volando o algo peor. Había plumas verdes por todas partes.

Los retratos hoscos estaban hechos añicos sobre la alfombra persa embarrada. Habían rajado los cojines del sofá y el relleno salía como pus de una herida. El humidificador cerca de la pared del fondo estaba borboteando, lo que significaba, como Eureka sabía porque se había encargado de las alergias de los mellizos, que casi no tenía agua. Una estantería se encontraba hecha trizas en el suelo y una de las tortugas exploraba la montaña irregular de libros.

Eureka caminó de un lado al otro de la habitación, pasando con cuidado por encima de los libros y los marcos rotos de las fotografías. Advirtió una pequeña mantequera llena de anillos con pedrería. La escena no era típica de un robo.

¿Dónde se encontraba Blavatsky? ¿Y dónde estaba el libro de Eureka?

Comenzó a revisar algunos papeles arrugados que había encima del escritorio, pero no quería husmear en las cosas privadas de madame Blavatsky. Detrás de la mesa vio el cenicero donde la traductora apagaba los cigarrillos. Había cuatro colillas con la marca del inconfundible pintalabios rojo de Blavatsky y dos tan blancas como el papel.

Eureka se tocó los colgantes que llevaba al cuello, apenas sin darse cuenta de que estaba desarrollando la costumbre de recurrir a ellos en busca de ayuda. Cerró los ojos y se sentó en la silla del escritorio. Parecía que el techo y las paredes negras se le caían encima.

Los cigarrillos blancos le hicieron pensar en rostros blancos, lo bastante tranquilos para fumar antes…, después o durante el destrozo del despacho de Blavatsky. ¿Qué habían ido a buscar los intrusos?

¿Dónde estaba su libro?

Sabía que era tener prejuicios, pero no podía imaginarse a ningún otro culpable salvo las personas fantasmales de la carretera oscura. La idea de sus pálidos dedos cogiendo el libro de Diana hizo que se pusiera de pie inmediatamente.

Al fondo del despacho, cerca de la ventana abierta, descubrió un cuarto minúsculo que no había visto en su primera visita. La entrada estaba cubierta por una cortina de cuentas púrpura que sonó cuando la cruzó. La habitación era una cocina pequeña con un fregadero, una maceta demasiado grande con eneldo, un taburete de madera con tres patas y, detrás de la nevera, unas sorprendentes escaleras.

El apartamento de madame Blavatsky estaba en el piso que había encima de su oficina. Eureka subió las escaleras de tres en tres. Polaris gorjeó en señal de aprobación, como si aquella fuese la dirección que llevaba todo el rato queriendo que tomase.

Las escaleras estaban a oscuras, así que utilizó el móvil para iluminar el camino. Al final había una puerta cerrada con seis cerraduras de seguridad enormes. Cada una de las cerraduras era antigua y única, y parecía totalmente impenetrable. Eureka se sintió aliviada al pensar que al menos quienquiera que hubiese registrado el estudio de abajo no habría podido entrar en el apartamento de madame Blavatsky.

Polaris graznó, enfadado, como si esperara que Eureka tuviera la llave. Bajó y picoteó la alfombra raída que había junto a la puerta como una gallina desesperada por comer. Eureka enfocó la luz del móvil hacia abajo para ver qué estaba haciendo.

Deseó no haberlo hecho.

Un charco de sangre se había filtrado por la rendija entre la puerta y el descansillo. Había empapado la mayor parte del último escalón y se estaba extendiendo hacia abajo. En la silenciosa oscuridad de la escalera, Eureka oyó caer una gotita del escalón hacia donde ella estaba. Se retiró un poco, con miedo y repugnancia.

Empezó a marearse. Se inclinó hacia delante, con la intención de apoyar la mano en la puerta un momento y recuperar el equilibrio, pero retrocedió cuando la puerta cedió nada más tocarla. Esta cayó, como un árbol talado, hacia el apartamento. Al golpazo de la puerta le acompañó un chapoteo sobre la alfombra y Eureka se dio cuenta de que tenía que ver con la sangre que se había filtrado desde el otro lado. El impacto salpicó de rojo las paredes manchadas de humo.

Quienquiera que hubiese estado allí había arrancado la puerta de las bisagras y, antes de marcharse, la había apoyado de modo que desde fuera pareciera cerrada.

Tenía que irse de allí. Debía darse la vuelta en ese preciso instante, bajar corriendo las escaleras y salir del edificio antes de que viera algo que no quería ver. La boca se le llenó de un sabor empalagoso. Debía llamar a la policía. Tenía que marcharse y no volver.

Pero no podía. Algo le había pasado a una persona que le importaba. Aunque su instinto estaba gritándole con todas sus fuerzas: «¡Corre!», Eureka no podía darle la espalda a madame Blavatsky.

Pasó por el rellano ensangrentado, por encima de la puerta caída, y siguió a Polaris hacia el interior del apartamento. Olía a sangre, sudor y cigarrillos. Un montón de velas casi consumidas titilaban en la repisa de la chimenea. Eran la única fuente de luz de la estancia. Al otro lado de la pequeña y única ventana, un insecticida eléctrico atacaba a un ritmo constante. En medio de la habitación, en el primer sitio que Eureka había sospechado y el último al que se había permitido mirar, sobre la alfombra industrial azul, yacía desmadejada madame Blavatsky, muerta como Diana.

Eureka se llevó la mano al cuello para ahogar un grito. Por encima del hombro, el hueco de la escalera parecía interminable, como si le fuese a resultar imposible bajar sin desmayarse. Por instinto, se llevó la mano al bolsillo para coger el móvil. Marcó el 911, pero no se sentía con valor suficiente para darle al botón de llamada. Se había quedado sin voz, no había forma de comunicarle a un desconocido al otro lado de la línea que la mujer que se había convertido para ella en lo más parecido a una madre estaba muerta.

Volvió a guardarse el teléfono en el bolsillo y se acercó a madame Blavatsky, con cuidado de no pisar la sangre.

En el suelo, los mechones de cabello castaño rojizo rodeaban la cabeza de la anciana como una corona. Había calvas de piel rosada allí donde le habían arrancado el pelo. Tenía los ojos abiertos. Uno miraba, ausente, al techo. El otro se lo habían sacado totalmente de la cuenca. Pendía cerca de la sien, colgando de una fina arteria rosa. Las mejillas estaban laceradas, como si unas uñas afiladas se hubieran arrastrado por ellas. Las piernas y los brazos se hallaban extendidos hacia los lados, lo que la hacía parecer una especie de ángel de nieve destrozado. Una mano sujetaba un rosario. Su capa hecha de retales estaba empapada en sangre. La habían pegado, cortado y apuñalado repetidas veces en el pecho con algo que había hecho incisiones más grandes que las que haría un cuchillo. La habían dejado desangrarse en el suelo.

Eureka se tambaleó hasta la pared. Se preguntó cuál habría sido el último pensamiento de madame Blavatsky. Intentó imaginarse el tipo de oraciones que la mujer podría haber pronunciado al abandonar este mundo, pero tenía la mente en blanco por la impresión. Se cayó de rodillas. Diana siempre decía que todo estaba conectado. ¿Por qué no se había detenido Eureka a pensar qué relación tenía *El libro del amor* con la piedra de rayo de la que Ander sabía tanto o con las personas de las que la había protegido en la carretera? Si habían sido ellos los que habían hecho eso a madame Blavatsky, estaba segura de que habían ido en busca de *El libro del amor*. Habían asesinado a alguien para conseguirlo.

Y si eso era verdad, la muerte de madame Blavatsky había sido culpa suya. Su mente viajó hasta el confesionario, al que iba con su padre los sábados por la tarde. No tenía ni idea de cuántas avemarías y padrenuestros tendría que rezar para expiar ese pecado.

No debería haber insistido en seguir con la traducción. Madame Blavatsky la había advertido de los riesgos. Eureka debía haber relacionado la duda de la anciana con el peligro en el que Ander decía que se hallaba. Pero no lo había hecho. Quizá no había querido. Quizá quería algo dulce y mágico en su vida. Y ahora ese algo dulce y mágico había muerto.

Creyó que iba a vomitar, pero no lo hizo. Creyó que tal vez gritaría, pero no lo hizo. En lugar de eso, se arrodilló junto al pecho de madame Blavatsky y contuvo las ganas de tocarla. Llevaba meses deseando la imposible oportunidad de mecer a Diana en sus brazos después de su muerte. Eureka quería tocar a madame Blavatsky, pero las heridas abiertas la retuvieron. No porque a Eureka le diera asco —aunque la mujer se hallaba en un estado espantoso—, sino porque tuvo el sentido común de no involucrarse en un asesinato. Se contuvo pensando que, por mucho que le importara, ya no podía hacer nada por Blavatsky.

Se imaginó a otros encontrándose esa escena: habría tenido que enfrentarse a la palidez grisácea de la piel de Rhoda, el tono que adquiría cuando le entraban náuseas y que hacía que su pintalabios naranja pareciera propio de un payaso; las oraciones que habrían salido de la boca de la compañera más beata de Eureka, Belle Pogue; las maldiciones de incredulidad que Cat habría lanzado. Eureka se imaginó a sí misma viéndose desde fuera. Parecía tan inánime e inmóvil como una roca que llevara milenios depositada en el apartamento. Parecía estoica e inalcanzable.

La muerte de Diana había eliminado los misterios de la muerte para Eureka. Sabía que la muerte la esperaba, igual que a madame Blavatsky, igual que a todas las personas a las que quería y no quería. Sabía que los seres humanos nacían para morir. Recordó el último verso de un poema de Dylan Thomas que había leído una vez en un foro online de apoyo. Fue lo único que tuvo sentido para ella mientras estuvo en el hospital:

Tras la primera muerte, no hay otra.

La muerte de Diana había sido la primera para Eureka, lo que significaba que la de madame Blavatsky no era otra. Incluso la de Eureka no sería otra.

La pena que sentía era muy intensa, diferente a la que la gente pudiera sentir en una situación así.

Tenía miedo, pero no del cuerpo sin vida delante de ella, pues había visto cosas peores en demasiadas pesadillas. Tenía miedo de lo que significara la muerte de madame Blavatsky para las otras personas cercanas a ella, que cada vez eran menos. No podía evitar la sensación de que le habían robado algo, porque sabía que ya no entendería el resto de *El libro del amor*.

¿Los asesinos se habían llevado su libro? La idea de que alguien más lo tuviera, que supiera más sobre él, la enfureció. Se levantó para acercase a la barra de desayuno de Blavatsky y luego a la mesilla de noche, donde buscó cualquier rastro del libro, con el máximo cuidado posible para no alterar lo que sabía que era la escena de un crimen.

No encontró nada, solo dolor. Se sentía tan abatida que apenas veía. Polaris graznó y picoteó las esquinas de la capa de madame Blavatsky.

«Todo podría cambiar con la última palabra», pensó Eureka. Pero esa no podía ser la última palabra de madame Blavatsky. Se merecía mucho más que eso.

Eureka volvió a agacharse. Intuitivamente se presignó. Juntó las manos e inclinó la cabeza para rezar en silencio a san Francisco, para pedirle serenidad en nombre de la anciana. Mantuvo la cabeza gacha y los ojos cerrados hasta que percibió que su oración había dejado la estancia e iba de camino a la atmósfera. Esperó que llegara a su destino.

¿Qué sería de madame Blavatsky? Eureka no tenía manera de saber quién sería el siguiente en encontrar a la mujer, si tenía amigos o familia cercana. Mientras le daba vueltas a la cabeza para averiguar cómo podía ayudar a madame Blavatsky, se imaginó una aterradora conversación con el sheriff. Se le encogió el pecho. No iba a resucitar a la anciana involucrándose en una investigación criminal. Aun así debía encontrar el modo de avisar a la policía.

Echó un vistazo a la habitación, desanimada; y entonces se le ocurrió una idea.

En el descansillo había pasado por delante de una alarma contra incendios, probablemente instalada antes de que el edificio se convirtiera en una residencia. Eureka se levantó y rodeó el charco de sangre, resbalando ligeramente al cruzar la puerta. Recuperó el equilibrio y tiró de la manga del chándal para cubrirse la mano y evitar dejar huellas. Cogió la palanca roja y la empujó hacia abajo.

La alarma sonó al instante, de forma ensordecedora, casi cómicamente alta. Eureka hundió la cabeza entre los hombros y comenzó a dirigirse a la salida. Antes de marcharse, miró a Blavatsky por última vez en la habitación. Quería decirle que lo sentía.

Polaris estaba posado en el pecho triturado de la mujer, picoteando ligeramente donde antes latía el corazón. Parecía fosforescente a la luz de las velas. Cuando se dio cuenta de que Eureka lo miraba, levantó la cabeza. Sus ojos negros brillaron demoníacamente. Bufó y le dirigió un graznido tan estridente que se superpuso al sonido de la alarma antiincendios.

Eureka se sobresaltó y se dio la vuelta. Bajó corriendo las escaleras y no se detuvo hasta que atravesó el estudio de madame Blavatsky y el vestíbulo de luz roja, hasta que llegó al aparcamiento resollando, donde el sol dorado comenzaba a arder en el cielo.

25

Perdida en el mar

El sábado por la mañana temprano los mellizos entraron dando saltos en la habitación de Eureka.

—¡Despierta! —Claire saltó encima de la cama—. ¡Vamos a pasar el día contigo!

—Estupendo.

Eureka se restregó los ojos y miró qué hora era en el móvil. El navegador seguía abierto en la búsqueda de Google de «Yuki Blavatsky», que había ido actualizando continuamente con la esperanza de encontrar un artículo sobre el asesinato.

No había aparecido nada. Lo único que Eureka había conseguido era un viejo listado de las páginas amarillas en el que se hallaba el negocio de Blavatsky, que por lo visto nadie más que ella sabía que estaba cerrado. Había conducido hasta el centro comercial el martes, después de un día largo e insoportable en el instituto, pero al girar hacia el aparcamiento vacío, había perdido los nervios y había acelerado hasta que dejó de ver en el espejo retrovisor la señal de neón apagada en forma de palmera.

Obsesionada por la ausencia evidente de la policía, por la idea de que madame Blavatsky estuviera descomponiéndose sola en su apartamento, Eureka se había acercado a la universidad. Estaba claro que activar la alarma contra incendios no había sido suficiente, así que se sentó en uno de los ordenadores del centro de estudiantes y rellenó un formulario por internet para denunciar un crimen. Era más seguro hacerlo allí, en medio del bullicio, que tener en el historial de su portátil, en casa, la página web de la policía.

El escrito fue sencillo, se limitó a dar el nombre y la dirección de la fallecida. Dejó en blanco los espacios en los que pedían información de los sospechosos, aunque Eureka estaba inexplicablemente segura de que podría identificar al asesino de madame Blavatsky en una rueda de reconocimiento.

Cuando regresó al local de Blavatsky el miércoles, la cinta amarilla prohibía la entrada al edificio y el aparcamiento estaba lleno de coches de policía. El shock y la pena que se había negado a sentir en presencia del cadáver de madame Blavatsky inundaron a Eureka con una gran ola de culpabilidad extrema. Habían pasado tres días desde entonces y no había oído nada en las noticias de la radio o la televisión, ni en internet o en los periódicos. El silencio estaba volviéndola loca.

Contuvo las ganas de confiar en Ander, porque no podía compartir con nadie lo que había sucedido y, aunque hubiera podido, no habría sabido cómo encontrarle. Eureka estaba sola.

—¿Por qué lleváis los manguitos?

Apretó los flotadores naranjas de William mientras se movía bajo las sábanas.

—¡Mamá dice que nos vas a llevar a la piscina!

Un momento. Ese era el día que había quedado con Brooks para ir a navegar.

«Es tu destino», le había dicho madame Blavatsky, despertando la curiosidad de Eureka. No le entusiasmaba pasar el día con Brooks, pero al menos estaba preparada para enfrentarse a él. Quería hacer todo lo que pudiera para honrar la memoria de la anciana.

—Iremos a la piscina otro día. —Eureka apartó a William para poder salir de la cama—. Había olvidado que tenía…

—No me digas que te has olvidado de que hoy ibas a cuidar a los mellizos. —Rhoda apareció en la puerta con un vestido de crepé rojo y se pasó una horquilla por el pelo recogido—. Tu padre está trabajando y yo voy a dar un discurso de presentación en la comida del decano.

—Había hecho planes con Brooks.

—Pues cámbialos. —Rhoda ladeó la cabeza y frunció el entrecejo—. ¡Con lo bien que íbamos!

Se refería a que Eureka estaba yendo a clase y había sufrido la hora infernal con la doctora Landry el martes por la tarde. Había desembolsado los últimos tres billetes de veinte que tenía y había vaciado sobre la mesa de centro de la consulta de Landry una bolsa vieja con monedas de uno, cinco y diez centavos para reunir los quince dólares que le faltaban para pagar la sesión. No tenía ni idea de cómo podría con el sufrimiento de volver allí a la semana siguiente, pero al ritmo que habían pasado los últimos días, el martes estaba a una eternidad.

—Muy bien. Cuidaré de los mellizos.

No tenía que decirle a Rhoda lo que hacían mientras cuidaba de ellos. Le escribió un mensaje a Brooks, la primera comunicación que iniciaba después del Nunca Jamás.

«¿Te va bien que lleve a los mellizos?»

«¡Estupendo! Yo mismo iba a sugerirlo», fue su respuesta inmediata.

—Eureka —dijo Rhoda—, el sheriff ha llamado esta mañana. ¿Conoces a una mujer llamada madame Blavatsky?

—¿Qué? —Se le quebró la voz—. ¿Por qué?

Se imaginó sus huellas en los papeles del escritorio de madame Blavatsky. Los zapatos que, sin darse cuenta, habían pisado la sangre de la mujer eran una prueba más que evidente de su visita.

—Según parece ha… desaparecido —mintió fatal. La policía probablemente le habría dicho que madame Blavatsky estaba muerta y su madrastra no debía de creer que Eureka pudiera soportar la noticia de otra muerte. No sabía ni el uno por ciento de lo que Eureka estaba pasando—. Por algún motivo, la policía cree que os conocíais.

No había acusación en la voz de Rhoda, lo que significaba que los polis no consideraban a Eureka sospechosa… todavía.

—Cat y yo estuvimos en su local un día. —Eureka intentó no decir nada que fuera mentira—. Es una adivina.

—Esa basura es malgastar el dinero, ya lo sabes. El sheriff va a llamar más tarde. Le he dicho que contestarías a unas preguntas. —Rhoda se inclinó sobre la cama y besó a los mellizos—. Ya llego tarde. Hoy no corras ningún riesgo, Eureka.

Eureka asintió cuando su teléfono vibró en la palma de su mano con un mensaje de Cat: «El puñetero sheriff ha llamado a mi casa preguntando por Blavatsky. ¿QUÉ HA PASADO?».

«Ni idea. También han llamado aquí», contestó Eureka, aturdida.

«¿Qué hay del libro?», escribió Cat, pero Eureka no tenía una respuesta, tan solo un gran peso en el pecho.

La luz del sol se reflejaba en el agua mientras Eureka y los mellizos caminaban por los largos tablones de cedro hacia la punta del muelle de los Brooks en Cypremort Point. La delgada silueta del chico se inclinó hacia delante para comprobar las drizas que izarían las velas en cuanto el barco estuviera en la bahía.

Habían bautizado *Ariel* al balandro de la familia. Era un bonito velero veterano de doce metros, desgastado por el clima y con un casco profundo y una popa cuadrada. Llevaba décadas en la familia. Ese día su mástil desnudo se alzaba rígido, cortando la cúpula del cielo como un cuchillo. Había un pelícano posado en la cuerda que ataba el barco al muelle.

Brooks iba descalzo, con unos vaqueros cortos y una sudadera verde de la Universidad Tulane. Llevaba la vieja gorra de béisbol militar de su padre. Por un instante Eureka olvidó que estaba de luto por madame Blavatsky. Olvidó que estaba enfadada con Brooks. Mientras los mellizos y ella se acercaban al barco, disfrutó de sus simples movimientos, lo familiarizado que estaba con cada centímetro de la embarcación, la fuerza que mostraba al tensar las escotas… Entonces oyó su voz.

Estaba gritando mientras iba del puente de mando a la cubierta principal. Se inclinó hacia las escaleras, con la cabeza al nivel de la cocina de abajo.

—¡No me conoces y nunca me conocerás, así que deja de intentarlo!

Eureka se detuvo en seco en el muelle y cogió de la mano a los mellizos, que las tenían rígidas. Estaban acostumbrados a los gritos que Eureka pegaba en casa, pero nunca habían visto a Brooks así.

El chico levantó la cabeza y la vio. Relajó la postura y se le iluminó la cara.

—Eureka —sonrió abiertamente—, estás increíble.

Ella miró con los ojos entrecerrados hacia la cocina, preguntándose a quién estaría gritando Brooks.

—¿Va todo bien?

—Nunca ha ido mejor. ¡Buenos días, Harrington-Boudreaux! —saludó a los mellizos, levantando la gorra—. ¿Estáis preparados para ser dos primeros oficiales?

Los mellizos saltaron a los brazos de Brooks, olvidándose del miedo que les había dado. Eureka oyó a alguien subir de la cocina a la cubierta y apareció la coronilla plateada de la madre de Brooks. Eureka estaba asombraba de que le hubiera hablado así a Aileen. Desde la pasarela, le tendió la mano a la mujer para ayudarla a subir los altos escalones, que se mecían ligeramente.

Aileen le dedicó a Eureka una sonrisa cansada y extendió los brazos para darle un abrazo. Tenía los ojos llorosos.

—He cargado la cocina con comida. —La mujer se arregló el cuello del jersey a rayas que llevaba—. Hay muchos *brownies* hechos de anoche.

Eureka se imaginó a Aileen con un delantal manchado de harina a las tres de la madrugada, transformando su ansiedad en vapores dulces que llevaban el secreto del cambio de Brooks. No solamente estaba cansando a Eureka. Su madre parecía más pequeña, una versión descolorida de sí misma.

Aileen se quitó los zapatos de tacón bajo y los sostuvo en la mano. La miró con aquellos intensos ojos castaños, del mismo color que los de su hijo, y dijo en voz baja:

—¿Has advertido algo extraño en él últimamente?

Ojalá Eureka hubiera podido abrirse a Aileen y oír por lo que ella también estaba pasando. Sin embargo, Brooks se acercó para ponerse entre las dos y colocar un brazo alrededor de cada una.

—Mis chicas favoritas —dijo. Y entonces, antes de que Eureka pudiera registrar la reacción de Aileen, Brooks retiró los brazos y se dirigió al timón—. ¿Estás preparada para esto, Sepia?

«No te he perdonado», quería decirle, aunque había leído los dieciséis mensajes lastimeros que le había enviado aquella semana y las dos cartas que le había dejado en la taquilla. Estaba allí por madame Blavatsky, porque algo le decía que el destino importaba. Eureka estaba intentando sustituir la última imagen de Blavatsky muerta en su apartamento por el recuerdo de la mujer en paz bajo el sauce junto al bayou, la que parecía convencida de que había una buena razón para que Eureka saliera a navegar con Brooks ese día.

«Lo que hagas una vez allí depende de ti.»

Pero entonces Eureka se acordó de Ander, que insistía en que Brooks era peligroso. La cicatriz de la frente de Brooks quedaba parcialmente escondida bajo la sombra de su gorra de béisbol. Parecía una cicatriz normal, no un jeroglífico antiguo, y por un momento Eureka se sintió como una loca por haber pensado que la cicatriz podía ser la prueba de algo siniestro. Bajó la vista a la piedra de rayo y le dio la vuelta. Los círculos apenas resultaban visibles al sol. Había estado actuando como una conspiracionista que pasaba demasiados días encerrada, con internet como único medio para hablar. Necesitaba relajarse y tomar un poco el sol.

—Gracias por la comida —le dijo Eureka a Aileen, que había estado hablando con los mellizos desde la plancha de desembarco. Se

acercó y bajó la voz para que solo ella pudiera oírla—. Sobre Brooks…
—Se encogió de hombros, intentando sonar desenfadada—. Son cosas de chicos, ya sabes. Estoy segura de que William cuando crezca
aterrorizará a Rhoda. —Le alborotó el pelo a su hermano—. Significa
que te quiere.

Aileen volvió a mirar hacia el agua.

—Los niños crecen muy rápido. Supongo que a veces se olvidan
de perdonarnos. Bueno… —Miró de nuevo a Eureka y forzó una sonrisa—. Chicos, que os divirtáis. Y si hay temporal, volved enseguida.

Brooks extendió los brazos y levantó la vista al cielo, que era azul,
inmenso y estaba despejado, salvo por una inocente nube de algodón
al este, justo debajo del sol.

—¿Qué podría ir mal?

La brisa que movía ligeramente la coleta de Eureka adquirió una
fuerza vigorizante cuando Brooks arrancó el *Ariel* y se alejó del muelle. Los mellizos chillaron; estaban monísimos con sus chalecos salvavidas. Cerraron los puños de entusiasmo ante la primera sacudida del
barco. La corriente era suave y regular, y el aire, perfectamente salobre. La orilla estaba bordeada de cipreses y campamentos familiares.

Cuando Eureka se levantó del banco para ver si Brooks necesitaba
ayuda, él le hizo un gesto con la mano para que se sentara.

—Todo está bajo control. Tú relájate.

Aunque cualquiera habría dicho que Brooks intentaba redimirse y
que la bahía estaba serena —un cielo soleado hacía refulgir las olas
y un mínimo brillo de pálida niebla haraganeaba en el horizonte—,
Eureka estaba inquieta. Veía el mar y a Brooks capaces de la misma
oscura sorpresa: de repente podían convertirse en cuchillos y apuña-
larle el corazón.

Eureka creía que había tocado fondo en la fiesta de Trejean la otra noche, pero desde entonces había perdido tanto *El libro del amor* como a la única persona que iba a ayudarla a entenderlo. Aún peor, pensaba que las personas que habían matado a madame Blavatsky eran las mismas que la perseguían a ella. Le habría ido bien contar con un amigo, pero le resultaba imposible sonreír a Brooks, al otro lado de la cubierta.

La cubierta estaba hecha de cedro tratado y tenía millones de muescas que habían dejado los tacones de las invitadas a cócteles. Diana solía ir a las fiestas que organizaba Aileen en aquel barco. Cualquiera de aquellas marcas podría haberla dejado el único par de zapatos de tacón que tenía su madre. Eureka se imaginó usando las muescas de su madre para clonarla y que volviera a la vida, para ponerla en la cubierta en aquel instante, bailando al son de ninguna música a la luz del día. Se imaginó que la superficie de su propio corazón probablemente tenía el mismo aspecto que aquella cubierta. El amor era una pista de baile donde todos aquellos a los que perdías dejaban una marca.

Los pies descalzos de los mellizos golpeaban el suelo mientras corrían de un lado al otro gritando «¡Adiós!» o «¡Estamos navegando!» cada vez que pasaban delante de un campista. El sol calentaba los hombros de Eureka y le recordó que debía hacer pasar un buen rato a sus hermanos. Deseó que su padre estuviera allí para verles la cara. Con el móvil sacó una foto y se la envió. Brooks le dedicó una gran sonrisa y ella le contestó con un gesto de la cabeza.

Pasaron junto a dos hombres con unas gorras de malla que pescaban en una canoa de aluminio. Brooks los saludó por sus nombres. Vieron a unos pescadores de cangrejos que bordeaban la costa. El agua era de un tono azul opalescente intenso. Olía a la infancia de Eureka, buena parte de la cual la había pasado en aquel barco con el tío de Brooks, Jack, al timón. Ahora era Brooks el que manejaba el barco con total seguridad. Su hermano Seth siempre decía que Brooks había nacido para navegar, que no le sorprendería si se convertía en almirante de la Marina o en guía turístico de las Galápagos. Brooks se dedicaría a lo que fuera que le permitiese estar en el agua.

Poco después de que el *Ariel* dejara atrás las casas y las caravanas, viró para encontrarse con la ancha y poco profunda Vermilion Bay.

Eureka se agarró al banco encalado al ver la pequeña playa artificial. No había vuelto allí desde el día en que Brooks estuvo a punto de ahogarse, el día que se habían besado. Sintió una mezcla de nervios y vergüenza, y no fue capaz de mirarlo. De todas maneras, él estaba ocupado reduciendo la velocidad e izando la vela mayor desde el puente de mando; luego levantó el foque hacia el puntal de proa.

Brooks pasó a William y Claire el foque y les pidió que tiraran de las puntas, lo que les hizo sentir que eran de gran ayuda para elevar las velas. Chillaron cuando la vela blanca y tensa se deslizó por el mástil llena de aire.

Las velas se inflaron y después se tensaron aún más por la fuerza de la brisa oriental. Comenzaron en un recorrido estrecho, a cuarenta y cinco grados al viento, y entonces Brooks maniobró hacia un tramo más ancho y cómodo, aflojando las velas apropiadamente. *Ariel* tenía un aire majestuoso con el viento a favor. El agua se partía en su proa, enviando baños de espuma que salpicaban ligeramente la cubierta. Unas fragatas negras volaban en grandes círculos en lo alto, al compás del deslizamiento a sotavento de las velas. Los peces voladores saltaban por encima de las olas como estrellas fugaces. Brooks dejó que los niños se quedaran con él en el timón mientras el barco avanzaba hacia el oeste, más allá de la bahía.

Eureka subió de la cocina unos zumos y dos sándwiches de Aileen para los mellizos. Los niños masticaron en silencio, sentados en un sillón que había en un rincón de la cubierta. Eureka estaba al lado de Brooks. El sol se cernía sobre sus hombros y entrecerró los ojos para ver a lo lejos un tramo bajo de tierra, largo, llano, descuidado y lleno de juncos de color verde claro.

—¿Sigues enfadada conmigo? —preguntó el chico.

Eureka no quería hablar de eso. No quería hablar de nada que pudiera arañar la quebradiza superficie y exponer cualquier secreto que ella guardaba dentro.

—¿Es esa la isla de Marsh? —Ya sabía que lo era. La isla barrera evitaba que las olas más fuertes rompieran en la bahía—. Deberíamos quedarnos al norte, ¿verdad?

Brooks dio unas palmaditas en el ancho timón de madera.

—¿No crees que *Ariel* pueda navegar en mar abierto? —dijo con voz juguetona, pero los ojos entrecerrados—. ¿O soy yo el que te preocupa?

Eureka inspiró una ráfaga de aire salobre, segura de que veía olas espumosas más allá de la isla.

—El mar ahí fuera está agitado. Podría ser demasiado para los mellizos.

—¡Queremos ir lejos! —gritó Claire entre tragos de mosto.

—Hago esto continuamente.

Brooks movió el timón un poco al este para poder bordear la isla a la que se aproximaban.

—No fuimos tan lejos en mayo.

Era la última vez que habían salido a navegar juntos. Se acordaba porque había contado las cuatro vueltas a la bahía.

—Claro que sí. —Brooks se quedó con la vista clavada en el agua—. Tienes que reconocer que tu memoria se ha desorganizado desde…

—No lo hagas —repuso Eureka bruscamente. Miró atrás, por donde habían ido. Unas nubes grises se habían unido a las de color rosado cerca del horizonte. Observó como el sol se metía detrás de una y los rayos jugueteaban entre aquella oscura capa. Quería regresar—. No quiero salir ahí, Brooks. Esto no debería ser una pelea.

El barco se bamboleó y se pisaron. Ella cerró los ojos y dejó que el balanceo redujera el ritmo de su respiración.

—Tomémonoslo con calma —dijo él—. Este es un día importante.

Ella abrió mucho los ojos.

—¿Por qué?

—Porque no puedo hacer que te enfades conmigo. Metí la pata. Dejé que tu tristeza me asustara y te ataqué cuando debería haberte apoyado. Eso no cambia cómo me siento. Estoy aquí por ti. Aunque pasen más cosas malas, aunque te pongas más triste.

Eureka se apartó de sus manos.

—Rhoda no sabe que me he llevado a los mellizos. Si les pasa algo…

Oyó la voz de Rhoda: «Hoy no corras ningún riesgo, Eureka».

Brooks se frotó la barbilla, claramente molesto. Accionó una de las palancas de la vela mayor. Estaba pasando la isla de Marsh.

—No te pongas paranoica —dijo con dureza—. La vida es una larga sorpresa.

—Algunas sorpresas pueden evitarse.

—Eureka, todas las madres se mueren.

—Eso es de gran ayuda, gracias.

—Mira, quizá eres especial. A lo mejor nunca vuelve a pasarte nada malo, ni a ti ni a nadie a quien quieras —dijo, y Eureka se rió con amargura—. Lo que quería decir es que lo siento. Me cargué tu confianza la semana pasada y estoy aquí para recuperarla.

Estaba esperando su perdón, pero ella se dio la vuelta para mirar las olas, que eran del color de otro par de ojos. Pensó en Ander cuando le pidió que confiara en él. Todavía no sabía si lo hacía. ¿Podía una piedra de rayo seca abrir un portal de la confianza tan rápido como Brooks había cerrado otro? ¿Acaso importaba? No había visto a Ander ni había sabido nada de él desde el experimento de aquella noche lluviosa. Ni siquiera sabía cómo buscarle.

—Eureka, por favor —susurró Brooks—. Di que confías en mí.

—Eres mi amigo de toda la vida. —Tenía la voz áspera y no estaba mirándolo—. Confío en que superemos esto.

—Bien.

Percibió una sonrisa en su voz.

El cielo se oscureció. El sol se había escondido tras una nube que curiosamente tenía la forma de un ojo. Un rayo de luz salió por el centro, iluminando un círculo en el mar delante del barco. Unas nubes sombrías se acercaban a ellos como humo.

Habían pasado la isla de Marsh. Las olas se movían en una rápida sucesión. Una sacudió el barco con tanta violencia que Eureka se tambaleó. Los niños rodaron por la cubierta, riendo y gritando, sin estar asustados en absoluto.

Brooks miró al cielo y ayudó a Eureka a levantarse.

—Tenías razón. Supongo que deberíamos volver.

No se esperaba que dijera eso, pero estuvo de acuerdo.

—Coge el timón.

Cruzó la cubierta para cambiar las velas y girar el rumbo del barco. El cielo azul sucumbía a unas nubes oscuras que avanzaban. El viento soplaba con más fuerza y la temperatura había descendido.

Cuando Brooks volvió al timón, Eureka tapó a los mellizos con las toallas de la playa.

—Bajemos a la cocina.

—Queremos quedarnos aquí para ver las olas grandes —dijo Claire.

—Eureka, necesito que vuelvas a coger el timón.

Brooks manejó las velas, intentando que la proa del barco se enfrentara a las olas que tenía delante, lo que sería más seguro, pero estas chocaban a estribor.

Eureka hizo que William y Claire se quedaran junto a ella para poder rodearlos con un brazo. Habían dejado de reírse. El mar estaba demasiado agitado.

Una gran ola se alzó ante el barco como si hubiera estado formándose en el fondo del mar durante una eternidad. El *Ariel* subió por la pared de la ola, cada vez más alto, hasta que cayó y golpeó la superficie del agua con un estruendo que sacudió con fuerza la cubierta. El impacto separó a Eureka de los mellizos y la estrelló contra el mástil.

Se había dado en la cabeza, pero se esforzó por ponerse en pie. Se protegió la cara de los estallidos de agua blanca que inundaban la cubierta. Estaba a un metro y medio de los niños, pero apenas podía moverse por las sacudidas del barco. De repente la embarcación se movió con la fuerza de otra ola, que se alzó sobre la cubierta y la anegó.

Eureka oyó un grito. El cuerpo se le quedó inmóvil cuando vio a William y Claire arrastrados por la corriente de agua hacia la popa. Eureka no podía alcanzarlos. Todo se sacudía con demasiada fuerza.

El viento cambió. Una ráfaga azotó el barco, provocando que la vela mayor cambiara de lado. La botavara se deslizó a estribor con un crujido. Eureka la vio balancearse hacia los mellizos, que intentaban ponerse de pie sobre un banco en el puente de mando, lejos del agua turbulenta.

—¡Cuidado! —gritó Eureka demasiado tarde.

El lateral de la botavara golpeó a William y Claire en el pecho. Con un movimiento terriblemente simple, arrojó sus cuerpos por la borda, como si fueran tan ligeros como plumas.

Eureka se lanzó hacia la baranda del barco para buscar a los mellizos entre las olas. Solo tardó un segundo, pero le pareció una eternidad. Unos chalecos salvavidas naranjas asomaban en la superficie y unos brazos diminutos se agitaban en el aire.

—¡William! ¡Claire! —gritó, pero antes de que pudiera saltar, el brazo de Brooks se lanzó contra su pecho para retenerla.

Cogió uno de los salvavidas con la otra mano, con la cuerda envuelta en la muñeca.

—¡Quédate aquí! —gritó.

Brooks se sumergió en el agua. Tiró el salvavidas hacia los mellizos mientras sus fuertes brazadas le llevaban hasta ellos. Brooks los salvaría. Por supuesto que sí.

Otra ola se alzó sobre sus cabezas y Eureka dejó de verlos. Gritó. Corrió de un lado al otro por la cubierta. Esperó tres, quizá cuatro segundos, segura de que reaparecerían en algún momento. El mar estaba negro y agitado. No había rastro de los mellizos ni de Brooks. Se subió con dificultad al banco y se lanzó al mar enturbiado, rezando la oración más corta que conocía mientras su cuerpo caía.

«Santa María, madre de Dios...»

En el aire recordó que debía haber echado el ancla antes de dejar el barco.

Cuando su cuerpo estaba a punto de romper la superficie, Eureka se preparó para el impacto, pero no notó nada. Ni humedad, ni frío, ni siquiera que estaba bajo el agua. Abrió los ojos. Estaba agarrada al collar, al relicario y a la piedra de rayo.

«La piedra de rayo.»

Igual que había hecho en el bayou detrás de su casa, la misteriosa piedra había creado una especie de globo impenetrable, resistente al agua; esa vez alrededor de todo el cuerpo de Eureka. Comprobó el contorno. Era flexible. Podía estirarse sin sentirse incómoda. Era una especie de traje de neopreno que la protegía de los elementos. Era un escudo en forma de burbuja generado por la piedra de rayo.

Libre de gravedad, levitaba dentro del escudo. Podía respirar. Podía moverse con cualquier brazada normal de natación. Veía el mar a su alrededor tan bien como si llevara puestas unas gafas de buceo.

Bajo cualquier otra circunstancia, Eureka no habría creído que aquello estuviera sucediendo. Pero no tuvo tiempo de no creerlo. Su fe sería la salvación de los mellizos. Así que se rindió a su nueva realidad de ensueño. Buscó a sus hermanos y a Brooks en el mar.

Cuando vio una pierna pataleando a quince metros delante de ella, gimoteó, aliviada. Nadó más rápido de lo que jamás lo había hecho, impulsando los brazos y las piernas en un crol desesperado. Al acercase más vio que se trataba de William. Daba fuertes patadas y tenía a Claire agarrada de la mano.

Eureka se esforzaba mucho por nadar dentro de aquel extraño escudo. Extendió la mano —estaba cerca—, pero no podía atravesar la superficie de la burbuja.

Le chillaba a William sin sentido, pero él no la veía. Las cabezas de los mellizos continuaban hundiéndose en el agua. Una sombra oscura detrás de ellos podría haber sido Brooks, pero no llegó a verla bien.

Las patadas de William cada vez eran más débiles. Eureka gritaba inútilmente cuando de pronto la mano de Claire bajó y por accidente penetró el escudo. No importaba cómo lo había hecho Claire. Eureka agarró a su hermana y tiró de ella hacia dentro. La niña empapada cogió una bocanada de aire cuando su rostro entró. Eureka rezó para que la mano de William siguiera agarrada a la de Claire y así meterlo también en el escudo. Parecía estar soltándose. ¿Por falta de oxígeno? ¿Por miedo al ver lo que había absorbido a su hermana?

—¡William, aguanta! —gritó Eureka tan fuerte como pudo, sin saber si él la oía.

Solo sonaba el chapoteo del agua contra la superficie del escudo.

Su diminuto puño atravesó la barrera. Eureka tiró de él para que entrase el resto del cuerpo con un solo movimiento, tal como había visto una vez que ayudaban a una ternera a nacer. Los mellizos tuvieron arcadas y tosieron, y levitaron con Eureka en el escudo.

Los estrechó a ambos en un abrazo. El pecho le tembló y estuvo a punto de perder el control de sus emociones. Pero no podía, aún no.

—¿Dónde está Brooks?

Miró más allá del escudo. No le veía.

—Tengo miedo —dijo William.

Eureka notó que las olas rompían sobre ellos, pero entonces se hallaban a cinco metros de la superficie, donde el agua estaba mucho más calmada. Le dio la forma de un círculo al escudo y buscó en la superficie algún rastro de Brooks o del barco. Los mellizos lloraban, aterrorizados.

No tenía ni idea de cuánto duraría el escudo. Si estallaba, se hundía o desaparecía, morirían. Brooks sería capaz de regresar solo en el barco, podría volver al campamento. Tenía que creer que lo conseguiría. Si no lo creía, no podría permitirse concentrarse en salvar a los mellizos. Y necesitaba ponerlos a salvo.

No veía la superficie del agua para determinar hacia dónde dirigirse, así que se quedó quieta y observó las corrientes. Había una infame resaca caótica justo al sur de la isla de Marsh. Tendría que evitarla.

Cuando la corriente la empujó en una dirección, supo nadar en sentido contrario. Cautelosamente comenzó a avanzar. Nadaría hasta que la marea cambiara en el lado de la bahía junto a la isla de Marsh. Tenía la esperanza de que desde allí las olas los arrastraran a los tres a la orilla en una nube de espuma.

Los mellizos no hicieron más preguntas. Quizá sabían que no podía contestarlas. Tras unos minutos contemplando sus brazadas, empezaron a nadar con ella. Ayudaban a que el escudo se moviera más rápido.

Nadaron a través de la penumbra bajo la superficie del mar, pasando junto a extraños peces negros, inflados, y rocas en forma de costillas, resbaladizas por las algas y el lodo. Encontraron su ritmo: los mellizos chapoteaban y luego descansaban, mientras que Eureka continuaba nadando sin cesar.

Después de lo que pareció una hora, Eureka vio el banco de arena sumergido de la isla de Marsh y casi se desmaya de alivio. Significaba que iban por el camino correcto. Pero aún no habían llegado. Les quedaban unos cinco kilómetros. Nadar dentro del escudo resultaba menos difícil que nadar a mar abierto, pero cinco kilómetros era un largo recorrido para unos mellizos de cuatro años que habían estado a punto de ahogarse.

Tras una hora más chapoteando, el fondo del escudo rozó algo. Arena. El suelo del océano. Comenzaba a cubrir menos. Casi habían llegado a la orilla. Eureka continuó nadando con fuerzas renovadas. Por fin llegaron a una cuesta ascendente de arena, y había tan poca profundidad que una ola rompió sobre la parte superior del escudo.

Cuado esto sucedió, el escudo reventó como una pompa de jabón. No dejó rastro. Eureka y los mellizos se estremecieron al volver a la gravedad, al pisar tierra de nuevo. El agua le llegaba a ella por las rodillas. Cogió a los niños en brazos y avanzó a trompicones entre los juncos y el lodo hacia la orilla desierta de Vermilion.

El cielo estaba lleno de nubarrones. Los relámpagos danzaban sobre los árboles. Las únicas señales de civilización eran una camiseta de la LSU llena de arena y una lata desteñida de Coors Light hundida en el barro.

Dejó a los mellizos en la orilla de la playa y se dejó caer en la arena. William y Claire se acurrucaron uno a cada lado de ella. Estaban temblando. Los cubrió con sus brazos y restregó su piel de gallina.

—¿Eureka? —titubeó William.

Ella apenas podía mover la cabeza.

—Brooks se ha ido, ¿verdad?

Como Eureka no contestó, William empezó a llorar y Claire se puso a llorar también. A ella no se le ocurrió qué decir para hacerles sentir mejor. Se suponía que tenía que ser fuerte por ellos, pero no era fuerte. Estaba destrozada. Se retorció en la arena, con unas extrañas ganas de vomitar. Se le nubló la vista y una nueva sensación se le enroscó en el corazón. Abrió la boca y se esforzó por respirar. Por un instante creyó que tal vez lloraría.

Entonces fue cuando empezó a llover.

26

Refugio

Las nubes se espesaron en cuanto la lluvia comenzó a caer por la bahía. El aire olía a sal, tormenta y algas podridas. Eureka percibió que el temporal empeoraba en toda la región, como si fuera una extensión de sus emociones. Se imaginó su corazón palpitante intensificando la lluvia, azotando con cortinas de agua helada el Bayou Teche de arriba abajo mientras yacía paralizada por la pena, febril, en un repugnante charco de lodo en Vermilion Bay.

Las gotas rebotaban sobre la piedra de rayo, silbando suavemente al rozarle el pecho o la barbilla. Estaba subiendo la marea. Dejó que el agua le diera en los costados y en las curvas del rostro. Quería volver a meterse en el mar y encontrar a su madre y a su amigo. Quería que el océano se convirtiera en un brazo, en una gran ola perfecta que se la llevara como Zeus se llevó a Europa.

Con ternura, William zarandeó a Eureka para que fuese consciente de que tenía que levantarse. Debía cuidar de él y Claire, buscar ayuda. La lluvia se había convertido en un aguacero torrencial, como un huracán que hubiera aparecido sin previo aviso. El acerado cielo era aterrador. Absurdamente, Eureka deseó que apareciera un sacerdote en la playa bajo la lluvia para ofrecerle la absolución por si acaso.

Se obligó a ponerse de rodillas para levantarse y coger a los mellizos de la mano. Las gotas de lluvia eran gigantescas y adquirían tal velocidad que les amorataban los hombros. Intentó cubrir los cuerpos de los niños mientras caminaban por el barro, la hierba y los senderos pedregosos e irregulares. Examinó la playa en busca de un refugio.

A un kilómetro y medio por un camino de tierra, se toparon con un remolque Airstream. Estaba pintado de color azul cielo y decorado con luces de Navidad, sin nada más alrededor. Las ventanas, agrietadas por la sal, estaban rodeadas de cinta adhesiva. En cuanto la fina puerta se abrió, Eureka empujó adentro a los mellizos.

Sabía que la pareja de mediana edad que los recibió, con pantuflas a juego, esperaba disculpas y explicaciones, pero no tenía aliento para hablar. Se sentó, desesperada, en un taburete junto a la puerta, temblando, con la ropa empapada por la lluvia.

—¿Me dejan llamar? —logró balbucear cuando un trueno sacudió el remolque.

El teléfono era viejo, colgaba de la pared con un cordón verde claro. Eureka marcó el número de su padre en el restaurante. Lo había memorizado antes de tener móvil. No sabía qué otra cosa hacer.

—Trenton Boudreaux —le soltó enseguida el nombre a la camarera, que gritaba un saludo memorizado por encima del barullo de fondo—. Soy su hija.

El estruendo de la hora del almuerzo se silenció cuando pusieron a Eureka en espera. Aguardó siglos, escuchando oleadas de lluvia que iban y venían, como la recepción de la radio en un viaje por carretera. Finalmente, alguien le gritó a su padre que cogiera el teléfono en la cocina.

—¿Eureka?

Se lo imaginó cogiendo el teléfono con la barbilla porque tendría las manos resbaladizas por el adobo para las gambas.

La voz del padre lo mejoró y empeoró todo. De repente Eureka no podía hablar y apenas podía respirar. Agarró con fuerza el teléfono. Un «Papi» se le quedó atascado en la garganta.

—¿Qué ha pasado? —gritó—. ¿Estás bien?

—Estoy en el Point —dijo ella—. Con los mellizos. Hemos perdido a Brooks. Papá… te necesito.

—¡Quedaos donde estáis! —gritó—. Ya voy.

Eureka dejó caer el teléfono en la mano del confundido dueño de la caravana. A lo lejos, por encima del agudo pitido de su oído, le oyó describir la ubicación del Airstream cerca de la orilla.

Esperaron en silencio lo que pareció una eternidad, mientras la lluvia y el viento aullaban contra el techo. Eureka se imaginó la misma lluvia azotando el cuerpo de Brooks, el mismo viento arrojándolo a un reino más allá de su alcance, y hundió el rostro en las manos.

Las calles estaban inundadas cuando el Lincoln azul claro de su padre aparcó junto al remolque. Por la minúscula ventana del Airstream Eureka lo vio bajar del coche y salir corriendo hacia los escalones de madera medio sumergidos. Caminó por el agua embarrada que fluía como un río embravecido por nuevos surcos en el terreno. Los escombros se arremolinaban a su alrededor. Eureka tiró de la puerta para abrir el remolque, con un mellizo a cada lado. Se estremeció cuando sus brazos la envolvieron.

—Gracias a Dios —susurró su padre—. Gracias a Dios.

El padre de Eureka llamó a Rhoda en el lento trayecto de vuelta a casa. Eureka oyó la voz histérica por el auricular, que gritaba «¿Qué estaban haciendo en el Point?». Eureka se tapó el oído bueno para evitar oír la conversación. Cerraba los ojos con fuerza cada vez que el Lincoln patinaba por el agua. Sin mirar sabía que eran los únicos en la carretera.

No podía dejar de temblar. Se le ocurrió que tal vez nunca pararía, que tendría que pasar el resto de su vida en una institución mental, en una planta que no visitaba nadie, una ermitaña legendaria, cubierta de mantas viejas y estropeadas.

La visión del porche delantero abrió en ella una cámara más profunda de escalofríos. Cada vez que Brooks se marchaba de su casa, pasaban veinte minutos más en ese porche antes de despedirse de verdad. Ese día no le había dicho adiós. El chico había gritado «¡Quédate aquí!» antes de abandonar el barco.

Ella se había quedado; aún estaba allí. ¿Dónde estaba Brooks?

Recordó el ancla que debía haber echado. Tan solo tenía que apretar un botón. Era una idiota rematada.

Su padre aparcó el coche en el garaje y lo rodeó para abrir la puerta del pasajero. Ayudó a ella y a los mellizos a bajar. La temperatura estaba descendiendo. El aire olía a quemado, como si hubiera caído un rayo por allí cerca. Las calles eran ríos cubiertos de blanco. Eureka salió tambaleándose del coche, resbalándose en el pavimento por el agua que inundaba el suelo.

Su padre le apretó el hombro mientras subían las escaleras.

—Ya hemos llegado a casa, Reka.

No era mucho consuelo. Le horrorizaba estar en casa sin saber dónde estaba Brooks. Contempló la calle, deseando deslizarse en aquella corriente de vuelta a la bahía; un equipo de búsqueda compuesto por una sola chica.

—Rhoda ha estado hablando con Aileen —dijo su padre—. Veamos qué saben.

Rhoda dejó la puerta del porche abierta de par en par. Fue directa a los mellizos y los agarró tan fuerte que se le pusieron los nudillos blancos. Lloró sin hacer ruido y Eureka no pudo creer lo sencillo que parecía cuando Rhoda lloraba, como el personaje de una película, verosímil, casi hermosa.

Miró más allá de Rhoda y le sorprendió ver varias siluetas moviéndose en el vestíbulo. Hasta entonces no había advertido los coches aparcados en la calle, en el exterior de la casa. Se oyó movimiento en las escaleras del porche y entonces Cat rodeó el cuello de Eureka con los brazos. Julien estaba detrás de ella. Parecía comprensivo, con la mano apoyada en su espalda. Los padres de Cat también estaban allí, acercándose con su hijo pequeño, Barney. Bill se quedó en el porche con dos policías a los que Eureka no reconoció. Parecía haber olvidado las insinuaciones de Cat y en su lugar estaba observando a Eureka.

Se sintió tan rígida como un cadáver cuando Cat la cogió de los codos. Su amiga parecía agresivamente preocupada; le recorría el rostro con la mirada. Todos miraban a Eureka con una expresión similar a la que tenían las personas después de que se tragara aquellas pastillas.

Rhoda se aclaró la garganta y cogió a un mellizo en cada brazo.

—Me alegro mucho de que estés bien, Eureka. ¿Estás bien?

—No.

Eureka necesitaba tumbarse. Empujó a Rhoda para pasar, notó el brazo de Cat enroscado al suyo y la presencia de Julien al otro lado.

Cat la llevó al cuarto de baño que había junto al vestíbulo, encendió la luz y cerró la puerta. Sin mediar palabra, ayudó a Eureka a quitarse toda la ropa. Eureka se dejó caer como una muñeca de trapo empapada mientras Cat le sacaba la sudadera empapada por la cabeza. Después le bajó los vaqueros mojados, que parecía que se los hubieran pegado a la piel quirúrgicamente. Ayudó a Eureka a quitarse el sujetador y las bragas, fingiendo que ninguna de las dos estaba pensando en que no se veían totalmente desnudas desde los doce o trece años. Cat vio el colgante de Eureka, pero no dijo nada de la piedra de rayo. Le envolvió el cuerpo en una toalla blanca afelpada que había cogido de un gancho junto a la puerta. Cat peinó a Eureka con los dedos y le recogió el cabello con una goma que llevaba en la muñeca.

Al final abrió la puerta y llevó a Eureka al sofá. La madre de Cat tapó a Eureka con una manta y le frotó el hombro.

Eureka volvió la cara hacia un cojín cuando las voces comenzaron a parpadear como la luz de las velas.

—Si hay algo que pueda decirnos sobre la última vez que ha visto a Noah Brooks...

La voz del policía pareció debilitarse cuando alguien se lo llevó de la habitación.

Finalmente Eureka se durmió.

Cuando se despertó en el sofá, no sabía cuánto tiempo había pasado. La tormenta seguía siendo atroz y el cielo estaba oscuro al otro lado de los cristales mojados. Tenía frío pero estaba sudando. Los mellizos estaban tumbados boca abajo en la alfombra, mirando una película en el iPad y comiendo macarrones con queso, en pijama. Los demás debían de haberse ido a casa.

El televisor estaba en silencio y mostraba a un reportero acurrucado bajo un paraguas en el diluvio. Cuando el cámara cortó para dar paso a un presentador seco detrás de un escritorio, el espacio en blanco que este tenía cerca de su cabeza se llenó con un texto titulado «Derecho». La definición del término estaba dentro de un recuadro rojo: «Una franja recta de lluvia torrencial y vientos fuertes habitual en los estados de las llanuras durante los meses de verano». El presentador de las noticias revolvió los papeles de su escritorio y sacudió la cabeza sin dar crédito cuando la emisión dio paso a un anuncio sobre un puerto deportivo que protegía los barcos durante el invierno.

En la mesa de centro delante de Eureka, había una taza de té tibio junto a una pila de tres tarjetas de visita que había dejado la policía. Cerró los ojos y tiró de la manta para subírsela hasta el cuello. Tarde o temprano tendría que hablar con ellos. Pero si Brooks seguía desaparecido, resultaba imposible que Eureka fuera a volver a hablar. Solo de pensarlo se le hundía el pecho.

¿Por qué no había echado el ancla? La familia de Brooks llevaba toda la vida repitiendo aquella norma: se suponía que la última persona en abandonar el barco siempre debía echar el ancla. Ella no lo había hecho. Si Brooks había intentado volver a subir a la embarcación, habría sido una ardua tarea con todas aquellas olas y la ventolera. De pronto tuvo unas ganas enfermizas de confesar que había sido culpa suya que Brooks estuviera muerto.

Pensó en Ander sujetando la cadena del ancla bajo el agua en su sueño y no supo qué significaba.

Sonó el teléfono. Rhoda lo cogió en la cocina. Habló en voz baja unos minutos y después le llevó a Eureka el inalámbrico al sofá.

—Es Aileen.

Eureka negó con la cabeza, pero Rhoda le puso el teléfono en la mano. Ladeó la cabeza para metérselo bajo la oreja.

—¿Eureka? ¿Qué ha pasado? ¿Está… está…?

La madre de Brooks no terminó la pregunta y Eureka no pudo decir ni una palabra. Abrió la boca. Quería hacer sentir a Aileen mejor, pero lo único que le salió fue un gemido. Rhoda le retiró el teléfono con un suspiro y se alejó.

—Lo siento, Aileen —dijo—. Lleva en estado de shock desde que ha llegado a casa.

Eureka agarró firmemente sus colgantes. Abrió los dedos y miró la piedra y el relicario. La piedra de rayo no se había mojado, tal como Ander le había prometido. ¿Qué significaba?

¿Qué significaba todo aquello? Había perdido el libro de Diana y todas las respuestas que podría haberle ofrecido. Al morir madame Blavatsky, Eureka también había perdido a la única persona cuyos consejos le parecían acertados y razonables. Necesitaba hablar con Ander. Tenía que saber todo lo que él sabía.

No tenía manera de encontrarlo.

Una mirada al televisor hizo que Eureka buscara a tientas el mando a distancia. Apretó el botón para subir el volumen justo a tiempo de ver como la cámara recorría el patio empapado en medio de su instituto. Se sentó derecha en el sofá. Los mellizos apartaron la vista de la película y Rhoda asomó la cabeza en la sala de estar.

—Estamos en directo en el instituto católico Evangeline, en el sur de Lafayette, donde la desaparición de un adolescente de la zona ha provocado una reacción muy especial —dijo una reportera.

Habían colocado una lona plástica a modo de toldo bajo la pacana gigante donde Eureka y Cat almorzaban, donde había hecho las paces con Brooks la semana anterior. La cámara enfocó a un grupo de estudiantes con chubasquero que estaban alrededor de un montón de globos y flores.

Y allí estaba: la cartulina blanca con una fotografía ampliada del rostro de Brooks, la que le había sacado Eureka durante su paseo en barco en mayo, la imagen que aparecía en su móvil cada vez que la llamaba. Ahora estaba llamándola desde el centro de un círculo de velas encendidas. Era todo culpa suya.

Vio a Theresa Leigh y a Mary Monteau, del equipo de campo a través, a Luke, de ciencias naturales, a Laura Trejean, que había dado la fiesta de otoño. La mitad del colegio estaba allí. ¿Cómo habían organizado una vigilia tan rápido?

La periodista llevó el micrófono hacia una chica de pelo largo y negro, mojado por la lluvia. El tatuaje del ala de un ángel asomaba justo por encima del pronunciado escote en V de su camiseta.

—Era el amor de mi vida.

Maya Cayce se sorbió la nariz, mirando directamente a la cámara. De sus ojos brotaban minúsculas lágrimas que caían limpiamente a cada lado de la nariz. Se secó los ojos con la punta de un pañuelo negro de encaje.

Eureka apretó el cojín del sofá por su indignación y observó la actuación de Maya Cayce. La hermosa joven se llevó una mano al pecho y dijo con vehemencia:

—Se me ha roto el corazón en un millón de trocitos. Nunca le olvidaré. Nunca.

—¡Cállate! —gritó Eureka.

Quería arrojar la taza de té al televisor, a la cara de Maya Cayce, pero estaba demasiado destrozada para moverse.

Entonces su padre la levantó del sofá.

—Vamos a llevarte a tu cama.

Quería resistirse, pero le faltaban fuerzas y le dejó que la subiera a su habitación. Oyó que las noticias volvían a hablar del tiempo. El gobernador había declarado el estado de emergencia en Luisiana. Ya se habían agrietado dos pequeños diques, desatando el bayou hacia la llanura aluvial. Según las noticias, estaba sucediendo algo similar en Mississippi y Alabama mientras la tormenta se extendía por el golfo.

Subieron las escaleras y su padre la llevó por el pasillo hasta su dormitorio, que parecía pertenecer a otra persona: la cama con cuatro columnas, el escritorio de niña, la mecedora donde su padre le leía cuentos cuando ella creía en los finales felices…

—La policía tiene muchas preguntas —dijo cuando dejó a Eureka en la cama.

Se movió para colocarse de espaldas a él. No tenía una respuesta.

—¿Puedes decirme algo que les ayude en la búsqueda?

—Hemos salido en el balandro y hemos pasado la isla de Marsh. El tiempo ha empeorado y…

—¿Brooks se cayó?

Eureka se hizo una bola. No podía contarle a su padre que Brooks no se había caído, sino que había saltado para salvar a los mellizos.

—¿Cómo has logrado llevar el barco hasta la orilla tú sola? —preguntó.

—Hemos nadado —susurró.

—¿Habéis nadado?

—No recuerdo qué ha ocurrido —mintió, preguntándose si su padre pensaría que le resultaba familiar, puesto que había dicho lo mismo tras la muerte de Diana, solo que entonces había sido verdad.

Le acarició la parte posterior de la cabeza.

—¿Duermes?

—No.

—¿Qué puedo hacer?

—No lo sé.

Se quedó allí unos minutos, en los que hubo tres relámpagos y un largo trueno terrible. Le oyó rascarse la mandíbula, tal como hacía cuando discutía con Rhoda. Oyó el sonido de sus pies sobre la alfombra y luego su mano girando el pomo de la puerta.

—¿Papá?

Ella miró por encima del hombro y él se detuvo en la puerta.

—¿Se trata de un huracán?

—Todavía no lo han llamado así. Pero a mí me parece más claro que el agua. Avísame si necesitas algo. Descansa un poco.

Cerró la puerta.

Un relámpago hendió el cielo fuera y una ráfaga de viento soltó el cierre de los postigos, que chirriaron a los lados. La ventana estaba abierta y Eureka se levantó de un salto para cerrarla.

Pero no lo hizo lo bastante rápido, porque una sombra se cernió sobre su cuerpo. La oscura figura de un hombre se movía por la rama del roble junto a su ventana. Una bota negra entró en su habitación.

27

La visita

Eureka no gritó para pedir ayuda.

Mientras el hombre cruzaba su ventana, se sintió preparada para morir igual que cuando se había tragado las pastillas. Había perdido a Brooks. Su madre ya no estaba. Habían asesinado a madame Blavatsky. Eureka era el desafortunado hilo que los unía a todos.

Cuando la bota negra entró por la ventana, esperó a ver el resto de la persona que tal vez por fin los sacaría a ella y a los que la rodeaban del sufrimiento que había provocado.

Las botas negras estaban pegadas a unos vaqueros negros, que estaban conectados a una chaqueta de cuero negra, que a su vez pertenecía a una persona a la que reconoció.

La lluvia salpicaba la ventana, pero Ander seguía seco.

Estaba más pálido que nunca, como si la tormenta le hubiera quitado el pigmento de la piel. Parecía resplandecer junto a la ventana, descollando sobre ella. Sus ojos evaluadores hacían más pequeña la habitación.

Cerró la ventana, pasó el pestillo y cerró los postigos como si viviera allí. Se quitó la chaqueta y la colocó sobre la mecedora. Su pecho quedaba definido bajo la camiseta. Ella deseó tocarlo.

—No estás mojado —dijo.

Ander se pasó los dedos por el pelo.

—He intentado llamarte. —Su tono de voz sonaba como unos brazos que se extendían.

—He perdido el móvil.

—Lo sé.

Asintió con la cabeza y ella comprendió que de algún modo él sabía lo que había sucedido ese día. Dio una larga zancada hacia Eureka, con tanta rapidez que ella no vio lo que iba a hacer, y entonces la rodeó con los brazos. La respiración se le quedó en la garganta. Un abrazo era lo último que esperaba. Lo que era aún más sorprendente: fue maravilloso.

Aquella forma de agarrarla tenía una intensidad que sentía con tan pocas personas (Diana, su padre, Brooks, Cat) que Eureka podía contarlas. Era una intensidad que sugería un gran afecto, una intensidad que rayaba en el amor. Esperaba querer apartarse, pero se acercó aún más.

Las manos abiertas de Ander fueron a posarse en su espalda. Sus hombros abarcaron los suyos como un escudo protector, lo que le hizo pensar en la piedra de rayo. Él ladeó la cabeza para sostener la suya sobre su pecho. A través de su camiseta, ella oía su corazón latiendo con fuerza. Le encantaba el sonido que emitía.

Cerró los ojos y supo que los de Ander también estaban cerrados. Sus ojos cerrados proyectaban un intenso silencio en la habitación. Eureka de repente sintió que estaba en el lugar más seguro de la tierra y supo que se había equivocado respecto a él.

Recordó lo que Cat siempre decía de que con algunos tíos era «fácil». Eureka nunca lo había entendido hasta entonces, puesto que con la mayoría de los chicos con los que había estado había tenido dudas, nervios y vergüenza. Abrazarse a Ander era tan fácil que no abrazarle resultaba impensable.

Lo único incómodo eran los brazos de Eureka, pegados a los costados por el abrazo. Durante la siguiente inhalación, los levantó para rodear a Ander por la cintura con tal gracia y naturalidad que se sorprendió. «Así.»

Él la estrechó con más fuerza e hizo que cualquier abrazo que Eureka hubiera presenciado en los pasillos del Evangeline, todos los abrazos entre su padre y Rhoda, parecieran una triste imitación.

—Es un alivio ver que estás viva —dijo.

Su sinceridad hizo que Eureka se estremeciese. Recordó la primera vez que la había tocado, cuando le había pasado la yema del dedo por la comisura húmeda del ojo. «Se acabaron las lágrimas», había dicho.

Ander le levantó la barbilla para que lo mirase. Se fijó en las comisuras de sus ojos, como si le sorprendiera encontrarlas secas. Parecía hallarse en un conflicto insoportable.

—Te he traído algo.

Sacó de su espalda un objeto envuelto en una funda de plástico que llevaba metido en la cintura de los vaqueros. Eureka lo reconoció al instante y pegó los dedos a *El libro del amor* dentro de la resistente bolsa impermeable.

—¿Cómo lo has conseguido?

—Un pajarito me enseñó dónde encontrarlo —dijo sin ningún atisbo de humor.

—Polaris —señaló Eureka—. ¿Cómo…?

—No es fácil de explicar.

—Lo sé.

—La perspicacia de tu traductora era impresionante. Tuvo el sentido común de enterrar tu libro y su cuaderno debajo del sauce junto al bayou la noche antes de que… —Ander se calló y bajó la mirada—. Lo siento.

—¿Sabes lo que le pasó? —susurró Eureka.

—Lo suficiente para querer venganza —murmuró. Su tono convenció a Eureka de que las personas grises de la carretera habían sido los asesinos—. Coge los libros. Está claro que ella quería que los recuperaras.

Eureka puso ambos libros encima de la cama. Pasó los dedos por el verde desteñido de la portada de *El libro del amor* y recorrió las tres aristas del lomo. Tocó el peculiar círculo en relieve de la cubierta y deseó haber visto su aspecto cuando se acabó de encuadernar.

Pasó las páginas cortadas toscamente del viejo diario de madame Blavatsky. No quería violar la privacidad de la fallecida. Pero cualquier nota dentro de aquel cuaderno podría contener lo que Eureka quería saber del legado que Diana le había dejado. Eureka necesitaba respuestas.

Diana, Brooks y madame Blavatsky habían encontrado *El libro del amor* fascinante. Eureka no creía que mereciera tenerlo para ella sola. Tenía miedo de abrirlo, tenía miedo de que la hiciera sentirse más sola.

Pensó en Diana, que creía que Eureka era lo bastante fuerte y lista como para encontrar la salida de cualquier madriguera. Pensó en madame Blavatsky, que no había parpadeado cuando le preguntó si podía inscribir su nombre como propietaria legítima del libro. Pensó en Brooks, que dijo que su madre era una de las personas más inteligentes que había existido; y si Diana creía que aquel libro era especial, Eureka le debía a ella comprender sus complejidades.

Abrió el cuaderno de traducción de Blavatsky. Lo hojeó despacio. Justo antes de un bloque de páginas en blanco había una hoja escrita con tinta violeta, titulada *El libro del amor. Cuarto bombardeo.*

Miró a Ander.

—¿Lo has leído?

Él negó con la cabeza.

—Ya sé lo que dice. Crecí con una versión de esa historia.

Eureka leyó en voz alta.

«En algún momento, en algún lugar, en un rincón remoto del futuro, nacerá una chica que reunirá las condiciones para iniciar el Alzamiento. Tan solo entonces resurgirá la Atlántida.»

La Atlántida. Así que Blavatsky tenía razón. Pero ¿significaba eso que la historia era real?

«La chica debe nacer en un día que no exista, así como los atlantes dejamos de existir cuando se derramó la lágrima de la doncella.»

—¿Cómo puede no existir un día? —preguntó Eureka—. ¿Qué significa eso?

Ander la observó con detenimiento, pero no dijo nada. Esperó. Eureka consideró su propio cumpleaños. Era el 29 de febrero. Solo existía en año bisiesto. Tres de cada cuatro años no existía.

—Continúa —la animó Ander, alisando la página de la traducción de Blavatsky.

«Debe ser una madre sin hijos y una hija sin madre.»

Inmediatamente, Eureka pensó en el cadáver de Diana en el océano. «Una hija sin madre» definía la enigmática identidad que llevaba meses habitando. Pensó en los mellizos, por los que había arriesgado todo aquella tarde. Lo haría otra vez al día siguiente. ¿Era también una madre sin hijos?

«Al final, deberá controlar sus emociones, que habrán de prepararse como una tormenta demasiado alta en la atmósfera para sentirse en la Tierra. No debe llorar nunca hasta el momento en que su dolor sobrepase lo que cualquier ser humano pueda soportar. Entonces llorará y abrirá la fisura a nuestro mundo.»

Eureka alzó la vista al cuadro de santa Caterina de Siena que colgaba de la pared. Estudió la única lágrima pintoresca de la santa. ¿Había alguna relación entre aquella lágrima y los incendios contra los que ofrecía protección? ¿Estaban relacionadas las lágrimas de Eureka con aquel libro?

Pensó en lo encantadora que estaba Maya Cayce cuando lloraba, en cómo Rhoda lo había hecho con tanta naturalidad al ver a sus hijos. Eureka envidiaba aquellas demostraciones directas de emociones. Constituían la antítesis de lo que ella era. La noche en que Diana la había abofeteado fue la única que vez que recordaba haber sollozado.

«No vuelvas a llorar jamás.»

¿Y la lágrima más reciente que había derramado? Las huellas dactilares de Ander la habían absorbido.

«Ya está. Se acabaron las lágrimas.»

En el exterior, la tormenta rugía con furia. Dentro Eureka calmaba sus emociones tal como llevaba años haciendo. Porque eso le habían dicho que hiciera. Porque era lo único que sabía hacer.

Ander señaló una página en la que, tras unas líneas en blanco, continuaba la tinta violeta.

—Hay una última parte.

Eureka respiró hondo y leyó las últimas palabras de la traducción de madame Blavatsky.

«Una noche durante el viaje, una violenta tormenta partió en dos nuestro barco. Aparecí en una orilla cercana, pero nunca volví a ver al príncipe. No sé si sobrevivió. La profecía de las brujas es el único resto perdurable de nuestro amor.»

Diana conocía la historia de *El libro del amor*, pero ¿la había creído? Eureka cerró los ojos y supo que sí, Diana se la había creído. Creía en ella tan fervientemente que nunca le dijo ni una palabra a su hija. Pretendía dejarlo para un momento en que Eureka la creyera por sí misma. Y ese momento había llegado.

¿Podía llegar Eureka a ese punto? ¿Permitirse considerar que *El libro del amor* tenía algo que ver con ella? Esperaba descartarlo como un cuento de hadas, algo bonito basado en lo que una vez, quizá, estuvo basado en algo real, pero que entonces no era más que una fantasía…

Sin embargo, su herencia, la piedra de rayo, los accidentes, las muertes, aquellas personas fantasmales, el modo en que la furia de la tormenta estaba demasiado en sintonía con la tormenta en su interior…

No era un huracán. Era Eureka.

Ander permanecía en silencio sentado en el borde de la cama, dándole tiempo y espacio. Sus ojos revelaban unas ganas desesperadas de abrazarla de nuevo. Ella también deseaba abrazarle.

—¿Ander?

—Eureka.

Ella señaló la última página de la traducción, que exponía las condiciones de la profecía.

—¿Esta soy yo?

Su vacilación hizo que a Eureka le escocieran los ojos. Él se dio cuenta e inspiró hondo, como si le doliera.

—No puedes llorar, Eureka. Ahora no.

Se acercó a ella enseguida y bajó los labios a sus ojos. Ella cerró los párpados. Le besó el párpado derecho y luego el izquierdo. Entonces hubo un momento de silencio en el que Eureka no pudo moverse, ni abrir los ojos, porque interrumpiría la sensación de que Ander estaba más cerca de ella de lo que nadie había estado en su vida.

Cuando la besó en los labios, Eureka no se sorprendió. Ocurrió igual que el sol sale por la mañana o como florece una flor, del modo en que cae la lluvia del cielo o los muertos dejan de respirar. Naturalmente. Inevitablemente. Sus labios eran firmes, un poco salados. Hacían que su cuerpo hirviera de calor.

Sus narices se rozaron y Eureka abrió la boca para tomar más de su beso. Ella le tocó el pelo y sus dedos siguieron el mismo camino que recorrían los suyos cuando estaba nervioso. En ese momento no parecía nervioso. Estaba besándola como si llevara mucho tiempo deseándolo, como si hubiera nacido para hacerlo. Sus manos le acariciaron la espalda y la arrimaron contra su pecho. Su boca se cerró con ansia sobre la suya. El calor de su lengua la mareó.

Entonces recordó que Brooks había desaparecido. Aquel era el momento más desconsiderado para perder la cabeza por alguien. Aunque aquello no parecía un simple enamoramiento, sino algo que iba a cambiarle la vida y era imparable.

Estaba sin aliento, pero no quería interrumpir el beso. Entonces notó la respiración de Ander dentro de la boca. Abrió los ojos de repente y se apartó.

Los primeros besos eran de descubrimiento, transformación, asombro.

Entonces ¿por qué su aliento en la boca le resultaba familiar?

De alguna manera, Eureka recordó. Tras el accidente de Diana, después de que el coche fuera arrastrado al fondo del golfo y Eureka llegara a la costa, milagrosamente viva —antes no había evocado ese recuerdo—, alguien le había hecho el boca a boca.

Cerró los ojos y vio el halo de pelo rubio sobre ella, bloqueando la luna, y sintió el aire vivificante que entraba en sus pulmones, los brazos que la llevaron allí.

«Ander.»

—Creía que era un sueño —susurró.

Ander suspiró con fuerza, como si supiera exactamente a lo que se refería, y la cogió de la mano.

—Suele pasar.

—Me sacaste del coche. Me llevaste nadando hasta la orilla. Me salvaste.

—Sí.

—Pero ¿por qué? ¿Cómo sabías que estaba allí?

—Estaba en el sitio adecuado en el momento adecuado.

Parecía tan imposible como el resto de las cosas que Eureka sabía que eran reales. Fue a trompicones hacia su cama y se sentó. Le daba vueltas la cabeza.

—Me salvaste a mí y la dejaste morir a ella.

Ander cerró los ojos como si le doliera.

—Si hubiera podido salvaros a las dos, lo habría hecho. Tuve que elegir y te escogí a ti. Si no puedes perdonarme, lo comprendo. —Tenía las manos temblando cuando se las pasó por el pelo—. Eureka, lo siento mucho.

Había dicho esas mismas palabras, justo así, el primer día que se habían visto. La sinceridad de su disculpa la sorprendió entonces. Le parecío inapropiado que se disculpara con tanta pasión por algo tan nimio, pero en ese momento Eureka lo comprendió. Sintió la pena que le daba a Ander la muerte de Diana. El arrepentimiento llenaba el espacio a su alrededor como su propio escudo generado por una piedra de rayo.

Eureka había estado resentida todo ese tiempo por el hecho de que ella hubiera sobrevivido y Diana no. Ahora tenía delante de ella a la persona responsable. Ander había tomado aquella decisión. Podía odiarle por ello. Podía echarle la culpa por su pena enloquecedora y su intento de asesinato. Él parecía saberlo y estaba allí esperando la decisión que ella tomara. Eureka hundió la cara en sus manos.

—La echo mucho de menos.

Él se arrodilló delante de ella y apoyó los codos en los muslos de la chica.

—Lo sé.

La mano de Eureka se cerró alrededor del colgante. Abrió el puño para mostrarle la piedra de rayo y el relicario de lapislázuli.

—Tenías razón —dijo—. Sobre la piedra de rayo y el agua. Hace algo más que no mojarse. Es la única razón por la que los mellizos y yo estamos vivos. Nos ha salvado, y nunca hubiera sabido cómo usarla si no me lo hubieras dicho.

—La piedra de rayo es muy poderosa. Te pertenece, Eureka. Recuérdalo siempre. Debes protegerla.

—Ojalá Brooks... —comenzó a decir, pero parecía que iba a estallarle el pecho—. Tenía tanto miedo que no podía pensar. Tendría que haberle salvado a él también.

—Eso habría sido imposible.

La voz de Ander era fría.

—¿Te refieres a que habría sido imposible como cuando no pudiste salvarnos a mí y a Diana? —preguntó.

—No, no me refiero a eso. Fuera lo que fuese que le pasara a Brooks… no podrías haberlo encontrado en esa tormenta.

—No lo entiendo.

Ander apartó la mirada. No dio más detalles.

—¿Sabes dónde está Brooks? —quiso saber Eureka.

—No —respondió enseguida—. Es complicado. He intentado decírtelo, ya no es quien crees que era…

—Por favor, no digas nada malo de él. —Eureka movió la mano para descartar lo que fuera a decir Ander—. Ni siquiera sabemos si está vivo.

Ander asintió, pero parecía tenso.

—Después de que Diana muriera —dijo Eureka—, no se me ocurrió que pudiera perder a nadie más.

—¿Por qué llamas a tu madre «Diana»?

Ander parecía impaciente por alejar la conversación de Brooks.

Nadie salvo Rhoda le había hecho a Eureka aquella pregunta, así que nunca había tenido que dar una respuesta verdadera.

—Cuando estaba viva la llamaba mamá, como hacen la mayoría de los niños. Pero la muerte ha convertido a Diana en otra persona. Ya no es mi madre. Ahora es algo más… —Eureka apretó el relicario— y menos.

La mano de Ander se ahuecó para sostener los dos colgantes. Examinó con detenimiento el relicario y pasó el pulgar por el cierre.

—No se abre —dijo ella, y enroscó los dedos en los suyos para calmarlos—. Diana decía que estaba cerrado por el óxido, pero le gustaba tanto que no le importaba. Lo llevaba todos los días.

Ander se puso de pie y llevó los dedos a la nuca de Eureka. Ella se inclinó hacia su tacto adictivo.

—¿Puedo?

Cuando ella asintió, él desabrochó la cadena, la besó suavemente en los labios y luego se sentó a su lado en la cama. Rozó la piedra azul salpicada de motas doradas. Le dio la vuelta al relicario y tocó los círculos que se intersectaban en la parte inferior. Examinó el perfil del relicario por cada lado, toqueteó las bisagras y luego el cierre.

—La oxidación es superficial. Eso no debería impedir abrir el relicario.

—Entonces ¿por qué no se abre? —preguntó Eureka.

—Porque Diana lo selló. —Ander sacó el relicario de la cadena, y devolvió la cadena y la piedra de rayo a Eureka. Sujetó el relicario con ambas manos—. Creo que puedo abrirlo. De hecho, sé que puedo.

28

El lagrimaje de Selene

Un trueno sacudió los cimientos de la casa. Eureka se acercó rápidamente a Ander.

—¿Por qué habría sellado mi madre su propio relicario?

—Tal vez contiene algo que no quería que viera nadie.

Ander le pasó un brazo alrededor de la cintura. Fue un movimiento instintivo, pero cuando el brazo estuvo allí, el chico pareció ponerse nervioso. Tenía las puntas de las orejas coloradas. Continuó mirándose la mano que descansaba sobre el muslo de Eureka.

Ella colocó la suya encima para asegurarle que le gustaba que estuviera allí, que saboreaba cada nueva lección sobre su cuerpo: la suavidad de sus dedos, el calor interno de su palma, el olor de su piel con la proximidad del verano.

—Yo le contaba todo a Diana —dijo Eureka—. Cuando murió me enteré de que ella me ocultaba muchos secretos.

—Tu madre conocía el poder de estas reliquias. Tendría miedo de que cayeran en malas manos.

—Cayeron en mis manos y no entiendo nada.

—La fe que tenía en ti pervive —dijo Ander—. Te dejó estas cosas porque confiaba en que descubrirías su significado. Tenía razón en cuanto al libro, llegaste al corazón de la historia. Tenía razón en cuanto a la piedra de rayo, pues ya sabes lo poderosa que puede ser.

—¿Y el relicario?

Eureka lo tocó.

—Veamos si también tuvo razón respecto a eso.

Ander se puso de pie en medio de la habitación, sosteniendo el relicario en la mano derecha. Le dio la vuelta. Tocó el dorso con la punta del dedo anular izquierdo. Cerró los ojos, frunció los labios como si fuera a silbar y soltó una larga exhalación.

Movió el dedo despacio por la superficie, recorriendo los seis círculos intersectados que Eureka había tocado tantas veces. Solo que cuando Ander lo hizo, sonó música, como cuando se pasa el dedo por el borde de una copa de cristal.

Aquel sonido hizo que Eureka se levantara de un salto. Se agarró la oreja izquierda, que no estaba acostumbrada a oír pero que de algún modo percibía esas extrañas notas con tanta claridad como había oído la canción de Polaris. Los círculos del relicario brillaron un instante —dorados y luego azules—, reaccionando al tacto de Ander.

Mientras el dedo formaba ochos, moviéndose como dentro de un laberinto y creando diseños rosados alrededor de los círculos, el sonido que producía cambiaba y giraba. Un suave zumbido se transformó en un acorde intenso y evocador para luego ascender hasta lo que sonaba casi como una armonía de instrumentos de viento.

Mantuvo esa nota varios segundos, con el dedo relajado, apoyado en el centro del dorso del relicario. Era un sonido atiplado y desconocido, como una flauta de un reino futuro y lejano. El dedo de Ander pulsó tres veces, creando unos acordes como los de un órgano de iglesia que fluyeron en ondas sobre Eureka. El chico abrió los ojos, levantó el dedo y el extraordinario concierto terminó. Respiraba entrecortadamente, intentando recuperar el aliento.

El relicario se abrió con un chirrido sin que volviera a tocarlo.

—¿Cómo has hecho eso?

Eureka se acercó a él en trance y se inclinó hacia sus manos para examinar el interior del relicario. El lado derecho tenía incrustado un diminuto espejo. Su reflejo era limpio y claro, hasta ligeramente aumentado. Eureka vio uno de los ojos de Ander en el espejo y le sorprendió su claridad turquesa. El lado izquierdo contenía lo que parecía ser un trozo de papel amarillento metido en el marco, cerca de la bisagra.

Usó el meñique para soltarlo. Levantó una esquina, percibiendo lo fino que era el papel, y lo sacó con cuidado. Debajo del papel encontró una pequeña fotografía. La habían recortado para que cupiera en el relicario triangular, pero la imagen era clara.

Diana sostenía a Eureka de bebé en brazos. No podía tener más de seis meses de edad. Eureka no había visto nunca aquella foto, pero reconocía las gafas de culo de botella de su madre, su mata de pelo escalada y la camisa de franela azul que llevaba en los noventa.

La bebé Eureka miraba directamente a la cámara y vestía un pichi blanco que debía de haberle cosido Sugar. Diana tenía la vista apartada de la cámara, pero se apreciaban sus brillantes ojos verdes. Parecía triste, una expresión que Eureka no asociaba a su madre. ¿Por qué nunca le había enseñado aquella foto? ¿Por qué había llevado todos aquellos años el relicario, diciendo que no se abría?

Eureka estaba enfadada con su madre por haber dejado tantos misterios. Todo en su vida había sido inestable desde que Diana había muerto. Quería claridad, constancia, alguien en quien pudiera confiar.

Ander se agachó para recoger el papelito amarillento, que debía de habérsele caído a Eureka. Parecía un material caro de hacía siglos. Le dio la vuelta. No había más que una palabra escrita en negro.

«Marais.»

—¿Significa algo para ti? —preguntó el chico.

—Esa es la letra de mi madre.

Cogió el papel y se quedó mirando las curvas de la caligrafía, el brusco punto de la i.

—Es la palabra cajún, francesa, para «marisma», pero no sé por qué la escribiría aquí.

Ander se quedó mirando por la ventana, donde los postigos impedían ver la lluvia, pero no oír su continuo sonido.

—Debe de haber alguien que pueda ayudarnos.

—Madame Blavatsky habría podido ayudarnos.

Eureka se quedó mirando fijamente el relicario, el enigmático trozo de papel.

—Por eso precisamente la mataron.

Las palabras salieron de la boca de Ander antes de que se diera cuenta.

—Sabes quién lo hizo. —Eureka abrió los ojos de par en par—. Fueron ellos, las personas a las que echaste de la carretera, ¿no?

Ander cogió el relicario de la mano de Eureka y lo dejó sobre la cama. Le levantó la barbilla con el pulgar.

—Ojalá pudiera contarte lo que quieres oír.

—No se merecía morir.

—Lo sé.

Eureka apoyó las manos en su pecho. Enroscó los dedos en la tela de su camiseta para transmitirle su dolor.

—¿Por qué no estás mojado? —preguntó—. ¿Tienes una piedra de rayo?

—No. —Se rió ligeramente—. Supongo que tengo otra clase de escudo. Aunque es mucho menos impresionante que el tuyo.

Eureka pasó las manos por sus hombros secos y deslizó los brazos por su cintura seca.

—Estoy impresionada —dijo en voz baja mientras metía las manos debajo de la camiseta para tocarle la piel lisa y seca.

Él volvió a besarla, animándola. Eurkea estaba nerviosa, pero viva, desconcertada, y en su interior fluía una nueva energía que no quería cuestionar.

Le encantaba la sensación de los brazos de él alrededor de su cintura. Se acercó más y alzó la cabeza para besarle otra vez, pero entonces se detuvo. Sus dedos se quedaron inmóviles sobre lo que parecía un corte profundo en la espalda de Ander. Se apartó, dio la vuelta y le levantó la camiseta por detrás para averiguar qué era. Cuatro incisiones rojas le marcaban la piel justo debajo de la caja torácica.

—Te has cortado —dijo.

Era el mismo tipo de herida que había visto en Brooks el día de la ola inesperada en Vermilion Bay. Ander tenía un grupo de cortes, mientras que la espalda de Brooks había cargado con dos.

—No son cortes.

Eureka alzó la vista para mirarle.

—Dime qué son.

Ander se sentó en el borde de la cama. Ella se sentó a su lado, notando el calor que emanaba de su piel. Quería volver a ver las marcas, quería pasar la mano sobre ellas para ver si eran tan profundas como parecían. Ander le puso la mano en la pierna y Eureka vibró por dentro. Parecía que estaba a punto de decir algo que le costaba mucho, algo que sería imposible de creer.

—Son branquias.

Eureka pestañeó.

—Branquias. ¿Como las de un pez?

—Para respirar bajo el agua, sí. Brooks ahora también las tiene.

Eureka le apartó la mano de la pierna.

—¿Qué quieres decir con que Brooks ahora también las tiene? ¿A qué te refieres con que tú tienes branquias?

La habitación se había vuelto diminuta de repente y hacía demasiado calor en ella. ¿Estaba Ander tomándole el pelo?

Ander se estiró hacia atrás y cogió el libro encuadernado en cuero verde.

—¿Crees lo que has leído aquí?

No lo conocía lo bastante bien como para evaluar el tono de su voz. Sonaba desesperado, pero ¿qué más? ¿También revelaba enfado? ¿Miedo?

—No sé —respondió—. Parece demasiado…

—¿Te parece más bien fantasía?

—Sí. Pero… quiero saber el resto. Solo se ha traducido una parte y hay muchas extrañas coincidencias, cosas que parecen estar relacionadas conmigo.

—Y así es —dijo Ander.

—¿Cómo lo sabes?

—¿Te mentí respecto a la piedra de rayo?

Ella negó con la cabeza.

—Pues dame la oportunidad que le estás dando a este libro. —Ander se llevó una mano al corazón—. La diferencia entre tú y yo es que desde el instante en que nací yo me crié con la historia que has encontrado en estas páginas.

—¿Cómo? ¿Quiénes son tus padres? ¿Estás en una secta?

—No tengo padres exactamente. Me criaron mis tías y mis tíos. Soy un Portador de la Simiente.

—¿Un qué?

Él suspiró.

—Mi pueblo procede del continente perdido de la Atlántida.

—¿Eres de la Atlántida? —exclamó—. Madame Blavatsky dijo… Pero no creí…

—Lo sé. ¿Cómo ibas a creértelo? Pero es cierto. Mi linaje estaba entre los que escaparon antes de que se hundiera la isla. Desde entonces nuestra misión ha sido transmitir la simiente del conocimiento de la Atlántida para que nunca se olvidaran sus lecciones y que no se repitieran sus atrocidades. Durante miles de años esta historia ha permanecido entre los Portadores de la Simiente.

—Pero también está en este libro.

Ander asintió.

—Sabíamos que tu madre poseía alguna información sobre la Atlántida, pero mi familia todavía no tiene ni idea de cuánta. La persona que mató a tu traductora era mi tío. Los que te encontraste en la comisaría, y en la carretera aquella noche, son los que me criaron. Esos son los rostros que veo en la cena cada noche.

—¿Dónde cenas exactamente?

Eureka llevaba semanas preguntándose dónde vivía Ander.

—En ningún lugar interesante. —Hizo una pausa—. Hace semanas que no voy por casa. Mi familia y yo estamos en desacuerdo.

—Dijiste que querían hacerme daño.

—Y así es —confirmó Ander con abatimiento.

—¿Por qué?

—Porque tú también eres descendiente de la Atlántida. Y las mujeres de tu linaje tienen algo muy poco común. Se llama el *selena-klamata-desmos*. Eso significa, más o menos, «el lagrimaje de Selene».

—Selene —dijo Eureka—. La mujer prometida al rey. La que huyó con su hermano.

Ander asintió.

—Es tu matriarca desde hace muchas generaciones. Así como Leander, su amante, es mi patriarca.

—Naufragaron, se separaron en el mar —dijo Eureka, al recordar—. No se volvieron a encontrar nunca.

Ander asintió.

—Se dice que se buscaron hasta el día de su muerte y algunos aseguran que incluso después.

Eureka miró en el fondo de los ojos de Ander y la historia le resonó de una manera nueva. La encontró insoportablemente triste y dolorosamente romántica. ¿Podían aquellos amantes frustrados explicar la increíble conexión que Eureka había sentido con el chico sentado a su lado, la conexión que sintió desde el primer instante que lo vio?

—Una de las descendientes de Selene tiene el poder de hacer emerger la Atlántida —continuó Ander—. Es lo que acabas de leer en el libro. Es el «lagrimaje». La razón de la existencia de los Portadores de la Simiente gira en torno a la creencia de que el resurgimiento de la Atlántida será una catástrofe, el apocalipsis. Las leyendas de la Atlántida son desagradables y violentas, están llenas de corrupción, esclavitud y cosas peores.

—No he leído nada de eso aquí.

Eureka señaló *El libro del amor*.

—Por supuesto que no —dijo Ander misteriosamente—. Has estado leyendo una historia de amor. Desgraciadamente, había más en ese mundo que la versión de Selene. El objetivo de los Portadores de la Simiente es evitar el regreso de la Atlántida…

—Matando a la chica con el lagrimaje —terminó Eureka, aturdida—. Y creen que yo lo tengo.

—Están casi seguros.

—Están seguros de que si lloro, como dice en el libro, entonces…

Ander asintió.

—El mundo se inundará y la Atlántida recuperará su poder.

—¿Cada cuánto aparece una chica con el lagrimaje? —preguntó Eureka, a la que se le ocurrió que si Ander estaba diciendo la verdad, muchos miembros de su familia podrían haber sido perseguidos o asesinados por los Portadores de la Simiente.

—Lleva casi un siglo sin suceder, desde los años treinta —contestó Ander—, pero aquella fue una situación muy desagradable. Cuando una chica empieza a mostrar signos del lagrimaje, se convierte en una especie de vórtice. Despierta el interés de más personas aparte de los Portadores de la Simiente.

—¿Quién más?

Eureka no estaba segura de si quería saberlo.

Ander tragó saliva.

—Los propios atlantes.

Ahora estaba incluso más confundida.

—Son malvados —continuó Ander—. La última poseedora del lagrimaje vivía en Alemania. Se llamaba Byblis…

—He oído hablar de Byblis. Fue una de las propietarias del libro. Se lo dio a alguien llamada Niobe, que a su vez se lo dio a Diana.

—Byblis era la tía abuela de tu madre.

—Sabes más de mi familia que yo.

Ander parecía incómodo.

—He tenido que estudiarla.

—Así que ¿los Portadores de la Simiente mataron a mi tía abuela cuando mostró signos del lagrimaje?

—Sí, pero no antes de que se hiciera mucho daño. Mientras los Portadores de la Simiente intentaban eliminar un lagrimaje, los atlantes trataban de activarlo. Lo hacían ocupando el cuerpo de alguien querido por la persona que poseía el lagrimaje, alguien que pudiera hacerla llorar. Cuando los Portadores de la Simiente consiguieron matar a Byblis, el atlante que había ocupado el cuerpo de su mejor amigo ya estaba apegado a este mundo. Se quedó en el cuerpo incluso tras la muerte de Byblis.

A Eureka le entraron ganas de reír. Lo que Ander estaba diciendo era una locura. Ni siquiera había oído algo tan demencial durante las semanas que estuvo internada en el ala psiquiátrica.

Y aun así le hizo pensar a Eureka en lo que había leído recientemente en uno de los correos electrónicos de madame Blavatsky. Cogió las páginas traducidas y las hojeó.

—Mira esta parte, aquí. Describe a un hechicero que podía trasladar su mente por el océano y ocupar el cuerpo de un hombre minoico.

—Exacto —dijo Ander—. Es la misma magia. No sabemos cómo aprendió Atlas a canalizar el poder de ese hechicero, puesto que no era uno de ellos, pero de algún modo lo consiguió.

—¿Dónde está? ¿Dónde están los atlantes?

—En la Atlántida.

—¿Y dónde está eso?

—Lleva miles de años bajo el agua. No tenemos acceso a ella y ellos no pueden acceder a nosotros. Desde el momento en que se hundió la Atlántida, la canalización mental ha sido su único portal a nuestro mundo. —Ander apartó la mirada—. Aunque Atlas espera cambiar eso.

—Así que las mentes atlantes son poderosas y malignas —Eureka esperó que nadie estuviera escuchando detrás de la puerta—, pero los Portadores de la Simiente no parecen mucho mejores, matando a chicas inocentes.

Ander no respondió. Su silencio contestó a su siguiente pregunta.

—Salvo que los Portadores de la Simiente no creen que seamos inocentes —advirtió—. O sea, ¿te criaron para que pensaras que yo podía hacer algo terrible? —Eureka se masajeó la oreja y no pudo creer lo que estaba a punto de decir—: ¿Como inundar el mundo con mis lágrimas?

—Sé que cuesta creerlo —dijo Ander—. Tenías razón al calificar a los Portadores de la Simiente de secta. Mi familia es especialista en hacer que los asesinatos parezcan accidentes. Byblis se ahogó en una «inundación». El coche de tu madre se lo llevó una «ola gigantesca». Todo para salvar al mundo del mal.

—Espera. —Eureka se estremeció—. ¿Mi madre tenía el lagrimaje?

—No, pero sabía que tú sí. El trabajo de toda su vida se centró en prepararte para tu destino. Tuvo que decirte algo al respecto.

A Eureka se le encogió el corazón.

—Una vez me dijo que nunca llorara.

—Es cierto que no sabemos qué pasaría de verdad si lloraras. Mi familia no quiere arriesgarse a averiguarlo. La ola del puente aquel día iba dirigida a ti, no a Diana. —Bajó la vista, apoyando la barbilla en el pecho—. Se suponía que yo debía asegurarme de que te ahogabas. Pero no pude. Mi familia no me lo perdonará nunca.

—¿Por qué me salvaste? —susurró.

—¿No lo sabes? Creía que era obvio.

Eureka levantó los hombros y negó con la cabeza.

—Eureka, desde que tengo conciencia, me han entrenado para que conozca todo sobre ti: tus debilidades, tus puntos fuertes, tus miedos y tus deseos. Todo, para que pudiera destruirte. Uno de los poderes de los Portadores de la Simiente es una especie de camuflaje natural. Vivimos entre los mortales, pero no nos ven. Nos mezclamos, nos desdibujamos. Nadie recuerda nuestros rostros a menos que nosotros queramos. ¿Te imaginas lo que es ser invisible para todo el mundo excepto para tu familia?

Eureka negó con la cabeza, aunque a menudo deseaba la invisibilidad.

—Por eso nunca supiste de mí. Te llevo observando desde que naciste, pero nunca me viste hasta que yo quise, el día que choqué contra tu coche. He estado contigo todos los días de los últimos diecisiete años. Vi como aprendías a andar, a atarte los zapatos, a tocar la guitarra. —Tragó saliva—. A besar. Vi como te perforaban las orejas, como suspendías el examen de conducir y cuando ganaste tu primera carrera de campo a través. —Ander extendió la mano para que se acercara más a él—. Cuando Diana murió, estaba tan desesperadamente enamorado de ti que ya no podía más. Choqué con tu coche en la señal de stop. Necesitaba que me vieras por fin. A cada momento de tu vida, me enamoraba más perdidamente de ti.

Eureka se sonrojó. ¿Qué podía decir al respecto?

—Yo… bueno… eeeh…

—No tienes que responder —dijo Ander—. Solo quería que supieras que aunque haya empezado a desconfiar de todo en lo que me enseñaron a creer, hay una cosa de la que estoy seguro. —Encajó la mano en la suya—. Mi devoción por ti. Nunca desaparecerá, Eureka. Te lo juro.

Eureka estaba atónita. Su mente suspicaz se había equivocado con Ander, pero sus instintos corporales sí habían acertado. Llevó los dedos hacia su nuca y atrajo sus labios a los de ella. Intentó transmitirle con un beso las palabras que no encontraba.

—Dios. —Los labios de Ander rozaron los de ella—. ¡Qué bien poder decirlo en voz alta! Llevo toda mi vida sintiéndome solo.

—Ahora estás conmigo. —Quería tranquilizarlo, pero la preocupación se coló en su cabeza—. ¿Sigues siendo un Portador de la Simiente? Te volviste en contra de tu familia para protegerme, pero…

—Podría decirse que hui —respondió—. Pero mi familia no va a rendirse. Tienen muchísimas ganas de verte muerta. Si lloras y regresa la Atlántida, creen que representará la muerte de millones de personas, la esclavitud de la humanidad. El fin del mundo tal como lo conocemos. Creen que supondrá la desaparición de este mundo y el nacimiento de uno nuevo y terrible. Creen que matarte es la única manera de detenerlo.

—¿Y tú qué piensas?

—Tal vez sea cierto que puedas hacer emerger la Atlántida —contestó despacio—, pero nadie sabe lo que sucederá después.

—El final no está escrito todavía —dijo Eureka. «Y todo podría cambiar con la última palabra». Fue a coger el libro para enseñarle a Ander algo que la había inquietado desde la lectura del testamento de Diana—. ¿Y si el final sí se ha escrito? Al libro le faltan unas páginas. Diana no las habría arrancado. Ni siquiera doblaba la esquina de un libro de la biblioteca para marcar una página.

Ander se rascó la mandíbula.

—Hay una persona que quizá pueda ayudarnos. No le he visto nunca. Nació como Portador de la Simiente, pero abandonó la familia tras el asesinato de Byblis. Mi familia dice que no superó nunca su muerte. —Hizo una pausa—. Dicen que estaba enamorado de ella. Se llama Solón.

—¿Cómo le encontraremos?

—Ningún Portador de la Simiente ha hablado con él en años. Lo último que oí era que estaba en Turquía. —Se volvió para mirar a Eureka a la cara, con los ojos de pronto brillantes—. Podríamos ir hasta allí para localizarle.

Eureka se rió.

—Dudo que mi padre me deje ir a Turquía.

—Tendrán que acompañarnos —dijo Ander enseguida—. Todas las personas a las que quieres. De lo contrario mi familia utilizará a la tuya para traerte de vuelta.

Eureka se puso tensa.

—¿Te refieres...?

Él asintió.

—Justifican la muerte de unos pocos para salvar a muchos.

—¿Qué hay de Brooks? Si vuelve…

—No va a volver —dijo Ander—, no como a ti te gustaría verle. Tenemos que concentrarnos en poneros a salvo a ti y a tu familia lo antes posible. En algún lugar lejos de aquí.

Eureka negó con la cabeza.

—Mi padre y Rhoda volverían a internarme antes de acceder a que nos marchemos de la ciudad.

—No hay otra opción, Eureka. Es la única manera de que sobrevivas.

Entonces la besó con fuerza, sujetándole la cara con las manos, apretando los labios contra los suyos hasta que ella se quedó sin aliento.

—¿Por qué tengo que sobrevivir?

Le dolían los ojos por el agotamiento, que no podía seguir negando. Ander se dio cuenta. La llevó a la cama, retiró las sábanas y luego la tumbó para taparla con las mantas.

Se arrodilló a un lado y le murmuró al oído bueno:

—Tienes que sobrevivir porque no viviré en un mundo en el que tú no estés.

29

Evacuación

Cuando Eureka se despertó a la mañana siguiente, una luz tenue y plateada brillaba a través de la ventana. La lluvia resonaba en los árboles. Anhelaba dejar que la tormenta la arrullara para volver a dormir, pero le pitaba el oído izquierdo, lo que le recordó la extraña melodía que Ander había conjurado al abrir el relicario de Diana. Sostenía *El libro del amor* en sus brazos, el libro que explicaba al detalle la profecía de sus lágrimas. Sabía que debía levantarse, enfrentarse a la situación de la que se había enterado la noche anterior, pero un dolor en el corazón mantenía su cabeza pegada a la almohada.

Brooks se había ido. Según Ander, que parecía tener razón en muchas cosas, su amigo de toda la vida no iba a volver.

Un peso al otro lado de su cama la sorprendió. Era Ander.

—¿Has estado aquí toda la noche? —preguntó Eureka.

—No voy a dejarte.

Ella se arrastró por la cama hacia él. Seguía llevando su albornoz. Él iba vestido con la misma ropa que la noche anterior. No pudieron evitar sonreírse mientras sus rostros se acercaban el uno al otro. Ander la besó en la frente y luego en los labios.

Quería empujarlo y tumbarlo sobre la cama, abrazarlo y besarlo horizontalmente, sentir el peso de su cuerpo sobre el suyo, pero tras unos cuantos besos suaves, Ander se levantó y fue junto a la ventana. Tenía los brazos cruzados a la espalda. Eureka se lo imaginó allí de pie toda la noche, recorriendo la calle con la vista en busca de la silueta de algún Portador de la Simiente.

¿Qué habría hecho Ander si alguno de ellos hubiera entrado en su casa? Recordó la caja plateada que se había sacado del bolsillo aquella noche. Había aterrorizado a su familia.

—Ander…

Quería preguntarle qué había en el interior de la caja.

—Ha llegado el momento de irse —dijo.

Eureka buscó a tientas su teléfono para mirar la hora. Al acordarse de que lo había perdido, se lo imaginó sonando en el golfo arrasado por la lluvia, en medio de un banco de peces plateados, donde una sirena atendería la llamada. Hurgó en la mesilla de noche para buscar el reloj Swatch de plástico de lunares.

—Son las seis de la mañana. Mi familia aún estará dormida.

—Despiértalos.

—¿Y qué les digo?

—Os contaré a todos el plan en cuanto estemos juntos —dijo Ander, que seguía de cara a la ventana—. Será mejor que no haya muchas preguntas. Tenemos que movernos rápido.

—Si voy a hacer esto —repuso Eureka—, tengo que saber adónde vamos.

Salió de la cama. Apoyó la mano en la manga de Ander y su bíceps se flexionó al notarla.

Él la miró y pasó los dedos por su pelo, acercando las uñas lentamente a su cuero cabelludo, hacia la nuca. Si a ella le parecía sexy cuando él se pasaba los dedos por el pelo, eso era incluso mejor.

—Vamos a ir a buscar a Solón —dijo—. El Portador de la Simiente perdido.

—Creía que habías dicho que estaba en Turquía.

Por un momento, Ander esbozó una leve sonrisa, pero luego su rostro quedó extrañamente inexpresivo.

—Por suerte rescaté un barco ayer. Saldremos en cuanto tu familia esté preparada.

Eureka lo observó con detenimiento. Había algo en su mirada… una satisfacción contenida por… la culpa. Se le secó la boca cuando su mente advirtió una oscura conexión. No sabía cómo lo sabía.

—¿El *Ariel?* —susurró. El barco de Brooks—. ¿Cómo lo hiciste?

—No te preocupes. Ya está hecho.

—Estoy preocupada por Brooks, no por su barco. ¿Le viste? ¿Acaso lo buscaste?

El rostro de Ander se tensó. Movió los ojos a un lado. Al cabo de un momento volvieron a los de Eureka, libres de hostilidad.

—Llegará un momento en que conocerás el verdadero destino de Brooks. Por el bien de todos, espero que aún falte mucho. Mientras tanto, tienes que intentar superarlo.

A Eureka se le nubló la vista; apenas le veía delante de ella. En aquel instante deseó más que nunca oír a Brooks llamarla Sepia.

—¿Eureka? —Ander le tocó la mejilla—. ¿Eureka?

—No —murmuró Eureka para sus adentros.

Se apartó de Ander. Perdió el equilibrio. Se tropezó con la mesilla de noche y chocó contra la pared. Se sentía tan fría y rígida como si hubiera pasado la noche en medio del Círculo Polar Ártico.

Eureka no podía negar el cambio que había dado Brooks en las últimas semanas, el comportamiento terriblemente cruel y desleal que ella no reconocía. Calculó el número de conversaciones en las que Brooks había buscado información sobre sus emociones y por qué no lloraba. Pensó en la inexplicable hostilidad que Ander sentía hacia él desde su primer encuentro. Y luego pensó en la historia de Byblis y del hombre al que había estado tan apegada, el hombre cuyo cuerpo fue poseído por un rey atlante.

Ander no quería decirlo, pero todas las señales apuntaban a otra realidad imposible.

—Atlas —susurró—. Todo este tiempo no era Brooks, sino Atlas.

Ander frunció el entrecejo, pero no dijo nada.

—Brooks no está muerto.

—No. —Ander suspiró—. No está muerto.

—Está poseído. —A Eureka le costó pronunciar aquellas palabras.

—Sé que te importa. No le desearía a nadie el destino de Brooks. Pero ha sucedido y no hay nada que nosotros podamos hacer. Atlas es demasiado poderoso. Lo hecho hecho está.

No soportaba que Ander hablara de Brooks en pasado. Tenía que haber un modo de salvarlo. Una vez que sabía lo que había sucedido —que había sucedido por culpa de ella—, Eureka le debía a Brooks traerlo de vuelta. No sabía cómo, solo que tenía que intentarlo.

—Si pudiera encontrarle…

Se le entrecortó la voz.

—No. —La dureza de Ander la dejó sin aliento. La fulminó con la mirada, buscando en sus ojos un rastro de lágrimas. Al no encontrarlas, pareció aliviado. Le puso la cadena con la piedra de rayo y el relicario por la cabeza—. Estás en peligro, Eureka. Tu familia está en peligro. Si confías en mí, puedo protegerte. Eso es todo en lo que podemos permitirnos centrarnos ahora. ¿Entiendes?

—Sí —respondió con poco entusiasmo, porque tenía que haber un modo.

—Bien —dijo Ander—. Ahora ha llegado el momento de contárselo a tu familia.

Eureka llevaba unos vaqueros, las zapatillas de correr y una camisa azul claro de franela al bajar las escaleras de la mano de Ander. La bolsa púrpura del colegio colgaba de su hombro, con *El libro del amor* y la traducción de madame Blavatsky. La sala de estar estaba a oscuras. El reloj del decodificador parpadeaba marcando la 1.43. La tormenta debía de haber provocado que se fuera la luz por la noche.

Mientras Eureka avanzaba a tientas entre los muebles, oyó el chasquido de una puerta al abrirse. Su padre apareció iluminado por la luz de la lámpara de su dormitorio, que se colaba por la puerta entreabierta. Tenía el pelo mojado y llevaba la camisa arrugada por fuera. Eureka olió su jabón Irish Spring. Él advirtió las dos formas oscuras en las sombras.

—¿Quién anda ahí? —Enseguida fue a encender la luz—. ¿Eureka?

—Papá...

Se quedó mirando a Ander.

—¿Quién es este? ¿Qué está haciendo en nuestra casa?

Las mejillas de Ander tenían más color del que Eureka jamás había visto en ellas. Se puso recto y se pasó las manos por el pelo ondulado dos veces.

—Señor Boudreaux, me llamo Ander. Soy… amigo de Eureka.

Le dedicó una sonrisita a Eureka, como si, a pesar de todo, le gustara decirlo.

Ella quiso saltar a sus brazos.

—No, a las seis de la mañana no —dijo su padre—. Sal de aquí o llamo a la policía.

—Papá, espera. —Eureka le agarró del brazo como cuando era pequeña—. No llames a la policía. Por favor, ven a sentarte. Hay algo que tengo que contarte.

Miró la mano de Eureka en su brazo, después a Ander y luego volvió a mirar a Eureka.

—Por favor —susurró.

—Muy bien. Pero antes vamos a hacer café.

Fueron a la cocina, donde el padre encendió el quemador y puso a hervir el agua. Echó café negro en la vieja cafetera francesa. Eureka y Ander se sentaron a la mesa mientras discutían con los ojos quién iba a empezar a hablar.

Su padre seguía mirando a Ander con una expresión inquieta en el rostro.

—Me resultas familiar, chaval.

Ander cambió de postura.

—No nos habíamos visto antes.

Mientras el agua se calentaba, el padre se acercó más a la mesa. Ladeó la cabeza y miró a Ander con los ojos entrecerrados. Su voz sonó distante cuando preguntó:

—¿Cómo dices que conociste a este chico, Reka?

—Es amigo mío.

—¿Vais juntos al instituto?

—Nos… conocimos.

Se encogió de hombros, nerviosa, mirando a Ander.

—Tu madre dijo… —A su padre comenzaron a temblarle las manos. Las pegó a la mesa para calmarlas—. Dijo que algún día…

—¿Qué?

—Nada.

El hervidor pitó, así que Eureka se levantó para apagar el quemador. Echó el agua en la cafetera francesa y cogió tres tazas del armario.

—Creo que deberías sentarte, papá. Lo que estamos a punto de contarte puede que te parezca raro.

Un suave golpeteo en la puerta principal hizo que los tres se sobresaltaran. Eureka y Ander se miraron, después ella retiró la silla y fue hacia la puerta. Ander iba justo detrás de ella.

—No abras la puerta —le advirtió.

—Sé quién es.

Eureka reconoció la forma de la figura a través del cristal esmerilado. Tiró del pomo atascado y abrió la puerta mosquitera.

Las cejas de Cat se arquearon al ver a Ander por encima del hombro de Eureka.

—Habría venido antes si hubiera sabido que había una fiesta de pijamas.

Detrás de Cat, un viento fortísimo agitó la rama musgosa de un roble como si fuera un simple palito. Una gran explosión de agua irrigó el porche.

Eureka invitó a Cat a entrar y la ayudó a quitarse el impermeable.

—Estamos haciendo café.

—No puedo quedarme. —Cat se secó los pies en el felpudo—. Estamos evacuando. Mi padre está cargando el coche ahora mismo.

Vamos a quedarnos con los primos de mi madre en Hot Springs. ¿Vosotros también os vais?

Eureka miró a Ander.

—No vamos… No… Quizá.

—Aún no es obligatorio —explicó Cat—, pero por televisión han dicho que si sigue lloviendo, al final será necesaria una evacuación, y ya conoces a mis padres, siempre quieren evitar los embotellamientos. Esta puñetera tormenta ha salido de la nada.

Eureka se tragó el nudo que tenía en la garganta.

—Lo sé.

—Bueno —dijo Cat—, he visto la luz encendida y quería dejarte esto antes de marcharnos. —Le mostró la clase de cesta de mimbre que su madre siempre llenaba para distintos recaudadores de fondos y organizaciones benéficas. Estaba cubierta de confeti de colores, que se desteñían por la lluvia—. Son mis remiendos para el alma: revistas, merengues de mamá y… —Bajó la voz y le mostró una delgada botella marrón en el fondo de la cesta—. Bourbon Maker's Mark.

Eureka cogió la cesta, pero lo que quería era a Cat. Dejó los remiendos para el alma a sus pies y envolvió a su amiga con sus brazos.

—Gracias.

No podía soportar pensar en cuánto tiempo pasaría antes de que volviera a ver a Cat. Ander no había mencionado cuándo volverían.

—¿Te quedas para una taza de café?

Eureka le sirvió a Cat el café como a ella le gustaba y usó la mayor parte del bote Coffee-Mate de crema irlandesa de Rhoda. Se puso una taza para ella y otra para su padre, y espolvoreó canela por encima de las dos. Entonces se dio cuenta de que no sabía cómo tomaba Ander el café y se sintió una imprudente, como si hubieran salido corriendo a prometerse sin ni siquiera saber cómo se apellidaban. Seguía sin saber su apellido.

—Solo —indicó él antes de que tuviera que preguntar.

Durante unos instantes, bebieron en silencio y Eureka supo que pronto tendría que hacerlo: romper aquella paz. Despedirse de su mejor amiga. Convencer a su padre de unas verdades absurdas y fantásticas. Evacuar. Tomaría ese sorbito de falsa normalidad antes de que todo se desbaratara.

Su padre no había dicho ni una palabra, ni siquiera había levantado la vista para saludar a Cat. Tenía el rostro lívido. Retiró su silla y se levantó.

—¿Puedo hablar contigo, Eureka?

Le siguió hasta el fondo de la cocina. Se quedaron en la entrada que daba al comedor, fuera del alcance del oído de Ander y Cat. Al lado de la cocina colgaban los dibujos del patio trasero que los mellizos habían pintado con acuarelas en el jardín de infancia. El de William era realista: había cuatro robles, unos columpios envejecidos y el bayou serpenteando al fondo. El de Claire era abstracto, todo púrpura, una versión maravillosa de cómo era su patio cuando había tormenta. Eureka apenas podía mirar los dibujos sabiendo que, en el mejor de los casos, tendría que arrancar a los mellizos y a sus padres de la vida que conocían porque los había puesto a todos en peligro.

No quería decírselo a su padre. De verdad que no quería. Pero si no se lo contaba, pasaría algo peor.

—El caso es, papá… —empezó a decir.

—Tu madre me dijo que un día pasaría algo —la interrumpió su padre.

Eureka parpadeó. «Te avisó.» Le cogió la mano, que estaba fría y húmeda, en lugar de fuerte y tranquilizadora como siempre. Ella intentó permanecer lo más calmada posible. Tal vez resultaba más fácil de lo que ella había pensado. Quizá su padre ya tenía una idea de qué esperar.

—Dime exactamente lo que te dijo.

El hombre cerró los ojos. Los párpados estaban arrugados y húmedos; parecía tan débil que la asustaba.

—Tu madre era propensa a desvariar. Estaba contigo en el parque o en alguna tienda comprando ropa. Eso fue cuando eras pequeña, siempre cuando vosotras dos estabais solas. Al parecer nunca sucedía si yo estaba ahí para verlo. Entonces llegaba a casa e insistía en que habían ocurrido cosas imposibles.

Eureka se acercó más a él para intentar acercarse más a Diana.

—¿Como qué?

—Era como si estuviese febril. Repetía lo mismo una y otra vez. Yo creía que estaba enferma, que quizá era esquizofrénica. He olvidado lo que decía.

Miró a Eureka y negó con la cabeza. Ella sabía que no quería decírselo.

—¿Qué decía?

¿Que provenía de un largo linaje de atlantes? ¿Que poseía un libro donde profetizaban el retorno de una isla perdida? ¿Que una secta de fanáticos tal vez algún día buscarían a su hija para matarla por sus lágrimas?

El padre se secó los ojos con la parte inferior de la mano.

—Dijo: «Hoy he visto al chico que le romperá el corazón a Eureka».

Un escalofrío le recorrió la espalda a la muchacha.

—¿Qué?

—Tenías cuatro años. Era absurdo. Pero no dejaba de repetirlo. Al final, la tercera vez que ocurrió, le dije que hiciera un retrato.

—Mamá era una gran artista —murmuró Eureka.

—He guardado ese dibujo en mi armario —dijo su padre—, no sé por qué. Dibujó a aquel chaval de aspecto dulce, que tendría unos seis o siete años, sin nada perturbador en el rostro, pero en todos los años que vivimos en la ciudad, nunca vi al niño. Hasta… —Le temblaron los labios y volvió a coger las manos de Eureka. Miró por encima del hombro, en dirección a la mesa del desayuno—. El parecido es inequívoco.

La tensión se retorció en el pecho de Eureka, dificultando su respiración como un fuerte resfriado.

—Ander —susurró.

Su padre asintió.

—Es el mismo del dibujo, solo que mayor.

Eureka sacudió la cabeza, como si aquello fuera a quitarle las náuseas. Se dijo a sí misma que un viejo dibujo no tenía importancia. Diana no podía haber conocido aquel futuro. No podía saber que algún día Ander y Eureka se preocuparían el uno por el otro. Pensó en sus labios, en sus manos, la actitud protectora excepcional que transmitía con todo lo que hacía. La había hecho sentir un hormigueo de placer por la piel. Tenía que confiar en ese instinto. El instinto era todo lo que le quedaba.

Quizá habían educado a Ander para que fuera su enemigo, pero él era distinto. Todo era distinto.

—Confío en él —dijo—. Estamos en peligro, papá. Tú, Rhoda, los mellizos y yo. Tenemos que salir de aquí hoy, ya, y Ander es el único que puede ayudarnos.

Su padre la miró con profunda lástima y ella supo que debía de haber mirado de la misma manera a Diana cuando le decía cosas que parecían una locura. Él le pellizcó la mejilla. Suspiró.

—Lo has pasado muy mal, niña. Lo que tienes que hacer hoy es relajarte. Déjame prepararte algo para desayunar.

—No, papá. Por favor…

—¿Trenton? —Rhoda apareció en la cocina con su bata de seda roja. El pelo suelto le caía por la espalda, lo que le daba un aspecto con el que Eureka no estaba acostumbrada a verla. Tampoco llevaba maquillaje. Rhoda estaba guapa. E histérica—. ¿Dónde están los niños?

—¿No están en su habitación? —preguntaron Eureka y su padre a la vez.

Rhoda negó con la cabeza.

—Tienen las camas hechas y la ventana abierta de par en par.

El terrible estallido de un trueno dio paso a unos golpecitos en la puerta trasera que Eureka apenas oyó. Rhoda y su padre se lanzaron corriendo a abrirla, pero Ander llegó primero.

La puerta se abrió con una fuerte ráfaga de viento. Rhoda, Eureka y su padre se detuvieron al ver a un Portador de la Simiente en el umbral.

Eureka le había visto antes en la comisaría y a un lado de la carretera aquel mismo día por la noche. Tenía unos sesenta años, la piel pálida, el pelo canoso, peinado con una raya perfecta, y vestía un traje de sastre gris claro que le otorgaba el aspecto de un vendedor a domicilio. Sus ojos brillaban con el mismo turquesa de los de Ander.

El parecido entre ambos era indiscutible, y alarmante.

—¿Quién es usted? —preguntó el padre.

—Si busca a sus hijos —dijo el Portador de la Simiente mientras un fuerte olor a citronela entraba por el patio—, salga. Estaremos encantados de acordar un intercambio.

30

Los Portadores de la Simiente

Rhoda pasó empujando al Portador de la Simiente, que miró con amargura a Eureka y luego se dio la vuelta para cruzar el porche.

—¡William! —gritó Rhoda—. ¡Claire!

Ander salió corriendo por la puerta detrás de Rhoda. Para cuando Eureka, su padre y Cat consiguieron salir al patio cubierto, el Portador de la Simiente estaba al final de las escaleras del porche. Arriba, Ander había bloqueado el paso a Rhoda. La tenía sujeta contra una de las columnillas de la balaustrada. Ella retorcía los brazos a los costados. Daba patadas, pero Ander sujetaba su cuerpo con tanta facilidad como si fuera una niña.

—Suelta a mi esposa —gruñó el padre, que se lanzó sobre Ander.

Con una sola mano Ander también le detuvo.

—No puedes salvarlos. No funciona así. Lo único que conseguirás será hacerte daño.

—¡Mis hijos! —gimió Rhoda, desplomándose en los brazos de Ander.

El aroma a citronela era embriagador. Los ojos de Eureka fueron más allá del porche para posarse en la hierba. Entre unos helechos verde ácido y los troncos moteados de unos robles perennes se hallaban los cuatro Portadores de la Simiente a los que había visto en la carretera. Formaban una fila de cara a ellos, con duras miradas hacia la escena que Eureka y su familia estaban montando. El Portador de la Simiente que había llamado a la puerta se había reincorporado al grupo. Estaba a unos quince centímetros por delante del resto, con las manos cruzadas sobre el pecho, y sus ojos turquesa desafiaban a Eureka a hacer algo.

Y detrás de los Portadores de la Simiente… Eureka se quedó paralizada y una oleada de puntos rojos dio vueltas ante ella. De pronto supo por qué Ander estaba reteniendo a Rhoda.

Los mellizos estaban atados de pies y manos a los columpios. Una cadena metálica de cada columpio rodeaba las muñecas de cada niño. Tenían los brazos estirados por encima de la cabeza, unidos por la cadena anudada, que habían enrollado en la larga barra horizontal de la parte superior de los columpios. Las otras dos cadenas se habían utilizado para atar los tobillos de los mellizos. Esas cadenas estaban bien fijadas, con nudos a ambos lados del columpio, en las barras que formaban una A. William y Claire colgaban, inclinados.

Lo peor de todo era que a los niños les habían metido en la boca fragmentos de los asientos de madera de los columpios, que habían sujetado con cinta de precinto a modo de mordaza. Las lágrimas manaban de los rostros infantiles y los ojos se les salían de las órbitas por el dolor y el miedo. Agitaban los cuerpos con quejidos que las mordazas evitaban que Eureka oyera.

¿Cuánto tiempo llevaban atados así? ¿Habían entrado en su habitación los Portadores de la Simiente por la noche, mientras Ander vigilaba a Eureka? Se puso enferma de ira, consumida por la culpa. Tenía que hacer algo.

—Voy a salir ahí fuera —dijo su padre.

—Quédate aquí si quieres que tus hijos vuelvan vivos. —La orden de Ander fue calmada pero autoritaria y detuvo al padre en el primer escalón del porche—. Esto tiene que hacerse bien o vamos a arrepentirnos mucho.

—¿Qué clase de capullos enfermizos le harían eso a un par de niños? —susurró Cat.

—Se llaman Portadores de la Simiente —dijo Ander— y fueron los que me criaron. Conozco bien su enfermedad.

—Los mataré —masculló Eureka.

Ander relajó las manos que sujetaban a Rhoda para dejar que cayera en brazos de su marido. Se volvió hacia Eureka con una expresión abrumadoramente triste.

—Prométeme que será el último recurso.

Eureka miró a Ander con los ojos entrecerrados. Quería matar a los Portadores de la Simiente, pero estaba desarmada, la superaban en número y ella ni siquiera había dado un puñetazo a algo más animado que una pared. Pero Ander parecía tan preocupado por que lo hubiera dicho en serio que sintió la necesidad de asegurarle que no era un plan totalmente elaborado.

—Vale —Se sentía ridícula—, lo prometo.

Su padre y Rhoda se abrazaron. Cat tenía la vista clavada en los columpios. Eureka se obligó a mirar hacia donde no quería. Los cuerpos de los mellizos estaban tensos e inmovilizados. Sus ojos aterrorizados eran lo único que se movía.

—Esto no es justo —le dijo a Ander—. Es a mí a quien quieren los Portadores de la Simiente. Yo soy la que debería salir ahí fuera.

—Tendrás que enfrentarte a ellos. —Ander la cogió de la mano—. Pero no debes ser una mártir. Si algo les pasa a los mellizos, o a cualquier otra persona que te importe, debes comprender que es preferible que tú sobrevivas.

—No puedo pensar en eso —replicó.

Ander se la quedó mirando.

—Pues tienes que hacerlo.

—Creo que ya ha habido suficiente cháchara —les interrumpió desde el jardín el Portador de la Simiente que vestía el traje gris.

Le hizo señas a Ander para que terminara.

—Y yo creo que vosotros cuatro lleváis demasiado tiempo aquí —respondió Eureka a los Portadores de la Simiente—. ¿Qué os hace falta para marcharos?

Caminó hacia delante, acercándose a las escaleras, intentando parecer tranquila aunque el corazón le tronara en el pecho. No tenía ni idea de lo que estaba haciendo.

Se dio cuenta de que había otra cosa más desconcertante en la escena más allá del porche: la lluvia había cesado.

No. Eureka oía el aguacero contra los árboles de los alrededores. Olía la electricidad salada de la tormenta justo debajo de la nariz. Notaba la humedad como cuero sobre la piel. Vio la corriente marrón al borde del jardín, el bayou desbordado y agitado, casi tanto como durante un huracán.

El mal tiempo no había pasado, pero de alguna manera los mellizos, los Portadores de la Simiente y el césped que pisaban no estaban mojándose. El viento se hallaba en calma y la temperatura era más baja de lo que debería haber sido.

Eureka se acercó al borde del porche cubierto. Alzó la vista al cielo y entrecerró los ojos mirando hacia la atmósfera. La tormenta rugía sobre sus cabezas. Los relámpagos continuaban. Vio un torrente de gotas que caían. Pero algo pasaba con la lluvia que bajaba de las nubes negras y turbulentas al patio de Eureka.

Se desvanecía.

Había una extraña penumbra en el patio que le daba claustrofobia a Eureka, como si el cielo se le cayera encima.

—Estás preguntándote por la lluvia. —Ander extendió la palma abierta más allá del límite del porche—. En su proximidad inmediata, los Portadores de la Simiente tienen poder sobre el viento. Una de las formas más comunes en las que usan ese poder es creando una barrera atmosférica. Esas barreras se llaman «cordones». Pueden ser de muchas formas y magnitudes.

—Por eso no estabas mojado cuando entraste por mi ventana anoche —supuso Eureka.

Ander asintió.

—Y por eso no cae la lluvia en el patio. A los Portadores de la Simiente no les gusta mojarse si pueden evitarlo, y casi siempre lo evitan.

—¿Qué más tengo que saber de ellos?

Ander se inclinó hacia su oído derecho.

—Critias —susurró con una voz que apenas se oía. Ella se fijó en el hombre al que estaba mirando, a su izquierda, y se dio cuenta de que Ander se los estaba presentando—. Antes nos teníamos cariño. —El hombre era más joven que el resto de los Portadores de la Simiente y tenía remolinos en el pelo, espeso y canoso. Llevaba una camisa blanca y tirantes grises—. Era casi humano.

Critias miró a Eureka y a Ander con tal interés inescrutable que Eureka se sintió desnuda.

—Estornino. —Ander siguió con la anciana a la derecha de Critias, que iba vestida con pantalones y un jersey de cachemira gris. Parecía que no se tenía en pie, pero levantaba la barbilla con seguridad en sí misma y sus ojos azules ofrecían una aterradora sonrisa—. Se alimenta de la vulnerabilidad. No caigas en eso.

Eureka asintió.

—Albión. —El siguiente Portador de la Simiente en la fila era el hombre que había llamado a la puerta trasera de Eureka—. El líder. Pase lo que pase, no le des la mano —añadió.

—¿Y la última?

Eureka miró a una mujer que parecía una abuela débil, con un vestido de tirantes de flores grises. Una trenza canosa le caía por el hombro y terminaba en su cintura.

—Cora —dijo Ander—. Que no te engañe su aspecto. Todas las cicatrices que tengo en el cuerpo me las hizo ella. —Tragó saliva y añadió para sus adentros—: Casi todas. Ella creó la ola que mató a tu madre.

Eureka apretó los puños. Quería gritar, pero era el tipo de vulnerabilidad que se negaba a mostrar.

«Sé estoica —se preparó—. Sé fuerte.»

Pisó la hierba seca para enfrentarse a los Portadores de la Simiente.

—Eureka —la llamó su padre—, vuelve aquí. ¿Qué estás haciendo…?

—Soltadlos —les dijo ella a los Portadores de la Simiente, señalando a los mellizos con la cabeza.

—Por supuesto, niña. —Albión extendió la pálida mano—. Tú dame la mano y desataremos a los mellizos.

—¡Son inocentes! —protestó Rhoda—. ¡Mis hijos!

—Lo entendemos —dijo Albión—. Y podrán marcharse en cuanto Eureka…

—Primero desata a los niños —dijo Ander—. Esto no tiene nada que ver con ellos.

—Ni tampoco contigo. —Albión se volvió hacia Ander—. Se te eximió de esta operación hace semanas.

—Me he incorporado de nuevo.

Ander miró a cada uno de los Portadores de la Simiente, como si quisiera asegurarse de que todos comprendían de qué parte estaba desde entonces.

Cora frunció el entrecejo. Eureka quería lanzarse sobre ella, tirar de cada mechón de su pelo canoso, arrancarle el corazón hasta que dejara de latir, como había hecho el de Diana.

—Te has olvidado de lo que eres, Ander —dijo Cora—. Nuestro trabajo no consiste en ser felices ni enamorarnos. Existimos con el fin de que la felicidad y el amor sean posibles para los demás. Protegemos a este mundo de la oscura invasión que ella quiere permitir.

Señaló a Eureka con un dedo ganchudo.

—Te equivocas —dijo Ander—. Vivís una existencia negativa con objetivos negativos. Ninguno de vosotros sabe seguro qué pasaría si la Atlántida emergiera.

Asombrado, el mayor de los Portadores de la Simiente carraspeó, indignado.

—Te criamos para que fueras más listo. ¿Acaso no memorizaste las *Crónicas*? ¿Mil años de historia no significan nada para ti? ¿Has olvidado que el oscuro espíritu de Atlas estaba por encima de todo y que no era ningún secreto que deseaba aniquilar este mundo? El amor te impide ver tu herencia. Haz algo, Albión.

Albión dudó un instante. Luego se dio la vuelta hacia los columpios y usó un puño para golpear a William y Claire en el estómago.

Los dos mellizos jadearon y se movieron como si les entraran arcadas mientras seguían amordazados con la tabla de madera metida en la boca. Eureka jadeó por empatía. No podía soportarlo más. Se miró la mano y después la de Albión, extendida. ¿Qué podía pasar si le tocaba? Si los mellizos quedaban libres, entonces tal vez merecía la pena lo que fuera...

Eureka registró con el rabillo del ojo una masa rojiza. Rhoda estaba corriendo hacia los columpios para coger a sus hijos. Ander maldijo entre dientes y echó a correr tras ella.

—Por favor, que alguien la detenga —dijo Albión con un tono aburrido—. Preferiríamos no hacerlo. Oh, vaya. Demasiado tarde.

—¡Rhoda!

El grito de Eureka retumbó por el jardín.

Cuando Rhoda pasaba junto a Albión, el Portador de la Simiente la agarró de la mano. La mujer se quedó paralizada al instante, con el brazo más tieso que una escayola. Ander paró de repente y bajó la cabeza, pues sabía lo que iba a suceder.

En el suelo, bajo los pies de Rhoda, surgió lo que parecía un cono volcánico. Al principio fue como un borbotón de arena, un fenómeno de los pantanos por el que se eleva de la nada un montículo con forma de cúpula para convertirse en un géiser a lo largo de una llanura aluvial. Los borbotones de arena eran peligrosos por el torrente de agua que arrojaban del núcleo de sus cráteres rápidamente formados.

Aquel borbotón de arena arrojaba viento.

La mano de Albión soltó la de Rhoda, pero la conexión entre ellos no se rompió. Parecía sujetarla con una correa invisible. Su cuerpo se elevó en una espiral de viento inexplicable que la lanzó quince metros en el aire.

Las extremidades de Rhoda se agitaron. La bata roja giró en el aire como las cintas de una cometa. Voló más alto, su cuerpo estaba totalmente fuera de control. Se oyó un estallido; no era un trueno, sino más bien una pulsación eléctrica. Eureka se dio cuenta de que el cuerpo de Rhoda había atravesado la protección del patio.

Rhoda gritó al entrar en la tormenta sin ninguna defensa. La lluvia transvasaba el estrecho espacio que había creado con su cuerpo. El viento entró aullando como un huracán. La silueta roja de Rhoda se hizo más pequeña en el cielo hasta que pareció una de las muñecas de Claire.

Un relámpago crepitó despacio. Se acurrucó en las nubes, iluminando bolsas de oscuridad, retorciendo la atmósfera. Cuando atravesó la nube y degustó el cielo despejado, Rhoda fue el blanco más cercano.

Eureka se abrazó cuando el rayo alcanzó el pecho de Rhoda con una única sacudida imponente. Rhoda rompió a gritar, pero el lejano sonido se vio interrumpido por un desagradable chisporroteo estático.

Cuando empezó a caer, los movimientos de su cuerpo eran diferentes. No tenía vida. La gravedad bailaba con ella. Las nubes se apartaban tristemente a su paso. Cruzó el límite del cordón de los Portadores de la Simiente, que se selló de alguna manera de nuevo sobre el patio. Cayó al suelo con un golpe sordo y su cuerpo arrugado dejó una hendidura de treinta centímetros en la tierra.

Eureka cayó de rodillas. Se llevó las manos al corazón mientras cogía el pecho ennegrecido de Rhoda; los cabellos se desvanecieron en chispas; en las piernas y los brazos descubiertos había un entramado de cicatrices venosas, azules. Rhoda tenía la boca abierta. Su lengua parecía chamuscada. Los dedos se le habían quedado petrificados en unas tensas garras, extendidos hacia sus hijos, incluso muerta.

«Muerta.» Rhoda estaba muerta porque había hecho lo único que habría hecho cualquier madre: había intentado que sus hijos dejaran de sufrir. Pero si no hubiera sido por Eureka, los mellizos no habrían estado en peligro y Rhoda no tendría que haber ido a salvarlos. No se habría quemado ni estaría muerta en el jardín. Eureka no podía mirar a los mellizos. No podía soportar verlos tan destrozados como lo había estado ella desde que había perdido a Diana.

Un alarido bestial se oyó detrás de Eureka en el porche. Su padre estaba de rodillas. Las manos de Cat colgaban de sus hombros. Parecía pálida e indecisa, como si estuviera enferma. Cuando su padre se puso de pie, bajó las escaleras tambaleándose temblorosamente. Estaba a pocos centímetros del cadáver de Rhoda cuando la voz de Albión lo detuvo.

—Pareces un héroe, papá. Me pregunto qué vas a hacer.

Antes de que el padre pudiera responder, Ander metió la mano en el bolsillo de sus vaqueros. Eureka dio un grito ahogado cuando sacó una pequeña pistola plateada.

—Cállate, tío.

—¿Ahora me llamas «tío»? —La sonrisa de Albión mostró sus dientes grises—. ¿Quieres que me rinda? —Se rió—. ¿Qué tienes ahí, una pistola de juguete?

Los otros Portadores de la Simiente se rieron.

—Qué gracioso, ¿no?

Ander tiró de la recámara para cargar la pistola. Una extraña luz verde emanó de ella, formando un aura alrededor del arma. Era la misma luz que Eureka había visto la noche que Ander blandió el estuche plateado. Los cuatro Portadores de la Simiente se asustaron al verla. Se quedaron en silencio, como si les hubieran cortado la risa.

—¿Qué es eso, Ander? —preguntó Eureka.

—La pistola dispara balas de artemisia —explicó Ander—. Es una hierba antigua, el beso de la muerte para los Portadores de la Simiente.

—¿De dónde has sacado esas balas? —Estornino retrocedió unos pasos a trompicones.

—No importa —dijo enseguida Critias—. Él no nos disparará nunca.

—Te equivocas —respondió Ander—. No sabes lo que sería capaz de hacer por ella.

—¡Qué bonito! —exclamó Albión—. ¿Por qué no le cuentas a tu novia lo que pasaría si mataras a uno de los nuestros?

—Quizá ya no me preocupe eso.

La pistola chasqueó cuando Ander la amartilló. Pero entonces, en vez de apuntar a Albión, Ander se apuntó a sí mismo. Sostuvo el cañón contra su pecho y cerró los ojos.

—¿Qué estás haciendo? —gritó Eureka.

Ander se volvió para mirarla, con el arma todavía en el pecho. En aquel momento parecía más suicida de lo que ella nunca había sido.

—La respiración del Portador de la Simiente la controla un único viento superior. Se llama Céfiro y estamos todos unidos a él. Si muere uno de nosotros, morimos todos. —Miró a los mellizos y tragó saliva—. Pero quizá sea mejor así.

31

Lágrima

Eureka no pensó. Cargó contra Ander y le quitó la pistola de la mano. El arma giró en el aire y al caer, se deslizó por la hierba, que se había mojado por la bolsa de lluvia que había entrado cuando Rhoda había traspasado el cordón protector. Los demás Portadores de la Simiente se lanzaron a por el arma, pero Eureka la deseaba con más fuerza. La cogió rápidamente, a pesar de que se le resbalaba en las manos. Estuvo a punto de caérsele. Pero de algún modo consiguió aguantarla.

El corazón le latía con fuerza. Nunca había empuñado una pistola ni tampoco había querido hacerlo. El dedo encontró su camino alrededor del gatillo. Apuntó a los Portadores de la Simiente para contenerlos.

—Estás demasiado enamorada —se mofó Estornino—. Es maravilloso. No te atreverías a dispararnos y perder a tu novio.

Miró a Ander. ¿Era cierto?

—Sí, moriré si matas a cualquiera de ellos —dijo despacio—. Pero es más importantes que tú vivas, que nada de lo tuyo se vea comprometido.

—¿Por qué?

Respiraba entrecortadamente.

—Porque Atlas encontrará la manera de que la Atlántida emerja —respondió Ander—. Y cuando lo haga, este mundo te necesitará.

—El mundo la necesita muerta —interrumpió Cora—. Es un monstruo del apocalipsis que te impide ver tu responsabilidad con la humanidad.

Eureka echó un vistazo al patio. Miró a su padre, que lloraba junto al cadáver de Rhoda. Miró a Cat, que estaba sentada, acurrucada, temblando, en los escalones del porche, incapaz de levantar la cabeza. Miró a los mellizos, atados y magullados, que se habían quedado medio huérfanos delante de sus propios ojos. Las lágrimas les surcaban el rostro. La sangre les chorreaba por las muñecas. Finalmente, miró a Ander. Una única lágrima resbaló por el puente de su nariz.

Aquel grupo estaba constituido por las únicas personas que le quedaban a Eureka en el mundo para amar. Todas ellas, inconsolables. Todo era culpa suya. ¿Cuánto daño más era capaz de causar?

—No les escuches —dijo Ander—. Quieren que te odies a ti misma. Quieren que te rindas. —Hizo una pausa—. Cuando dispares, apunta a los pulmones.

Eureka sopesó la pistola en sus manos. Cuando Ander había dicho que ninguno de ellos sabía con certeza qué pasaría si la Atlántida emergiera, había hecho que los Portadores de la Simiente perdieran los estribos, rechazando totalmente la idea de que sus creencias no fueran verdad.

Eureka advirtió que los Portadores de la Simiente debían ser dogmáticos sobre lo que pensaban que significaba la Atlántida, porque en realidad no lo sabían.

Entonces ¿qué conocían del lagrimaje?

No podía llorar. Diana se lo había dicho. *El libro del amor* daba detalles de lo formidables que podían llegar a ser los sentimientos de Eureka, cómo podían hacer surgir otro mundo. Había una razón por la que Ander le había robado aquella lágrima del ojo y la había hecho desaparecer en el suyo.

Eureka no quería provocar una inundación ni hacer emerger un continente. Y aun así, madame Blavatsky había traducido partes de alegría y belleza de *El libro del amor*; hasta el título transmitía posibilidades. El amor debía de ser parte de la Atlántida. Se dio cuenta de que, a aquellas alturas, Brooks también era parte de la Atlántida.

Había prometido encontrarle. Pero ¿cómo?

—¿Qué está haciendo? —preguntó Critias—. Esto está durando demasiado.

—Apartaos de mí.

Eureka blandió la pistola y apuntó a cada uno de sus enemigos.

—¡Qué lástima lo de tu madrastra! —exclamó Albión. Miró por encima del hombro a los mellizos, que se retorcían en los columpios—. Así que dame la mano o veamos quién es el siguiente.

—Sigue tu instinto, Eureka —dijo Ander—. Ya sabes qué hacer.

¿Qué podía hacer? Estaban atrapados. Si disparaba a un Portador de la Simiente, Ander moriría. Si no lo hacía, harían daño o matarían a su familia.

Si perdía a otra de las personas a las que quería, Eureka sabía que se derrumbaría, y no podía derrumbarse.

«No vuelvas a llorar jamás.»

Se imaginó a Ander besándole los párpados. Se imaginó las lágrimas brotando y cayendo hacia sus labios, los besos deslizándose por las lágrimas flotantes como espuma de mar. Se imaginó unas lágrimas grandes, hermosas, enormes, raras y codiciadas, como si fuesen joyas.

Desde la muerte de Diana, la vida de Eureka había seguido la forma de una gigantesca espiral: los hospitales y huesos rotos, el tragarse las pastillas y la mala terapia, la humillante y desalentadora depresión, el perder a madame Blavatsky, ver morir a Rhoda…

Y Brooks.

Él no tenía un lugar en la espiral hacia abajo. Él siempre era el que le levantaba el ánimo a Eureka. Se imaginó a los dos con ocho años, subidos en la alta pacana de Sugar, acompañados del ambiente dulce y dorado que caracterizaba el final del verano. Oyó la risa de su amigo en la cabeza, la tierna alegría de la infancia retumbando en las ramas musgosas. Trepaban juntos más alto de lo que jamás habían subido solos. Eureka pensaba que se debía a que ambos eran competitivos, pero en ese momento se le ocurría que era la confianza que tenían el uno en el otro lo que les llevaba casi hasta el cielo. Nunca pensó que fuera a caerse cuando estaba junto a Brooks.

¿Cómo no había advertido todas las señales de que le pasaba algo? ¿Cómo podía haberse enfadado con él? Pensar en lo que debía de haber pasado Brooks, en lo que tal vez estaba pasando en ese instante… fue demasiado. La abrumó.

Comenzó en su garganta. Tenía un nudo doloroso que no podía tragar. Las extremidades se le volvieron más pesadas y el pecho se le encogió. Se le crispó el rostro, como si lo pellizcaran unas pinzas. Cerró los ojos muy fuerte. La boca se le abrió tanto que las comisuras le dolieron y su mandíbula comenzó a temblar.

—¿No está…? —susurró Albión.

—No puede ser —dijo Cora.

—¡Detenla! —exclamó Critias jadeando.

—Es demasiado tarde.

Ander parecía incluso contento.

El gemido que salió de los labios de Eureka procedía de los rincones más profundos de su alma. Cayó de rodillas, con la pistola a un lado. Las lágrimas le dejaban regueros en las mejillas. El calor que desprendían la alarmó. Bajaron por su nariz y se deslizaron por los lados de su boca como un quinto océano. Los brazos le quedaron fláccidos a los lados, rindiéndose a los sollozos, que llegaron en oleadas y le sacudieron el cuerpo.

¡Qué alivio! El corazón le dolía con una extraña, nueva y magnífica sensación. Bajó la barbilla al pecho. Una lágrima cayó en la superficie de la piedra de rayo que llevaba al cuello. Ella esperaba que rebotara, pero un minúsculo destello de luz cerúlea iluminó el centro de la piedra en forma de lágrima. Duró un instante y la piedra volvió a estar seca, como si la luz fuera la prueba de su absorción.

Un trueno retumbó en el cielo. Eureka levantó la cabeza inmediatamente. La esquirla del rayo se extendió por unos árboles al este. Las nubes ominosas, que habían quedado ocultas por el cordón de los Portadores de la Simiente, de pronto cayeron. El viento sopló violentamente, como una estampida invisible que tiró a Eureka al suelo. Las nubes estaban lo bastante cerca para rozarle los hombros.

—Imposible —oyó Eureka que alguien exclamaba. Todos los presentes en el patio se hallaban sumidos en la niebla—. Solo nosotros podemos hacer desaparecer nuestros cordones.

La lluvia caía a cántaros sobre el rostro de Eureka, gotas frías sobre lágrimas calientes, señal de que el cordón ya no existía. ¿Lo había roto ella?

El agua caía del cielo, pero ya no era lluvia, sino más bien un maremoto, como si un océano se hubiera colocado de lado y fuera de los cielos a las costas de la tierra. Eureka levantó la vista, pero no lo veía. No había cielo del que distinguir agua. Solo estaba la inundación. Era cálida y sabía a sal.

En cuestión de segundos, el agua en el patio le llegaba a Eureka por los tobillos. Notó un cuerpo borroso que se movía y supo que era su padre. Cargaba con Rhoda. Y avanzaba hacia los mellizos. Se resbaló y cayó, y mientras intentaba ponerse derecho, el agua le llegó a Eureka a la altura de las rodillas.

—¿Dónde está la chica? —gritó uno de los Portadores de la Simiente.

Distinguió unas figuras grises que caminaban por el agua hacia ella. Retrocedió chapoteando, sin saber adónde ir. Todavía estaba llorando. Ni siquiera sabía si iba a parar.

La valla que delimitaba el patio crujió cuando la derribó el bayou, que aumentaba vertiginosamente. Entró más agua al patio como un remolino, llenando todo de sal y lodo. El agua arrancó de raíz robles centenarios, que se desplomaron con crujidos largos y dolorosos. Al pasar por debajo de los columpios, su fuerza liberó a los mellizos de las cadenas.

Eureka no veía la cara de William ni la de Claire, pero sabía que los mellizos tendrían miedo. El agua le empapaba la cintura cuando saltó para cogerlos, impulsada por la adrenalina y el amor. De alguna manera, a pesar de la inundación, sus brazos encontraron los de sus hermanos. Les agarró fuerte por el cuello. No iba a soltarlos. Fue lo último que pensó antes de que sus pies se despegaran del suelo y el pecho se le hundiera en sus propias lágrimas.

Se impulsó con las piernas para intentar mantenerse a flote, en la superficie. Levantó a los mellizos todo lo que pudo, les arrancó la cinta adhesiva de la cara y apartó bruscamente la madera de sus bocas. Le dolió ver su delicada piel enrojecida en las mejillas.

—¡Respirad! —ordenó, sin saber cuánto duraría aquella oportunidad.

Inclinó la cara hacia el cielo. Además del diluvio, notó que el ambiente estaba ennegrecido con un tipo de tormenta que jamás se había visto. ¿Qué debía hacer con los mellizos? El agua salada le llenó la garganta, luego aire, y después más agua salada. Creyó que seguía llorando, pero con la inundación le costaba saberlo. Dio dos patadas fuertes para compensar lo que no estaban haciendo los brazos. Le entraron arcadas y se atragantó, intentó respirar, intentó mantener las bocas de los mellizos fuera del agua.

Estuvieron a punto de resbalársele pese a que se esforzaba en abrazarlos contra su cuerpo. Notó el collar flotando por la superficie, tirándola de la nuca. El relicario del lapislázuli mantenía la piedra de rayo sobre las olas, que chapoteaban.

Sabía lo que debía hacer.

—Coged aire —ordenó a los mellizos.

Agarró los colgantes y se sumergió en el agua con los niños. Al instante, una bolsa de aire salió de la piedra de rayo. El escudo rodeó a los tres. Llenó el espacio más allá de su cuerpo y el de ellos, dejándolos aislados de la inundación como en un submarino en miniatura.

Dieron un grito ahogado. Podían volver a respirar. Estaban levitando como el día anterior. Desató las cuerdas que les rodeaban las muñecas y los tobillos.

En cuanto Eureka estuvo segura de que los mellizos se encontraban bien, presionó el borde del escudo y comenzó a nadar con brazadas desconcertantes por el agua de su patio trasero.

Aquella corriente no tenía nada que ver con el océano constante. Sus lágrimas estaban esculpiendo una terrible tempestad giratoria sin ninguna forma perceptible. La inundación había alcanzado las escaleras que iban del jardín al porche de atrás. Los mellizos y ella flotaban en un nuevo mar, al nivel de la planta baja de su casa. El agua aporreaba las ventanas de la cocina como un ladrón. Se la imaginó entrando en la sala de estar, por los pasillos alfombrados, llevándose por delante lámparas, sillas y recuerdos como un río embravecido, y dejando solo cieno reluciente.

El enorme tronco de uno de los robles arrancados de raíz pasó por su lado girando con una fuerza escalofriante. Eureka se preparó y protegió con su cuerpo a los mellizos, mientras una rama gigante golpeaba el lateral del escudo. Los niños gritaron cuando resonó el impacto, pero el escudo no reventó ni se rompió, y el árbol siguió su curso en busca de otros objetivos.

—¡Papá! —gritó Eureka desde el interior del escudo, donde nadie la oiría—. ¡Ander! ¡Cat!

Nadó frenéticamente, sin saber cómo encontrarlos.

Entonces, en el oscuro caos del agua, alguien tendió una mano hacia el límite del escudo. Eureka supo al instante de quién era. Cayó de rodillas, aliviada. Ander la había encontrado.

Tras él, agarrado a su otra mano iba su padre, que a su vez cogía a Cat. Eureka lloró de nuevo, esa vez de alivio, y tendió la mano a Ander.

La barrera del escudo les detuvo. La mano de Eureka rebotó en un lado y la de Ander por el otro. Volvieron a intentarlo, empujando con más fuerza. Daba lo mismo. Ander la miró como si ella tuviera que saber cómo dejarle entrar. Eureka golpeó el escudo con los puños, pero era inútil.

—¿Papi? —llamó William llorando.

Eureka no quería vivir si ellos iban a ahogarse. No debería haber creado el escudo hasta haberles encontrado. Gritó, impotente. Cat y su padre trataban de salir a la superficie, hacia el aire. La mano de Ander no los soltaba, pero al chico se le habían llenado los ojos de miedo.

Entonces Eureka se acordó: Claire.

Por algún motivo, su hermana había sido capaz de penetrar el límite cuando estuvieron en el golfo. Eureka cogió a la niña y prácticamente la empujó hacia el escudo. La mano de Claire se topó con la de Ander y la barrera se hizo porosa. La mano de Ander entró. Juntos, Eureka y los mellizos, tiraron de los tres cuerpos empapados hacia el interior del escudo. Este volvió a sellarse tras crecer para que cupieran holgadamente seis personas mientras Cat y el padre se hallaban a cuatro patas, tratando de recuperar el aliento.

Tras un momento de asombro, el padre abrazó a Eureka. Él estaba llorando. Ella estaba llorando. También cogió a los mellizos en brazos. Los cuatro cayeron en un abrazo herido, levitando dentro del escudo.

—Lo siento.

Eureka se sorbió la nariz. Había perdido de vista a Rhoda después de que comenzara la inundación. No tenía ni idea de cómo consolarle a él o a los mellizos por su pérdida.

—Estamos bien. —La voz de su padre era más insegura que nunca. El hombre acariciaba el pelo de los niños como si su vida dependiera de ello—. Vamos a estar bien.

Cat dio unos golpecitos en el hombro de Eureka. Sus trenzas estaban cubiertas de agua. Tenía los ojos rojos e hinchados.

—¿Es esto real? —preguntó—. ¿Estoy soñando?

—Oh, Cat…

Eureka no tenía palabras para explicárselo o para pedir perdón a su amiga, que debería haber estado con su familia en ese momento.

—Es real. —Ander se hallaba en el límite del escudo, de espaldas a los demás—. Eureka ha abierto una nueva realidad.

No parecía enfadado, sino asombrado. Pero ella no estuvo segura hasta que le vio los ojos. ¿Tenían una luminiscencia turquesa o estaban oscuros como un océano cubierto por una tormenta? Extendió la mano hasta su hombro para intentar que se diera la vuelta.

La sorprendió con un beso. Fue fuerte y apasionado, y sus labios lo expresaron todo.

—Tú lo has hecho.

—No sabía que iba a pasar esto. No sabía que sería así.

—Nadie lo sabía —dijo él—. Pero tus lágrimas siempre fueron inevitables, sin importar lo que pensara mi familia. Estabas en un camino. —Era la misma palabra que había usado madame Blavatsky la primera noche que Eureka y Cat habían ido a su estudio—. Y ahora estamos todos en ese camino contigo.

Eureka miró alrededor del escudo flotante mientras cruzaba el patio inundado. El mundo que había más allá era oscuro, inquietante e irreconocible. No podía creer que estuviera en su casa. No podía creer que sus lágrimas hubieran provocado aquello. Ella lo había hecho. Le mareaba aquel extraño poder.

Una barra de los columpios dio vueltas sobre sus cabezas. Todos se agacharon, pero no les hacía falta. El escudo era impenetrable.

Cuando Cat y su padre dieron un grito ahogado de alivio, Eureka se dio cuenta de que hacía meses que no se sentía tan acompañada.

—Te debo la vida —le dijo Ander—. Todos aquí te la debemos.

—Yo ya te debía la mía. —Se secó los ojos. Había visto hacer aquellos movimientos innumerables veces en las películas, y a otras personas, pero aquella experiencia era totalmente nueva para ella, como si de repente hubiera descubierto un sexto sentido—. Creía que te enfadarías conmigo.

Ander ladeó la cabeza, sorprendido.

—No creo que pudiera enfadarme contigo jamás.

Otra lágrima se deslizó por la mejilla de Eureka. Observó la lucha de Ander por contener las ganas de hacerla desaparecer en su propio ojo. Inesperadamente, la frase «Te quiero» corrió hacia la punta de su lengua y se la tragó para contenerla. Era el trauma lo que hablaba y no un sentimiento real. Apenas le conocía. Pero aún seguían allí las ganas de expresar aquellas palabras. Recordó lo que su padre le había mencionado antes sobre el dibujo de su madre, sobre las cosas que Diana había dicho.

Ander no iba a romperle el corazón. Ella confiaba en él.

—¿Qué pasa?

Él fue a cogerle la mano.

«Te quiero.»

—¿Qué ocurrirá ahora? —preguntó Eureka.

Ander miró alrededor del escudo. Todos le miraban. Cat y el padre ni siquiera parecían empezar a saber qué clase de preguntas hacerle.

—Hay un pasaje hacia el final de las *Crónicas* de los Portadores de la Simiente del que mi familia se negaba a hablar. —Ander señaló la inundación más allá del escudo—. No quisieron nunca adelantarse a este suceso.

—¿Qué dice? —preguntó Eureka.

—Dice que la persona que abra la fisura a la Atlántida es la única que puede cerrarla, la única que puede enfrentarse al rey atlante.

Miró a Eureka para evaluar su reacción.

—¿Atlas? —susurró, pensando: «Brooks».

Ander asintió.

—Si has hecho lo que predijeron que harías, no soy yo el único que te necesita, sino todo el mundo.

Se volvió en dirección a donde Eureka creía que se encontraba el bayou. Comenzó a nadar despacio, con una brazada de crol como la que habían usado ella y los mellizos para llegar a la orilla el día anterior. Sus brazadas aumentaban mientras el escudo avanzaba por el bayou. Sin mediar palabra, los niños empezaron a nadar con él, tal como habían nadado con ella.

Eureka intentó hacerse a la idea de que el mundo entero la necesitara. No podía. La insinuación dominaba el músculo más fuerte que poseía: su imaginación.

Comenzó a dar brazadas de crol también ella, al darse cuenta de que su padre y Cat hacían poco a poco lo mismo. A pesar de que los seis estaban en movimiento, las corrientes salvajes apenas eran manejables. Flotaron por encima de la puerta de hierro forjado del patio y giraron hacia el crecido bayou. Eureka no tenía ni idea de cuánta agua había caído o cuándo pararía de llover, si alguna vez cesaba. El escudo se hallaba varios centímetros bajo la superficie. Los juncos y el lodo flanqueaban su camino. El bayou en el que Eureka había pasado la mayor parte de su vida resultaba extraño bajo el agua.

Nadaron junto a barcos destrozados, llenos de agua, y muelles rotos, que le recordaron a otros huracanes. Cruzaron bancos de truchas plateadas. Unos lucios negros y resbaladizos pasaron a toda velocidad delante de ellos como rayos a medianoche.

—¿Todavía tenemos pensado ir a buscar al Portador de la Simiente perdido? —preguntó Eureka.

—Solón. —Ander asintió—. Sí. Cuando te enfrentes a Atlas, vas a tener que estar preparada. Creo que Solón puede ayudarte.

«Enfrentarme a Atlas.»

Ander podía llamarle por ese nombre, pero a ella le importaba el cuerpo que poseía. Brooks. Mientras nadaban hacia un mar nuevo e inescrutable, Eureka hizo una promesa.

Puede que el cuerpo de Brooks estuviera controlado por magia negra, pero en el interior se encontraba su amigo de toda la vida. Él la necesitaba. No importaba qué le aguardara el futuro, encontraría el modo de traerlo de vuelta.

Epílogo

Brooks corrió de cabeza hacia un árbol, a toda velocidad. Notó el impacto sobre la ceja y el profundo corte en la piel. La nariz ya la tenía rota, se le había partido el labio y sus hombros estaban magullados. Y aún no había terminado.

Llevaba casi una hora luchando consigo mismo, desde que había llegado a la orilla en la zona oeste de Cypremort Point. No reconocía los alrededores. No parecía su hogar. La lluvia caía a cántaros. La playa estaba fría, desierta, con la marea más alta que jamás había visto. Los campamentos se hallaban inundados y sus ocupantes los habían evacuado, o se habían ahogado. Él mismo podía llegar a ahogarse si seguía allí, pero refugiarse de la tormenta era lo último que tenía en mente.

Le habían arrastrado por la arena mojada, donde había quedado hecho un gurruño. Notó la corteza del árbol en la piel. Cada vez que Brooks rayaba en perder la conciencia, su cuerpo, que no podía controlar, reanudaba la batalla consigo mismo.

Lo llamó la Plaga. Se había apoderado de él hacía catorce días, aunque Brooks había notado que se ponía enfermo antes. Primero fue debilidad, falta de aire, un poco de calor en la herida de la frente.

En esos momentos Brooks habría hecho cualquier cosa por tener aquellos síntomas del principio. Su mente, atrapada en un cuerpo que no podía controlar, estaba aclarándose.

El cambio había tenido lugar la tarde que había pasado con Eureka en Vermilion Bay. Había sido él mismo hasta que la ola se lo llevó mar adentro. Había llegado a tierra como algo completamente distinto.

¿Era ahora él?

La sangre le bajaba por los pómulos, se le metía en el ojo, pero no podía levantar la mano para limpiarse. Otra cosa controlaba su destino; no podía usar los músculos, como si estuviera paralizado.

El dominio de la Plaga era un movimiento doloroso. Brooks nunca había experimentado un dolor semejante, aunque ese era el menor de sus problemas.

Sabía lo que estaba ocurriendo dentro de él. También sabía que era imposible. Aunque tuviera control sobre las palabras que pronunciaba, nadie creería aquella historia.

Estaba poseído. Algo espantoso le dominaba y había entrado por unos cortes que tenía en la espalda que no se curarían. La Plaga había apartado el alma de Brooks y estaba viviendo en su lugar. Había otra cosa en su interior; algo detestable, antiguo y hecho de una amargura tan profunda como el océano.

No había manera de hablar con el monstruo que ahora era una parte de Brooks. No compartían la misma lengua. Pero Brooks sabía lo que quería.

A Eureka.

La Plaga le obligaba a ser frío como un carámbano con ella. El cuerpo que parecía Brooks estaba dedicando un gran esfuerzo a herir a su mejor amiga, y cada vez era peor. Una hora antes, Brooks había visto sus manos intentando ahogar a los hermanos de Eureka cuando se habían caído del barco. Sus propias manos. Brooks odiaba a la Plaga por aquello más que nada.

En aquel instante, cuando el puño chocó contra su ojo izquierdo, se dio cuenta de que estaba siendo castigado por no haber eliminado a los mellizos.

Ojalá pudiera haberse atribuido el mérito de cuando se soltaron. Pero Eureka les había salvado, de algún modo había conseguido alejarlos de su alcance. No sabía cómo lo había hecho ni adónde habían ido. La Plaga tampoco, o Brooks estaría persiguiéndola en aquel momento. Al pasársele por la cabeza ese pensamiento, Brooks se dio otro puñetazo. Más fuerte.

Quizá si la Plaga continuaba, el cuerpo de Brooks llegaría a ser tan irreconocible como el ser que se hallaba en su interior. Desde que la Plaga le dominaba, su ropa no le quedaba bien. Había alcanzado a ver el cuerpo en reflejos y le había impresionado su modo de andar. Caminaba de manera diferente, tambaleándose. También le habían cambiado los ojos. Había entrado cierta dureza que le nublaba la vista.

Los catorce días de esclavitud le habían enseñado a Brooks que la Plaga le necesitaba por sus recuerdos. Odiaba entregárselos, pero no sabía cómo apagarlos. El ensimismamiento era el único lugar donde Brooks se encontraba en paz. La Plaga se convirtió en un cliente del cine, que veía el espectáculo para aprender más de Eureka.

Brooks comprendió más que nunca que ella era la estrella de su vida.

Solían trepar la pacana en el jardín de su abuela. Ella siempre subía varias ramas más que él. Él iba detrás para alcanzarla, a veces envidioso, pero siempre impresionado. Su risa lo elevaba como si fuera helio. Era el sonido más puro que Brooks jamás conocería. Le atraía hacia ella cuando la oía en un pasillo o al otro lado de una habitación. Tenía que saber qué la hacía reír. No había oído aquel sonido desde que su madre había muerto.

¿Qué habría pasado si lo hubiera oído entonces? ¿La música de su risa habría expulsado a la Plaga? ¿Le habría dado la fuerza a su alma para recuperar el lugar que le correspondía?

Brooks se retorcía en la arena, con la mente en llamas y el cuerpo en guerra. Se arañó la piel. Gritó de dolor. Ansiaba un momento de paz.

Necesitaría un recuerdo especial para conseguirlo…

Su beso.

El cuerpo se quedó quieto, calmado al pensar en los labios de Eureka en los suyos. Se permitió rememorar todo el acontecimiento: el calor que desprendía, la inesperada dulzura de su boca.

Brooks no la habría besado por sí mismo. Maldecía a la Plaga por eso. Pero por un momento —un largo y glorioso momento— cada pizca de futuro dolor merecería la pena por haber tenido los labios de Eureka en los suyos.

La mente de Brooks volvió a la playa, a aquella maldita situación. Un rayo cayó en la arena, cerca de él. Estaba empapado y temblando, metido hasta las pantorrillas en el mar. Comenzó a concebir un plan, pero se detuvo cuando recordó que era inútil. La Plaga lo sabría e impediría que Brooks hiciera nada que contradijera sus deseos.

Eureka era la respuesta, el objetivo que Brooks y su poseedor tenían en común. Su tristeza era inconmensurable. Brooks podía soportar un poco de dolor autoinfligido.

Por ella merecía la pena, porque por ella todo merecía la pena.

TAMBIÉN DE LAUREN KATE

OSCUROS

Libro I

Hay algo dolorosamente familiar en Daniel Grigori. Misterioso y reservado, capta la atención de Luce Price desde el mismo momento que lo ve en su primer día en el internado Espada y Cruz en Savannah. Él es lo único que la alegra en un sitio donde los móviles están prohibidos y las cámaras de seguridad te siguen a cada paso. Sólo hay un problema: Daniel no quiere tener nada que ver con ella —y así se lo ha hecho entender. Pero Luce no lo puede dejar ir. Irremediablemente atraída, está empeñada en averiguar qué secretos guarda Daniel tan desesperadamente... aunque le cueste la vida. En el proceso, Luce descubrirá que esta historia de amor aparentemente nueva tiene un origen que, en realidad, se remonta miles de años atrás —un origen más trágico y formidable de lo que nunca podría haber imaginado.

Ficción/Juvenil

TAMBIÉN DISPONIBLES
EN LA SERIE OSCUROS

Tormento
Pasión
Maldición
La eternidad y un día

VINTAGE ESPAÑOL
Disponibles en su librería favorita.
www.randomhouse.com